U0901983

东滩

杜勤明 著

上海三联书店

普希金《致凯恩》书中写道：

“那过去的人和事将值得永恒的怀念。”

献给曾经致力于上海农场建设发展的
四十余万农场干部职工

序

——杜勤明与《东滩》

人们研读一部喜欢的文学作品，自然会对作者发生兴趣，因为“文如其人”，作者的人品往往决定了文品。

长篇小说《东滩》的作者杜勤明，他与我有着四十年的师生情缘。上世纪七十年代初，我曾是他中学时代的班主任、语文老师。在那个特殊年代，不少孩子变邪乎了，勤明却超然不群，我至今仍留有对他的深刻印象：他模样很周正，虽然年少，每天上学都收拾得干净利落，每次交的作业也都字字端正。他话语不多，但凡集体的事肯担当、很负责。在同学中有人缘、能服众。他的勤奋、明理、沉稳、成熟超出了一般学生。这样一颗根正的好苗，踏上社会，再经历练，成了一个大写的人。

他从学校毕业，在东海农场一干就是十四年，他长成了一个精通农事、领导有方的连长、指导员……这一路走来赢得了好口碑。这一个个不寻常的岗位，使他有机缘阅人无数；这殚精竭虑的日日夜夜让他淬火成钢。当岁月如潮水般退去，他从纷繁的现实中沉静了下来，可往事并不如烟，曾经的事、曾经的人反而更加清晰，挥之不去。他觉得有话要说，有故事要写，创作的欲望便由此萌发涌动，加上同窗好友张新国的推波助澜，勤明拿起了笔。一连数月，在工作之余伏案疾书，终于向大家奉献出他的力作——《东滩》。在谈到创作过程时，勤明告诉朋友：“自己也感到奇怪，这三十万字的小说竟然写得十分顺畅，几乎没有卡过壳。”的确，勤明丰厚的积淀已对自己熟悉的生活了然于胸，方能故事涌向笔端，下笔千言。

《东滩》是部非常接地气的小说。它尊重历史，以写实的手法再现了上海知识青年在农场劳动、学习、恋爱等生活场景，讴歌了赵豫明等一代优秀青年为农场建设奉献青春的成长历程。《东滩》为当年战斗在农场的四十余万干部职工留下了极其珍贵而有信度的历史资料，开创了上海农场知青抒写上海农场文学的先河，填补了这一段历史文学的空白。

劳动，是知青们当年最基本也是最重要的生存方式，作者十分擅长于描写热火朝天的劳动场面，充分地展示知识青年们的旺盛的生命力和斗志。小说中对割麦翻地、抢收抢种、围地开河，工厂开工等场景的描写，犹如电影的宽银幕，或是大幅油画所展现的效果，大气磅礴、酣畅淋漓，令人震撼呐！可见作者当年在农场不知洒下过多少汗水，方能对一切农事了如指掌，写得底气十足。可见作者对土地的热爱，更可见作者对为之付出辛勤劳动的人们无比的热爱。

作者对于小说中人物的刻画也颇见功力。“文学即人学”，这是最近获文学艺术终生成就奖的钱谷融先生对于文学的精辟概括。《东滩》的作者，成功地刻画了一系列人物形象，手法也不落窠臼。他没有用过多的笔墨去叙写那个时代的政治背景与人物命运之间的直接关联，而是用了浓墨重彩展现人物之间在人品的优劣、人格的高下和人性的善恶之矛盾冲突，尤其通过小说中主要人物之间善与恶的较量，歌颂了人的善良本真，批判了人的贪欲邪恶，揭示了正义终究要战胜邪恶这一真理。

作者塑造的主人公赵豫明有理想，有追求，一身正气。他待人仁爱宽容。心，用在工作的激情上；心，系在E连群众的身上。其人格魅力在E连群众中是心悦诚服的。如此一个近乎完美的形象，却遭到了利欲熏心妒忌贤能的“三风办”王主任、品格猥琐低下的周冠才和妖媚私利的林妮娜之流的设计陷害。赵豫明虽有觉察却不以恶抗恶，仍独善其身。然而，E连的众人却不信邪，坚决站在赵豫明一边。终于民心向背决定一切，得民心者得天下，民心保护了赵豫明，害人者以害己告终。在这场较量中，对有勇有谋的后勤排长描写极为生动。他在关键时刻主持公道，仗义执言，颇具古风，着实让人喜欢。还应提及的是那四位对赵豫明都十分倾心的女士，她们虽相貌有殊，性格各异，人生轨迹迥然不同，但写得个个灵动传神，很有看点。小说对几个反面人物的描写也都入木三分，小至人品、大至人格，各个的丑恶嘴脸不尽类同。尤其对周冠才的描写是立体式的"光谱折叠"，有阴面也有阳面，揭示了他多重的矛盾人格。小说中，吴明和梅香是一对悲剧式的恋人，他们的人生再一次印证了"性格即命运"这个英明论断。小说林林总总出现的人物有近百位，这人生百态很值得细研细读，回味无穷。

优秀的文学作品在于它强大的生命力，读者可以从中观照到自己的人生，领悟人生的意义。这就是文学作品源于生活，高于生活及对生活的反作用力。

杜勤明把《东滩》奉献给大家，是向读者捧出了他的一颗赤子之心，愿读者跟随着他，跨进《东滩》的大门，领略其中的无限风光。

蔡幽凤

二〇一五·一月于上海

序(二)

以我对勤明的了解,就他对文学的爱好,他的文笔功底,更重要的是他的履历和经验及他对工作、生活的态度、激情和对朋友的关爱,对事物的关注,他能写出一部长篇是没问题的,问题是写出的是部怎样的作品。

现在30万字的长篇小说《东滩》摆在了我面前,他用作品说话了。

我用了整整三天时间看完了这部长篇小说,说句心里话好久没有这样看小说的感觉了,我被震撼了,我流泪了;小说里的人物;赵豫民,周冠才个个鲜活可爱,林妮娜、朱芸等性格各异的姑娘也都是我们那时仰慕过的女生,故事真实可信,情节跌宕起伏,叙述引人入胜,不由得我身陷其中,沉浸在阅读的快乐中。小说中的人物不就是我们身边的你、我、他吗?不就是我们经历过的青春年华、激情岁月吗?上海农场知青我们整整这代人的一段生活再现嘛!是,又不似。今天勤明把它记下了,升华了,赋予了它新的生命,以文学的形式呈现在我们面前。从而填补了文学史上上海农场知青文学的这一空白,满足了上海农场知青能读到自己文学作品的饥渴。

我被这坛封存了四十年整整一代上海农场知青人记忆的老酒灌醉了,爱不释手地看了一遍又一遍,掩卷而思。感谢勤明兄为我们这代人留下了这一难忘的记忆。为时代添上了这段不该遗忘的音符。斗胆写下了自己的读书心得告诉了他。没想到他竟邀我写序。发小,同学又是相互尊重的朋友,为他做点啥都行,写序,这可太为难我了。

中学的班主任蔡幽凤老师写了精彩的序一,邀同学写序二?我懂了,他要的就是这份质朴的感情。还是那个同学眼里的“阿杜”。

于是我把我写的序看作了企业上市时的一击响锣,凑个热闹,出个声音。

“哐”

敲出一个东滩的太阳。

是,为序。

张新国

2015年1月28日于杭州

目　录

一

一九七八年(马年)的二月,这一年的春天来得很早,暖风吹得人有点陶醉。

夜,滨海农场E连西边靠引龙河的家属区内,几排砖瓦房住着十来户E连已成婚的农场职工。不远处矗立着一座供水塔,在半腰处一间住房亮着微弱的灯光,这座供水塔是全连唯一一处制高点。管供水塔的电工吴明既是供水员又是全连唯一的电工。此时,吴明正和一位女性坐在一张四方桌两边,四方桌桌面上摆放着一个奶油裱花蛋糕大礼盒。

"姐,"吴明声音低低地叫了一声,"你今晚一定要去周连长家吗?这个混蛋可是阴险毒辣呢,整天阴沉着脸,满脑子阴谋诡计。你的事拜托给他去摆弄,小心上当。"吴明愤愤不平地说道。激动得颤抖的手从衣袋里掏出一支香烟点燃,吱吱地抽着。

房间里的空气仿佛凝固了。那位女性局促不安地用两手反复搓着,像要搓去手上的污痕,但双眸乞求的眼光却望着吴明,像似吴明只要有支持的脸色，她就会拿起蛋糕大礼盒走出门去，奔向目标。但她失望了，吴明的脸是那么的严峻铁青，眼色中是那么地鄙视自己，她心里不免产生悲哀，轻轻地抽泣起来。吴明是一位铁骨侠肠、血气方刚的小年青，看见女人哭心肠就软。他用摆放在桌面上的竹壳热水瓶朝洗脸盆里倒了水，将毛巾在热水里搓了搓，然后绞干递给了那位女性。“姐，我劝你的意思是让你再想想。”吴明放低了声音，缓和地说道。

“唉，小阿弟啊，姐这也是迫于无奈才这么做的。想想自从农场有商调去市区工作的指标，姐想了好几年了，可每逢连部商议决定商调的名单时，就说我出身资产家庭，没有在农场锻炼好，得继续留场。姐也是三十出头的人，不走这条路，什么时候才能盼出头啊。”那位女性一边抹眼泪一边悲怆地说着，“这几年，姐靠着你明里暗里帮衬着才少吃了点苦，也觉得有了依靠……”

林妮娜，今年三十三岁，长得纤小瘦弱，由于从小就给有产家庭滋润透了，天天吸一枝珍珠粉，所以保养得很好，不管海风吹，咸水浸，皮肤仍然皙白。她高中毕业辍学在家，原本应该报名到新疆建设兵团去的，但她死活不报名，反正家里养得起她。再说有个在工商联当副主席的爹和在街道办事处当打字员的妈，她最终躲过了这一劫。过了两年，这边市郊农场建起来了，整天在家里娇生惯养，混在社会上也不是一回事，脑筋一别就报名到农场来了。开始几年不习惯农场白天肩挑手提地干活，晚上回到泥巴糊的草房寝室，煤油灯熏得连鼻孔都黑的，就经常溜回市区过惬意的日子。可好景不长，“特殊时期”来了，父母被连连批斗，叫苦不迭。最后把他们一家从洋房赶到一套三十平米左右的工房居住，这下惨了，闹得她差点想自杀。市区呆不下去了，又回到农场，过着苦巴巴的日子。但她芳心之间还想着能早日脱离这个苦海。托人寻找个市区的男人早点结婚，今后也有个依靠。但接连恋爱了几位，人家不是嫌她资产出身，就是顾忌今后与一位农场女知青结婚，生个孩子还是乡下户口，所以一个也没成。她只能在农场继续进行着三天打鱼两天晒网的日子。

享福人自有享福人的福。每天回到寝室躺在床上，眼睛干巴巴地望着房顶，前思后想还是市区家里温暖，虽然没有以前金碧辉煌，过着平民的生活，但不缺温暖，父母还是疼爱自己的。想到这里，她灵机一动："装病请长假，回家抱团取暖。"她为自己想出的绝招"哼哼"的一笑。但此时，一双邪恶的眼睛盯上她了。那是一个夜晚，她独自一人去河边洗衣服，突然被前面河面上泛起的涟漪所惊吓，有人朝河里扔了石子，"谁在那里?"她猛然站起身来，借着月光她看见河边不远处一棵树后面躲着一个人。"嘿，嘿，嘿……"一个人影从树后面走过来搭讪地说，"这么晚了，一个人在河边洗衣服，怕不怕啊？我可是来保护你的。"等那人走近了她才看清楚，原来是市区工厂下放到农场的炊事班长周冠才。"你来干什么？这么偷偷摸摸的，吓煞人了。"她一边说着一边去河边拿洗衣服盆要回去了。就在她弯腰拿洗衣盆时，周冠才猛地扑到她身后，抱住她的腰，呲牙咧嘴地朝她脸上一阵亲热，并伸手在她身上乱摸。她尖叫起来，也不知哪里涌出一股勇气，反身一巴掌打在周冠才的脸上。周冠才"啊唷"一下，捂着脸一溜烟地跑得无影无踪了。她蹲在地上放声大哭起来。她受了惊吓，一夜未睡，第二天便拖着哆嗦的身体向连部请假，说昨晚碰上鬼了，浑身不舒服要到市区看病，然后一病就是几年。自从农场有商调到市区工作的政策后，林妮娜又回来了。没想到周冠才这两年也得志，从炊事班长到大田排锻炼当了排长，而且掌握了农田技术，又跃升为副连长了。林妮娜那个命真叫苦啊，寄人篱下哪能不低头啊，那晚的事也不能说出口啊，命运掌握在周冠才手上呢。他现在是红人，惹不起总躲得起。但命运就是在捉弄她，每到商量决定商调人选名额时就没有她的份，而投坚决反对票的就是副连长周冠才。在农场的区域有一句俗语："三十三，乱刀斩。"也就是人到三十三周岁既有可能撞上大运，更有可能遇上祸灾。而林妮娜今年恰好是三十三周岁，碰上调回市区工作的难题，她怎么不焦急啊。今天，她特意从市区休假回来带回一大盒奶油裱花蛋糕，准备送礼上门给周冠才。

“姐，你执意要去，我也不拦你，但周连长他家的母老虎，也是要吃人的。万一她口无遮拦把你送礼的事说出去，不是招全连人的闲话吗？到时民众舆论姓周的也顶不住啊，不让你走不也白搭嘛。”吴明进一步说出了自己的想法。这四年来，吴明与林妮娜是你情我愿，暗暗地搞上了姐弟恋。在交往当中林妮娜把这突然事件告诉过吴明，也引起吴明的担忧。吴明的父母去世得早，家境苦，兄妹二人是靠爷爷奶奶养活的。吴明原来可在市区集体单位工作，但他一想过三年妹妹也到工作年龄了，我要是在市区工作，妹妹不是要到农村去了吗，当时的分配工作政策是每户一个在市区当工人，下一个就去农村。你家孩子多就这么轮呗。吴明一咬牙，谢绝了学校分配指导老师的好意，报名到农场。三年后如妹妹到工作年龄了被分在市区，女孩子在家照顾老人总比自己好，吴明就是这么想的。

“所以姐回来就到你这里，因供水塔高，看得见周家人进进出出。他家的女人有一个习惯，吃完晚饭总到东边知青寝室去串门，拿点人家给她的物品再回来。”林妮娜见吴明帮着自己在分析，暗暗地感激他。

夜还是那么沉寂，俩人走到窗边，眼睛盯着周家的动静。不一会，周家的门打开了，就听见周家女人大嗓门地嚷道：“你把碗筷洗洗，家里活收拾收拾，我去东边了。”说完把门“砰”的一下关死，慢悠悠地一边用手拿着牙签剔着牙缝，一边摇晃步子向东边知青宿舍走去。

“小阿弟，那我去周家了。”林妮娜酸楚地说道。

“唉，姐，你要当心防着点。”吴明无奈地回应道。

吴明伫立在窗前，目视着林妮娜逐渐走近周家门前的背影，愤然转身，一拳砸在桌面上，那只竹壳热水瓶由于受到猛烈的外力，“嘭”地摔在地上，碎成了无数的小银花。

“你这么快就回来了……？我还没收拾好哩。”周冠才毛手毛脚地打开房门，他惧怕老婆是有名的。“咿，怎么是你？”周冠才借着屋外的灯光惊讶地差点呼喊起来。

“能进去吗？周连长。”林妮娜手拿着那盒奶油裱花蛋糕怯怯地问。

“进来，快进来。没想到这么晚了你还能来，怪不得今天清晨喜鹊不停地在树上叫，晚上就碰到大美人啦。”周冠才喜滋滋地把林妮娜迎进屋。

林妮娜进屋后，把那盒蛋糕放在桌上，并环顾了一下周家的四周。周家三间屋，一间是客厅兼饭厅，另二间分别是周冠才夫妻和两个女儿的房间。耀眼的是周家的家具全部是红木的，据说是祖上传下来的。周冠才家中是三房合一子，所以祖上的财产全遗留给他了。三间房收拾得还算干净。人们都说周冠才是好福气，妻子虽说外号“母老虎”，粗人一个，但家里的事里里外外都是她操持着，两个女儿在县里上中学，而且是优秀生。林妮娜虽然没结过婚，过过小家家，但凭女人的感觉，她不禁对周冠才的妻子操持家务的本领暗暗叫好。

“晚饭吃过吗?”周冠才笑眯眯地端上一杯刚沏好的茶说道:“龙井，还是上等货呢！嘿、嘿……”周冠才知道林妮娜出身资产，生活上的事见多识广，所以故意炫耀地说道。

林妮娜端坐在桌边的长条凳上，两眼望着那杯龙井茶，心却像揣着一头小鹿似地上下蹿动:我为什么要来周家呀？周冠才刚才在迎门的时侯说的嬉皮笑脸的那番话真让人恶心。但我的命运攥在他手上，不来能行吗？看来只能孤注一掷，豁出去了。于是林妮娜说:“周连长真是一片好意啊。噢，我刚从市区回来，为了对周连长聊表心意，特意送上奶油裱花蛋糕，请您尝尝。”林妮娜故意把“特意”两个字说得很重。她心里明白，这盒奶油裱花蛋糕的中心层夹裹着自己好不容易托人搞到的两块手表。这可是市面上的的紧俏货，林妮娜一咬牙掏钱买下了。那个年代，能戴上一块铿亮的上海牌手表可是身份的象征，显示着高贵。只要周连长和他老婆一高兴，我今年商调的事不就可以解决了嘛。但现在不能说，到时得让他们夫妻俩惊讶、惊喜……想到得意之处，林妮娜那颗七上八下的心释然了，胆子大了，底气也足了。“周连长，我今天来主要是有一事相求，你可一定要帮这个大忙的唷。”林妮娜说话的声音提高了一倍。

“你说，你说，不管什么事，只要我能做到的一定相助。”周冠才一边说一边挨着林妮娜身边坐了下来。他斜着脸，眯缝着眼睛直勾勾看着林妮娜的脸。自从几年前那晚因冲动，挨了林妮娜的一巴掌，他便觉得林妮娜是一朵带刺的玫瑰。但他还心有不甘，一直耿耿于怀，一有机会涉及到林妮娜的事，他就要插一手。这不，你林妮娜还不是自己送上门来了。哼，送上一盒奶油蛋糕就想糊住我的嘴，我还不如吃你一口解解气呢。

“周连长，你是知道我身世的人，你看，我在农场一呆就是十三年。十三年来，我战天斗地，风里来雨里去的，没功劳也有苦劳吧，没有苦劳也有疲劳吧。看着与我同事的人走了，比我小的人也走了，唯独留下我，我……我……我前世造的什么孽呀……”说到激动处，林妮娜竟然伏在桌面上哭泣起来，“我要走，我要你帮我商调回市区去工作，呜，呜，呜……”

周冠才见机会来了，抑制不住再次对林妮娜爱欲的冲动，两只布满老茧粗糙的手伸向林妮娜，捧起她的脸说道：“林妮娜，林妮娜，我一定帮你，帮你回市区……”话还没说完，便呲牙咧嘴地向林妮娜的脸上疯狂地吻着。

林妮娜把周冠才一推，两眼一瞪：“周连长，你又来了，我要你保证。”周冠才的满心欢喜，被林妮娜这么一推，又凉了半截，到手的天鹅怎么能让她飞了呢，他忙不迭地回答道：“我对天发誓向你保证。”

“那好，周连长，我是敬重你才来的，正经事还没办完，你就这样迫不及待啊，今晚有的是时间，我陪你就是了。”林妮娜一反常态地说道。

林妮娜的话把周冠才凉下的心火又点燃了，他嬉皮笑脸地又把脑袋凑向了林妮娜的脸，讨好地说：“我的心肝宝贝，你要我怎么保证都可以，就是把我的心掏出来给你看看，我周冠才对你是红心还是黑心都可以。”

“写保证书给我表示你的诚意，不然，我俩没完。”林妮娜下命令道。刚才她又被周冠才羞辱了，再不对他厉害点，不知道这种男人还会做出什么事来。眼下当务之急的是要他写下同意让我商调去市区工作的保证书，只要把保证书拿到手，我的前途才有希望，到时他周冠才再想赖也赖不掉，要臭大家一起臭。损失最大的是他周冠才，连长当不了，夫妻还要闹离婚呢。女人要么不狠，下了狠心九头牛都拉不回来。

“好，我写，我郑重其事地写。”周冠才连忙进卧室，拿出了笔和纸，伏在桌上写了起来，“保证书，哦……”他一笔一划写着，而且念出声来，眼睛还朝着林妮娜眨了一下。

林妮娜端起茶杯，喝了一口茶水，心里不知是甜还是苦涩，反正自己初步的目的已经达到了。

“噢，林妮娜，我已经写好了，给你过目。”周冠才拿着刚写好的保证书递了上去，乘机又把脸凑向了林妮娜。林妮娜故意转过脸去，把那张纸一抖顺势隔开了周冠才，一字一句地看了起来。“还满意吗？我的心肝宝贝，我的保证书是真的掏心窝子写的，也模仿了美国奴隶解放证书，你拿着它就是今后的自由证书，但一定要保密唷。”周冠才恬不知耻地说道。

“嗯，可以啊，周连长真是大人大量啊，我一定会把你的真迹保存好的。”林妮娜轻飘飘地回应着。

“好哇，那我们俩现在就自由了，捆绑着我们俩的绳索打开了。来，心肝宝贝，让我亲一个。”周冠才迫不及待地扑向了林妮娜，林妮娜四处躲闪着。

“嘭、嘭、嘭……”一阵急促地敲门声打断了周冠才邪恶的举动：“哪个小子这么大胆敲我的门，坏了我的好事？”

“冠才在家吗？冠才开门哪，我是赵豫民啊。”敲门的人高声大喊道。

“赵豫民，他来干什么?”周冠才心里不免一懵，林妮娜身体也哆嗦了一下。赵豫民是E连的副指导员，虽说和周冠才是平起平坐，但周冠才只抓农业生产，而赵豫民是既懂农业生产，又着重抓连队知青的思想工作和生活。别看他只有二十三岁，年纪轻轻，但操控一切的本领要比周冠才大。他理论思想水平堪称一流，人送外号“马克思”。这种复合型人才在当时的农场是凤毛麟角，屈指可数。在连队里说一句话是绝对算数的。前些时候，农场场部也传出风声说赵豫民是下一届农场党委委员，并且要提拔重用到重要岗位。但也有人说，赵豫民出身好，父母都是南下干部，1976年国家准备抽调工农兵干部经培训后派遣到驻外使馆任职，他也是其中一位候选人。

周冠才慌里慌张地向林妮娜嘀咕了几句，示意她到里屋躲一躲，看情形再说，然后他蹑手蹑脚地去开门。“什么事啊? 豫民?”他故意伸了个懒腰，“我正为春季农活作计划呢，被你老兄搅了，咳，咳。”周冠才掩饰地干咳了几声。

赵豫民伸手一把抓住了周冠才，急着说：“我们俩快去场部，刚才接到场部紧急电话，说朱芸指导员在场部开完会回连队的路上，让人砸了，现在在医院抢救!”

“啊! 哦，那我们快去啊!”周冠才见赵豫民一手扶着一辆自行车一只手抓住了自己，他连忙转身搭上门，转而一想，又说：“豫民啊，你先去吧，我把屋子收拾一下，再去。要不然我家那口子回来又要数落我了。”

“那好，你快点跟上啊。”赵豫民说完飞似地蹬车朝场部方向急驶而去。周冠才冲着赵豫民的背影：“呸，坏了我的好事。”他推开房门急冲冲地对屋里的林妮娜喊道：“你欠着我的人情噢，千万别忘了。我走了，你把茶杯给我洗了，走时抹把桌子，关上门。”周冠才嘟嘟囔囔着，在屋檐下推出辆自行车蹬车跟了上去。

林妮娜在里屋里正慌了神，手足无措，她隔着门缝也隐约听到是怎么回事了。当周冠才“咔嚓”一下关上外屋的门后，她急忙从屋里出来，手里紧紧地攥着那份“保证书”，头也不回地冲出屋去，朝供水塔方向一溜小跑。

上了楼，进了屋，林妮娜还惊魂未定。她走到桌前，拿起那杯凉凉的白开水，咕嘟咕嘟一气喝完了。“啊唷，我的妈呀，吓死我了。”林妮娜说着一屁股坐在了椅子上。

“姐，怎么了？事办得怎么样了？”吴明急切地问道。他看着头发有些凌乱、神色慌张的妮娜心里不免起了疑惑。

“小阿弟，成了。周连长给我写了保证书啦，这可是上方宝剑哩……”林妮娜高兴地一下从凳子上蹦了起来，把周冠才写的保证书高高地举过头顶，手舞足蹈，洋洋得意。她的举动让吴明有点目瞪口呆：“八成疯了不成。”

“姐，我问你一个不该问的话题……，你可以回答，也可以不回答。”吴明吞吞吐吐地说道。

林妮娜还正舞得高兴呢，顺口答道：“小阿弟，你说嘛，那么神秘……”

“那我问了噢。”吴明提了一口底气说：“那周连长也不是什么省油的灯啊，他会那么痛快给你写保证书？这可是枷锁，一字千斤重啊，姐你掂量过没有，莫非你失身于他了？”

林妮娜停止了舞动的脚步，两眼直愣愣地盯着吴明，那神色真让吴明后悔问这个话题，他感觉到脊梁骨嗖嗖地发冷，像个罪人似的，等待着林妮娜一字一句吐出来的判决。林妮娜一把抱住了吴明的两肩，颤抖着说道：“小阿弟，你也是这样看待你姐的啊？不错，我是被他侮辱过，但还不至于失身，你懂吗，小阿弟……”林妮娜不停地摇晃着吴明的两个肩膀，真像病了一样。

吴明望着失态的林妮娜有点朦胧，他似懂非懂地对林妮娜说：“我懂，我懂得姐的一片苦心。但我不会放过这狼心狗肺的周冠才，他做人太绝了！”

“小阿弟啊，你懂姐的心，姐知足了。”林妮娜又摇晃着吴明的肩膀说道：“好兄弟，为了姐的前途，你我还是忍一忍吧，听姐一句话不要去碰他啊。”林妮娜知道吴明的火爆脾气，一扭上劲来谁也拉不动他。见吴明点着头后，林妮娜又说：“姐还告诉你啊，朱芸在回连队的路上被人给砸了，现在啊，周冠才、赵豫民他们直奔场部去了，姐这才趁机出来的。”吴明听了愣住了。

二

周冠才顶着刺骨的寒风，蹬着自行车行驶在泥土、碎石铺就的海堤上。去场部骑自行车需要一个小时路程，走到半路，周冠才已被手电筒照射的搜查队伍拦下来盘问过几次。他心想，看来这次动静搞大了，这个歹徒肯定插翅难逃了。听赵豫民说朱芸被砸，周冠才心里是又惊又喜。惊的是朱芸这位全农场响当当的E连女党支部书记兼连长胆也太大了，晚上一个人敢骑自行车从场部回到连队？说实在的，即使一个大男人，晚上在海堤路上骑车，黑灯瞎火的，路两边都是齐人高的干芦苇杆子，海风一吹鬼哭狼嚎似的，心都会凉到后脊梁。不知道她现在伤的怎么样了？喜的是当年和她差不多同一年来到E连，时间长了，俩人都知根知底，朱芸总是揪住他的生活作风问题和枝梢末节的事情不放。那年头运动多了，他作过多次检讨，人生的道路尴尬透了。好在自己钻研农业技术，成了干农活数一数二的把式，这才慢慢有了被人尊重的脸面，历经十几年被提拔到E连当副连长。现在朱芸被砸伤了，看这搜索的阵势，一定伤得不轻，被压着的一块石头可落地了。上天护佑着我，按照排名赵豫民有可能当E连指导员，自己能扶正成为E连的连长啦。周冠才心里美滋滋的，嘴里哼着小曲，骑车的架势幅度也大了，左歪右斜地加快了速度。

“站住、站住，别跑”。一阵吆喝声和手电筒光从距离周冠才三十米外的海堤斜坡处传来，周冠才以为搜索队叫他停下，他下了自行车原地站直了，两眼朝海堤斜坡满是芦苇杆子和低矮树木处望去，只听见“划啦、划啦”掰芦苇杆的声音。

突然一条身影从路边的芦苇杆子窜出，周冠才吓了一跳，他也顾不得那么多了，后面的人追的就是他了。周冠才猛地把自行车往那人身前一推，拦住了他的去路。上前一把揪住了这个人的衣领，定神一看不觉倒吸一口冷气：“怎么是你？”

那人也定了定神喊道：“姨夫，快救我，后面的人要打我。”

周冠才松了抓着衣领的手，眼前这个人分明是自己老婆的外甥，这么晚了他从芦苇杆子里钻出来干什么。“抓住他，别让他跑了。”紧跟在周冠才老婆的外甥后面的五个人也扒拉着芦苇杆子跑到他们俩面前，一个手拿电筒的青年晃着手电筒，气喘嘘嘘的喝道：“看你还往哪儿跑。”另外两个青年拗住了周冠才老婆外甥的手。

“哟，这不是E连的周连长嘛。这小子非常可疑，给你逮住了，我们可以交差了。”一位认识周冠才的青年说道。

“慢着，这个人是我老婆的外甥，我先问问他。”

“周连长，你和他还沾亲带故啊，好哇，小子，我们让你站住你拼命跑什么，快说。”

“啪”，周冠才一个耳光甩在了自己老婆外甥的脸上：“小赤佬，这么晚了游荡什么，寻死啊。”

“姨夫，我妈得了重病，我爹叫我到你家报个信借些钱。我摸黑走过了下面的河桥，抄近路爬堤坡，没想到被他们几个发现了，一路追我。”周冠才老婆的外甥说着，脸上露出惧怕的神色。

“噢，你们几个看看，放了他吧。我那小姨子身体确实不好，今天犯重病了，外甥也没办法摸黑来找我们了。”周冠才说道。

那个青年迟疑了一下，与其他几个人交谈了一会，然后说道：“那好，看在这小子是周连长的亲戚份上就交给周连长处理了，我们走。小子唉，下次可别撞在我们手上啦。”那个青年说着猛拍了一下周冠才老婆外甥的头。

“谢谢啦，谢谢啦。唉，你们慢走，也辛苦了，我这里有半包飞马牌香烟拿去抽。”周冠才从衣兜里掏出烟来递给了年青人。

“周连长够意思，我们还要去搜寻呐，走啦。”一行人晃着手电又去搜索了。

“姨夫，你给我五十块吧，我拿了赶紧回家，爸妈还指望着你们帮忙呐。”外甥乞求道。

周冠才回转身来，上下打量着他，只见他上下衣裤都被芦苇茬划破了，脸上有一道明显的划痕，他心里起了疑惑，早不见晚不见偏偏在这抓凶犯的当口上见上了他。周冠才知道他老婆这个外甥，打自小起就顽皮，家里管不住，长大后又喜欢偷鸡摸狗，被联防队、公安局关过几次。于是周冠才便问道：“你妈这次生什么病，犯得上这么晚了到我家来借钱，明早不能来吗？”

“唉哟，姨夫啊，我妈这次哮喘病犯得厉害呀，那喘劲可真是上气不接下气啊。这不，我爸已陪我妈去了乡卫生院，临走时嘱咐我到你家借些钱先垫上，过一阵子再还给你们。”外甥可怜巴巴的哀求道。

周冠才一听外甥这么说，想必是真的了。他小姨子这哮喘病犯起来是真要命，有好几次都晕厥在家里急救哩。他只好在衣兜口袋里翻找着，拿出了二十元递给了外甥：“我身上只有这点钱了，平时你姨妈管束的紧，不让我多带钱。快拿去上乡卫生院垫上吧，明天再问你姨妈拿。”

“唉！”外甥哭丧着脸，抖抖索索的从周冠才手上接过钱，一溜烟地又欲钻进海堤坝上的芦苇丛里。

“站住!”周冠才猛地吆喝道,“还不吸取教训,像做贼似地不怕被人家笑话。大路朝天,走正道才是,再走邪道被人逮住了可没人救你了。”

外甥被周冠才的吆喝声给震住了,他回到了海堤边上,像犯了错误的人,两手低垂着,两眼不敢正视周冠才。周冠才拍了拍自行车座垫,然后将屁股跨了上去叮咛道:“听清楚了,不要走邪道。”他蹬着自行车朝场部方向驶去。

场部党委书记室,周冠才推门进去,见赵豫民已端坐在椅子上,党委办公室张主任以及农场三整顿办公室王主任也在场。农场党委梁书记在屋内来回踱着步,脸色凝重,屋内的气氛静肃极了。

党委办张主任见周冠才来了招呼他坐下。梁书记停止了踱步,凝重的脸注视着赵豫民和周冠才。他语调沉重地说道:“今天傍晚时分,我接到场部派出所和场部医院来电,你们E连的朱芸同志在场部开完会回去的路上被歹徒抢劫砸伤了,倒在海堤芦苇丛边上,被一位放牛回家的老太发现,大声呼救急送到场部医院抢救。同志们啊,这种恶劣行径不仅使我们损失了一位好同志、好领导,另一方面也是在新形势下出现的阶级斗争新动向,我们不能熟视无睹,要狠狠地抓,打他个现行。”梁书记猛地拍了下桌子问党办主任:“张主任,各连队有没有上报搜索情况?”周冠才的心收紧了,朱芸被砸的事全农场都撒下网了,那这个外甥在回去的路上是否还会碰上搜索队?他在为外甥的命运担忧着。

“报告梁书记,刚才办公室的同志打电话问过各连队了,到目前为止暂无搜索到可疑的人。”党办主任答复道。周冠才悬着的一颗心放下来了,他估摸着自己离开外甥骑车到场部需要半个小时,也就是说在这半个小时内各连队没搜索到可疑之人,那这个外甥在半个小时内也该回到家了,自己是虚惊一场。

“告诉各连队,让他们再查得紧一点,我就不信犯法之人能插翅逃逸。”梁书记吩咐道。

“请梁书记放心，按照您的指示我除了通知各连队搜索之外，还请农场周边几个乡的民兵一起参与搜捕，在这张大网之下绝无漏网之鱼。”党办张主任做事、处理问题确实老道。

梁书记用赞许的眼光看着他：“好哇，老张，真有你的啊，那我们就等待佳音了。”

梁书记呷了一口茶对赵豫民、周冠才说道：“在你们俩来之前，场党委开了紧急会议，鉴于朱芸同志伤势严重需要转到市区大医院抢救，一时半会回不来的，所以场党委会研究决定，赵豫民同志代理E连指导员、连长职务，周冠才同志协助赵豫民同志工作。”周冠才身子颤抖了一下，脑子空白了，一路上的美好梦想又落空了，真是时运不济啊。但嘴巴上还得表态啊，以期给农场最高最大的领导留下深刻印象。“请梁书记放心，我一定尽全力，鼎力协助赵豫民同志做好工作，决不辜负梁书记对我的期望。”他鹦鹉学舌，搜肠刮肚地表了个态。

“好，你周冠才同志也不赖啊，E连的农业生产你是费了心思干出成绩来的。你刚才的表态很好嘛。”梁书记夸奖了周冠才，他心里美滋滋的。梁书记接着说：“赵豫民同志，对于你的任命，一是朱芸同志平时考察推荐你的结果，二也是场党委综合平时考核意见抉择的。我希望你们俩能团结合作，继续发扬朱芸同志管理有方，知人善任和实干精神啊，当好农场排头兵。”赵豫民只是点了点头，没显示出什么兴奋劲。他明白梁书记的勉励分量千斤，他不急于表态，因为以后的一切还是个未知数，一切都要实践了才知道过程的酸、甜、苦、辣，让一切等结果来回答吧，这也是他一贯的行事风格。

“噢，还有，”梁书记又想起了什么事，“场党委会上根据整顿农业、整顿工业、整顿作风的进程，决定派场部三整顿办公室的同志蹲点到E连配合工作，你们看，这E连的力量更强喽。”

场部三整顿办公室的王主任，赵豫民和周冠才都认识。王主任部队转业到农场，先在工业科任副科长，后调到场部三整顿办公室任主任。人长的眉清目秀，整天笑呵呵的，但行事作风相当果断泼辣，人送外号“笑面旋风”，阴的很。

周冠才陪同赵豫民出了场部，直奔场部医院看望了还昏迷不醒的朱芸。赵豫民让周冠才先回去，说嫂子在家等着焦急。周冠才悻悻的回家了，老婆此时正半躺在床上听着收音机里播放的沪剧《沙家浜》，见周冠才蹑手蹑脚地进了屋，没好气地嚷道：“死棺材（冠才），吊孝去了啊？房门没锁好就野出去了，心给谁叼去了，说！”周冠才被老婆这么一嚷，整个身体差点厥倒，心里愤愤的：“林妮娜啊，林妮娜，你算把我害苦了。”周冠才灵机一动，马上把赵豫民通知他一起去场部的事告诉了老婆。周冠才老婆将信将疑地问：“那朱芸现在怎样了？”

“噢，躺在场部医院抢救，听梁书记说还要送市区医院抢救呢。哪个杀千刀的下这种毒手，抓住了非枪毙了不可。”周冠才说起这件事可来了神，以为说的义愤填膺可以将老婆的问话蒙混过关了。悬在半空的心刚放下，冷不丁他老婆又发话问道：“朱芸的事自然有公道处置，那桌上的蛋糕怎么回事？谁来过了，快说。”他老婆倏的一下从床上跃起窜到了桌子边上，指着蛋糕喝问道。

周冠才的心又一颤，暗想道今晚这一关看来是躲不过去了：“我……我这不正要与你说了嘛，赵豫民来之前，林妮娜拎着蛋糕过来了。”周冠才小心翼翼的说道。

周冠才老婆听了浑身像触电似的：“这狐狸精上我家送蛋糕干什么？你别装蒜，否则今晚我俩没完。”

“她来是为了求我们今年能商调她回市区工作，她说送蛋糕也是孝敬我们俩的。你看我走得急，连盒盖也没打开过。”周冠才故意把老婆也一起扯了进来，说林妮娜送蛋糕连她也一起孝敬进去了，免得她再疑神疑鬼问得他下不了台。

“这小妮子送一盒蛋糕就想我们帮她办大事？糊弄我们哪，想得倒美。这点东西孝敬我们，老娘才不稀罕。”周冠才老婆把蛋糕盒狠狠地一推，差点把蛋糕推落在地。周冠才一个箭步把蛋糕盒扶住了，嘴里嘟囔着："我看林妮娜在送蛋糕时的表情，心里琢磨着这盒蛋糕里面有文章，她在农场那么长时间了，办大事的规矩她懂，否则算是白混了，你还不亲自打开看看。"

周冠才老婆解开系在蛋糕盒上的红扎绳，掀开盒盖，两个人的脑袋同时凑上去看个究竟。只见这盒奶油裱花蛋糕没什么特别啊。底层是一块蛋糕坯子，上边裱了两层奶油，最上层中心用奶油裱了一颗红心。两人面面相觑注视着："去，拿把刀来我切开看看，里面是空心还是包藏着居心？"周冠才去厨房拿了一把切菜刀，用开水烫了一烫递给了老婆。周冠才老婆小心翼翼地用菜刀向奶油裱花蛋糕深层次切割进去，刀刃似乎碰上了一样异物下不了。"快拿大汤勺来。"周冠才老婆又吩咐道。

周冠才老婆拿着大汤勺从顶层慢慢地将奶油裱花蛋糕分二边掰开，从蛋糕中间层拿出一个白色透明的塑料袋，里面赫然装着两块上海牌手表。周冠才老婆像发现新大陆似地高兴得直狂："这死妮子，真有你的一套啊，冠才，冠才你快看啊。"周冠才此时也非常激动，他从老婆手中拿过塑料袋摇晃着："我说得没错吧，老婆，任何人想要商调到市区工作，从我手上过，没这一招是过不去的。虽然我没有全部的决定权，但决定几个名额还是行的。"

周冠才老婆将一块锃光发亮的手表试戴在手腕上，又拿下放在耳朵边细听着。"瞧你美的。"周冠才上前凑近老婆说，"唉，还有一件事告诉你，我去场部的路上撞见你外甥了，慌里慌张的被人追赶着，要不是我啊肯定被搜索队逮走了。"

"啊，这个杀千刀的又惹什么祸了，这么晚了还游荡在外，后来怎么了？"周冠才老婆大惊失色地说道。拿在耳朵边细听的手表差点掉在地上。周冠才一五一十地将他碰上的事告诉给老婆听。"哦，阿弥陀佛，上天保佑，千万不要是这个小子作孽噢。"周冠才老婆双手合十，语无伦次地说道。

三

赵豫民到了场部医院看望受了伤的朱芸。场部医院很简陋，四排矮平房，绿化环境还算清幽。在一间挤满了医生和护士的病房里，赵豫民见到了朱芸，头上缠满的绷带渗着血迹，清秀惨白的脸上罩着氧气面罩。她两眼紧闭着有些浮肿，一双手无意识地在空中不停地比划着乱舞。两名护士隔一会按住了她的胳膊，让她安静下来，这是典型的头部受伤者的臆乱症。测心跳、血压仪、氧气瓶等一堆医疗器械放在一边。屋里弥漫着浓重的福尔马林药水的气味。两位从县人民医院请来的医生在荧光屏前拿着诊断的病历卡对照着 X 光片子不断地比划着，研究着。

望着躺在病床上的朱芸，赵豫民脑袋都胀了。多么好的领导啊，虽然是女性，但她无比坚韧，活泼开朗，洒脱超然，有一种女性特有的磁性吸引着你。她是六六届高中生下派到农场 E 连来的，有着战天斗地的毅力，干起活来赛过男子汉。她从 E 连的一个职工逐步进步到管理一个连队的最高指挥员，没人不服她的，人送外号称“司令”。

赵豫民的思绪一下拉到六年前的三月，那是赵豫民被分配到农场E连去报到的那一天，天空下着濛濛细雨，一帮刚从学校毕业的十七、八岁的小伙子、姑娘们拥挤在一辆两节车厢的公交车里朝东边驶去，近两个小时的路程颠簸到县城，又各自按照要去的连队进行转车。赵豫民一路有30多人，公交车又在坑坑洼洼的道路上行驶了约一个小时，总算到了终点。下车后，这群小伙子和姑娘们欢呼道："哎唷妈呀，总算到了。"有几位同伴问了农民，E连在什么地方，农民们告诉他们，一直朝东走，到海边就是了，还有七八里地。

"我的天，我走不动了。这么远呀，我不去了，我想家了。"一位姑娘嘀咕道。她的情绪一下在姑娘群里传染开了，有的姑娘一屁股坐在行李箱上抽泣起来。小伙子们初生牛犊不怕虎，好奇心驱使他们朝东面张望着，七嘴八舌地说那我们赶快走啊。

"怎么刚来就想回家啊，这么没骨气。"突然一声清脆爽朗的声音从小伙子和姑娘们的身旁传来，大伙儿把头转向传来声音的一方，只见一位中等身材，梳着直发式短发，大眼睛，瓜子脸，皮肤黝黑的女青年站在那儿，两手叉着腰，一身军装勾勒出女性成熟的美，她的嘴还在向他们微笑，在她身后站着四位男青年，两辆手扶拖拉机停放在旁边。

"我是E连的指导员朱芸，专程在此迎接你们，我代表E连欢迎你们新鲜血液们。"朱芸边说边走向这群小伙子和姑娘们，与他们一一握手，嘘寒问暖。当朱芸走到赵豫民面前握着他的手时，问候道："你是赵豫民吧，同材料上贴的照片一模一样的英俊。"赵豫民先是一愣，转而一想，眼前这位指导员一定事先看过每个人的材料，情况早就掌握了。"哦，我叫赵豫民，走肖赵，河南的简称豫，人民的民。"赵豫民有些措手不及地回答道。朱芸用赞许的眼光看着他，点了点头。朱芸这么关心赵豫民的神态，着实引起了周边同来的小伙子和姑娘们的羡慕。第一次离开父母出远门，来到这荒凉的陌生地，小伙子和姑娘们也渴望能得到像熟人般的问候。

“咳，黄金敏，你们还站在那里干什么，快过来把新鲜血液们的行李装上车。”朱芸大声招呼道。那边四位男青年“蹬、蹬”地走过来，二话不说，将这群小伙子和姑娘们的行李一一装上了车，用结实的麻绳扎好。

“新鲜血液们，大家排好队，男的一排，女的一排，听我的口令。立正，向右看齐，向前看，稍息。”小伙子和姑娘们听着朱芸喊出如军令一般的口令，列队，转头很整齐。在全民皆兵的年代，他们在学校期间也经常这样训练，这一套对他们来说太熟悉了。

朱芸满意地点点头，继续发话：“新鲜血液们，都给我听好了。你们的行李已经全部装上车了，放心吧，他们会很负责地把你们的行李送到E连的。黄金敏，发车！”朱芸向坐在手扶拖拉机驾驶座上的那位男青年挥着手。“突，突，突……”两辆手扶拖拉机在手摇柄的几次翻转下启动了，冒着黑烟在坑坑洼洼的道路上疾驶而去，车后留下一串哐当哐当的震动声……

望着远去的手扶拖拉机，朱芸对这群有点呆滞的小伙子和姑娘们说：“新鲜血液们，我与你们一起走到E连去，不过刚下过雨，路有点滑，所以在路上男同学要照顾好女同学，大家并肩前进。”

“啊，真走着去啊。”刚才那位想回家的姑娘又发出一声惊叹。

朱芸向她一瞥，目光正好与赵豫民对视，那位姑娘排在赵豫民旁边。“赵豫民，一路上要好好照顾好你的同伴，不能让她掉队。”朱芸在下着命令，同样也在考察着这位也是新来的赵豫民有多大的能量。

“是！”赵豫民响亮地回答道。

“全体向右转，目标E连方向前进！”朱芸的手指着东方，下了出发的命令。

在一条一米多宽的田间垄道上，两边的地里长着绿绿嫩嫩的豆荚，开着黑心的花，散发出阵阵香气。这支队伍沿着这条田间垄道向东走着。小伙子和姑娘们打从娘胎里出来头一遭走这么狭窄的乡村泥路，且刚下过雨路打滑，所以男女相互拉着手，低着头看着泥路，生怕一不小心打滑倒向农田里摔个嘴啃泥。这一路走来开始两排队伍走得还整齐，并有嬉笑声，但队伍越走越弯弯曲曲，有的人简直不是在走，而是在泥路上滑步。赵豫民拉着那位女同伴一脚高一脚低地走着，突然那位女同伴一个踉跄向前滑倒，赵豫民也被她顺势一带，单腿一跪滑倒在那位女同伴的身边，又顺势拉住了那位女同伴，使得她不至于滑向农田。那位女同伴用哆嗦着的手紧紧地抱住了赵豫民，感激地道了声谢谢。赵豫民从来没有这么近距离的与女性接触过，他的腰被女伴抱得紧紧的，顿觉脸一红，用力扶起那位女同伴。就在这瞬间，赵豫民抖着胆子端详了一下女同伴，只见她长着一张端庄秀丽的鹅蛋脸，梳着一对整洁的长辫子，一双长睫毛覆盖着丹凤眼，挺直的鼻梁，下面一张樱桃小嘴，说话有点嗲，动听。“没关系，坚持一下，就会到了。”赵豫民鼓励道，“来，我走在前面拉着你走。”赵豫民换了一只手拉住女伴走在了前面。

“这位同学，你那对长辫子干活可累事了，到了连队要剪掉的。”朱芸走在赵豫民的后面，刚才他帮助女同伴的那一幕她全看在眼里，暗暗高兴。但看到那位女同学身后晃动的一对长辫子，她善意地提醒了一句。

“指导员，不行的，这对辫子在我头上养了十年了，我不会剪的。”女同学不满地说道。

“噢，我先不强求你，慢慢你自己也会觉得是累赘，到时会把它剪去的。”朱芸和蔼地说道。

“指导员，你来农场多少年了?”赵豫民问道。

“六年了。”朱芸回答说。

“这么长时间了，你不想回市区工作去。”赵豫民惊讶朱芸在农场这么长时间。

“小伙子，刚来就想着回市区去，你有没有志向?”朱芸恼怒地说。赵豫民默然了，继续拉着女同伴朝前走去。

朱芸突然高喊起来:“新鲜血液们，太沉默了，唱首歌活跃一下气氛。来，唱首《我们年轻人》好不好。”

“我们年轻人有颗火热的心，革命重担挑在肩，哪里有困难，哪里有我们，勇往直前向前进……”朱芸拉开了女中音的嗓子带头唱了起来。

翻过一条高高的泥土垒起来的海塘，终于到了E连，朱芸带着这群小伙子和姑娘们站在海塘的堤岸上眺望，整个E连尽收眼底。E连是由五排矮平房和一幢二层楼房组成，矮平房前有一个用水泥砌起来的大场子，场子里面有两个篮球架，另一端又是两排仓库。

“走，我们走下去，各排都有人欢迎你们。”朱芸领着他们穿过彩旗招展的夹道，来到了全连欢迎人群的前面，吆喝道:“各排排长来迎接你们新来的人员。”

在各排长点名招呼声中，赵豫民目视着曾牵手而来的同伴，被分在E连的后勤排，并记住了她的名字叫陈丹。

在这六年中，赵豫民在朱芸的精心呵护下成长进步很快，从一个初出茅庐的小伙子被培养成为连队的副指导员，加入了中国共产党，成了连队响当当的人物。而陈丹也成为连部的卫生员。赵豫民的前途可谓一帆风顺，但在这六年中有一件事差点让赵豫民翻船，这都是他自己使性子引起的。

一九七五年冬季，征兵工作开始了，农场这次招兵的军种是海军。已经提升为副指导员的赵豫民，那天带着十二名E连的职工到县城医院去作参军前体检。他们分乘二辆手扶拖拉机，拖拉机手黄金敏这辆车载着赵豫民和六位职工一路飞驶在最前面。

“赵指导员，我这辆‘红旗牌轿车’，还不错吧?”黄金敏一边说一边故意炫耀着他娴熟的车技，双脱手，将两腿架在车把上面。

“你小子不要命啦，你在车轴上架了一个小盘，车速翻了一倍，还要猴子耍把戏，莫非想把我们全整死啊。”坐在驾驶员座位旁的赵豫民责问道。

“嘿，嘿，嘿……”黄金敏憨厚地笑着，用油兮兮的棉袄衣袖往脸上抹了一把，这一抹把脸抹成了大花脸，大伙见了笑起来了，黄金敏不好意思地说："没事，赵指导员，保证你们安全到达县城。"

"什么没事，给我停下。"赵豫民严厉地说道。黄金敏很听赵豫民的话，乖乖地将手扶拖拉机停在了路边，愣愣地看着赵豫民。"小子坐一边去，我来开。"赵豫民说道。

"啊哈，是指导员想过过瘾，还那么训人。"黄金敏不服气地说。听说赵指导员要亲自驾车，原来坐在后车厢的六位职工全部拥到扶架上想看个究竟。

"都给我坐好了，出发。"赵豫民手头熟练地操作起来，他挂档，推油门，车速开得比真正的车手黄金敏还快。"这下你也觉得爽了吧。"黄金敏喃喃地对赵豫民说。

身体检查完毕，赵豫民让手下这帮人去县城转悠，说好五点钟在南泉饭店碰面吃个饭。打发了手下的人，赵豫民自己则去县征兵办转悠，打探点消息，在县征兵办二楼，他撞见了一个穿四个口袋军装的军人。

"嗨，王叔，是你呀。"赵豫民招呼道。

"豫民，这么巧在这里见到你，你也是来报名参军的?"那个被称为王叔的军人打量了赵豫民一番，惊喜地问道。

"不是，我是带队来县城的。这不，王叔，我们连队这次有十二位职工前来参军体检，我这是顺便到这里摸摸情况。他们如能体检合格成为光荣的解放军战士，也是我们连队的光荣嘛。"赵豫民赶紧解释道。

"豫民啊，一晃十多年没见，你爸爸、妈妈身体好吗？唉，那时候你才这么丁点大，整天围着我要戴海军帽。这次可是好机会啊，王叔是这次招兵的兵头，说了算，要不王叔把你的名字也写上，这是部队特招。"

"特招？我能有这么好的待遇？想想，让我想想……"王叔的一番话一下点燃了赵豫民从小在机关幼儿园演出时就想当海军的欲望。"能行吗，王叔？我现在是连队的副指导员，不在报名参军的范围内。"赵豫民想起自己的身份有点犹豫了。

“够格，只要你下决心，报名表一填，这以后的事全交给王叔了。来，我领你填表去。”王叔不管赵豫民同意与否，拉着他朝自己的办公室走去。在王叔的心里啊，只要把老上级的儿子当海军的愿望实现了，比什么回报都强。赵豫民在当海军的强烈愿望驱使下冲昏了头脑，填下了参军报名表。

赵豫民和职工们在南泉饭店胡吃海喝了一番，便宜，才三十五元钱。每人掏了三元。在酒席当中，赵豫民莫名地兴奋啊，他望着这些报名参军体检的部下，费那么大的周折才能参军，而自己是部队的特招兵，他能不兴奋吗？临走，赵豫民还觉得不过瘾，又自己掏钱买了两瓶黄酒和一些猪杂碎带在身上，回到连队又与黄金敏对喝起来，直呼过瘾，然后倒在床上呼噜呼噜地睡着了。

三天后，赵豫民擅自报名参军的事在整个农场炸开了锅。一方面是部队坚决要人，另一方面农场坚决不放人。农场方面告诉部队，赵豫民是局管干部，农场要向局里打报告，批准了才放人。事情闹到这份上，农场党委书记勒令朱芸、赵豫民到场部讲清楚。朱芸被这突如其来的消息弄懵了，气不打一处来：“赵豫民啊，赵豫民，你真不检点，让你带队组织职工去参军体检，你倒好，给你一点颜色就风光，违反纪律规定自己偷偷报名，农场亏待你了？我亏待你了？这件事你怎么向农场党委书记交代？”

赵豫民此时的心情也很复杂，王叔为了我参军的事是下了狠劲了，动静闹大了。可场部也真是的，为什么要报到局里批呢？你批了不就得了嘛。朱芸刚才一番话，他思量过了，农场我是不亏它的，我大量的付出做出了贡献。可对朱芸，我是有愧于她的，没有她的努力栽培，我也不会有今天的地位和作为。何况相处几年了，她对我有恩有情，关爱有加，一直把我当作连队思想教育、工作决策、生活乐趣的智囊和坚强后盾，看来我这个甩手掌柜是当不得的。想到此，他冷峻地对朱芸说：“一人做事一人当，这件事我会说清楚的。”

到了场部，赵豫民当着农场党委书记、王叔的面检讨了自己的过失，表示要继续留在农场。王叔一听可急了："你小子还是没长大，这么没定性。过来，王叔要和你说话。"王叔把赵豫民拉到墙角，低声问道："他们给你压力了？"赵豫民摇摇头回答道："没有，王叔。这件事都怪我没想明白，也没有和您讲清楚，对我们这级干部农场是有政策规定的，只能服务在农场。这不，事态闹大了，如果我不表这个态会影响到我们这级干部的稳固，要真乱起来，党委书记也收不了场。"

"哦，还有这规矩，作为军人，我王叔明白了。孩子，不要怪你王叔，你就安心在农场工作吧。"王叔勉励道。

赵豫民私自报名参军的风波平息了。农场党委根据事态的严重性准备给赵豫民处分。朱芸知道后到场部四处游说，把责任揽在自己身上，最后给处分的事也作罢了，一切归于平静。

赵豫民站在病房里回忆起往事，眼睛也湿润了。面对躺在病床上的朱芸，想到：我刚刚临危受命接你的班来了，这是一副重担啊。看人挑担不吃力，给你当配角有些问题可以绕过去，不必自己去直面，去承担。而自己真的要上任了怕没那么容易干得好。E连有四百多号人，管着七百多亩地，一年四季春耕播种下秧，收麦子油菜籽，夏天战"双抢"，插秧收稻谷玉米，秋来摘棉花收二季稻，冬天开河修海堤，忙得连轴转。"朱芸啊，我一直当你的副手就好了，我也心甘情愿。"赵豫民在心里呼唤着。

病房的门开了，进来了一位医生，他对朱芸仔细检查后对护士说："病人现在稳定了，你们准备一下可以转院了。"

救护车闪着红灯停在医院门口，三位护士把朱芸从病床上移到有滑轮的医用床上，赵豫民紧跟上去帮着推医用床，一直护送朱芸上了救护车，目送她远去。

赵豫民骑着自行车刚出医院门，就见路上三三两两的人围在一起议论着。赵豫民推车上前听个明白，"县公安局也出动啦，那个歹徒被抓住啦，这小子尽往海堤芦苇丛里钻，最后还是被围住了，已押往县里啦。”赵豫民追问道：“谁被抓住了？”“就是那个砸人抢劫的歹徒被抓住了。”

赵豫民激动的一把抓住那人的衣袖，“抓得好，抓得好哇。朱芸，你听见这个消息了吗？”那个被他抓着的人目瞪口呆的望着他，“嘿，你抓着我干什么，发什么神经啊。”

四

早春三月，农场局惯例的三级干部会议在崇明长江农场召开。

赵豫民现在以第三级代指导员、连长身份去参加会议。长江农场大会场外已是人山人海，锣鼓喧天，旌旗飘扬，舞龙舞狮队夹道欢迎。几个月没见面的老朋友在四处打招呼，叫嚷着，热烈着，亲密着。他（她）们都是农场局的佼佼者，一代骨干精英分子。赵豫民因为是新上任的，一个人都不认识，但看着这种场景，让人羡慕的一刻，赵豫民心里却不是滋味，因为他是孤身单影被人忽视的精英。赵豫民默默地随着农场骨干精英们的队伍涌入了会场，他在一个不起眼的座位上坐下，聆听着各个农场代表们慷慨激昂的发言，他想向他们学习点怎么治理连队的良方妙药，但这些代表高八度的语言里大话空话多，表决心式的美妙词语多，他不由得将身子深深的埋入硬板靠背椅里陷入了莫名的沉思。

会议进行到第三天上午是闭幕式，农场局党委书记作总结性讲话。老头操着浓重的山东口音且颇有硬派风度。他讲话时不时挥着手："同志们，整个农场局的形势是大好的，各农场代表发言也是振奋人心的，我看见了一个主流就是大家本着战天斗地的精神在改造着我们的农场，发展着我们的农场……”会场里响起热烈的掌声，农场局书记用双手朝下压了压，继续说道：“但是我们农场现在还是单一的生产方式，几十年下来农场局的各个农场还不富啊，我们的一些连队职工现在还睡在潮湿阴冷的土坯子房里，睡在生锈断档的铁架子床上，沉重的农活和年底的水利建设使得不少人患了病留下后遗症，特别是女同志……”老头声音有点颤。“亦农、亦畜、亦林这当然是我们的主业，同志们啊，如何使农场的地位进一步提高，如何使整个农场局四十多万职工安心在农场，发展在农场，这是新形势下给我们出的命题。所以，我们的思维要跳出农场看农场，立足农场走向市区，以农业生产为主线，以其他生产方式为辅助，开辟农场局工作新局面……！”局党委书记最后把手一挥结束了他史无前例的冗长讲话，余音绕梁久久不散，会场里爆发出长久的掌声。赵豫民把两个巴掌都拍红了，他听明白了局党委书记讲话的内涵，特别是“以农业生产为主线，以其他生产方式为辅助”，这句话虽然含蓄，却隐含了局党委书记那种审时度势的眼光，唯物辩证的哲理。赵豫民天赋聪明，也就是在大多数人还不理解的时候或者是一知半解的时候，他能把握事物发展的规律和本质。

散会后，赵豫民搭公交车来到了长江农场A连，去看望从小在一条弄堂里长大的二排排长甘霖霏。甘霖霏比赵豫民小三岁，甘霖霏的父亲原是市区某化工厂的销售部门股长。赵豫民十岁的时候，甘霖霏的母亲带着甘霖霏从浙江农村到市区与丈夫相聚，一时找不到工作，正在为难之际，赵豫民的母亲就请她来家做保姆。甘霖霏的母亲心地善良又非常能干，自从她进赵家当保姆后把赵家的家务活料理得干干净净，把赵豫民和他姐姐及奶奶的日常生活照顾得体贴入微。甘霖霏的母亲每天到赵家干活时总是把甘霖霏带在身边，去上学的时候，她把三个小孩同时送到学校，放学时就把他们接到家。严冬酷暑，风里来雨里去从不耽误，赵豫民的父母一直夸奖“甘妈霖霏和我们就是一家子。”甘霖霏在赵豫民家玩时一直跟赵豫民的姐姐一起玩，如女孩儿过家家或踢毽子、跳橡皮筋之类的玩意。而赵豫民喜欢玩航模，有时赵豫民在专心致志地摆弄航模时，甘霖霏会默默地一声不响地走到他旁边专注地看着他，赵豫民得意之时，会摸摸甘霖霏长着齐耳短发的头：“假小子，你会做航模吗?”甘霖霏总是摇摇头，但她又会专注地看着赵豫民。“特殊时期”，赵豫民的父母被打倒了，甘霖霏的母亲不能在赵家做保姆了，甘霖霏也随着母亲离开了赵家，但两家一直保持着亲密联系。随着年龄的增长，偶尔在弄堂里碰上，俩人也就搭讪几句，红着脸走开了。

这次去崇明长江农场开三级干部会议前赵豫民特地去甘家拜访了一次。甘父正喝着酒呢，见豫民来了连忙起身拉他就坐，扯着嗓子喊道：“霖霏她妈，再炒几个菜，豫民来了。”

赵豫民摆摆手，“别，别，我刚吃过。明天我要去崇明长江农场开三级干部大会，一来看看你们俩老，二来看看有什么东西捎给霖霏。”

甘父不高兴了，“又来了，又来了，到甘叔家还见外啊。再说了甘叔有一件重要事情告诉你。来，先把这杯酒喝了，咱叔侄俩好好唠唠。”甘父端了一杯酒递给赵豫民，赵豫民没办法推托便一饮而尽，甘父脸上绽放出笑颜，他挟了一块肉往赵豫民嘴里塞，嘴里还一个劲的像个孩子似地嚷着：“嘿嘿，往下咽，往下咽。”

赵豫民抹了一把油渍渍的嘴，顺势朝凳子上一坐，大有一种酒肉穿肠过，既来之则吃之的气势。“这就对了，你这孩子脾气我还不知道，假正经，口上说不不不，心里就是一馋猫。再说你和霖霏十七八岁就去农场了，尽干些力气活，肚子里的油水早就没了，到你甘叔家来加点油水也是应该的嘛，来满上。”甘父又给赵豫民倒满了一杯酒。

这说话的功夫，甘霖霏的母亲从厨房端上猪肝炒大葱，番茄炒鸡蛋，炒土豆丝三个菜。“豫民快吃啊，他爸一个人喝酒也闷的，正好你陪陪他。瞧你人瘦得这模样。”

“霖霏她妈，豫民明天要去崇明长江农场开三级干部大会，你看看让豫民带些什么东西捎给霖霏这丫头啊？”

“霖霏前几天来信说活儿重，吃不饱，要不我去炒三斤面粉交给豫民捎去给她，唉，真苦了霖霏了，一个姑娘家的，现在是长身体的时候呐。”甘母呐呐地说道。

“伯母，这个主意好，炒面粉耐饥，我每次回农场时总要带个三斤五斤的，有时饿了真的要填填肚子的。”

“那我给她炒去。”甘母又走进了厨房。

甘父端起酒杯与赵豫民端着的酒杯碰了一下，然后一口喝下，他啧了啧嘴巴说道：“豫民啊，你甘叔在化工行业干了几十年了，也参加过金山石化总厂的建设，现在也是一家中型化工厂的副厂长啦。现在化工行业发展得快，我们厂要彻底改造上新项目，所以要把厂里原来的设备分转到其他厂。根据公司的计划，其中合成胶水车间的设备要转移到东面近海滩的三个农场中的一个，你看这等好事会落在谁家手里……？”甘父挟了一块菜，故意卖弄关子不说下去了，他的眼色朝赵豫民的脸瞟了一下，见赵豫民脸部肌肉也快速地颤抖一下：“甘叔快说嘛，这样的好事当然放在我们农场我的连队最合适。”

“嘿嘿，豫民啊，我就知道你熬不住，性子还是那么急。”

“甘叔啊，这样的事谁听见了都会迫不及待啊，你说，你快说嘛。”赵豫民催促道。他端起酒杯敬甘父：“甘叔，我满上先敬你一杯。”

“好你个先下手为强，你甘叔也不赖。”叔侄俩又干了一杯酒。赵豫民一下觉得浑身发热，心潮澎湃，他心里自鸣得意，刚当上连队一把手，好事又要到手，看甘父的意思这胶水车间外放肯定花落我手。果然甘父张口说出了原意，“豫民啊，这次公司的计划中让我担任设备转移的总指挥，我已和公司说了，转移合成胶水车间的设备我确定放在你们农场，至于是否放到你们连可要看你的造化了。这是我们公司支持农场发展的需要，当然是块肥肉，大家都要你死我活的抢了。”

“没问题，只要甘叔你看得起我，把合成胶水车间放到我们连队来，我打包票，场部肯定会同意的。”赵豫民脸色通红，拍着胸脯打下了包票。

“不过豫民啊，还有一个大问题，就是……”甘叔吞吞吐吐像有什么重大心事欲说不能。

“甘叔，你为我们农场建设，为我们连队发展作出了那么大贡献，有什么需要我解决的还不能说嘛。”

甘叔咬了咬牙把刚缩进去的话又吐了出来：“豫民啊，你甘叔就一个宝贝女儿甘霖霏，小时候你俩两小无猜，生活过一个时期，可大了后霖霏被分配到崇明长江农场和你天各一方，相互也不能照顾。我想乘办厂这个机会让你将霖霏调到你们农场进这家厂子，你说有这个可能性吗？你甘叔这个要求是不是有点假公济私啊，豫民，你可不要笑话我哦。”甘叔说完猛的又一口酒下肚。

赵豫民听了甘叔这番话心里的确犯了嘀咕，农场与农场之间互调职工，一要有非常重大的理由，二要经过农场局同意，场部也没有这个权力。眼下甘叔这临门一球踢得太猛了，使他毫无准备。但他转而一想甘霖霏一位女同志一个人在崇明长江农场长久下去也不是一回事。当年甘霖霏学校毕业时，甘叔甘婶也曾托过他去甘霖霏的学校，也是自己的母校，找班主任、教导主任、校长求过情，把她分配到自己的农场连队，也可相互有个照应。可阴差阳错按分配政策一刀切，这所学校这届毕业生全部被分到崇明各个农场，一点挽回的余地也没有。但这次不同了，甘叔也是冒了很大风险将胶水车间放到我们农场来，这明摆着支持我，关心我，照顾我，我可要拿出拼死吃河豚鱼豁出去的劲来反哺甘叔甘婶对我的一片厚爱。将甘霖霏调到我身边来，照顾好这个小妹妹。他铿锵有力地对甘叔说道：“甘叔，这件事的确有很大难度，但我一定会办成，请甘叔放心。我相信组织和我自己在农场的影响力，而更大的坚强后盾，就是你甘叔为我们农场和我铺就的锦绣前程。”

“过奖了，过奖了。不过有你小子这样的答复甘叔心甘情愿了。”

赵豫民和甘霖霏在连队食堂见的面，他将甘婶炒的面粉交给了甘霖霏。望着甘霖霏被太阳晒海风吹得黑黝黝的脸，赵豫民不禁鼻子一酸，以前那个含苞待放，青春活力四射的甘霖霏的模样早就不见了，她才二十岁啊。甘霖霏被他看得不好意思，但也猜到赵豫民这眼神定格所想，便说了一句：“你也不一样嘛。”

赵豫民回过神来把甘叔说的事一五一十的讲给了甘霖霏听。可甘霖霏似乎并不为所动，她反问道：“豫民哥，你难道就想在农场等上一辈子？整天风里来雨里去地过着面朝黄土背朝天的日子？凭着你的天赋，你的家庭背景应该生活得好一点。你应该有机会上大学，去更广阔的天地施展你的抱负。”赵豫民一脸的惊愕，他万没想到给甘霖霏带来喜讯却被她一顿抢白，眼前的甘霖霏看来要另外高看一眼了。经过农场这几年的经风雨见世面磨砺，甘霖霏已不是以前的甘霖霏，变得成熟了。

“我爸也是的，办什么工厂啊，这不是把你给拖累了，这不是什么好主意。”

“你爸这也是为我俩考虑嘛，我看这是一举两得的好事。”

“豫民哥，不要再自欺欺人了，你工厂办好了又怎么样？外表光环，其实内心在折磨着自己。我是不想待在农场了，我这样拼命干无非想乘一年一度的商调回市区工作或考大学，实现我自己的理想。”甘霖霏越说越激动。作为一个有点文化的青年谁想把大好青春浪费在这年复一年的枯燥无味不会说话的泥巴土地上，重复着千年不变的“日出而作，日落而息”的农夫生活。

赵豫民不想与甘霖霏争论下去了，他记起了一位哲人曾说过的话：“每个人有每个人的活法，只是思维方式和行为过程到最终追求的目标不同罢了。”他与甘霖霏不欢而散道别了。

赵豫民急冲冲地搭班车往南门港赶，到镇上才想起来还没吃中饭呢。他看了看手表，离下午 2:45 分那趟开往吴淞码头的班船还有一个多小时呢。赵豫民在熙熙攘攘的南门镇挑了一家当地人开的小酒坊，刚在一张八仙桌旁的木条凳落坐忽听有人在招呼他，定眼望去，是在前进锁厂工作的老同学与一位女同志在对酌着。

“豫民老同学，这么巧我俩在这儿碰上，快过来和我们一起喝酒。”

赵豫民在老同学对面的木条凳上坐下，疑惑的问道：“老同学，这位是同事?”赵豫民眼光扫了一下坐在老同学对面的那位女同志，只见她愁眉苦脸，一身素装打扮，左上衣袖戴着一块黑布，这分明是在丧期啊。

那位老同学一边往赵豫民的酒碗里倒着酒一边说：“你说对了一半……来，来，来，先喝了这一碗崇明老白酒再说。”赵豫民应付着，端起酒与老同学碰了杯咕咚咕咚喝了下去。这崇明老白酒果然名不虚传，上等粳米酿成的酒，白得有点浑浊，闻着很香，喝起来更醇，味酸酸甜甜的，还有点粘口。几碗下肚，酒力浸透了每个毛细孔，再配上白切羊肉、螺蛳、鳝丝炒冬笋、扎肉等农家菜，那真是赛过活神仙。老同学往赵豫民的碗里不停的夹菜，装了满满一小碗，急得赵豫民大呼：“可以了，可以了，照顾好女同志。”

老同学乘着赵豫民吃菜的时候把话说开了：“豫民老同学，人生在世不管怎样身子骨要结实，这是本钱啊。”他用手指指那位在低头哭泣的女同志：“她姓林，你就叫她小林吧。可惨了，他未婚夫是我的师兄，小林在市区工作，原本他俩准备今年十月一日前要结婚了，可我那师兄原在农场大地班工作，拼死拼活年年得先进，都快三十的人了图个啥?就图捞个好印象可以商调回市区工作嘛，最后落个肝硬化。在农业连队干不了了，调我们锁厂来工作，不顾自己病情严重还要搏命，这不转为肝腹水。到市区医院抢救了两个月，最后还是熬不过去走人喽。”老同学说的最后一句话简直是在吼，他倒了满满一碗老白酒仰脖子往嘴里灌下去。

老同学处在悲伤之中，又一下子喝了那么多崇明老白酒，已有很大醉意，他把头伏在桌上，伸出一只手拉住赵豫民的衣袖继续说道："豫民老同学，在学校里我俩是好哥们，你人缘好，现在我告诉你，我那师兄躺在病床上行将要死的时候，把其他人都赶走，就留下我俩，他一边紧紧拽着我的手，一边紧紧拽着小林的手，再三拜托我要照顾好小林，盼着我们俩能结合，并要我俩在他面前答应，否则他死不瞑目。再说平时我和师兄、小林接触当中，小林是个大方、谦和、很能干的人，你说我俩能不答应吗?"老同学说着说着哽咽了。

赵豫民打量了一下那位女同志，不由为她而伤感，年纪轻轻还没入洞房就变成寡妇了。商调回到市区工作的政策，确实牵动着广大农场职工翼期的心，也正是有这根胡萝卜指挥棒，年年演绎着农场职工悲喜怒闹的交响曲，而这首交响曲什么时候能唱完呢，大家都不得而知。赵豫民劝着老同学不要太悲伤要节哀，与小林结合后的路怎么走要朝好处想。

老同学抹了一把眼泪和鼻涕，呜咽的说："豫民老同学，你要理解我，今后我一只脚踏在市区和小林一起过，可一只脚还在崇明岛。唉，这不，办完了师兄的丧事，我带着小林到崇明岛散散心。"

他们三人在这小酒坊把三斤老白酒都灌下肚后，赵豫民看了看表，登船的时间快到了，他便与老同学和小林握手道别，忽忽的走向船码头。阵阵江风吹来，赵豫民直反胃，他屏住气不让酒再涌到喉咙口，心里嘀咕着，这崇明老白酒后劲真大。赵豫民晕晕乎乎地在码头地摊上买了一网袋崇明乌梢蟹，兴冲冲地上了船，找到自己船上的铺位，平躺在铺位上睡着了。他美美地做着梦，E连农田的庄稼茁壮成长，胶水厂落成开工，产品源源不断从车间里传送出去，职工宿舍一座一座成为美丽的庄园……。E连是块美丽的伊甸园。

五

赵豫民回到农场后就向场党委梁书记、场党办张主任汇报了办合成胶水厂的事。梁书记听完汇报后笑眯眯地在赵豫民肩膀上重重地拍了一下:“好小子真有你的,找准机会就下猛手,对方所提要求我全答应照办。嘿,赵豫民啊赵豫民,你悄悄地帮我解了一个心头之忧。不瞒你们俩,各农场都在争局里的工业项目,拉市区工业局的关系来武装发展自己的农场,稳定农场人心。平心而论,我们农场与其他农场相比家底还是薄啊,我们要对得起农场职工就得多办厂啊!这件大事场党委要专项研究,迅速组成筹建领导小组抓紧与对方谈判,尽快把这个工业项目揽过来。”梁书记用手势作了一个包围动作,“不过我得提醒你俩在此事还未开张前不能透露半点风声,否则,拿你俩试问。”

赵豫民满怀喜悦地走出了场党委书记室,他没想到办合成胶水厂的事正中梁书记的下怀,甘叔所托的事也顺顺当当的给解决了。他向场党办张主任作了一个挤眉弄眼动作,张主任翘起了大拇指附和着赵豫民说:“兄弟到时也给我搞一个进厂的指标,让我那不争气的小舅子进厂上班。”

农场局三级干部会议后，场部迅速组织开展讨论。赵豫民与场部部分科室科长、连队指导员和连长分在一个组，讨论地点放在农场团委办公室。当赵豫民走进讨论地点就听见大家叽叽喳喳议论着改变农业生产单一化问题，唯一的出路是发展机械化，但以农场目前的状况是难以实现的。赵豫民找了一个靠门口的位置坐下来静听着大家的发言争论。

轮到农场团委书记、讨论组副组长发言了。她个子不高但身体结实，胖乎乎的脸蛋稚气未脱，留着齐耳短发很精神。她发言时中气十足，像打连发机关枪，火药味挺浓的："农场完全机械化不行就靠人，想当年我们农场不就是靠人手提肩扛围垦出来的吗？我们青年人到农场来就是一颗红心两只手，战天斗地绘蓝图。我们要学大寨人的精神，人定胜天。如果把这一点也丢掉了，光谈农场发展只能靠机械化，照这样下去我们都要变懒了变锈了，人脱离了精神支柱与偶像太可怕了……"

"那也不一定啊，人定胜天这句话不一定无所不包啊。"一直在旁默不作声听着大家讨论的赵豫民突然反唇相讥。

正在兴头上慷慨陈辞的团委书记冷不丁被人抢白了，有点恼羞成怒，喝问道："你是谁？说这个话要注意影响，考虑后果。"团委书记向赵豫民扣了顶"帽子"，会议室的人将目光集中到了赵豫民身上，并小声交头接耳。

"自我介绍一下，本人赵豫民，E连代理指导员、连长。今后大家都在一个锅里吃饭。哦，大家这不是在发言讨论吗？言者无罪，闻者足戒。我刚才这句话要是说错了逃不出农场，让大家批判，说对了也不顶用，人微言轻，最后决定权在场党委，所以书记同志用不着那么紧张。"赵豫民这番幽默的自我介绍引得大家哄然大笑，团委书记脸上红一阵青一阵的，两眼瞪着赵豫民像要把他吃下去似的。

赵豫民清了清嗓子说："在这个世界上，人是最宝贵的。不同的人应该结合不同的客观历史条件发挥出各自的主观能动性，创造力，这是物质的。人定胜天这句话是在某种情景状态下喊出的精神口号。试问，我们农场遭受天灾，也喊着人定胜天的口号到头来不是减产就是绝收，你胜得了天吗？”

“你胡说，伟大领袖毛主席教导我们，与天斗其乐无穷，与地斗其乐无穷，与人斗其乐无穷，斗出一个红彤彤的世界来。”团委书记说话简直在咆哮。

赵豫民却不温不火地说道：“斗天、斗地、斗人，斗到最后我们还不是一穷二白吗？该熄熄火了，要面对现实。这次在传达文件时，一位中央领导不是说了嘛，我们国家要加快建设四个现代化，就是靠我们自己。我们国家一系列的政策一定会使国富民强。但也会碰到一个瓶颈口，就是人口过多的问题，这将会是一个焦点、难点问题。”赵豫民说的一番话，众人却是满脸惊讶。

“你又在胡说了，伟大领袖毛主席教导我们，人多议论多，干劲大，力量足……”团委书记又搬出毛主席的话压着赵豫民。她心里窝火，你赵豫民刚刚上任，就不知天高地厚，我要是把你的说话整成材料够你喝一壶的呢。

赵豫民心里冷笑着，你这个年青的团委书记无知啊，平时用惯了口号式讲话，怎么论起理来也是口号加口号的，对你这种人的感觉就是乏味。“那我告诉你一个故事啊，在我们金山化工总厂的涤纶车间，三百来个职工每天三班倒，生产出来的产品数量、质量和日本同类型的车间生产出来的产品数量和质量一样多，一样好。可人家一个车间的职工只有三十几个人，机器上面架的都是电脑进行操作和管理。所以说，咱中国人不笨，也可以电脑化，可二百多人怎么办？是不是又要找出路啊。”赵豫民话锋一转，说：“所以要解决农业生产单一化问题，大家要开动脑筋，讲究实效，解脱陈规陋习，才能迈出坚实步伐。”

赵豫民一番话说完后，整个房间死一般的寂静。那位团委书记理屈词穷，哑然无语，耷拉着脑袋坐在桌边用手指沾着茶杯里的水，不断在桌面上比划着。赵豫民第一次亮相在农场的讨论会上，而且说得振振有词，这印象刻在每个人的心中，装在人们的记忆之中：E连有一位刚上任的指导员、连长，才华横溢，讲究实际的影响力让人们以后谈论起他都另眼相看。

其实赵豫民在官场上很多人都不认识他，但他在场部下层却有一帮子和他称兄道弟的朋友。这都是朱芸平时带着他联系出来的关系。一整天的讨论会结束后，赵豫民自然不会打道回府，在场部的兄弟姐妹们设宴招待了他。"久旱逢甘露"，在酒席上这帮青年男女开起玩笑，打情骂俏没个够。特别是场部接线员和好几个科室的女科员，围着赵豫民灌得欢，谁叫他赵豫民长得英俊，酷似当时中国电影明星王心刚，且心底厚道，肯帮人办事，而且是帮到成功，在场的哪个人不受到他的恩惠。那年代，男女青年天天相见，特别是女青年，追求男青年的标准是："面孔像演员，身体像运动员，工资拿六十元，派头像司令员。"赵豫民全够格了。这叫"上层人士看不见，基层男女都欢喜"的格局。亏得赵豫民酒量好，来者不拒，反客为主的把三个男女青年放倒，说着梦呓般的话醉倒在桌面上，赵豫民只是略带醉意。

晚上，赵豫民的同学宣传科科员小李，人事科科员小裴，场工会科员小储在晚宴后硬是把赵豫民拉住在他们寝室留宿，赵豫民带着几分酒意盛情难却地留在场部宿舍与好友交谈共寝。

宣传科小李兴致勃勃地告诉赵豫民一个消息："小土地……"他毫无顾忌地把在同学之间相互叫的绰号叫了出来，"你知道吧，今天下午我在汇总各讨论组汇报材料时看见你大放厥词真替你捏把汗，你胆子也忒大了，有些话是你说的吗。"

"怎么，那傻姑娘在汇报时告我的刁状了。"赵豫民躺在双层床的上铺，两手垫在脑勺后，不耐烦地说着。

"算你运气好，团委书记在汇报材料中只是避重就轻的说了一下。我说小土地，你要么不出现，要么不说话，你一显身，一发声音怎么像块磁铁，一粘就把人粘住了。我服你了，在同学当中就算你出挑，都连级干部了，我们几个混到现在顶多是个科员，命运不公啊。”小李酸溜溜地说道。

“噢。”赵豫民的心思像是掉进八卦里面，算不出团委书记的葫芦里卖的什么药。“不过我也没说什么啊，也不值她说三道四啊。”

“小土地，你的发言记录材料我掂量过，要是我在你的发言记录材料中添点什么，你可是要被上纲上线的唷。”小李故意板着脸说。

“哦，秀才，有那么严重?”这句话不但是赵豫民问了，其他人也附声道。

“也算你小子走运，当然这个运也掺和了我的一份，你可要记住了。我把汇报材料集中后，在你的发言记录中我妙笔生花添加了几笔，小土地，没想到吧? 场党委书记看了后拍案叫好，说你就是有出息。”小李故弄玄虚地说道，这话中一半是夸奖赵豫民，一半是夸奖自己。

“真的，秀才?”赵豫民有点不相信自己的耳朵，又反问了一遍。

“骗其他人可以，骗自己老同学可不作兴。小裴，小储都在，你们做个证。否则我小李太没人品了。”这下小李说话可认真了。

“好哇……”在众目睽睽之下，赵豫民在床上情不自禁地翻了一个跟斗，嘴巴甜甜地说道:“舒心，舒心，真舒心。我要谢谢那位女团委书记呢!”

“什么，什么? 你重色轻友嘛，我刚才不是说是我帮你的忙，你不记我的好，倒记起那个女书记? 看来我是好心成了驴肝肺，真没劲，你们说对不对?”小李怒不可遏地说道:“小土地，你不要笑，最后的上方宝剑还没下来，你再欢喜也缺把柴。”

赵豫民故作不高兴地下了床走到小李床铺前责问道:“秀才，快说，你还给我留一手，你说不说?”赵豫民把两手伸进小李的腋窝挠他痒西西。小李憋不住地说:“好了好了，小土地就你有能耐，我说，我说，场党委书记要下批示。”

“好，秀才，这才够同学，够哥们。”赵豫民豪气一挥说：“赶明儿，我请几位同学一起撮一顿，喝酒去。”

四位同窗好友躺在一间寝室的两张双层床上，一泓透亮的月光洒进房间，静谧得很。四位同窗好友散发着青春的气息，按捺不住地谈起了未来，谈起了选择女友。小裴问起赵豫民：“红学家，你择偶的标准是什么？”因为赵豫民闲来时专门研究《红楼梦》，时不时和同学谈起《红楼梦》中的十二钗和贾宝玉间的言情掌故，故在圈内叫他“红学家”。

赵豫民佯装睡着了没搭腔。“咳，咳，小土地不要装死猪了，就我们四人，说过算数。”小裴睡在赵豫民的下铺，用手摇晃着床栏催促地说道。

“对，对，就说说你那神秘的陈丹吧，你们的关系发展到什么程度了？小土地，我没记错的话，你们俩的关系已有六年了吧，也该熟了。你小土地也真有艳福，进农场那天你们俩就手拉手结伴而行，她在你心里潜伏了两年，现在又秘密相处了四年，你在这个问题上是怎么想的，说来让我们哥几个解解馋。”小储附和道。

“你们真的要听？”赵豫民一骨碌从床上爬起，将两腿荡在双层床上下铺的空间，边问他们。

“要听。”三人来劲了，都起身坐在了床铺上，竖起耳朵想听赵豫民在这方面的道道。

“各位同学，你们可要听仔细了噢……”赵豫民晃动起两条悬空的腿故弄玄虚地吊他们的胃口，“要说择偶标准，我对照着《红楼梦》里的十二金钗选择一下，林黛玉千金小姐美貌如仙，贾宝玉不是说过这么一句话‘天上掉下个林妹妹’嘛，可红颜多薄命，赶不上与贾宝玉完婚便一命呜呼，这是红颜女子的标准。像晴雯这样标致的女子做老婆好是好，但她没地位，没发展，终日依附着别人，一辈子是做惯了奴才。那么像王熙凤这样的人才能帮你管家理财，但啃不动她爱不爱就发火的脾气。我想啊，要找就找个薛宝钗，她的本质和品行不显山，不露水，有智谋，又稳当，有才又有貌，和她厮守一辈子才妥帖呢。”赵豫民摆谱似的与他们说道。

三个愣头青这下傻眼了，这赵豫民刚才一番话听得有滋味可内心不实，说了等于没说，还喻古说今的让他们丈二和尚摸不着头脑。

“不算，不算，你说得太离谱了，我们搞不清。”三人嚷嚷道。

“秀才，你也不知道，满腹经论的你不要和我装糊涂。”赵豫民笑呵呵地顶着小李。

“真没劲，小土地，在同学之间我们可把你当头看待，大事小事都与你商量，你今天倒好，与我们卖起关子来了。小土地，哥几个说实话，都到了谈恋爱的年龄了，可在这方面，我们几个在场部科室工作的哥们不比你们连队男女关系密切，机关严谨、古板、沉寂，我们现在都快成闷葫芦了，我们就爱听你的新鲜秘密，你刚才这么一说，哥几个闷葫芦要变成闷烧包了。”小李略有点哭腔地说道。

“好了，好了，罢了，罢了，俗话说秀才不出门便知天下事，连你也不懂？我劝你们去看看《红楼梦》，细读三遍，再与我论这方面的事。”赵豫民不无得意地劝解着他们。

“真没劲。”三人垂头丧气不约而同地说了一句。

“咯，咯，咯……”一串银铃般的笑声传进了虚掩着的门里，陡然门被推开了，几位共进晚宴的女场友蜂拥进了屋。赵豫民他们毫无防备，大惊失色地从床上一跃而起。“你们一路跟踪而来，在偷听我们说话？”小李责问道。

“秀才，说话不要那么难听好吧？今晚我们姐妹几个刚得到场部演出小分队要下连队慰问演出赶彩排的消息，特意来告诉你们的。怎么，不欢迎我们哪？”场部接线员说明来意。

“唉，巧了，你们说话的嗓门全农场都能听见，我们在中心眼里会听不见？一切都清晰得很，姐妹们你们说对不对啊？”场部科室的一位女科员借机嚷道，并不断向其他姐妹们眨眼睛。

“我是林黛玉……我是晴雯……我是王熙凤……我是薛宝钗……”

姐妹们会意地一个接着一个说，上来一个还俏皮地打一个万福的姿势，又爆发出一串银铃般的笑声，把赵豫民他们整得很狼狈。

“还傻坐着干什么，跟我们一起去见识见识吧。赵指导员，赵连长，你更要先睹为快，小分队也要到你们连队慰问演出的哟，快走吧。”场部接线员打圆场招呼道。

赵豫民等一行嘻嘻哈哈的一路有说有笑，讲到动情处你拍她一下，她打你一下，就这么疯疯癫癫地来到了场部大院观看场部小分队的排演。原先的排演是放在场部大礼堂的，考虑到下连队慰问演出各连队没有那么大的室内场子，只有打谷场。经农场党委开会决定，一切从实际出发，在场部大院进行排演。场部大院排演没有大舞台，只是在排演中心用三根硕大的粗毛竹搭成一个门字型的框架，用一块帆布大篷挂上将台前台后隔开，五盏大照明灯挂在顶端，使前台的光线足够亮。由于排演的消息是临时知道的，所以前来看的人不多，但也有五十多人围着演出场子站开了观看。

场部演出小分队表演的水准还真不赖，够专业的。女声独唱演员的嗓音像夜莺啼鸣，男生独唱演员的歌喉宽广浑厚，器乐演员匠心独具奏出的音符或大海涛涛汹涌澎湃，或委婉动听丝丝入扣，小组唱、大合唱，音域高低起伏，声部和谐地融为一体。《白毛女》、《红色娘子军》这般高超的芭蕾舞蹈经典片段也跳了，只是原先在场部大礼堂跳的芭蕾舞步现在改为歌剧舞步。泥土地、水泥地毕竟不能与正规舞台软木做成的滑爽的木地板相比，不改变舞步的话，演员肯定要受伤的。虽然改了舞步，但演员们的演出分毫不走样，有几位演员在演出时还不时踮起脚尖试着用芭蕾舞姿跳。其中的主角是一位身材修长匀称的演员，她跳起来特别较劲，自始至终用芭蕾舞姿跳，踮起脚尖一连转了七、八个圈，看得观众连声叫好，使劲鼓掌。赵豫民心里也在叫好，又为她捏把汗，怕她无意中受伤。赵豫民对文艺圈不陌生，父亲南下转业后就在文化界当领导，文化团队排演或正式演出，父亲一有机会就带他去观看，从小耳闻目睹，他也有点文化细胞的。“特殊时期”父亲虽然被打倒靠边站，赵豫民却凭着熟悉的人脉关系学起了书法、画画，又偷偷拜在越剧“戚派”门下学习唱戏。

排演结束后，赵豫民又在众人的簇拥下来到了后台。小李以场部宣传科人员的名义特地将赵豫民介绍给了场部演出小分队人称“黑里俏”的女队长。两人双手相握，两对眸子凝聚在一个焦点上了，赵豫民不觉脸红了起来。眼前站着的女队长长得妖媚，虽然脸是黑了点，但还不妨碍标准美女的称号，她一双水汪汪的大眼睛正含情脉脉地对视着自己，赵豫民不觉身子一颤。

“黑里俏”队长似乎看穿了赵豫民的心思，微笑着露出洁白的牙齿问赵豫民：“赵指导员，赵连长，今晚的排演效果怎么样？”

“哦，好极了，”赵豫民下意识地抽回还握在“黑里俏”队长手心里的手回答道，“你们很辛苦，演得也很专业。特别是那位跳主角的演员非常敬业，也非常专业，刚才我还担心她别把脚给扭了……”

“唉，小娄，你快出来，领导表扬你了。”“黑里俏”队长大声叫唤着正在卸妆的那位主角演员。

“谁啊，这么器重我。”被叫出来的那位主角演员风风火火地走了过来。

“就是他，E 连的赵指导员，赵连长。”

“赵指导员，赵连长好。”那位跳主角的演员束着一头长发，挺精神的，落落大方地向赵豫民伸出了她那细长的手，“我叫娄忆莲，谢谢你的夸奖，我还要继续努力。”

“赵指导员，赵连长，等我们演出小分队到 E 连慰问演出时你可要出大力捧场哦。”“黑里俏”队长话语中蕴藏了火辣辣的情感。

“我一定尽力安排好，捧场，捧场！”赵豫民笨拙地说道。

“好，一言为定。”“黑里俏”队长与娄忆莲再次与赵豫民握手道谢后有说有笑地离开了。赵豫民望着她们远去的背影，心里有点惆怅。

六

清晨，薄雾和地气交织在一起将E连笼罩在神秘的气氛中。赵豫民在农场已养成了早起晚睡的习惯，当E连的职工们还在酣睡的时候，他已经开始兜田地了。现在当E连的最高指挥官了，更把这种习惯当作为表率。晨曦中寒意料峭，他披上那件黄呢军大衣，是父亲在他下农场时披在他身上的，他将两手插在大衣口袋里去巡视他的领地。

“呜哦，呜哦。”低声的叫唤声将赵豫民的视线透过雾气吸引到十一号地块上，只见两位穿着蓑衣的老农，一人赶着一头水牛，扶着犁把在使劲地犁着地。他们俩不停地挥舞着牛鞭吆喝着，一步一步朝前走着，黄泥地像浪花一样向一边翻滚。赵豫民向田里走去定睛一看，周冠才站在一台手扶拖拉机的旁边，抽着烟，默默地注视着两位老农的操作。电工吴明腰间斜挂着一套电工用具，他负责用泥浆泵往田里灌水，他看见周冠才就来气，所以在一旁注视着他沉默无语。

“你来了，豫民?”周冠才见赵豫民向他走来，主动地打着招呼。本来就尊敬赵豫民的周冠才，现在又是他的顶头上司，不主动打招呼不行啊，得给赵豫民留下个好印象，今后说不定他那连长的位置留给他坐坐，周冠才在心里一直是这样揣摩的。

“冠才，你比我还起得早啊。”望着已犁了大半边的田块，赵豫民又说道：“冠才，你们四点钟就下地了吧。”

“是啊，今天是落秧苗种的时节，昨天晚上我和两位老农商议着赶早来犁地，等他们犁完地，我就用拖拉机将泥捣碎，然后灌水。等职工们吃了早饭就可来田里操秧板田下谷种了。”周冠才说道。

“冠才，你这位副连长当得不错，身先士卒，好样的。”赵豫民在周冠才胸前擂了一拳，“那你们继续忙着，我回连队看看职工们都起床了没有。嗨！老沈、老董、吴明，你们辛苦了！”赵豫民挥着手，大声向他们招呼着。

赵豫民回到连队时职工们已经起床了，围在连队自来水池边洗漱，忙得不亦乐乎。他回到二层楼上的办公室，欲拿饭碗去食堂打早餐，但办公桌上已放着一碗香喷喷的大米粥和两个馒头，一碟酱菜里还放着肉松。赵豫民正在愣神，陈丹走了进来，“赵指导员，你回来了，我帮你把早餐打来了，还热的呢，快吃吧。”赵豫民深情地望着陈丹，忙说：“谢谢，谢谢你！”陈丹娇嗔地说：“我们不是说好的嘛，不用谢谢。我是医务工作者，关心领导的身体健康是我的职责，更何况你又是指导员、连长一肩挑，担子够重的，我更有责任关心好你唷。”陈丹的一对长辫子早就剪了，现在留着短发盖过耳朵，这使她更焕发出青春美丽。

陈丹自从被赵豫民推荐当了E连卫生员后，去市区医院进修了半年，正式成了医务工作者。她非常感激赵豫民对她的关爱，也永远记住进农场那一天对自己的关心，一想起那一幕，姑娘的心会怦然跳动，像揣了一头小鹿似的，这缘分，使陈丹暗恋上了赵豫民。陈丹的医务室就紧挨着赵豫民的办公室，平时她以医务工作者的身份，以关心领导身体为名出入赵豫民的办公室，后来索性照顾起赵豫民的日常生活。刚进农场的头两年，赵豫民还自己洗衣服、被褥，自己缝补衣服、被子。自从当上了副指导员，搬进二层楼房办公后，这些杂务事竟然偷偷被陈丹包做了。为了此事，被朱芸指导员当着赵豫民的面狠狠把陈丹一顿批，说她是浪漫到自己眼皮子底下的贱骨头。陈丹委屈地躲进卫生室大哭了一场，赵豫民也很羞愧。“唉，女人哪，心思真难猜测，一会是晴天一会是阴天的，就叫男人煎熬。”打那以后，陈丹那颗火一样爱慕赵豫民的心暂时被存放起来。朱芸被歹徒袭击受伤后住院治疗了，陈丹那颗奔放的爱着赵豫民的心又萌发出更为强烈的火花，现在可以大胆地爱，甚至疯狂地爱他了。

赵豫民稀里哗啦地把陈丹打来的那碗大米粥和两个馒头全塞进肚里了。“真香啊，哎，你吃了没有？”赵豫民问陈丹道。

“还没呢。”陈丹答道。刚才她一直注视着赵豫民把自己打来的早餐美美地吃完了，心里乐滋滋的。看他的吃相像个孩子，她差点笑出来。赵豫民的一声“哎”又使她心里不好受，哪怕你再说声“谢谢”，心里也是甜的。眼前的赵豫民又变得陌生了，他工作起来像一团火，在感情上，特别在男女之间关系上显得木讷，不近人情。陈丹有好几次暗送秋波给他，而他却无动于衷。也许他工作太忙了顾不上儿女情长，慢慢对他培养感情吧，反正朱芸不在了，他赵豫民再顽固的石头，我也要熔化他，陈丹暗暗地下了决心。

吃过早饭，赵豫民组织起一支五十人的突击队伍，这五花八门的打扮让人看了怪怪的，像刚从战场上溃败下来的散兵游勇，因为要下水田，天气又冷，头上戴着各色帽子：毡帽、棉帽、绒线帽。有的身上裹着棉袄，腰系一根用稻草搓成的束腰带，脚蹬一双农用高靴，手上拿着一根竹子长柄滑勺，在滑勺柄上套着一块刮泥板……这支队伍集合在打谷场时，引来了连队其他职工的哄笑和嬉骂。

“三子，你这件外套可以放进博物馆了，现在还拿出来啊？”

“大炮，你这双高帮靴子红一块、青一块的看上去像万花筒，引诱谁啊？”

“小牛，你戴的绒线帽卖相很好，怪不得我一看就知道不是你妈的手艺，是张小芳的手工。”

这你一句我一句的直把大家笑得前俯后仰，有人还捶着自己的胸脯拼命地咳嗽。赵豫民自己也忍俊不禁地笑出声来。他自己的装束还正规，出门上阵时一件中式棉袄裹身，下穿呢裤子，脚蹬一双高帮农用靴子，是陈丹帮他擦去了沾在上面的泥土。临走时，陈丹还拿出一顶老式黑呢毛料做的法国贝雷帽，说是她爷爷的，她向爷爷要了过来，正好赵豫民“出征”也就戴在了他的头上。赵豫民对着镜子看了看自己的模样，中西合璧，特别是戴了那顶法国贝雷帽，勾衬托出了赵豫民浓眉毛、大眼睛、挺鼻梁的脸庞，更显得他年轻英俊，精明能干。

“好了，都别说了。这支队伍的外表看来有点别致，但你们都知道，他们干活不赖，个个都是下山猛虎，是每个排挑出来的最棒的小伙子，谁像你们歪了八叽，光说不练……”赵豫民脸一板训斥地说。围着的连队职工顿时鸦雀无声了。“散了，你们都散了，各班、排长领回去，都给我出工麦田除草、捞河泥、呕肥料去。”听了赵豫民带指令的训斥，围着的人群一哄而散，在班、排长的招呼下扛着锄头、扁担、箩筐、铁搭出工去了。

“赵指导，这天气太冷了，又下水田，我们能否喝上一口……”大炮作了一个喝酒的姿势，“暖暖身子再下田。”

“就你事儿多……”赵豫民瞪着眼睛指着大炮说。他的目光向这支队伍扫视着，看见很多人的眼光都充满着期盼，不觉心里一软说道：“大炮，带上两个人去西边生产队小卖部买酒来，快去快回。”大炮像是得了“大赦令”，在队伍里点了两个人，疾速快跑地向西边奔去。这支队伍在打谷场上原地歇着，三五成群地抽烟闲聊。

东面走来几个挑着担子的人，个个身材魁梧，古铜色的脸盘，这是长久经海风海浪磨砺刻画出来的。单薄的外衣裹不住透露在外的满身犍子肉，精神抖擞地朝他们走来。赵豫民一瞧是附近生产队组织的外洋捕捞队队员。平时，赵豫民一有空闲就到东面海滩外洋捕捞队的临时驻地去转悠。这些半农半渔的农工性格豪爽，朴实，嗓门大到半里地都能听见他们粗犷的说话声。他们热情好客，赵豫民与他们结交成了好朋友，只要赵豫民每次光临，这些农工就会把从海里捕捞上来的名贵海鱼，金（枪鱼）、鮰（鱼）、鲥（鱼）、革（鱼）剁成块往大灶锅里一倒，油也不用放，用锅铲在铁锅里翻上几翻，放点酱油就熟了，还直冒油。给你盛上满满一碗，还没吃呢就已经让你垂涎欲滴，用竹筷子夹起一块往嘴里送，滑进嘴里一抿就已经下肚了，连细鱼骨都不用吐。长期在海边生活的人鱼有得吃，最缺的最想吃的是绿叶蔬菜，回家一次要几十里地，E 连离他们最近，近水楼台先得月，赵豫民同他们做起了买卖交易，拿后勤排种的蔬菜与他们捕捞上来的鱼、虾作交换，他把绿叶蔬菜当肉价卖给他们，只是在称斤数时多给一点。这些农工没有怨言，反而乐呵呵地接受了，他们可没那闲功夫去种蔬菜。E 连的食堂正好用换回来的鱼虾等海货改善了大伙的伙食，举两得。

“老眯，今天的收获怎么样?”赵豫民向着领头长者问道。那老眯虽然眯缝着眼睛，这都是在海边张网捕鱼中练就出来的，只要他在海滩现场，等农工们布完网后，总是习惯地用手掌架在额头上遮光，一双本来就细小的眼睛更眯缝了朝海里瞭望，他能根据潮涨潮落的趋势吩咐农工们在哪个角度布网捕鱼、虾，十有八九都是满载而归。

“托福，托福，今天捕了五百多斤，除了给副食品公司收购外，这不我挑了四箩筐到你处换蔬菜来了。喏，这条海鲥鱼归你了。”老眯说话时将手里拎着的一条一米多长，少说也有二十多斤的鱼递给了赵豫民，挺沉的，赵豫民一下没拿住，鱼掉到了地上。“把担子都放下，打开让赵连长看看。”老眯吩咐其他人停下，放下担子。

赵豫民凑前一看，好家伙四个箩筐里放着整整齐齐二十条大海鱼，鱼嘴还在一张一合透着气，一看就知道刚捕上来的鱼新鲜着哪。“那人挑的是什么?”赵豫民指着用竹蔑编的盖子盖着的那两筐问道。

"全是虾子。"赵豫民俯身揭开盖子,箩筐里的虾弓背弯腰地在筐里不停地跳蹿起来。"老眯,好货,好货啊。你们先把这挑到食堂去,找到后勤排长算账,让他也给你们挑上最好的时鲜蔬菜带回去。"赵豫民满怀喜悦地嘱咐道。

"够意思,赵连长,那我们先去了。"老眯满面笑容的说道。他们一行又挑起担子迈着坚实的步伐朝食堂走去,箩筐在担子穿住的绳子上有节奏的"吱呀、吱呀"自由晃动着,悠哉悠哉。赵豫民与这些农工打交道惯了,熟悉他们的习性,有时也羡慕他们无忧、无虑、无愁,自由自在的工作和生活,在那个年代他们早就是隐蔽的"万元户"了。有一回赵豫民应邀到老眯家做客,那一天天气晴朗,阳光强烈,赵豫民走到老眯家时只见老眯躺在一张躺椅上,旁边放着一张小矮桌,上面放了一包烟,沏了一壶茶,紧靠躺椅边上的是两条长凳上面铺就了一块门板大把的钱竟然就在上面晒着,老眯抽着烟,哼着小调,看着钱,整个人都快成神仙了……

大炮他们把酒买来了,赵豫民让他们就着酒瓶子每人轮流喝一口,有的人酒量大又多喝了一口,大炮连喝了三口把酒瓶里的酒都喝完了。

赵豫民两手叉着腰,大声对这支喝了酒、壮了胆、暖了身的突击队员们作战前动员:"今天是我们E连春节放假后干的第一桩重活,操秧板田,下种子。活挺重,质量要求高,这一点大家是明白的,今天的活儿要是没干好,将影响到我连稻田的产量,希望大家能保质保量完成任务。"

赵豫民的话说得大家心里痒痒的,纷纷要求赵豫民发出指令投入战斗。

谁知赵豫民却不急,他咧嘴一笑,冲大家又说道:"今天是个好日子哩,这大清早的就有人送给我们时鲜的鱼虾,还活蹦乱跳的,我向大家再宣布一下,已通知后勤排长杀头肥猪让大家欢腾、欢腾,补补身子。"

"噢、噢……"队伍里有的队员开始叫唤起来,骚动起来,不知是谁还带头叫起“赵指导万岁!”的兴奋口号。赵豫民把脸一沉吼道:“万岁个头啊,你们这是想让我折寿。给你点甜头就泡蜜啊。”

赵豫民宣布连队杀猪犒劳其实是为他们着想啊,E连四百多号人都是年轻力壮的小伙子和巾帼不让须眉的姑娘们,正在长身子骨的时候,平时要在饮食上有什么营养补充那真是可怜,蔬菜在菜谱中占的份额最大,食堂伙食团外买购肉每天只限三十多斤,也难为炊事班的职工,他们动足了脑筋将肉切成最小块,每天供应一客六块小肉,价钱一毛八分。那时,农场职工的工资分成四档,新进职工每月十八元,几年后加到二十四元,班、排长拿二十七元,赵豫民是定职定级干部拿六十八元。那年代物价也低,像农工扛来的鱼、虾每斤只有两、三毛钱,鸡蛋八分钱一个。所以有的姑娘将吃不完的粮票偷偷地上农民家去调换所需的副食品,拿回寝室后,晚上乘人不备点上自备的煤油炉煮熟了偷偷吃,以补充营养。这样偷偷地换、偷偷地烧、偷偷地吃,肚子是吃饱了,营养也有了,人可长胖了。所以那个时候的农场姑娘们除了这副做派再加上空气好,农活重,大都成为红扑扑的脸蛋、胖乎乎的身材,走起路来,干起活来也像小伙子那样虎生虎气的。怪不得当赵豫民这样宣布后,这支队伍会那么欢呼雀跃,而且这些职工心里清楚,每逢指导员或连长这么宣布就意味着他们可以敞开肚子吃,而且今天杀头肥猪,不用自己掏钱去食堂里买了吃。这是碰上连队有大事、喜事、重要事,连主要领导才开金口,连队作伙食补贴的惯例。

“向十一号地块进军,出发。”赵豫民将朱芸常用的手势运用到自已挥手发出指令的手势上了。

这支队伍在赵豫民的带领下浩浩荡荡地向广袤的田野走去,一路心旷神怡。田里一垄一垄的麦苗绿油油的,在微风的吹动下像波浪一样起伏,田间道旁小河两边坡堤上,芦苇曝出绿嫩的萌芽,小蝌蚪在水面上游动着,煞是一片惬意的景色。

十一号地块一共五十多亩,经过周冠才和两位老农的努力已经翻耕，泥土被粉碎，并灌注了水。他们还细心地经过一定的丈量后用芦苇做标记插在一定的位子上，便于职工操秧板田的垄沟。

"每组三个人，下田干活。"赵豫民话音未落，职工们哗哗地下水干活了。

操秧板田，下稻种的工作程序是三人一组，两个人在划定好的位子上用滑勺操垄沟，并将操上来的泥覆盖在田块上，再用刮泥板敲实铺平，另一个人则背着装有稻种的箩筐均匀地在田块上撒稻种。这操垄沟做田块和撒稻种质量要求很高，关系到稻种的出秧率。你把要撒上种子的田块做硬了，稻秧长不出来，做软了，稻种田天天要换水，稻种会随着水流洗掉。因此，做硬了，做软了都会成为无秧苗田块。播撒稻种也是一门技术，你播撒得不均匀，到时秧苗出来就像癞痢头一样难看，东一块，西一块，南一撮，北白板。这五十人是做了几年的老把式了，但见每垄田块之间滑勺翻滚似蛟龙翻腾，稻种在空中飞舞如金光闪耀。每个组做完一条秧板田后赵豫民都叫停，然后他与周冠才和两位老农从头到尾仔细地检查一遍，然后叫上剩余五个人用刮板将泥土覆盖上去，将稻种埋在泥地里。等五十多亩秧板田全部做完，再集合成十人一组往垄沟两边匀称地插上软软的竹蔑做护架，再拉上塑料薄膜盖上，保护稻种在一定的温度下出苗。五十多亩秧板地工序折腾了整整一天，连职工们的午饭也是食堂炊事员将饭、菜、汤送到田头来的。西下的太阳将霞光洒在白色的塑料薄膜上，泛出一片刺眼的光芒。赵豫民、周冠才和五十位职工收了工站在田埂上，都长长地吁了口气。他们全身上下都沾上了泥水，有的职工在干活时用手抹了一把脸，现在成了唱京戏的大花脸。有一位职工在上田埂时两腿陷在淤泥里，猛地一用劲，一双农用靴黏在泥地里没动，一双赤脚踏上了田埂，引得大伙阵阵欢笑。他们满怀喜悦地展望着劳动后的成果，在这片希望的田野上稻种定能够培育、发芽、苗壮成长。

在回连队的路上，大伙也是争先恐后地走着，全无疲劳感，只是饥肠辘辘，心里惦记着晚上那顿丰盛的晚餐。

赵豫民和周冠才以及两位老农走在这一行职工的最后，他们的精神状态也非常亢奋。

“冠才，老沈，老董，晚上过来和大家一起聚餐啊，今晚咱们不醉不休。”“豫民，今晚恐怕不行，连里给每户人家发了两斤肉，你嫂子非得要我回去吃，今晚聚餐我就不过来了，下次吧。”

“冠才，你这就不给我面子了，今天你们三位才是功臣呢，大家在一起热闹热闹，嫂子那头我去说。”

“噢。”周冠才无奈地应道。

“这才像个男子汉嘛。哈哈哈……”赵豫民发出一阵自豪的笑声。

七

晚上，吴明在连队供水塔邀请了林妮娜及几位连队好友一聚。他将清晨在河里抽干了水后抓捕到的鱼啊，黄鳝啊，甲鱼啊都带回居住地一一宰杀了。几位连队的好友又事先分工去采购老母鸡、鸡蛋之类的副食品，甚至买来了丰腴的三指宽刀鱼。加上连队分发的猪肉、鱼虾，还有一位能下厨的女职工负责烧煮，香气扑鼻，令这帮兄弟姐妹们围上来闻香，真有一番“擎器者舔唇，立侍者干咽”的猴急相。那位下厨的女职工刚烧完两个菜，就有人急呼：“开工了，开工喽。”有的说：“我早就饿得前胸贴后背了，来，给我斟上酒。”说着就打开一瓶白酒往搪瓷碗里倒上了二两半。

大伙围拢在木桌旁吃喝起来，彼此相互敬着酒。桌面上丰腴的刀鱼肥糯滑嫩，酒呛透体的活虾还在碗中弓跳，钢精锅子里摆放着一条两斤重的黄鳝。盘着一只四斤重的甲鱼，大伙别出心裁地为这道菜起了一个雅称“霸王别姬”，刚炖好的老母鸡汤还冒着翻滚着的气泡，上面漂浮着一层黄色的鸡油，韭菜炒鸡蛋，红烧鱼块，土豆炒肉丝……菜放满了整整一桌子。有的会吃先喝上一碗老母鸡汤，说是可以预防感冒，然后再喝着酒就着菜吃喝。在酒精的作用下，在座的人都已经是脸红脖子粗的，或者粗野地插科打诨。

“华子，来首歌助助兴。平时尽在洗澡间听你闷练嗓子，今晚给大家亮亮相，唱一个。来，大家鼓鼓掌！”在一位哥们的倡议下，华子站起来，他中等身材宽厚的胸膊给人一种有力量的感觉，饱满的国字脸上长着一张宽大的嘴巴，像一块歌唱家的料。果然，他一开口音色洪亮富有磁性：“各位，既然大伙儿都这么看得起我，也记住我偷偷练嗓音的过程，那今晚我就把各位当作考官试唱试唱……”华子的话音未落，林妮娜跳起来说：“好哇，华子，你今年也报考大学了？黄莺你说答应不答应啊，哈，哈，哈……”林妮娜用手指着同桌的一位姐妹问道。

“对，对，华子，黄莺，你们对好兄弟姐妹保密可不行。”大伙一起起哄道。

黄莺站了起来，走到华子身边，含情脉脉地看着他，华子努努嘴示意黄莺向大伙解释吧。黄莺扭转脸向大伙鞠了个躬深情地说道：“春节放假期间，华子对我说起要报考市区的音乐学院，起先我是不答应的，我问他还记不记得我们刚恋爱时的山盟海誓，要厮守在一起的，要作鸿雁并肩高飞。华子当时拥抱着我流下了眼泪，我知道他内心是极其矛盾的。后来我仔细地想一下，农场的商调回市区工作政策说不清楚，谁有机会就先走，不管到什么地方只要把我俩的相爱永远镌刻在心里，到头来总会是幸福的。所以在他正式报名的那天，我支持了他，并与他一起去音乐学院报了名。对不起，真对不起。”黄莺又向大家鞠了三个躬，眼眶里噙满了酸涩的泪花。大伙被黄莺充满爱情又坦诚的话深深打动着，姐妹们低声地抽泣着，小伙子们又往嘴里灌着酒。

“各位，今夜我不会忘记，不会忘记大家，更不会忘记黄莺为我所说的一切，所做的一切，我会刻骨铭心地记住的。好了，为了表达我此时此刻的感情，向大家，特别向我的黄莺，献上一首《石油工人赞歌》。”华子拉开嗓子就唱，“锦绣河山美如画，祖国建设跨骏马，我当个石油工人真荣耀……”大伙等他唱完了，鼓起掌来，还不停地叫道：“华子再来一个，华子再来一个。”“好，那我再来一首在考试中备用的歌曲《莫斯科郊外的晚上》。”华子清了清嗓门，镇定一下刚才由于激动而产生的情绪，高唱起来：“深夜花园里四处静悄悄，只有风儿在轻轻唱，夜色多美好，令人心神往，在这迷人的晚上……长夜快过去，天色蒙蒙亮，衷心祝福你好姑娘，但愿从今后，你我永不忘……”华子宽厚的嗓音唱出了这首委婉动情的歌曲迷倒了大伙，特别在唱出高水准的颤抖音的同时，也震撼了每个人的心灵深处。华子唱完了，大伙还在愣神，一会儿掌声响成一片。

农场职工开起玩笑来口无遮拦，喜欢漫无边际的遐想，想起来什么就说什么，掌声过后就胡诌了。

“要是赵指导员也在场听见华子唱的这首歌也会鼓掌，说不定首推华子去场部演出小分队。”有人嚷道。

“不一定吧，刚才华子唱的《莫斯科郊外的晚上》这首歌曲要是让赵指导员听见了非批华子一顿不可，有靡靡之音嘛。”有职工辩白道。

“华子开个个人演唱会也不成问题。”有人附和道。

“你这些话算什么意思，让华子去场部演出小分队？在农场开个人演唱会？华子是块什么料，他有那么大的抱负，你们还嚷嚷这些干什么，真没长见识。华子报考的是音乐殿堂，今后毕业了在市区大场子里唱，在全国唱，甚至在全世界唱。你们想想今后有人告诉我们说有一位叫华子的歌唱大师名扬四海的时候，你一定会骄傲地告诉他，那是我们E连出来的，我们是共同工作和生活过的场友。别人不羡慕你啊？”林妮娜用老于世故话语激情四射地说着。

华子谦卑地说：“林妮娜，你高看我了，我华子没有那么伟大。”

“哎，华子，你这话就不对了，有了抱负当然还要去努力实践。平时，赵指导员辅导学毛主席他老人家所著的《实践论》时，你是怎么学的？实践、认识、再实践、再认识，这种形式，循环往复以至无穷……。换句话对你来说，你考进音乐学院，我听赵指导员说那里有位高人叫周小燕，是教授，你记住啊，要是投入她的门下求教，那是你的福分，在周教授的教导下，你每上一次课就是在实践，是一次提高，你的知名度就上一个台阶。久而久之，你演唱水平提高了，名声越来越响了，知名度更高了，我们对你是刮目相看，你说你今后伟大不?”吴明用半熟半懂学来的理论知识解释起华子今后的伟大，让人忍俊不禁。“还有朱逢博呢。”有人附议道。

“哦，哦，伟大、伟大。”华子只能硬着头皮点点头道，“不过林妮娜，我这次要是真的考进音乐学院咱们讲现实一点的就是黄莺我放心不下。要全靠你林妮娜和各位兄弟姐妹们了，我华子一辈子记住你们的情。”华子双手作揖道。

“那还用说，华子，你放心去实践你的远大理想和抱负吧，咱们风风雨雨，在土地菩萨面前一起滚爬出来的铁哥们，铁姐们，一定会帮衬着黄莺。”林妮娜大大咧咧地把华子所担心的黄莺的命运之事包揽了。

“妮娜姐，你打包票也太快了吧，谁不知道我们这些兄弟姐妹中数你的年龄场龄最大最长啊，今年你再不能商调到市区工作，超年龄可就走不了喽，你可要抓把劲。黄莺的事有我们兄弟姐妹们呢，你不用操心了。”一位女职工对着兴头正浓的林妮娜说道。

这句话听起来是一句关心提醒老职工的好话，但一下戳痛了林妮娜的心，她见吴明也盯着她如芒刺背很不自然，但她马上想到了周冠才副连长的盟约，镇定了一下那颗慌乱的心，平缓地说：“我进农场已经十三年了，这十三年怎么熬的我心里清楚。我也看着你们十七八岁进的E连，逝去岁月的刻画，超重农活的磨练，使男青年们英俊的脸上爬上了皱纹，肌肉发达了头脑简单了。姑娘们没有美感可言，只有以泪洗面，都盼望着，期待着自己目前的前途和命运有所改变。虽然前几年就开始有商调到市区工作的机会，但真正轮到我们头上还不知道什么时候？像华子那样才华横溢考艺校的尖子，E连能有几个？所以改变前途和命运只能靠我们自己了。不过话又要说回来了，今年我无论如何要跳出农场，靠各位好兄弟姐妹们多多帮忙，我林妮娜将永世不忘。”

林妮娜的一番真心话深深地打动着所有在场的小伙子姑娘们，他们叽叽喳喳地向林妮娜表了态，只有吴明心中清楚林妮娜演的是哪出戏，他恨周冠才副连长那张无耻的嘴脸，同时他也恨林妮娜为了调回市区工作可以和周冠才副连长苟且。他听着林妮娜那番话，也听着兄弟姐妹们在酒精催化剂作用下对着林妮娜信誓旦旦的保证发出阵阵冷笑，但他又能做什么呢。吴明将茶缸里的白酒一饮而尽，他尽量使自己麻醉过去不知道世界上现在的一切。

赵豫民在连队食堂里与场部下派的“三整顿”办王主任为了四只猪蹄闹得不开心。王主任早就候在食堂等着宰了猪后欲将四只猪蹄送往场部菜场，食堂职工坚持要等到赵豫民来了再说，气得王主任候了半天。他见赵豫民拖着一双疲惫的腿进了食堂，连忙将他拉到一角轻声地说道：“豫民啊，你们连队的职工怎么这么没规矩，连队杀了猪这四个猪蹄就要送到场部菜场这可是个惯例啊。”

“哦，这倒是新鲜事，我咋没听说过啊王主任？”

“真没听说过？这E连可不是世外桃源哪。有哪个连队宰了猪不把猪蹄送往场部菜场啊？这朱芸当家的时候可没你这样小气，豫民你可要顾全大局嘛，不然全场的人都会说我王主任到了E连破了这个规矩。”

其实赵豫民心里早就清楚，场部那些哥儿们姐儿们告诉过他这其中的奥妙：那些进场部菜场的猪蹄全给场部科室领导家属包圆了，这猪蹄可是猪身上的好肉啊，而且能烧出花样菜，说是说进了场部菜场，其实这些头们早就预约好了，菜场见是连队宰的猪，这猪蹄是白送来的，也就半卖半送给这些头们改善家属伙食补补身子。现在王主任到我头上搞这一套来了。他假装糊涂地说：“王主任，这恐怕不妥吧？今天我答应了全连队的人说宰一头猪犒劳他们，大伙都知道了，要是问起我来怎么答复大家啊，到时说我没心没肺的。再说有这个规矩你也早点跟我说嘛，我好留着给场部菜场。这样吧，这次就算了，农场一年四季农活忙，犒劳的机会多，等下次宰了猪一定送上。你看怎么样？”

王主任气得鼻子都歪了，吃了一个不软不硬的钉子有苦说不出，但他还是厚着脸皮乞求赵豫民：“那猪肝分给我吧，我老婆最近老说肝部肿胀不舒服，人说吃什么补什么，你看……”赵豫民碍着王主任是工作组长的面子爽快地答应了他，“那王主任今晚我们一起聚一下？”王主任哪听得进去，已急匆匆地走进食堂厨房拿那块猪肝去了，他边走边嘟囔着：“不啦不啦，我拿了猪肝就赶回去，否则猪肝时间放长了不新鲜，又不是猪腿蹄可放时间长些。”看来王主任对拿不到猪腿蹄还耿耿于怀呢。

赵豫民胸闷，他掂量着王主任刚才说的那番话，他把朱芸抬出来压他。其实朱芸对这件事怎么做的他心里清楚得很，我赵豫民就是按朱芸的规则去做的。王主任的赌气话，其实在欺我刚上任，拿事打压我。但我赵豫民是不会吃这一套的，人正不怕影子歪。可我也不能总在朱芸的光环下罩着我的工作业绩啊。

赵豫民走出食堂迎面碰上一位解放军，他打着招呼：“刘干事，这么晚了到我连队来有什么急事啊？”赵豫民所在的E连北面紧挨着某部炮二连，南边紧靠警备区某农场三连，E连和两边的解放军部队关系好得很，隔三差五的搞军民联欢，所以赵豫民熟人很多。

“赵连长，我今天出差在外，顺路到你连队来的。我奉连长之命再问一下你和我们连长约好的关于组织打靶的事还如约进行吗？”

赵豫民猛地拍了一下脑门：“哎呦，你看我忙的，不好意思哦！刘干事，打靶的事照常进行，照常进行。”

“好，有你这句话，我现在就回去复命了。”

“刘干事，在我这里吃了饭再走。”赵豫民招呼道。

“谢谢赵连长的好意，部队有纪律，军人外出办事按规定的时间归队。”刘干事说完向赵豫民行了个标准的军礼回部队去了。

赵豫民刚走上寝室的楼道就嗅到了一股扑鼻而来的香味，绞得肠胃叽里咕噜的，他一看手表已经六点钟了，是该吃晚饭的时候了。平时赵豫民一日三餐吃得简单，吃得随便。一只大搪瓷碗把饭、菜扣在一起，稀里哗啦，三下五去二就给消灭了，嘴一抹就去干工作了。有一次吃中饭时，由于去食堂晚了没菜了，他就要了点白砂糖放在饭里用开水一冲吃了个干干净净。

他又继续上楼，故意把脚步声搞得很大“噔，噔，噔……”，在楼道的转弯处，他看见几个人的身影穿梭着走动，噢，是陈丹，大会计孙智文和出纳小佘，宣传组长吴美玲。赵豫民问道：“陈丹，你们在干什么呢？”

“噢，赵指导员总算回来了，来，来，来，我们一起庆贺一下。”陈丹拉着赵豫民往二楼连部小会议室走去。“我们知道你忙，今晚伙房按寝室人数分了肉给大家自娱自乐，各显神通热闹热闹。我们几个人一合计把你的一份也算上，再去买了海鲜、河鲜凑在一起炒了几个菜，就等你回来了。”

“好哇，知我者陈丹医生也。”赵豫民听了陈丹一番话，又见满桌的菜，情不自禁地脱口而出说了赞扬的话。陈丹脸上挂足了满意的笑容，孙智文和出纳小佘、吴美玲则相觑一笑。“再添三副碗筷，今晚会餐我还邀请了周连长和二位老农，这桌酒菜钱我付喽。”

这顿饭赵豫民他们吃得有滋有味，席间陈丹突然问赵豫民，这次农场局“三干”会议有什么新精神。赵豫民将会议的主要内容以及在场部讨论的情况一五一十的向在座的人员说了，大家都夸起赵豫民，赵豫民摆摆手让大家不要再说了。陈丹冷不丁又冒出了一个提问：“赵指导员，我唐突的问一个话题，今年商调回市区工作的事有没有动静？”

赵豫民听了陈丹的提问一下子反了胃，这样的敏感问题在这种场合你陈丹也敢提，莫不是你也不安心在农场了？你这一问听者也有心啊，到时评议起来先给你扣一顶不安心农场工作，整天想着调动到市区工作的帽子，叫你吃不了兜着走。陈丹啊陈丹，这种事只能装在心里，为自己的命运默默祈祷，而不能言说的，你可真傻啊。于是赵豫民半装醉半开玩笑的对陈丹说："你啊算了吧，在连队你不是在火线，在一线，而是个搞后勤的，有了商调回市区工作的指标你自己掐着手指算算轮到你还不知道是哪一出呢，除非上海人讲的额角头碰上天花板，嗯？你明白吗？"

陈丹听了赵豫民的话原来红晕晕的脸上此刻青一阵白一阵的，眼泪扑簌簌的流了下来，她在悔恨自己的轻率无知。此刻，周冠才出来打圆场了："赵指导员你也不要小瞧了陈丹，干农活时，她背着个小药箱走田头，串田埂，为火线、一线的同志们保驾呢。她还经常帮着干农活得到排里同志称赞。不过也是的，今年在这件事上到现在还真没有一点动静呐。陈丹，不要为这件事难过啊，大家心里都有一杆秤，谁有几斤几两都清楚。"陈丹得到了安慰，她感激地朝周冠才点了点头，拿出手帕擦着眼泪。

赵豫民一脸严肃，他告诫在座的人从今起不要再提这个事了，到此为止，要把心扑在农场连队的建设上，否则将作为活思想在连队大会上作检讨。赵豫民的告诫吓得孙智文、小佘、吴美玲浑身不自在，他们都朝陈丹丢去不满的眼色。

"铛，铛，铛。"楼下传来阵阵敲脸盆、饭盒的声音，还夹杂着人声粗鲁的话音："没水啦，没水啦，领导快来看看啊。"

众人一听就明白，这是"大炮"在喧闹。赵豫民皱起眉头，丢了一句话："这'大炮'肯定喝多了，要酒疯了，我下去看看。"

赵豫民下了楼见水池旁围满了职工，有些职工不停地敲打着脸盆和饭盒，"大炮"高声嚷着，见赵豫民走来了，他们围上去七嘴八舌地说道："吃完饭要洗家什了，这自来水放不出一滴水。"

"我们要漱洗后睡觉了,却没水了,还让不让活了?"

赵豫民把自来水龙头一个个打开果然没水出来,他上下左右仔细瞧了一遍,也没看出什么名堂。看来这问题出在连队供水塔吴明那里。他对边嚷嚷边敲打着的职工们说:"请大家安静,我去水塔,过一会就有水了。"

赵豫民心急火燎的走到了供水塔,他推门进去,只听见楼上传来一阵悦耳的口琴声,他听得出这是E连唯一的业余口琴手张望吹出来的。正要伫足静听,忽然口琴的曲目"转身"了,张望吹起了苏联芭蕾舞《天鹅湖》中的四小天鹅舞曲,"蓬蓬蓬……"口琴贝斯节奏很强,传进赵豫民的耳朵里很刺耳,意识形态领域里的腐蚀与反腐蚀的斗争这根弦在他的脑子里绷得紧紧的。他走上楼猛地踢开吴明寝室的门,只见里面一片狼藉:满屋酒味,男女青年有的东倒西歪躺在床上,有的跟着张望吹出来的贝斯节奏舞动着身体。赵豫民见到如此情景不免火冒三丈,他大声指责道:"张望你在吹什么靡靡之音,扰乱连队风气,还有你们这些男男女女恬不知耻的就这样睡在一起,成什么体统?"吴明、林妮娜等人见是赵豫民从天而降酒醒了一大半,战战兢兢的一个个站得笔直。这要数林妮娜最为可怜,她一直梦想着调到市区工作,平日里要给连队领导和职工们留下好印象,可这么一击梦想就快成泡影了,她哆哆嗦嗦地说:"赵指导员,我……我错了,下次再也不敢了。"

赵豫民正在气头上也懒得搭理林妮娜,他冲着吴明嚷道:"好你个吴明,我平时就关照过你闲人不得进水塔,出了事故你负不起责任的。现在你倒好,约了那么多人来,乌烟瘴气地把连队供水塔糟蹋成这个样子。你说说,为什么停水了?"

吴明猛地一惊,立马看了一下手表,"啊,糟了,过了跳闸开闸时间了。"原来这供水塔电闸开闸二个小时后电源就自动关闭,免得电泵发烫受损,过十分钟再由吴明开闸供水。吴明知道这下犯大错了,像兔子一样窜到电闸旁猛地一拉电闸,电泵正常运转起来了。

赵豫民狠狠的对吴明丢下一句话:“明天晚上你在后勤排会上深刻作检查,真丢人显眼。”

赵豫民走后,供水塔里哭声一片,最伤心的莫过林妮娜,吴明像木头人一样呆呆的站立着。

八

由于赵豫民突然发高烧病倒了，到解放军炮兵二连打靶的事又被耽搁了二天。到打靶的那一天，天气变脸了，上午还阴沉沉地下起了大雨，气温大幅度下降。赵豫民高烧刚退，全身发软，他穿着毛衣站在窗前，望着窗外下着的大雨，不禁打了个寒战。他连忙走到床铺旁拿起那件黄呢军大衣裹住身体。陈丹为他熬了生姜汤，他拿起茶缸，觉得还是热的，便一股脑全部喝了下去。“哎!”他无可奈何地叹了一口气，躺进被窝里又睡下了，他希望睡觉后能出一身汗，将体内寒气逼出来，这样病情会好得更快。想着想着又沉睡下去，连中午饭也没吃。

“嘭、嘭、嘭”，一阵急促的敲门声将熟睡着的赵豫民惊醒，他睁开惺忪的眼睛，用手背揉了揉，招呼道:“谁啊?”

“豫民，老朋友来了，你还躲屋里干什么，还不快开门迎客?”一个粗嗓门在门外大声叫唤着。

听这熟悉的声音，赵豫民赶紧从被窝里钻出来穿好衣服将门打开。

“生病啦，哪儿不舒服，豫民?”进屋来的是农场武装部的部长，一位从部队转业到农场工作的军官。他进屋见赵豫民这副状态便关心地问道。

“没关系，不要紧的，就头痛脑热发个高烧，不妨碍下午去打靶。”赵豫民故作轻松地说。

“让我看看，唉，你病得不轻嘿，瞧你眼圈黑黑的，脸色也很红，不行的话，下午你就不用去了，我带着你们连的基干民兵去打靶就是了。”农场武装部长还是不放心赵豫民的病情，劝说道。

“部长，这就不够朋友了，好不容易能打个靶，过过枪瘾，你能不让我去吗？是不是舍不得你的子弹，这有点抠门了吧。”赵豫民打趣地说道。

“这是什么话，我什么时候对你抠门过？只要你兄弟提出的要求我是尽量满足的。你下楼看看就知道我是怎么对待你的：按规定打靶用的只有步枪，手枪，我不但多给你准备了一百发子弹，另外还带来了两支冲锋枪让你过过瘾哩。”武装部长正色地说道。

“真有你的，部长，向你致敬！”赵豫民向武装部长行了个军礼。

中午时分，下了一上午的大雨停止了，炽热的太阳从厚厚的云层钻出，强烈的阳光刺破云层，洒在这片土地上，一下把雨水吸干，蒸发成热气，泥土散发着芬芳的气息。赵豫民下楼后站在阳光照射的土地上有点晕眩，幸亏陈丹背着医药箱站在后面扶了他一把。赵豫民定睛一看，农场武装部的干事们全部到场，有两位干事每人背了一支冲锋枪。赵豫民的血液一下沸腾起来，他三步并作两步从一位干事身上拿过冲锋枪，并突然命令一位拿着靶子的干事走到E连中央道路边缘把靶子插在泥地里，要四周的人走开，他自己退到离靶子十米远的距离，拉开枪栓子弹上膛，对着靶子一阵猛射，转眼功夫一梭子三十发子弹全部脱膛而出。农场武装部长见状拦又拦不住，急得直跺双脚。赵豫民在扣发扳机的瞬间一丝快感从脚底一下放射到全身，由于快速击发，他两手端着的冲锋枪不住上下震颤，急速的子弹“嗖嗖嗖”地向田野飞去，弹道发出的声音是那么的强劲，震耳欲聋。等到一切归于寂静，赵豫民的脑袋“嗡”的一下炸开了，胸脯不断剧烈起伏：“糟了，冲锋枪的有效射程是八百米，万一哪位老乡在田野垄沟里割草被子弹射中，我不是要上军事法庭了吗?”他额头上冒出一阵冷汗，声嘶力竭地叫嚷道：“快去给我搜索，看有没有人中弹。”E连十几位基干民兵在田野中散开向前搜索着，过了半个小时回来向赵豫民报告，田野垄沟四处没有人，赵豫民这才用手抹了一下额头上的冷汗，长长地舒了口气。

农场武装部长气急败坏地在赵豫民头上拍了一下：“兄弟，你真昏头了，要是真的打伤打死人，你上军事法庭不说，还要牵连我一起上军事法庭，你害人不？你是一人吃饱，全家不愁，我可是上有父母、下有老婆孩子靠我养呢。”他气咻咻地说道。

“部长，真对不起你，这不，我病刚好，见了冲锋枪没命地喜欢，就这么一摆弄子弹全飞出去了，是昏了头，我错了，你狠狠地批评我吧。”赵豫民爽快地承认了自己的错误。

一辆银灰色的上海牌小轿车从西边海堤转弯至E连大道的出路口颠颠簸簸地缓慢驶来，在赵豫民他们面前停下。一位精明强悍的解放军从小轿车副驾驶位置钻出来，打开后车门，让一位胖墩墩的解放军首长出来。这位首长出车门后站定，将双手反剪在背后高声地问道：“刚刚谁打的枪?”

赵豫民心想坏了碰上顶头货了，他怯怯地走到首长面前不由自主的敬了礼，“报告首长，是我枪走了火。”

首长摆了摆手：“好了，好了，你又不是当兵的给我敬什么礼？不过把我的好梦给搅了。”

“报告首长，我不是个士兵，但我是基干民兵。”赵豫民敬礼的手还没放下硬顶了一下。

“呵，你这小鬼还挺倔的，像我当年那个模样。小鬼，你叫什么名字啊?”解放军首长笑咪咪的问道。

赵豫民并拢双腿，挺起胸脯大声地说道：“报告首长，本人农场E连代理指导员，连长，赵豫民。”

“好，好，挺精神的，很有出息啊。当年我像你这个年龄啊就在这里四处转游打游击呢，一转眼的功夫几十年过去了都老喽，看见你们这帮后生啊心里高兴呐。”首长夸着赵豫民说。

赵豫民在脑子里转悠出农场经常传颂的江抗游击队传奇式的故事，在国民党、日伪军的围剿下他们英勇顽强与敌人斗智斗勇，不停地抗击着敌人，战斗在敌人心脏里，令敌人闻风丧胆。眼前的首长就是江抗游击队员，赵豫民肃然起敬。“报告首长，小辈向您大英雄学习才是呐。”

“小鬼，你是一连之长要起先锋模范带头作用，可不能由着性子来。你看你一梭子三十发冲锋枪子弹就这么打出去，虽然没伤人，可把我老头子的好梦给搅了。”首长不愧是老军人，连什么枪打出去的子弹都一清二楚，虽然首长说的话诙谐，但赵豫民已是面红耳赤，连声说道：“首长说得对，说的极是。”

首长把赵豫民手上的冲锋枪拿过来，摆了个端枪架势，然后递给赵豫民问道：“你们这是……？”

“报告首长，我们E连基干民兵整装待发到炮二连实弹打靶去。”赵豫民响亮的回答道。

“好哇，你们是亦农亦兵多面手。你们和炮二连关系熟吗，要不我顺道给你们带路？”

“报告首长，我们E连和炮二连是军民鱼水关系，军民团结如一人，试看天下谁能敌。”赵豫民铿锵有力地答道。

“好，小鬼说得好。别看我们现在安安稳稳的，但帝国主义，美蒋还虎视眈眈呢，他们做梦都想颠覆我们无产阶级政权呢，我们可不能放松警惕。你们连和炮二连有这么好的关系我心里高兴得很，军民联防这也是提高警惕保家卫国的一条好经验，让我们共同筑起牢不可破的边防线。”首长说到尽情处将手猛的一挥。

“我赵豫民一定牢记首长的指示，把国防观念灌输给每位职工，不辱使命。”

“好，好，那你们快去打靶吧。”首长朝赵豫民他们挥着手上了小轿车。

解放军炮兵二连的打靶场很简陋，有几垛半人高的土坯，再后一点就是海塘，海塘外就是一望无际的大海。农场武装部的干事与炮兵二连的几个解放军战士在海塘上拉起警戒线，打靶的靶子就插在土坯前，解放军战士验完步枪、冲锋枪、手枪后整齐地放在地上。每位基干民兵依次可以打三种不同类型的枪械，每十人一排，卧地、举枪、瞄准，等执行官哨子一吹，就发弹。一时间，打靶场喧嚣非凡，一会是步枪射击声：“啪、啪、啪”；一会是冲锋枪的射击声：“哒、哒、哒”；一会是手枪射击声：“嘭、嘭、嘭”。赵豫民今天打靶真的过了瘾，不但子弹数他打得最多，打靶成绩也数他最好，有半数以上子弹打中了十环。这次打靶历时三个小时才结束。当西下的太阳落在海面上时分，E 连的基干民兵扛着枪，拿着靶子，兴高采烈地唱着《打靶归来》：“日落西山红霞飞，战士打靶把营归，把营归……”向炮兵二连营房走去。

E 连的基干民兵走进炮兵二连营区，受到解放军指战员们的热烈欢迎，在连队食堂门前早就放好了脸盆和毛巾，让 E 连打靶“载誉而归”的基干民兵们擦洗。赵豫民和农场武装部长则被炮兵二连的指导员、连长一路迎进了连部，然后又布置任务去了。

“真有你的兄弟，与部队关系那么铁。我当兵那阵子军民关系这么好，我就在部队里多呆几年。”农场武装部长一看这阵势，凭他的当兵经验就知道晚上是炮兵二连请 E 连的基干民兵们吃晚饭了，他小声地对赵豫民说。

“部长你说对了，我赵豫民不知哪来的福分，E 连北面是解放军的炮兵二连，南面是解放军守备连，两支部队隔三差五地邀请我们搞军民联欢，让我们这些饿汉打打牙祭，所以乘今天打靶机会把你也邀上。”赵豫民咧着嘴笑着对农场武装部长说道。

“够兄弟，我已经一个月没喝酒了。”农场武装部长在赵豫民身上擂了一拳。

赵豫民一个踉跄差点撞在正进屋的一位穿白大褂的解放军女战士身上，他连忙打招呼：“对不起哦。”那解放军女战士“咯、咯、咯”向着赵豫民笑。赵豫民定睛朝那解放军女战士望去，“哦，是邵军医啊。”赵豫民认识她，近阵子邵军医经常来E连与陈丹切磋医学方面的事。

“你们这是到部队来摆武功啊。”邵军医还是乐呵呵笑着说道。

“没有，我们这是闹着玩哩。老兄那今晚就该你打头阵了，我可要轻松一点了。”赵豫民对武装部长说道。“没问题，小事一桩。”武装部长不以为然地说。

邵军医好奇的问道：“你俩这么神神秘秘打什么哑谜啊？”两人都默不作声。等赵豫民和农场武装部长擦洗完毕后，邵军医陪他俩向连队食堂走去。今晚吃饭前，炮兵二连和E连要举办一次军民诗朗诵联谊会。食堂里面坐着几排解放军战士，前排坐着的几位女兵是团部卫生队下连队巡诊的女医生、女护士。E连的基干民兵们坐在整齐划一的解放军队阵里显得那么苍白无力，有些基干民兵们还若无其事地抽着烟。解放军炮兵二连的指导员、连长、赵豫民、农场武装部长在主席台就坐。

军民诗朗诵联欢会由炮兵二连指导员主持，他站起来向赵豫民和农场武装部长行了个标准的军礼。炮兵二连指导员英俊挺拔如一棵青松，脸上透露着一种军人的威严，他清了清嗓子说：“同志们，我连与农场E连是左邻右舍，是亲近的军民鱼水关系。伟大领袖毛主席教导我们‘军民团结如一人，试看天下谁能敌’。在这之前，我们两个连开展过篮球比赛活动、拔河、歌唱比赛等活动、还开展了理论学习研讨活动，这些活动加深了我们两个连队的感情，也丰富了军营文化生活。今天，我们两个连队要开展诗朗诵联谊会，唔，这个，自告奋勇吧，哪个连队的同志准备好了就上台朗诵。啊，开始吧。”炮兵二连指导员的开场白干脆利落，不失军人作风。

一阵沉默，炮兵连连长坐不住了，他忽地站起来，打出摆阵的架势指挥自己连队的战士吼道：“E连，来一个，来什么……?”下面坐着的解放军战士随着连长的挥着节拍的手，齐声叫道：“诗朗诵，快快快。”连长又喊口令：“一、二、三……”下面和着节拍又喊道：“快、快、快，一二三四五六七，我们等着很着急。”此起彼伏的叫喊声使得E连的基干民兵们再也坐不下去，他们联合推荐了E连宣传组长吴美玲上阵对诗。

吴美玲捋了捋短发，走到前台，朗诵了一首《高举毛主席的旗帜》。她朗诵时而抑扬顿挫，时而激情高涨，赢得了阵阵的掌声。

解放军炮兵连也推荐出一位模样斯文的战士来朗诵一首《火红的连队》。由于是第一次出场朗诵，这位战士一上台脸就红了一大片，朗诵间又忘了词儿，引起下面嘘嘘发笑，还好，他紧张了一会又急速地补上了。

E连和解放军炮兵二连的诗歌朗诵会场面热情又火爆，你方诵完我登台，双方不相让，吆喝声、欢呼声、掌声，声声振荡，差点掀翻了炮兵二连食堂的顶盖。

炮兵二连指导员站起来向下面在坐的战士们和E连的基干民兵们摆了摆手，激情地宣布：“同志们，大家静一静，下面我们隆重推出，E连赵指导员，赵连长为大家献诗助兴，好不好哇，热烈欢迎！”

“好！”坐在下面的解放军炮兵连战士，E连的基干民兵们不约而同地大声呼唤起来，他们翘首以待赵豫民上台朗诵，掌声响起，场面感人。坐在前排的邵军医更是把掌声拍得擂天响。

赵豫民站了起来走到前台向大家鞠了个躬，他的视觉落在这位如痴如醉鼓掌的邵军医身上，那邵军医的双眸像在放电射在他的眼瞳里闪着不可抗拒的光，红扑扑的脸蛋露出两个酒窝浅浅地浮在腮上，赵豫民的心微微一颤。他定了定神，向炮兵连指导员连连拱着手说:“将我军了，指导员。”

“你是有名的才子，今天露一手让我们见识见识。”

“一二三，快快快，一二三四五六七，我们等得很着急。”座位上的解放军战士又和着节拍欢呼起来，在众多欢呼声中有一个音符超越了所有在场的人，又是那位邵军医的欢呼声。

“好，那我就朗诵一首新作《青春之歌》。”赵豫民深深地吸了一口气，稳住了神，将左手插在敞开上衣的腰际上，微微叉开两腿，下颌上翘，乍一看还真像一位神情专注，气定神闲的专业朗诵演员呢。赵豫民用那深沉而富有磁性的嗓音朗诵起来。

“每个人都有自己的青春，
青春却闪耀着人的年华，
不虚度青春，不荒废年华，
这是每个年轻人追求的理想。
我们这般年龄的青年啊，
有人陶醉于花天酒地，纸醉金迷，极乐世界，
这是堕落的青春。
有人十字街头彷徨，碌碌无为，毫无志向，光阴流逝，
这是颓废的青春。
青春，真正的青春，追求崇高目标，奋发有为，
这才是具有无限创造力，闪耀着光芒的青春！
在那广袤的田野里，在那喧嚣的工厂里，在那铁打的营盘里，
到处都有青春的火花在闪烁。
青年就像初升的太阳，永远充满着阳光！
前进吧！马不停蹄！
呼啸吧！暴风骤雨！
扫除吧！污泥浊水！

丢掉吧！庸俗市侩！

豆蔻年华的青年永远是祖国的未来和栋梁！”

赵豫民挥手作了一个迎着阳光的动作，结束了他诗朗诵。满场的人都站起来鼓掌，邵军医走到主席台前顺手将插在瓶子里的一朵花拔出来，双手捧到赵豫民面前将花献给了他。赵豫民的眼光与邵军医的眼光又准确的对在一起，瞬间又碰撞成耀眼的火花。

“我今天是怎么啦，眼睛里一直冒出火花。”赵豫民头又是一阵微微的晕眩，他轻声地向邵军医道谢。

“呦，赵指导员，你的手怎么那么凉，额头在冒汗，是不是病了？”邵军医献花时手触摸到赵豫民的手，还瞧见他额头上在不停地冒汗，惊呼道。

“报告指导员，连长，让赵指导员到我连的卫生室休息医疗一下。”

“好，小邵，赵指导员就先交给你照看，快点啊，我们大家都等着啊。”炮兵二连指导员下命令道。

陈丹见状想与邵军医一起陪赵豫民去炮兵二连医务室，被邵军医婉言谢绝了，陈丹只能眼望着赵豫民在邵军医的搀扶下离开了食堂，去炮兵二连医务室。

“报告指导员，连长，刚才接到师部电话，参谋长十五分钟到我连，说明天起在我连蹲点调研三天。”连部值班战士跑步前来向指导员、连长报告。

炮兵二连指导员，连长相觑一下，会神地笑了起来，“老头搞突然袭击，可有戏唱了。”炮兵二连指导员原来是参谋长的秘书，连长原来是参谋长的警卫班长，他们对老首长的脾气摸得一清二楚。

“执勤官，马上清理食堂摆宴，欢迎参谋长与兵民同乐。”炮兵二连连长吩咐道，“其余的人员列队集合，与我和指导员到门岗前迎接参谋长的到来。”

他俩以前在参谋长面前耳提面命，经常听参谋长讲抗战、解放战争的故事，并且语重心长地告诉他们解放军之所以摧枯拉朽地打垮八百万国民党军队靠的就是人民的支持。“淮海战役取得决定性胜利的一个秘诀就是人民群众用小车推出来的。”所以今晚的军民联欢宴参谋长能出席让二连熠熠生辉。

参谋长在众人的簇拥下来到连部，一路上大嗓门响个不停，“你们两个小鬼把连队环境整理得不错，绿树成荫既美观又遮蔽军事设施，长进了啊。”一会儿又问：“军事技术演练得怎么样，现代军事战争可是要靠过硬的军事本领啊，你们不能有丁点闪失，平时多流汗，战时少流血嘛。”梆梆梆一连串的话直说得指导员、连长频频点头。

“哎，我那宝贝闺女呢，咋见了爹不出来啊，你两个小鬼在搞什么名堂啊，跟我捉迷藏啊。”参谋长突然问起指导员和连长。

“报告参谋长，她在护理农场E连赵豫民指导员，今天他们连队打靶完毕，我们两个连队又举办了一场诗歌朗诵会，他还朗诵了一首诗呢，邵军医见他还有生病的症状，所以搀扶他去医务室治疗呢。”炮兵二连指导员小心翼翼地报告着。

“看你们把人家折腾得，快把我女儿叫来，半个多月没见了怪想她的。”

“是！”炮兵二连指导员答应道。“不，还是连长去吧。”参谋长吩咐道。连长快速向连医务室奔跑而去。

“小鬼，我女儿到你们连巡医你对她印象如何？”参谋长发问道。

“好，好，好……”指导员一连说了三个好。

“真是这样吗？你可不要瞒我。”

“报告首长她一切都好，就是对我脾气大，还像在部队大院那样爱对我发脾气，没给我面子。”指导员鼓起勇气回答。

“哈，哈，哈，”参谋长朗朗的笑了，“这丫头脾气像我啊，到你的连队你俩还没对上眼，这可不成啊。过会我问问丫头。”

邵军医将赵豫民搀扶到连部医务室后先为他量了体温和血压，然后让赵豫民躺在病床上撩起衣服，她用听筒在他健壮的胸脯上听心跳和呼吸。她那纤细白嫩的握着听筒的手来回在赵豫民胸脯上移动，赵豫民觉得犹如在他儿提时代，妈妈软软的手抚摸着他的身体全身痒痒的感觉，他止不住地笑了。

“把裤带解开。”邵医生检查完赵豫民胸脯部位后，要进一步检查他的腹部。

“这……？”赵豫民有些犹豫，不想让邵军医进一步检查下去，他陡然坐起身来。

“这有什么难为情的，病人在医生面前都要听话，还是个大男人呢。”邵军医严肃地说道，并将他重新摁在病床上。

赵豫民无法解释，只能解开裤带露出白嫩的腹部皮肤，长期锻炼身体六块健美的腹肌也暴露无遗。邵军医满意地点了点头，脸上露出赞许的笑容，一对眸子又射出闪电的光芒。她在赵豫民的腹部用听筒来回听着，听得是那么的仔细，忘神。

“哦，赵指导员，你的身体没什么大病。我刚才帮你仔细地检查了一下，心肺没问题，只是腹部咕噜咕噜有响声，这是重病初愈后的症状，来，我帮你推一针就好。”邵军医很负责任地将检查诊断的结果告诉了赵豫民。

“邵军医，你爸来了，让我通知你马上去见他。”炮兵二连连长猛然推开医务室的门通知道。但见屋内邵军医脸色通红，一缕头发散落在额头。赵豫民则在紧张快速地束着裤腰带。

“噢，太好了。赵指导员你先在病床上躺一会，等我见了我爸再招呼你去见他老人家。”邵军医说完和炮兵二连连长一起出了门。

参谋长在连部一个单间独自喝着茶，邵军医风似的进了屋。

“报告，女儿奉命前来报到。”军人家庭出身的邵军医从小被熏陶出军人作风，进屋后除了一个军礼是标准的外，报告的话不伦不类的。

“嘿，让爸瞧瞧，这半个月没见人长胖了，脸也黑点了，这两个小鬼没欺负你吧。”参谋长走到女儿面前仔细端详着，慈父的目光让女儿看了温馨。参谋长有两个儿子加这位宝贝闺女，他们的母亲前几年去世，所以参谋长格外疼她，也为了宝贝女儿他没有续弦。邵军医的母亲去世那年，参谋长让女儿参了军，这不，他这次有意识让女儿参加巡回医疗到连队。一来让她到基层锻炼，二来女儿也到了谈婚论嫁的年龄了，她妈去世了，只有他当爹的来操心了。在女儿下连队时他曾经嘱咐过女儿留意一下炮兵二连的指导员，多多与他接触，这是他以前的秘书，他看得上眼。

“闺女，二连指导员你看得咋样啊?”参谋长直截了当地问。

女儿面带羞涩，温柔地说道:“爸，实话告诉你，不咋样。”

参谋长脸上带着疑惑问:“不咋样？他个儿长得不高？人长得不英俊？理论功底不厚？还是你们接触下来没缘分?”

“都不是。”

“那就对了嘛。闺女，你也老大不小了，爸看中的人不会错。”参谋长笑眯眯地说。

邵军医脸色凝重了，郑重地告诉父亲:“爸，在巡回医疗过程中，我特意为指导员检查了身体，他的肺部有严重的杂音，我诊断他有肺病建议他到军区医院彻底检查一下身体。你可要爱惜你的猛将噢，别耽误了人家前程。”

“有那么严重?”参谋长将信将疑地问道。

“嗯。”邵军医肯定地回答道。

“好，我让这小鬼去检查一下。”见女儿这么肯定地回答，参谋长也就答应了。“那你的事就这么熄火了?”参谋长又若有所思地问女儿。

“爸，在你来之前是熄火了，但你一来，神了，这把火又续起来了。”邵军医亲昵地或明或暗地对父亲打起哑谜了。

“瞧你闺女，说话疯疯癫癫的。你爸为你的事在火里，你却当儿戏。”参谋长对女儿这满不在乎的话不满意，板着脸说道。

“爸，女儿不和你开玩笑，指导员的事是熄火了，但女儿碰上了一位与指导员不相上下的农场E连指导员赵豫民，这次巡回医疗我经常到农场E连去，碰上了赵指导员，模样不差，领导水平也高。刚才他朗诵的诗句里闪耀着青春的火花，他朗诵诗的架势也闪耀着青春的火花，我为他检查身体，棒棒的体质更闪耀着青春的火花，简直美极了。”情窦初开的邵军医在夸赵豫民时连用了三次“闪耀着青春的火花”赞美话语来表达对赵豫民的爱慕之心，姑娘的初恋脑子总是一片空白，“他是我的梦中爱人。”她最后毫无顾忌地说出了内心的独白。

“闺女，你莫非疯了？林子大了可什么鸟都有，你对他不了解，就那么一见痴迷。”参谋长有些恼怒地说道。

“爸，我和你说正经的，我就钟情于他了。那时你和妈恋爱时也不是一见钟情?”女儿反驳道。

“你，唉……，闺女大了，做爸的也管不了那么多了。”参谋长叹了口气说。“不过，再怎么变，我们可是军人家庭，这小市民出身的农场指导员会懂你的心，懂我们军人家庭的规矩?”

“爸，那你问问他呗，我是和他有约在先，我先见了您，再请他见您这位首长。到时爸为我做主问问他，我免开金口。”邵军医娇情地说道。

赵豫民被召唤来了，他坦荡荡地坐在参谋长面前，邵军医站在父亲旁边，双目柔和地看着赵豫民。

“哦，小鬼，我们又见面了。”邵军医惊讶地问:“爸，你们认识?”

“这不刚认识嘛。在农场干了几年了?”

“六年。”

“进步很快嘛。我那俩小鬼当家是跟我干了十年才当上指导员，连长的。”参谋长感慨地说道。

赵豫民被参谋长说得有些局促不安，心里想邵军医在他父亲面前捣鼓什么鬼名堂，值得首长这么考问我？接下来参谋长的问话更使他如坠云雾。

“哦，你这个小鬼什么地方人？父母干啥的？”

“河南登封。”

“那他们……？”

“首长，我父母都是南下的，后来转业在市文化局工作。”

“南下干部？那我们是同行咧，哪支部队？”参谋长舒展开了紧皱的眉头询问着。

“听我父母说是20军的，具体的我也不太清楚。”赵豫民好奇地回答。

“感情，难怪我闺女会见到你就……”参谋长的话被邵军医的咳嗽声所打断，参谋长有所悟，马上改口说：“感情，抗战时期我们编入了新四军，解放战争编入20军。哦，这个小赵呀，你父母身体好吗？改日我登门会会老朋友，老战友，你告诉他们呀。”参谋长的话语里动了真情。

“唔。”赵豫民答道，他见邵军医抿着嘴在笑，顿时心里也有所悟了：“邵军医啊，你也太痴情了吧。”

参谋长经过一番刨根问底打探后也喜欢上了赵豫民，他站起来拉着赵豫民的手大呼小叫地说：“走，吃饭去，我们军民联谊加深感情！”

九

吴明心痛啊，林妮娜那次从周冠才手里拿到可以支持她商调到市区工作的保证书后心魔真的出现了，林妮娜现在每次到西边来再也不到吴明的住宿地、工作地——全连唯一的供水塔来了，而是专门跑到周冠才家套近乎去了。吴明百思不得其解，他和林妮娜几年来那么好的感情关系，卿卿我我，互相帮衬，你是我的温柔，我是你的支柱，到头来一张薄纸将曾经牢不可破的感情击得粉碎。这张纸确实有魔力，能得到它是求之不得，毕竟关系到林妮娜的后半辈子生活和幸福，可也不能不顾其他啊。最终他明白了一个理："女人疯狂起来比男人更疯狂，近乎于失去理智也无所谓，为了达到目的可以什么都不计较，说变就变。"

"林妮娜啊，林妮娜，你在玩火。"吴明愤青地暗暗说道。

吴明疯了，是被林妮娜的无情击倒的，一个棒小伙子被精神折磨得饭不思，寝不安，把自己关在房里，着迷似的一直站在窗口，一双喷火的眼睛透过玻璃窗死盯着周冠才的家。有好几次林妮娜的身影钻进了周冠才的家，吴明把牙齿咬得咯咯直响，直到把嘴唇咬出血来。吴明神思恍惚，心中只有对林妮娜和周冠才的愤怒不满，忘记了他工作的职责——每天开闸供水的任务。由于这几天连队职工埋怨供水不正常影响了日常生活，赵豫民派人去供水塔问吴明是怎么回事，吴明答复说一切正常，反嫌他们多事。赵豫民是信任吴明的，上次断水的事件吴明不会再犯的，既然吴明说他那里没事，那从西边供水塔延伸到东面职工生活点一路埋在地下的管道有问题。他打电话给农场基建连，让他们派人来检查哪处管子裂了、坏了，水都流到地底下去了。农场基建连非常认真，派了两位技术人员和四名开挖工，扛着工具来到了E连。赵豫民也不赖，派出十名职工协助他们沿水管线进行开挖，整整捣腾了一天，水管躺在地下完好无损，接缝处也不见漏水症状。“坏了，问题还是出在吴明的供水塔上。”赵豫民有种被人愚弄的感觉，他叫上后勤排长一路朝西边供水塔走去。

“嘭、嘭、嘭。”赵豫民和后勤排长用拳头将吴明住所的那扇门擂得震天响。

“开门，吴明，你在搞什么名堂，快开门。”赵豫民怒不可遏的直呼道。

屋里沉寂着没有一丝声音，赵豫民对后勤排长使了个眼神，后勤排长后退两步，猛一用力，用脚将门踹开，两人冲进屋去，不免大吃一惊：只见吴明手里拿着一个农药瓶倒在窗口地下，口里吐着白沫。

“不好，吴明喝农药了，快叫黄金敏把手扶拖拉机开来，急送场部医院。”赵豫民对惊慌失措的后勤排长吩咐道。

在等待手扶拖拉机到来之际，赵豫民将吴明的头轻轻扶起，靠在他的肩膀上，用毛巾擦拭着吴明吐着白沫的嘴，数落道：“吴明啊，什么事让你要轻生啊，是我待你不好，还是谁欺负你了？你傻啊。”

赵豫民派上陈丹和另外一名职工随黄金敏开的手扶拖拉机将吴明急送到场部医院抢救。

“这人生就那么轻薄经不起风浪。”赵豫民自叹道。

林妮娜自从拿了周冠才写给她的保证书心里其实也不踏实，不是拿了这张保证书就一劳永逸了，要不断地与周冠才和他老婆接触加码，这样才稳当。让周冠才每次看见她心里就紧张，脑海里记住她。自从做出这个决定后，林妮娜逐渐与吴明疏远了，“对不起，小阿弟，姐靠着你暂时得到安慰和快乐，但靠着周冠才这样的实力派人物，姐下半辈子的幸福和前途就有着落了，你可不要怪姐狠心，这也是姐百般无奈之下的举动，因为姐的年龄耗不起啊。”林妮娜每每想到与吴明的感情就双手合十祷告着，以此来解脱胸中的烦闷和感情的折磨。

林妮娜现在是周冠才家的座上客，周冠才的老婆自从那次得到林妮娜暗中送上的手表，对林妮娜产生了好感。有好几次周冠才暗中焦急，见林妮娜进屋就盼着两人单独厮守，故意找茬让老婆按习惯去东面知青点去，可老婆却一反常态，凡见林妮娜来了就热情招呼，姐妹情长似地唠叨个没完，急得周冠才只能跺脚干瞪着眼，长吁短叹地没辙。

“哟，姐，你看我俩光顾着说话，把周连长晾在一边了，这多不好哇。”林妮娜故意怜悯地直呼道。

“管他的，我们女人间说女人话，男人掺合进来干什么。冠才，沏两杯茶来。”周冠才家的老婆吩咐道。

“哎。”周冠才十分听话地去沏了两杯茶恭恭敬敬地端了上来，捧到老婆手里，当他把另一杯茶捧到林妮娜手中时，他的手与林妮娜的手相互传递时故意迟缓了几秒钟？这几秒钟也让周冠才感到某种心理上的满足。林妮娜白皙的皮肤，柔软的手掌让人看上一眼也舒服。周冠才的老婆瞪着眼睛早把这一幕看在眼里，她正色地说：“冠才，你可以出去了，让我们姐妹俩好好说说话。”

周冠才知趣地退出房间。

“姐，你对周连长真狠啊，也不给他点面子。他在连里可是威风八面，在你面前像个猫似的。”林妮娜挑开了话题问道。

“妹子，你还没结过婚不知夫妻间的情理。男人哪，你不抽他鞭子，勒紧绳子，不知道他会干出什么事来。古训说，男人以天下为家，女人以家为天下。男人在外拼搏这是不争的事实，但他们失败后可以躲进家。女人呢，女人只能替男人守着这个家，经营这个家，生儿育女，操持家务，你说女人苦不苦，再不把男人勒紧点，这个家就不成家，也显不出女人把持家的威风。”周冠才的老婆一本正经地开导着林妮娜。

“姐，组成一个家庭后生活有那么复杂艰难吗？”

“妮娜，姐告诉你，男人没有一个好东西。双方见面谈朋友时，他会说得你花好桃好样样好，女人在这个时候大脑思维为零，被男人捧得像天上仙女一般，你飘啊飘啊飘，时时被他捧在手上，等结了婚，生了孩子，这男人又不把你当回事，他说当初是追你，现在有了孩子，我的心思全在孩子身上了，这叫感情隔代转移。全他们说的屁话，孩子尿布他洗过几块，孩子教育他上过心没有？”周冠才老婆抹着眼泪说着气话。

“不过话又说回来了，这男人只要在外面没有花心，光去拼搏争荣誉，咱守着这个家也值，再看看儿女成长我心里也高兴，我尽到一个女人的本分了。不过姐还得提醒你，这男人在家你就是要揪得紧一点，不然惹点是非出来你收不了场。”周冠才老婆反复教育着林妮娜。

“姐，我真服了你了，治家还有这一套奥秘啊。”

“哈，哈，哈，傻妹妹，这叫什么奥秘啊，你们知识分子说话就是这么玄乎。我对冠才耍的这一套是我长期经验的积累，抓住他的命门，一招至于他死地。”周冠才的老婆笑得脸都快要歪了。

“好姐姐，你倒是说说抓住周连长什么命门了，能让他这样听你的话？”林妮娜不断地央求着。

“几年前，冠才对一个女人不地道，那天晚上他慌里慌张地回到家，在我不断地追问下，他才吞吞吐吐地说猥亵了一个从市区来的女知青妹妹，我当时给他两巴掌。”周冠才的老婆既怒又愤地说道。

“我与他大吵了一顿准备与他离婚，但我想想两个孩子还小，又不忍心了。再说这冠才跪在我面前反复打着自己的耳光，苦苦哀求我放他一马，今后不敢了，我就忍了他一回。唉，这男人哪，我是看穿了，女人是要男人的一切，男人却要一切的女人。今后你可要长长眼睛哪。”周冠才老婆又搬出她的经验之谈开导着林妮娜。

林妮娜一听周冠才老婆的一席话，心猛地一沉，按照周冠才老婆的描述，周冠才猥亵的事就是发生在她身上，还好，周冠才对他老婆胡编乱说了另外的一位女知青妹妹，才没殃及到她，否则林妮娜根本就挨不近周冠才老婆的身边，更无从谈起通过和周冠才老婆套近乎去进一步说动周冠才哩。她长长的呼了口气。

“怎么了妹子，长吁短叹的，生病了?”

“没什么，噢，姐，原来周连长是这个命门被你抓住了，抓得好，解愤哪，要不周连长可要出大乱子了。”

“从此以后冠才他乖乖地听我的话了。”周冠才老婆不无得意地说。

“姐，你真有办法。”

“不过啊，这夫妻生活是讲感情的，他冠才再有这花心、贼心，我天天提防他，抽紧他无济于事的，路只有一条，离婚。妹子，姐提醒你可不要沾这个边啊。”周冠才老婆紧一句慢一句的说着，直把林妮娜的脸色说得红一阵紫一阵的。

连队的人都说周冠才老婆“母老虎”厉害，果然名不虚传。林妮娜那次进周家的屋，周冠才老婆不在家，她只对周冠才老婆操持家务的本领称赞过，没想到周冠才老婆还有操纵男人的一套本事以及看穿女人心思行为的洞察力。和这样厉害的女人打交道可真要防着点，否则被她抓住把柄非打你进十八层地狱，永世不得翻身。

“姐，你是过来之人，眼光厉害，我今后要有男朋友了一定请姐帮我谋划谋划，否则一不小心陷入男人的圈套拔也拔不出来。”林妮娜讨好地说。

“没问题，只要到时你肯对姐说，姐一定帮你谋划参谋，让你找到一个如意郎君，然后养儿育女。”周冠才老婆口无遮拦，大包大揽地说道。

“哎，不对啊，妹子，都在传你和吴明谈‘姐弟恋’嘛，怎么又有男朋友了？”周冠才老婆又惊讶地问道。

“姐，在你面前妹妹可不敢说假话。我的命苦，在农场呆了有十多年了，看着别人欢天喜地地去了市区，我却孤零零地漂泊在此，百无聊赖之时和吴明交往，说不上情，只是相互间有个说说话的人，解解闷，除除乏。我都这个岁数了，比吴明大了六岁，按属相上说也是‘六冲’嘛，所以不能牵累吴明终身幸福。今年春节放假期间，有人为我在市区找了一个对象，只是催我……”，林妮娜向周冠才老婆道起苦来，说到关键时又言语欲止。

“这男人催你什么？”周冠才老婆被林妮娜说的动情了，她急问道。

“催我今年能商调回市区工作，早日完婚。”林妮娜壮着胆子，说出了自己内心朝思暮想的话。

周冠才老婆心里直嘀咕：“这小妮子门槛倒蛮精的，上次不动声色的送上了贵重礼品，近来一直进我周家的门拉近乎，原来都看重冠才手上的权急着要商调回市区工作。还好这妮子每次来都被我撞见，否则她真要和冠才粘糊上，在我眼皮子底下出这等大乱子，我不是被人耻笑了吗？好吧，先听听她还有什么招再说。”

“哦，妹子，你这个男朋友催得也在理。夫妻，夫妻，各在一边，哪成什么家哇。我和冠才说说，看能不能行。”周冠才老婆没有马上答应下来，这也是她一贯的欲擒故纵的诈人方法。

她起身拿来一个镶花的铁壳子热水瓶往自己的茶杯和林妮娜的茶杯里倒上了水，眼神却一直盯着林妮娜脸上的表情。

林妮娜随手从自己带进周家的一个包里拿出两件绒线编织的上衣对周冠才老婆说：“姐，我笨手笨脚的花了点时间为你的两个女儿打了两件绒线衫，你可别见笑啊。”

周冠才的老婆笑眯眯的顺手接过来，贪婪地将绒线衫一件一件在自己身上试着，嘴里还嘟嘟囔囔说着称赞的话：“啧，啧，好妹子，姐看得出来,你用上了上等绒线材料,你的手也巧,看,是新式的棒针提花结法。真难为你了,别说穿在我女儿身上,就是穿在我身上也俊俏,年轻好几岁哩。”

林妮娜见周冠才老婆满心欢喜,提在嗓子眼上的一颗心也放了下来。俗话说:“送礼要送巧,送到别人心坎上那就巧上加巧了。”

林妮娜又从包里拿出一个小红布袋,从里面掏出一枚黄澄澄金闪闪的足四钱的金戒指递给了周冠才的老婆,笑盈盈的说:“姐,这是给你戴的。”

“妹子,这礼物太贵重了吧,还是你自己结婚时候戴吧。”周冠才老婆见林妮娜手中拿着的黄金戒子,眼睛顿时发光,她伸手想马上拿过来戴在手上,转而一想这样做毕竟不妥,有失风度,于是她故意推脱地说道。

“姐,我还有。这枚金戒指你配戴。”

周冠才老婆乐啊,四十多岁的她还从来没有戴过这么昂贵的金戒指。她同周冠才结婚那阵子,周家除了祖传一套红木家具让人耀眼了一阵子外再也没有见到任何值钱的东西,那年代她也认了。现在林妮娜送上这枚沉甸甸的金戒指哪个女人见了不心怡,不心动啊。

林妮娜既然这么说了,周冠才老婆也就不管三七二十一了,拿了金戒指就往手指上套。她的手指似乎肥了点,费了好大劲,攥动了好几次才把金戒指套进了手指里。她不断地端详着手,将金戒指看了好几遍。

周冠才老婆眼神里闪着亮光,乐不可支地向林妮娜问道:“好妹子,这花了你好多钱吧?你们知青真会买东西,比我们乡下人强多了。”

林妮娜为了这最后一搏又做出了一大牺牲,这枚沉甸甸金闪闪的金戒指是父母为她今后结婚时预留着的。眼前我商调回市区工作这是最大的理,这是最大的事,没有这个作为前提何谈今后的事。为送不送这枚金戒指,林妮娜反反复复地敲打着自己的心灵,最后决定还是送。一切为了自己的美好前途,这个金砝码送上天平秤终究会向自己一边倾斜的。

“哎，妹子，刚才我们说什么来着?”周冠才老婆突然回过神来问着林妮娜，毕竟拿了人家贵重的礼品，也要替人解难才是。

这回该轮到林妮娜乐了，堡垒从内部攻破这句话一点不假，我这个礼算是送对了，只要周冠才老婆肯为我商调回市区工作的事经常不断地向周冠才吹枕边风，不，是狮子吼，何愁我的目的达不到啊。她压住内心的喜悦对周冠才老婆说:“姐，我商调回市区工作的事要请你多费心了。”

“好妹子，你就放一百个心吧，我会同冠才好好地合计合计，包你今年能回市区去，与你那位如意郎君成婚，今后可要常来看看我们乡下人噢。”周冠才老婆大言不惭地说道。

“还有……”周冠才老婆俯身在林妮娜耳朵旁说道:“豫民那儿我也会帮你说说，他整天嫂子长，嫂子短的，这点情面他是会给的。”周冠才老婆有把握地轻声说着。

“那感情好，姐，我真不知道怎么报答你的恩情了。”林妮娜惊呼起来。她原来想找赵豫民好好谈谈，现在看来没这个必要了。多找一个人多一份礼，而且也不知道赵豫民会不会收下这份礼，到时别自讨没趣。现在有周冠才老婆帮着她说话，做挡箭牌有何不好。

乘吴明在场部医院治疗的过程，赵豫民挑了场休日去看望他。赵豫民来到吴明的病房，透过病房门上的小窗框，只见吴明穿着蓝白条色病号服躺在病床上，两手垫在脑后，一双眼睛盯着天花板上若有所思的看着。

“吴明，还在胡思乱想啊，小心别伤了神。”赵豫民推门进去。赵豫民早就从场部医院那儿得到消息，说在抢救吴明的过程中，他反复念叨着一个名字“林妮娜”，看来吴明是为情所伤啊。

“哦，赵指导员你那么忙还来看望我，真不好意思。”吴明已住了半个月医院，满脸憔悴，原来胖胖圆圆的脸一下像被刀削了一样尖瘦，两眼凹进去了，眼圈发青。见赵豫民特意来看望他顿觉不好意思了，他忙打着招呼。

“怎么，还没想明白？看来陷得太深喽。吴明，为了情喝农药想死，这在我们E连还是第一例。现在活过来了，想想没必要吧。”赵豫民和颜悦色地说道。

“赵指导员，她林妮娜也太狠了，我们相处了四年，她竟为了能调回市区工作吊上周连长的膀子，不理我了，情急之下我才做出傻事。”吴明愤恨地辩解道。

“哦，原来是这么回事。”赵豫民皱了皱眉头，心想，此事还不简单呢，牵涉到商调回市区工作大事上来了，吴明这次喝农药自杀的事件为赵豫民在今后处理这类问题上敲响了警钟。

“吴明啊，你和林妮娜姐弟恋也好，其他职工谈恋爱也好，我都不加干涉，只要你们把工作干好我都认。但你们可千万不能出轨，目前商调政策是双知青在农场结婚是不可能商调回市区工作的，这道坎你是明白的，你们要是被情所累，被情所迷，一失足成千古恨哪，所以我请你们都自重点，为自己的前途想一想。”赵豫民郑重其事地点拨道。

“赵指导员，我明白了，再也不会做出这样的傻事了。”吴明羞愧地低下头说道。

十

五月，火红的五月万物更新，大地披上了绿装，春风和煦，人的精神面貌也焕然一新。

农场党委、场部派出工作小组赴市区与化工公司、化工局洽谈建合成胶水厂事宜，赵豫民也是小组成员之一。工作小组连续几天马不停蹄地忙着洽谈。在甘叔的指引和斡旋下，在农场建化工合成胶水厂的事宜最终决定下来了。

赵豫民在参加洽谈过程中一直住在市区旅馆里连家也没回。现在洽谈成功了他才如释重负地回到家里，他父母知道这个好消息后也非常高兴。母亲拿来一条新毛巾递给儿子，“豫民，快去洗个澡，都成什么模样了，瘦得像个猴子似的，到家门口了也不回家住。”母亲心疼地关心道。

“妈，这不有规定嘛，市区有家的人也不能回去，便于大家集中精力全面应对。这不，刚办完事我就急着回来看您们二老了，我的心可贴着您的喽。”赵豫民孩子气的朝母亲身上靠。

“好，这种精神像我们。老太婆啊，当年我俩工作忙起来也不是到了家门口不回家啊。这豫民啊就是我们的种。”父亲在夸奖着儿子。

赵豫民洗完了澡端坐在父母面前，他目视着双亲大人，父母都老喽，父亲原来挺直的腰板现在也开始驼了，母亲的脚步也蹒跚了。父母的头发虽都已白了，但精神很好，特别是父亲说话的中气还是那么足，声音洪亮。父母同样也用和蔼慈祥的眼光端详着自己。赵豫民孩子似的低着头摆弄起自己的手指，把每个手指的关节弄得“咯，咯，咯”作响。赵豫民愧对父母：“父母养育了我，但我因为农场工作忙而照顾不到二老，忠孝真的不能两全啊。好在父母也是这么过来的，所以他们能体谅我的。”

“爸、妈，这次回来我想请几天假陪伴你们，也让我孝敬孝敬您们。”赵豫民动容地说道。

“傻孩子，做父母的知道你工作很忙，你把工作干好了，比什么孝敬我们都强。好在你姐在我们身边，我们也不寂寞。”母亲宽厚地说道。赵豫民的姐姐身体不好，病休在家，也给这个空荡荡的家多少有了些宽慰。

“豫民啊，妈问你一件事。前两天，有一位部队首长登门拜访我们，你父亲定睛一看原来是20军的邵营长，老战友相聚特别高兴，说着说着邵营长说起你和他女儿邵军医的关系，说他女儿看中你了，要和你处朋友，还说这是上一辈留给你俩的缘分。我们可惊讶了，豫民，你莫非真的处朋友了。”母亲问道。

“呀，这邵军医当真的？真是强人所难，她是一厢情愿，我们可没这个基础。爸、妈，天底下还有这种稀奇古怪的事噢。”赵豫民发急地说道。

“豫民，究竟是怎么回事？”

于是，赵豫民一五一十地把事情的原委说给了父母听。母亲听了拢着嘴巴哈哈直笑：“老头子啊，这小妮子犯傻呀。不过是像她老头说的那样有军人作风说一不二，但也不能这么着拉郎配呀，真有意思。”

“豫民，你咋考虑的，要思量好，这姑娘家的老头子可登门拜访过我们家噢。你觉得好，你们俩就相处下去，要是不行，也要与这姑娘说清楚，姑娘可是对你痴情噢，你别拖着人家黄花闺女。”父亲认真地说道。

“爸、妈，瞧你们说的，照这么说我还是处男呢。”赵豫民顶撞了一句。

“臭小子，说话变滑头了。”母亲爱抚地用手在赵豫民头上捋了一把。

“好，好，好，在适当的时机我会处理好的。”赵豫民心里琢磨着现在就与邵军医道明怕人家姑娘会接受不了，这种事只能软处理悠着点，时过境迁一阵风就过去了。“妈，我饿了，有什么给我吃的。”赵豫民想极力回避这个话题，不然父母就会说个没完，他假装肚子饿，要起孩子脾气问母亲要吃的。

“豫民，桂圆汤泡蛋来了。”

赵豫民闻声一看，自打自己进家后一直没见到的姐姐端了一碗热腾腾的桂圆汤泡蛋进来了，原来刚才她在厨房里煮着弟弟最爱吃的甜品。

“姐，谢谢你，我真的饿了。”赵豫民的食欲一下子被吊了起来，原本不饿的肚子此时被这碗桂圆汤泡蛋搅得咕咕响。

看着伏在桌上的儿子狼吞虎咽地吃着可口的甜品，母亲又发话了：“豫民啊，那邵军医的事太鲁莽，太突然了，撇开她不说，其实妈的心里为你考虑着的是甘霖霏。一来你们从小在一起，老邻居老街坊，脾气性格熟。二来她办事利索能干，前一阵子妈心脏病犯了，霖霏刚巧探亲回家，知道后二话不说就和你姐叫了车子上医院，那个跑上跑下，问这问那的劲，连医生都以为是我的亲闺女呢。”母亲唠唠叨叨地又在为儿子谈情说爱定调子呢。

“妈，还有完没完，儿子发育还不成熟。您与我说这些话就像梁山上的军师——无用(吴用)。”赵豫民将那碗桂圆汤泡蛋全部吃了下去，用手抹了抹嘴，冲说着话的母亲笑了笑，俏皮地说道。

“你这孩子，说起这件事，你就藏藏掖掖，什么时候才能正经。”母亲叹了口气说道。

“爸、妈、姐，我还有一些事要出去办，晚上回来吃饭的噢。”赵豫民调皮地打了声招呼，大步流星地走出了家门。

赵豫民约好经连部讨论同意回市区复习迎高考的六位职工，下午两点到长风公园草坪集中，听取他们迎考的准备情况。他从家里出来，换乘两辆公交车，花了近一个小时才到长风公园。

公园里很安静，与园外熙熙攘攘的环境相比有着天壤之别，恍如进入了世外桃源。河岸两边杨柳树摇曳着轻盈的腰枝，招展飘扬，河面上波光粼粼，几艘载着对对情侣的小木艇，荡开河水慢慢地在浮动。园内楼台、亭、阁，曲径小路甚是别致。在公园的深处绿树成荫被围着的是一处绿草坪，环境优雅。草坪上有几个人在四处张望，见赵豫民向他们走来，赶紧迎上前去。

“赵指导员你来了，我们正等着你呢。”

赵豫民瞧着这六位连队的职工：张民、陆子望、许盟、刘复、沈明、胡文华，是他再熟悉不过的职工，经过几个月复习的“洗礼”，个个脸色都白里透红，显耀着青春的光华，将以饱满的精神投入到高考的战场上去博弈。

“都准备好了吗？”

“赵指导员，你给了我们这么好的机会，我们定会拿出优异成绩来回报。”六位职工不约而同地回答，既充满了感激之情，又憧憬着自己的未来。

让这六位职工回市区复习课程迎接高考之前，赵豫民请农场宣传科出了模拟考题，最终这六位职工胜出。他又专门召集连队会议讨论并郑重其事地决定，连队工作再忙也要让他们有一个复习功课的良好环境，特批他们放假到市区复习功课。这次在长风公园召见他们算是考前检查和再动员。

“赵指导员，我们知道你让我们放假回市区复习备考是顶着压力的。”张民说道。

“赵指导员，我们在上复习课的学校里碰到其他连队的职工，听说我们是经连部特批放假回市区复习功课都羡慕死了，说在他们连队碰不到你这样的好领导。他们是顶着旷工的‘罪名’偷偷回市区复习的，还挺担忧考上大学后领导不同意放人。”刘复骄傲地说。

“同志们，真正要想考大学的念头在你们心中形成，靠行政命令，高压手段是压不住的，你们也会像刚才说的其他连队想考大学的职工一样，冒着旷工的危险，冒着领导不同意放人的风险去搏斗的，鲁迅先生说得好，路是人走出来的，这条路你们已经走出来了，那就要绝不放弃，一直走到底，光明的前途就摆在你们面前。说句老实话，我跟你们感同身受，我理解你们，我会尽我的能力支持你们。”赵豫民万分感慨地说道。

自从恢复高考后，赵豫民心潮澎湃，他不是不想去考大学，也不是没有才能去考大学，他完全够格去考大学。在给大家测试模拟考题时，他也偷偷拿了一份卷子写上其他人的名字做完了考题。一评分成绩还是很高的，因为他头上套着的还是对连队一级干部的规定，不准脱离农场，与农场无关的单位一律不准去。

“你们报考什么大学再告诉我一下。”赵豫民命令道。

“报告，我报考的是华东师范大学的语言系。”张民抢先报告。

“报告赵指导员，职工陆子望报考的是复旦大学哲学系。”陆子望的报告形式有了新意，接下来其余的职工就按这个格式逐一向赵豫民报告着。

“报告赵指导员，职工许盟报考华东机械学院电子工程系。”

“报告赵指导员，职工刘复报考同济大学材料系。”

“报告赵指导员，职工沈明报考华东政法学院刑法系。”

“报告赵指导员，职工胡文华报考上海音乐学院声乐系。”

“好，好，你们个个都有志向，有志气，报出来的大学也是响当当的。国家要发展，民族要振兴，需要各方面的人才，今后，让我们在不同的岗位上为国家做出自己的贡献。”赵豫民击掌为他们叫好。

“来，我们来合张影，以做纪念。”赵豫民召唤着他们向他靠拢。

许盟带来了海鸥牌自动照相机，他架好三脚架，将照相机固定在上面，调好焦距，用单眼瞄了瞄照相机镜框里等待照相的人物，并将自动拍照的秒数停格在十五秒，他挥起了右手，喊着：“大家注意了，都朝照相机看，一、二、三。”他猛地一摁照相机的自动按钮，飞快地跑到队伍中间一个空出的位置，“咔嚓”一声，一张具有历史性的照片诞生了。

请记住这六位职工的名字，因为在以后国家发展的历史上有着他们的辉煌足迹。

张民，大学毕业后，去美国留学，回国后自己创办了一所民办外语学校，现在是桃李满天下，有人建议在校园内为他塑铜像，流芳百世。

陆子望，复旦大学哲学系毕业后，去美国留学，转系搞金融期货，凭着他钻研拼搏，能遵循事物发展的规律，在华尔街打拼了十五年，先被摩根斯坦利银行聘任为亚太地区总代表，五年后又被美国高盛公司聘任为亚洲地区咨询投资首席代表。有一时期代表高盛公司投资收购兼并外省的大型企业，在上海、北京、外省奔波得不亦乐乎。赵豫民对他最不可思议，一个农场职工，考大学时已经二十三岁，学的又是哲学专业，为什么去了美国转学金融期货后，人就像脱胎换骨一样，成了国际最顶尖、最知名的银行和公司的天之骄子呢？赵豫民只有一个答案，陆子望在农场时“学而优则仕”的理念就非常强烈，他干完农活后，也不爱搭理人，躺在床铺上就看书，可谓博览群书，加上天赋聪明。赵豫民在连队开办马列主义、毛泽东思想著作学习班时，陆子望也是如饥似渴地钻研，还经常与人辩论。所以说陆子望是把马克思的资本论，剩余价值理论兼容并收，融会贯通，渗透到华尔街去，成为一名点石成金的精湛大师。

许盟，华东机械学院电子工程系毕业后，去了宝钢，在车间当技术员，后来调到销售公司工作。又先后被宝钢委派任美国、欧盟总代表，有几场国际钢铁销售贸易摩擦最终以宝钢获取全胜的硬仗是他拿下来的。

刘复，同济大学材料系毕业后，领导着新材料的研发工作，并取得骄人的业绩，成了教授。

沈明，华东政法学院刑法系毕业后，成为有名的教授和大律师。

胡文华，上海音乐学院声乐系毕业后，成为国内外知名歌唱家。

就在赵豫民与六位准备考大学的职工会面畅谈理想和未来的时候，周冠才比他早一天也突然来到了市区，他跟老婆说去市区为连队办点事。此时，他正与林妮娜在德大咖啡馆悠闲地喝着咖啡。望着窗外熙熙攘攘的人流，周冠才心里有些惆怅，虽然林妮娜是他电话通知约出来的，美人陪在他身边，但也无法抹去昨天下午他回市区住进表弟家的情景。

周冠才祖上给他在市区留了一间石库门房的前客堂，周冠才授权给表弟对外出租，这一星期租房户正好外出办事，所以周冠才可以住进自己的房子。

周冠才刚进屋，一位时髦且声音嗲溜溜的女人迎候着他，“表哥，我一切打扫过了。”

周冠才有些受宠若惊，他最受不了女人的嗲，这也是她老婆长期打压他的缘故，他装得彬彬有礼地说道：“你是我表弟新娶的弟媳妇吧。”

“表哥，你记性真好。”表弟媳妇说着说着就朝周冠才身上靠。

周冠才清楚地知道，表弟平时游手好闲，吃喝嫖赌样样在行，前面一个老婆就是因为受不了，离了婚，带着判给她的儿子离开了表弟自己过日子去了。表弟又新娶了在地下舞厅认识的这位新媳妇，夫妻俩可谓臭气相投，现在倒省事了，有本事可以各管各的事，互不干扰。

“表哥，你在农场好坏也是个干部，回到市区怎么不见带些东西慰劳慰劳我啊，我可帮你看着房子的哟，真没良心。”表弟媳妇从裤腰里掏出一块手绢，在周冠才面前挥了挥，香气扑进周冠才的鼻孔里，直冲脑门。

周冠才一股无名的冲动，把长期积压的欲火，借着手帕的熏香动力一把抱住了也是欲火旺盛的表弟媳妇，两人疯狂地亲吻着。

两人正在干柴烈焰的时候，女人灵敏度高，耳朵尖，听见门外自行车锁车的声响，忙推开周冠才，用手拧了一把周冠才的脸：“咱俩没完，你欠我的。”

周冠才也不是省油的灯，他也乘机拧了一把女人的屁股，顺势将弟媳妇的手帕抢夺过来，在鼻子底下不停地嗅着。

“唷，死鬼，才回来啊。冠才表哥刚回来，我正打招呼呢。”表弟媳妇急速地将凌乱的头发拢了拢，向进屋的丈夫热情地打着招呼。

“冠才，你来了。”表弟进屋阴沉着脸说道。

“表弟，我刚到，弟妹就带我看房子呢。真难为你们了，帮我收拾得那么干净，我要谢谢你们哩。”周冠才搭讪地说。

“冠才，前几天你托人捎信来说要住几天，我便吩咐老婆将屋子打扫干净，免得别人住过的有异味，你觉得满意就好。”表弟进屋后一屁股坐在椅子上，架着二郎腿，从衣袋里掏出香烟点燃了自顾自抽了起来。

“表弟，我很满意，新弟妹真能干，给你带来了新气象，表弟你说是吧。”周冠才故作掩饰地说道，他的眼神始终瞟向表弟媳妇。

表弟悠闲的吐了一个烟圈，说：“满意就好。冠才，吃饭了吗？”

“死鬼，你光顾抽烟了，表哥从农场回来咱们得请请他吃顿饭怎么样？”表弟媳妇问道。

“你这个女人好没礼，表哥来了我们理所当然要尽地主之谊请他，可我的大钱都是你掌管着，这请客的事还要问我？”表弟没好气地说。

“不行，这可不作兴，你们帮我代管了房子出的力已经很大，理应我请，理应我请。”周冠才忙不迭地说道。他也在不断地向表弟媳妇使眼色，意思不要与表弟争了。

“好哇，那今天就让表哥当一回袁（冤）大头吧。”表弟满意地说。

夜已深了，周冠才和表弟夫妻醉醺醺地回到家。表弟夫妻俩上了前楼去睡觉了。周冠才一个人睡在楼下的前客堂，阵阵燥热使得周冠才睡在木板床上辗转反侧，睡不好觉。

整幢石库门房，除了表弟夫妻俩住的前楼之外，连周冠才的底楼前客堂，后面灶披间，二楼亭子间等都全部租给了好几对夫妻。他们夫妻俩坐收房租钱，小日子过得很惬意。迫使周冠才左右翻滚睡不着觉的原因是那墙壁、楼板不知道用什么材料砌的，都像空心的，楼上表弟夫妻俩一会潺潺尿水声灌入他的耳朵，一会儿其床笫之声像雷阵雨过境，河面上成群鲫鱼唧唧的透气声伴随而来，隔壁耳房夫妻俩噢咻声也直灌周冠才耳膜，真让他受不了。“城里人就这么大方，我和老婆那样卿卿我我，也要躲着女儿啊。”周冠才色迷迷地那样想道。他百无聊赖地穿好衣服，独自一人来到这幢石库门房的三楼平台，平台上晾着一串女人的内衣内裤，周冠才见了心猿意马，鬼使神差地狠劲将这些晾晒着的女人内衣内裤一一摘下，尽收怀中，他像做贼似的，蹑手蹑脚地下了楼，来到自己的前客堂，一屁股坐在床上，心还“怦、怦、怦”地乱跳。周冠才以一种难以名状的好奇心和满足感将怀里掖藏的女人内衣内裤拿出来，逐一嗅过，像过了鸦片瘾，这才心满意足地揣着女人的内衣内裤睡着了。

第二天早晨，周冠才被一阵叫骂声惊醒，他起身伸了一个懒腰，然后去水斗处洗漱。

“表哥，你见过我们晾晒的衣服没有？”表弟媳妇脸色通红地问道。

“是呀，一夜之间，我们女人晾晒在三楼平台上的衣服全不见了，也不知道哪个夜猫子闻着腥不要脸地拿走了。”住灶披间的女人说道。

“拿出去穿了也生梅毒。我那内衣内裤是我老公花大价钱作为我们结婚纪念日特地为我买的，现在莫名其妙丢了，我老公回来了追问起来我无法交代啊。这个杀千刀的，抓住他非剥了他的皮才解恨。”住在二层亭子间的那位妖媚的女人哭天喊地地恶狠狠地诅咒道。

周冠才装着一副若无其事的样子，爱理不理眼前这几个像要吃人的女人，淡淡地说了一句：“真是罪过啊。”

当几个女人还没反应过来，他又补充一句说：“还不去报公安局？”弄得这几个凶巴巴的女人真是啼笑皆非。

“周连长，你在想什么？”林妮娜娇滴滴地问他。

“哦，我在想赵豫民他们洽谈是否成功。”周冠才回过神将思绪拉到眼前与林妮娜在德大喝咖啡的情调上：“这德大的咖啡真好喝呀。”说着说着，周冠才将手搭在了林妮娜白皙的嫩手上。

“周连长，不要去多虑别人的事嘛，瞧你生活得那么苦。喏，我在时装商厦给你买了一块派力蒙料子做的套装，让你在场面上显露显露。”林妮娜竭尽谄媚地对周冠才说。

“妮娜，你对我太好了，我简直无以报答你。”周冠才拿起林妮娜白皙的手情不自禁地亲吻着。

“唔，周连长，我们的秘密你知我知，我是全靠你的支持才有前途呦。”

周冠才拍着林妮娜的手说：“宝贝，好说，好说。”

十一

吃完中午饭，赵豫民站在E连的办公楼长廊上，他精神抖擞地眺望着眼前自己的领地，心神怡然。赵豫民是位既能工作又会享受生活的人，自诩为“革命的现实主义与革命的浪漫主义相结合的产物”。在他当上E连的副指导员后就与指导员朱芸商议将办公楼下的一大块杂草丛生之地改建成绿地，以增强E连花园式连队的氛围。他还通过朋友的关系搞来了六棵高大的棕榈树栽在绿化地里，凭添了几分南国风光，成为E连一景，轰动过整个农场。不少连队的负责人也频频前来参观取经，留下一片赞许声。他思忖着，在整个E连发展的版图面前，眼下有三件事要做的。一是五月二十七日举行合成胶水厂签约仪式；二是场部演出小分队要到E连演出；三是麦熟开镰，翻地耕种插秧种早季稻就在节骨眼上。他暗下信心，一定要谋划好，按部就班地做好，不要出岔子。

他习惯性地下去走走，独自一人来到后勤排管辖的地域。见后勤排长带着人在精耕细作的菜田里下着鸡毛菜种子。他满意地向后勤排长招招手，示意他们继续工作。连队荤菜少，下了鸡毛菜种子生长得快，可以不断地补充连队食堂的绿叶蔬菜，满足连队职工最低的生活要求。赵豫民沿着后勤排管辖地转悠着来到了连队养猪棚，但见排列成三排的二十五间猪舍打扫得干干净净，一位长着扁平脸蛋手脚利索的女职工不断地往猪食槽里倒下拌着切碎的水葫芦的精饲料，嘴里还不断地叫着："伊啰啰、伊啰啰"，在她有节奏的叫唤声中，上百头猪有序地到猪食槽前不停地有滋有味地吃了起来，还直哼哼。

"呦，赵指导员怎么来了。"扁平脸的女职工见到赵豫民的突然造访，停止了手上的活计招呼着。

"小蔡，就你一个人在干活？"

"赵指导员，我们是三个人。后勤排这会儿农活忙，另外两个被抽去干其他活儿了。"

赵豫民看着眼前朴实能干的职工夸奖道："小蔡，你们真不容易，三个人养着一百头猪。唉，我们连可是幼猪出口实验基地，目前我们连队的猪的出栏率是多少啊？"

赵豫民说的幼猪出口的事是指E连养的一百多头猪中有96%的猪长到二十斤左右，经场部派人称足分量敲上蓝图章，就出口到香港等地制作酒店上等的菜——烤乳猪，为国家挣外汇。

"赵指导员，我们连的幼猪养得标准，不是我夸海口，全场第一。场部畜牧科的同志经常打电话让我们连帮忙多出栏幼猪弥补其他连队快完不成合同的欠数。"小蔡姑娘说的话赵豫民中听。

"小蔡，好好养猪啊，到年底按成绩给你评分记功。"赵豫民鼓励着小蔡。

"赵指导员，你把我评分记功打在商调回市区工作的考评分里这就够刺激了。"小蔡调侃地说道。

"你这小蔡，刚到农场一年多就想着离开农场啊，真是呒没轻重。好好干吧。"赵豫民绷着脸说道。

“唉，赵指导员我说着白相的嘛。“小蔡说完低着头又去拿饲料喂猪去了。

赵豫民转悠了一圈回到自己的办公室，黑色电话机铃声响了，他拿起电话：“喂，喂，我是赵豫民，啊，什么？你再大声点，我听不清楚，啊，啊，啊，什么？场部演出小分队今晚到我连来演出，好，好，我马上去准备，欢迎，欢迎啊，职工们就盼望着你们能早点来。”

赵豫民放下电话后，走出门外大声地喊道：“吴美玲，吴美玲，快去组织人把打谷场整理干净，架好幕布，挂好大汽灯，迎接场部演出小分队的到来。”

“哎！”吴美玲闻声爽快地回应道。

“唉，这怎么说来就来了呢。”赵豫民自言自语道。“另外，把后勤排长给我找来，研究一下场部演出小分队的夜宵问题。”

“哎，知道了。”吴美玲蹦蹦跳跳地下楼去了。

赵豫民心中清楚，场部演出小分队晚饭不到连队吃，但演出完毕，卸了妆要晚上十点钟了，总不能让演出小分队的队员饥肠辘辘地回去睡觉，这E连也太没面子了。他叫后勤排长来商议，这顿夜宵的伙食既要搞好又要有营养，让场部演出小分队留下美好印象，难忘今宵。

落日的太阳挂在西边的护堤林上，煦风吹得人暖洋洋的，又是一天的农活干完了，职工们头戴着草帽抬着农具疲倦地向连队宿舍走来。听说晚上有场部小分队演出又兴奋起来。女职工爱干净，擦身，梳妆一番然后才去食堂吃饭。男职工亦不然，敲打着饭碗，一路走向食堂，嘴里还不停地叫嚷“开饭喽，快开饭喽。”炊事班被催得无法，只好提前开饭，这帮男职工们打上了饭和菜，站立在食堂里狼吞虎咽，不一会就将碗里的饭菜一扫而净。有的食量大，又去排队买了。

夜幕慢慢地降临了，打谷场上黑压压的坐满了人，除了连队职工，西边家属区的大人孩子，还有不少附近的农民。在那精神生活匮乏的年代，在连队打谷场放一场电影也会吸引很多人观看，忍着夏天被蚊子咬、冬天寒风刺骨的磨难，津津有味地从头看到尾，更不用说农场演出小分队的大活人来演出呢，对他们来说更有好奇心和兴趣感。

刺眼的汽车灯光扫射在西边大堤上，两辆罩着帆布的大卡车缓缓地下了大堤朝打谷场驶来。场部演出小分队来了。全场的人呼啦一下全站了起来，想看看他们的相貌。赵豫民指挥着车辆驶向打谷场仓库的后门。在这之前他和吴美玲精心利用了打谷场的仓库作为演出小分队的更衣室和化妆间，还向女职工借来十面梳妆打扮的镜子，供场部演出小分队使用。可见他比其他连队负责人还在行，想得周到。

从第一辆驾驶室跳下来的是场部演出小分队的“黑里俏”队长，第二个跳下来的是场部演出小分队的骨干演员娄忆莲。赵豫民走上前去和她俩握手。

“欢迎你们不辞辛劳到我们E连来慰问演出。”

“赵指导员，你组织的观众场面真大啊，我还是第一次见到这么庞大的阵容。小娄啊，我们可要演得更完美啊，这才对得起赵指导员。”“黑里俏”队长喜滋滋地说道。当她第一次在场部排练节目后与赵豫民见面时就被他的气质所吸引了。

“队长你放心，我这个人就是人来疯，人越多我激情越高，演得愈好。”娄忆莲边说，边张开双臂，金鸡独立做了一个优美的舞蹈姿势。

赵豫民吩咐吴美玲将仓库的灯打开，演出小分队的演员们从车上抬下道具，进进出出地往仓库里搬。

“队长，你看这里还有一面面镜子，让我们化妆省事多了。赵指导员还是个细心人呢。”娄忆莲拿起一面镜子照着自己的容貌便化妆起来。

“黑里俏”队长拿起一面面镜子一一看过，赞许地说道：“镜子的尺寸大小还真符合我们演出化妆时用的镜子的要求，赵指导员，你对这行也懂，真了不起。”“黑里俏”队长越发喜爱赵豫民了。

“我们的赵指导员对诗、琴、书、画、舞蹈、话剧、电影样样在行哩。”

吴美玲在一旁也夸起了赵豫民。

“凑合，凑合，不过是灵感突发才这么做的。”赵豫民被三位女人你一句我一句地夸奖着有些不好意思，讪讪地说道。

打谷场上的灯亮了，赵豫民代表 E 连队向场部演出小分队下连队慰问演出作了欢迎词。并朗诵了一首诗以助兴。

“《农场大地》：一望无垠，莽原苍然平。春黑油，夏绿荫，秋黄金，冬白莹。四季绘彩画，好壮观，真神力！海河秀，似乳淌，沃万顷。青春知青，泼洒真豪情，大地增色。擎日再揽月，万象喜更新，风吹旌旗绘蓝图。

文气轻骑，飒爽英姿美。人俊俏，艺精湛，送真情，鼓士气。为了职工们，不怕苦，不怕难！下连队，似雨露，润万心。农场舞台，显露方寸心，轻歌曼舞。看今朝神韵，满场皆欢呼，斗志昂扬精神气。”

在热烈的掌声中，赵豫民走向了自己的座位，“黑里俏”队长坐在他的身旁，她由衷地对赵豫民说：“你真神了，道出了我们农场知青的心声。”

赵豫民会意地“呵呵”一笑，对“黑里俏”队长说：“下面就看你们的了。我这首诗算作抛砖引玉。”

这时，前后左右都传来了农民夹着土话的赞扬声。

“迪格(这个)负责人真看不出，水平价(真)高。”

“是格，是格(是的)，伊(他)倒蛮像专业演员格(他像专业演员)，卖相(容貌)也蛮好(气质好)。”

“我认得伊格(我认识他的)，人缘也蛮好格(人缘也很好)。”

“哪个女人嫁伊(嫁给他)，一定是福气好来，幸福一辈子。”女人一说起这个话题就没底了。

“侬还是讲讲的(你还是讲讲而已)，人家市区知青哪能(哪会)看中我伲(我们)乡下女人呢，真捏鼻头(子)做梦去吧。”

赵豫民的脸红得发烫，他不想与这群大嫂们理论，眼下要神情专注地看演出的节目。

场部演出小分队的每一个节目都博得阵阵掌声和欢呼声。每演完一个节目赵豫民都会下意识地向“黑里俏”队长翘大拇指，点头称赞。本来约定演出一个半小时的，在大伙的一再要求下，又加演了半小时，有的节目连演了两遍，大伙还意犹未尽。演出结束时，大伙又一拥而上去看演员们，还不断指指点点，评头论足的。赵豫民只能临时组织了护场队，将围观的人群劝散了。

夜已经深了，赵豫民邀请“黑里俏”队长与他共进夜宵。陈丹回市区去了，他要吴美玲一起作陪，吴美玲知趣地一笑，说自己身体不舒服，要早一点睡觉。

后勤排长白天领命之后，懂得赵豫民款待这帮文化人的用心，力求完美，所以他也费了一番心思，买了鸡、鸭、鱼、肉、蛋等伙食中的主打材料，精心搭配，并且亲自掌勺，也显摆显摆以前去市区餐馆学习过半年的厨艺。但见端上来的菜，刀工精细，色香味俱全，叫人垂涎欲滴。

“怎么样，队长来点酒吧？”赵豫民试探地问道。

“好，赵指导员请客，我也不相让了，拿白酒来。”

赵豫民倒吸了一口冷气，怎么连这么秀气的姑娘也要喝烈性酒，她可是搞文艺的，要懂得保护自己的身体，保持自己苗条的身段的啊。连队的女职工都能喝烈性酒，喝起来真是“巾帼不让须眉”。但眼前这位农场演出小分队队长说要喝白酒，他是万万想不到的，“看来今晚是我要醉了。”赵豫民曾经领教过主动要喝烈性酒的女人，她们喝多了也不醉。

“好，真是女中豪杰，我陪你喝。”赵豫民让后勤排长拿乙级大曲白酒来。“黑里俏”队长看着赵豫民神情紧张的模样，给了他一个迷人的微笑。

“队长，你先吃吧。”赵豫民用筷子夹起一块鸭子递进了“黑里俏”队长的碗里。

“那我先吃了，还真有点饿。”“黑里俏”队长津津有味地吃起赵豫民夹给她的鸭块，吃完后，她竟顺手在每样菜上都夹起一筷吃起来，她的吃法像一位熟练的“食客”，每吃完一样菜，骨头、鱼刺都整齐而干净地放在桌上，还直说“好吃，好吃，好长时间没吃到过这样精美的菜肴了。”

赵豫民默默地坐在一旁，仔细端详着“黑里俏”队长，她长着一张鹅蛋脸，一双水汪汪的大眼睛，黑细的长眉毛，挺直的鼻子，可惜鼻尖向上微翘，一张樱桃小嘴，唇上还长着茸茸汗毛，一头乌黑的头发有点卷，梳着两小辫，前额刘海遮盖。“秀色可餐啊。”他轻声地嘀咕了一句。

“赵指导员你看着我吃，自己为什么不吃啊？先把肚子填一下，然后我是要与你拼酒的噢。”“黑里俏”队长咂吧着嘴向赵豫民挑衅着。

赵豫民拿起酒瓶，往各自的杯子里倒上了约莫一两烈性酒，“黑里俏”队长一把夺过酒瓶继续往各自的杯子又倒上了一两烈性酒，她在瓶子上比划着，数着数：“一格，二格，三格……，我俩分五次把这瓶酒喝完，不许耍赖皮。”

赵豫民毫无办法，苦笑着接受了这个建议。“黑里俏”队长动真格了，她还要考验我的酒量。好哇，我也要看看她喝了烈性酒后的模样，是变得更美了，还是变丑了。想好以后，赵豫民对“黑里俏”队长说：“今天我要舍命陪队长了。”

“来，碰一下干杯。”“黑里俏”队长举起杯子与赵豫民的杯子碰了一下，猛得一口灌下，眼睛也不眨一下，赵豫民也仿效着一口咽下。

“倒上，倒上，吃几口菜再与你碰杯，干。”“黑里俏”队长嚷道。

“队长，你真的能行？不能硬撑着啊，小心伤了身体。”赵豫民不无担忧地劝道。

“来了吧，来了吧，刚喝上一口就要说泄气话，喝酒不光是你们爷们行，我也行。来，赵指导员倒上第二杯，咱俩再干。”“黑里俏”队长说完又倒上了第二杯二两酒，一口气又喝完了，她夹起一筷菜往嘴里送，咀嚼起来“呷、呷”有声，脸色泛着红光。赵豫民瞧着“黑里俏”队长的模样心里说一句:"好个美人胚子。"脖子一扬也喝下了第二杯酒。

"赵指导员,我们是一回生二回熟,我不把你当外人的,今晚你又是好菜好酒地招待我,非常感谢你这么看重我。不瞒你说,我相当敬佩你,你是我们农场里才华横溢的连队负责人,与那些土包子、小市民习气的连队负责人相比,真是天壤之别。你又是一个可以信赖的连队负责人,我求你答应我……""黑里俏"队长深情地说道。

赵豫民打断了她的话:"队长,你的话言重了,我赵豫民有何能耐,怎么担当得起。整个农场有那么多优秀分子,你偏重我干什么?"

"赵指导员别打岔好不好,我偏重你,偏重你……""黑里俏"队长将杏眼一瞪,脸涨得更红了。赵豫民尴尬地将两手交叉在胸前一言不发了,看着"黑里俏"队长往下还要说什么。美人震怒也像一个骂街妇,这女人的习性大概都一样吧,赵豫民第一次领教了这种情景。

"赵指导员,我和你说说心里话,别看我现在是场部演出小分队的队长,走到哪里光鲜到哪里。岁月不饶人啊,整个演出小分队竞争很激烈,每年都会从新进农场的青年中挑选新队员,老队员就分到各连队当宣传骨干,我也不会例外。以前我是唱歌的,声带嘶哑后,看我活动能力、组织能力还强就改任我为副队长,队长。明年我的任期结束了,不知命运会把我安排在什么地方?另外,我妹妹还在连队干农活,看着她年年憔悴的样子,不但我心疼,就每次回市区休假还被妈妈数落,不想个法子帮下忙……""黑里俏"队长说到伤心处眼泪直掉,她又往杯子里倒了第三杯酒,拿起酒杯对赵豫民晃了晃:"赵指导员,这是第三次碰杯,来,干!"她把酒喝完后,从衣袋里掏出手绢擦拭着眼泪,接着说道:"听说在你的运筹帷幄下E连要办工厂了?我把话直说了吧,今天我就是冲着你这座靠山而来的。赵指导员,你肯答应我在工厂建成后,我和妹妹就投靠在你的门下干。""黑里俏"队长说完,一下伏在赵豫民的肩膀上呜咽着。

赵豫民被"黑里俏"队长这一举动搞得不知所措。农场的人都说演出小分队是“世外桃源”，不用下农田干活，太阳晒不到，风雨吹刮不到，整天在屋里练啊，练啊。许多有点文艺细胞的“三脚猫”想挤进去，都挨不过严格的选择及有牢靠的关系，一句话——没门。他(她)们是农场骄子，没想到经“黑里俏”队长这么一说，还有竞争激烈淘汰制度，还有今后的出路问题。她的命运还牵涉到她妹妹的命运，听来有些悲惨。噢，所以我今晚提出喝酒，“黑里俏”队长马上提议喝烈性酒，一来可以借酒发挥，二来可以麻醉紧绷的神经，这不，她哭得多伤心啊。

“队长，不哭，不哭噢，你这模样让人看见还以为我欺负你呢。”赵豫民哄小孩似的用手轻轻抬起“黑里俏”队长的头，自己肩头已湿了一大片。“黑里俏”队长脸腮上飘着两朵红晕，羞怯地问：“那你答应我了？”

赵豫民心里想着，如果让“黑里俏”队长调到我的连队今后调配到新建的工厂和吴美玲一起把工厂文化活跃起来这不一举两得吗，他认真的答应了“黑里俏”队长提出的要求。

听到赵豫民肯定的答复，“黑里俏”队长破涕为笑，她用手绢去抹擦赵豫民肩膀上的泪痕：“赵指导员，我，我妹妹，还有我爸妈都感谢你，不会忘记你的大恩大德的。”

“俗了吧，又俗了吧。队长，我赵豫民帮人办事不要任何报答的。在我的能力范围内帮人成功了，别人高兴也就是我的高兴，别人幸福也是我的幸福。这也算是我做人的一条准则吧。”赵豫民一本正经地说道。

“黑里俏”队长又恢复了常态，神采飞扬地倒了第四杯酒，对赵豫民说：“赵指导员，这第四杯酒是我敬你的，你可以不喝，我一干而尽。”咕噜一下，“黑里俏”队长又将第四杯酒喝了下去。

这美人胚子酒量可真好，喝到这程度了连第几杯都记得那么清楚，我可不能示弱，她说这杯酒是敬我的，我可以不喝，那我就差这一杯酒？让人知道了不是笑掉大牙了。赵豫民二话不说，也咕噜一下将杯中的酒喝下去了。

“黑里俏”队长借着酒劲又翻花头了:“赵指导员,我们俩跳个舞吧。”她上前欲将两只手往赵豫民的手臂上搭。

赵豫民惊恐起来,退后几步连连摇着手说:“不会,我不会跳舞。”

“不可能吧,赵指导员样样在行,不会跳舞? 我不信。”

“队长,我坦白地跟你说吧,我这个人啊,让我工作还可以,看文艺演出也可以,要是让我唱歌啊,五音不全,要是让我跳舞啊,腿脚哆嗦,真的不会。”赵豫民语无伦次地解释道。

“黑里俏”队长还不死心,她含情脉脉地向赵豫民靠拢,大眼睛眯成一条线,脸露微笑,做了一个请跳舞的姿势:“那我教你,先跳三步,挺简单的,一学就会嘛。”她娇情地说道。

“队长,我不会跳,也不想学,我觉得跳舞是浪费时间,我也没这个细胞。”赵豫民摇摆着双手拒绝:“队长,我们把最后一杯酒喝了吧。”赵豫民尽量回避着。

“好哇,赵指导员,今后我在你门下干,一定要教会你跳舞,这个面子你是要给我的唷。你看,学跳舞不难嘛。”“黑里俏”队长兴致勃勃地拿起一张椅子当舞伴,在赵豫民面前挥洒自如地跳起三步舞来。赵豫民瞪着两眼,惊诧无语。

十二

太阳从海平面冉冉升起，它红得像一个大火球，将天空慢慢放亮。

五月二十七日这天，日盼夜盼建厂签约的日子终于到来了。E连像过节似的精心打扮了一番。从西边大堤下坡，E连的中央道路上扎了三座欢迎的拱门，彩旗一路招展一直延伸到东边距离E连驻地三公里远的一块海滩冲积地上。东海滩每隔十年——十五年经海潮冲刷就形成一大片海滩冲积地，然后进行人工围海塘工程。海滩冲积地囤积数年后再进行开垦种植。将工厂建在此地，事先经过不断的土地勘查、环境污染对周边水质和人体健康危害的程度等反复论证后才确定的。

在建设工厂的基地上，两台打桩机已静静的竖立在那里，沐浴在阳光的照耀下，等待着指挥者发布命令，准备随时喷发出隆隆的轰鸣。一块奠基石披红挂彩地放在一个大泥坑里，旁边放着几把铁锹。在坐北朝南的方位上搭起了二米高的主席台，主席台的幕布上用毛笔魏碑体赫然写着“滨海农场E连化工合成胶水厂签约仪式暨开工典礼”标题。在场部宣传科的帮助下，调来了场部有线广播用的扩音设备以及六个扩音喇叭，以期领导讲话时声音洪亮的效果。主席台两边各放了一面四人敲的大鼓。赵豫民带着连队干部又从头到尾地走了一遍，检查了一遍，看还有什么遗漏的地方。最后，他带领着连队干部登上主席台，让每个人在每张椅子上坐一下，检查领导坐的椅子是否摇晃，牢固与否。这些看起来是细节，但真的要出起事来就是大问题了，赵豫民想到了。

"吴美玲，签约桌怎么抬上去啊？"赵豫民突然发问。

"喏，已用紫绛红丝绒布遮好了，先放在那边。等要签约时，我已选好两位棒小伙子马上抬上主席台。"吴美玲胸有成竹地回答道。

赵豫民满意地点了点头，又问道："邀请乡政府领导和部队首长参加的通知都发了没有？"

"都已收到了。乡政府办公室和部队都给了参加的回音。"

赵豫民坐在主席台中央的位置，双眸扫视着空旷的场地，再过几个小时这里就会是锣鼓喧天，彩球飞腾，鞭炮声齐鸣，欢呼声一片。他心潮澎湃起来，几年的梦想今天终于能实现了，他成为农场第一个敢于"吃螃蟹"的人。他的眼睛有些湿润了。

赵豫民让扩音器操纵手打开扩音器电源，然后试了试话筒，用他那深沉而富有磁性的嗓音激情地宣布道："同志们，滨海农场E连化工合成胶水厂签约仪式暨开工典式现在开始！"这洪亮的声音在空旷的田野上空久久回荡……。天空飞来一队春归的大雁，它们整齐地排着"人"字型队伍，在天空飞翔时发出阵阵鸣叫，似乎也在庆贺着赵豫民和连队的伟大成功。

E连的全体职工吃过早饭后，按班排列队来到建厂基地上等待着这一伟大时刻的到来。其他连队的正职领导接到场部的通知也陆陆续续地赶来了，他们围着赵豫民表示祝贺，赵豫民此刻的心情完全沉浸在喜悦之中。邵军医也随部队首长一起前来祝贺。她挤过围住赵豫民的人群，大声呼叫道："赵豫民，赵豫民！"热情奔放地来到了赵豫民的面前行了一个军礼，然后紧紧地握住了赵豫民的手，生怕他被人抢去似的。周围其他连队的负责人被邵军医这猛烈的举动感染了，“他俩这么亲热啊，哎，赵指导员，表情奔放点，不要那么呆板嘛。”一位连队负责人调侃地说道，引来大家的阵阵笑声。

邵军医的举动和叫喊声引起了在场一个人的不满——陈丹。她不满邵军医在众目睽睽之下对赵豫民那么亲昵。上次赵豫民生病在你的地盘，我要上去搀扶一把你也不允许，今天可是在我的地盘上，不能让你胡来，赵豫民指导员是像你这样追求的吗？军人只会一二一，有什么谈情说爱的情调？陈丹走到赵豫民面前催促道：“赵指导员，你光顾和邵军医说话了快准备准备，一会领导们快来了。”

邵军医一看心里很不痛快，赵豫民是我心中的白马王子，你嚷嚷什么啊。她索性放开喉咙大声说：“陈医生，我和豫民指导员再谈一会，我爸和他爸都是南下的老战友，我俩就说一会会，叙叙旧。”邵军医心里窝火管窝火，说出来的话可有分寸。

邵军医这么一说，大家都理解了刚才邵军医见到赵豫民的热烈举动，也羡慕起他们军人后代的亲昵相会。陈丹傻眼了，她没想到邵军医会当众来这么一招，而赵豫民怔在那里没发声，这个场面使陈丹羞愧难忍，撒腿就从人群中退了出去。

邵军医将赵豫民拉到一边告诉他：“豫民指导员，再过一个月我们下连队巡回医疗就要结束了，我将要回市区部队医院工作了，你不反对的话，我会经常去看望伯父、伯母的。”

赵豫民望着说话诚恳的邵军医，觉得她说的话也在理。父母年纪大了，姐姐又体弱多病，毕竟她父亲和我父亲是从战火硝烟生死关头中一起走过来的，我俩身上流淌着军人的血啊。她又是一名军医，父母万一有个病痛她也能带着他们去看病。姐姐和她关系处好了，兴许在她的疗理下身体也会康复。带着这种复杂的矛盾心理，赵豫民点头同意了。

“那你今后回市区也要来看我的，我爸很喜欢你，希望你经常来我家作客。”邵军医喜悦地说道。

“嗯，我会的。”赵豫民木然地又点头同意道。

来了，浩浩荡荡一长列车子，有上海牌的，苏联的伏尔加牌的小轿车，还有嘎斯敞篷吉普车，缓缓地下了西边大堤堤坡，驶向了E连的中央道路，朝建厂基地一路驶来。赵豫民早就让职工在车子必经的路面上洒了水，所以车辆驶过没有扬起尘土，给到来的领导人有了初步的良好印象——治域有方。

建厂基地扩音喇叭播放着《在希望的田野上》这首歌曲，八个人擂起了两面大鼓，敲打的节奏错落有致，甚是威武。化工局的领导，农场局的领导等鱼贯而出的下了车，大步朝主席台走来。

“嚯，好气派啊。老梁，是你们场部派人搞的吧。”农场局的一位领导指着主席台问农场党委书记。

“哪里，搞这玩意还用场部出手？E连赵豫民在行哩。不信你问问他。”农场党委梁书记自豪地说道，也在局领导面前显示一下强将手下无弱兵这个理。

“噢，赵豫民？他在哪儿呢？我见识见识。”农场局领导见人心切地问道。

农场党委梁书记一眼看见赵豫民在等候领导到来的人群里，赶忙招呼道：“小赵，豫民快过来。”

赵豫民步履矫健地走到了局领导面前，农场党委梁书记向局领导介绍着赵豫民。

农场局领导仔细地打量着赵豫民夸奖道：“小伙子不赖，有英雄气概。”

“我说得不错吧，别说搭个主席台这小样活儿，今天局领导主持的化工合成胶水厂签约仪式和开工典礼也是他主谋策划的。”农场党委梁书记见局领导高兴，进一步夸奖了赵豫民。

“小伙子看来不简单呢，有思路，有魄力。我说老梁，局里正缺接班人呢，要不我把小伙子调到局里去工作。”局领导下了指令。

农场党委书记这下可慌了神了，这不釜底抽薪嘛，农场更缺像赵豫民这样的青年人才，怎么能让局领导说调就调走呢。梁书记辩起理由：“不能啊，千万不可，E连四百多号人他要管，今天化工合成胶水厂刚签约开工，后面还有一大堆事要他料理，请局领导明鉴，总不见得厂刚建，小赵就撂了担子走人了，这不是要命的事啊。”

“哈，哈，老梁，你总是老母鸡护着小鸡仔。好了，这事今天咱们就不说了。你看，我们说着话，把化工局的大领导给冷落了。老斐，你请。”农场局领导谦和地让化工局领导先走上主席台。

“彼此，彼此，现当今啊每个行业都缺人才，我们化工局也不例外。”化工局领导笑眯眯地和农场局领导并肩走上了主席台落座。

“现在，我宣布，滨海农场E连化工合成胶水厂签约仪式暨开工典礼正式开始。”农场局领导洪亮的宣布声震撼了旷野。锣鼓猛烈地敲起来，万发鞭炮“噼噼啪啪”地被燃响了，裹起一股浓烟。

“下面有滨海农场场长与化工公司领导签约建设化工合成胶水厂协议。”

“下面有滨海农场E连赵豫民连长与化工公司××厂领导签约培训工和指导师傅进驻协议。”农场局领导按照议程照本宣科地一项一项地宣读着。

赵豫民代表E连与化工公司××厂领导甘霖霏的父亲一起坐在了主席台的签约桌前，两人先握了握手，然后拿起笔龙飞凤舞地签上了自己的名字。

“下面有滨海农场E连赵豫民指导员，连长表决心。”农场局领导宣布道。

赵豫民蹬蹬地走到立式话筒前，向坐在主席台上的各位领导鞠个躬，然后向台下的领导和同志们鞠了躬，拉开架势表起了决心。

“尊敬的各位领导,同志们:

在春暖花开,晴空碧云的今天,我们E连在各位领导的关心支持下,迎来了喜悦的收获——化工合成胶水厂的建设典礼。在连队办厂还是第一次,有那么多的领导前来主持指导开工典礼,这是我们E连的无上荣光,无法用感激的语言表达。刚才,我在签约的时候是用颤动的手,激动的心,郑重其事地落下了我的名字。这个荣誉是各级领导给的,这个荣誉是农场的职工给的。心动化为行动,我决心在各级领导关心指导下,在农场职工的大力支持下,在晴空碧云、涛涛大海见证下,一定会在农场这块沃土上建设成、建设好化工合成胶水厂,描绘出灿烂的彩图。”

赵豫民表决心的话语掷地有声,雄心勃勃,他那表决心的话语在各级领导和在场的每位同志心中留下了深深的印象。

“同志们:刚才滨海农场E连赵豫民同志表决心时说的一番话很振奋人心啊,也完全符合今年农场局召开的三级干部大会的精神,亦农、亦林、亦牧、亦渔,还要加一个亦工。农场就是要发挥出自身的优势,借外力,发展好。今天化工局的领导在百忙之中参加了滨海农场E连化工合成胶水厂的签约仪式及开工典礼,给予极大的关注和支持,对此,我代表农场局表示衷心的感谢。我们农场局的领导始终关心着各农场连队的建设,这是我们农场发展的基础。今天滨海农场E连的化工合成胶水厂的建设是星星之火,必将燃成全农场各连队的燎原之火。我代表农场局也表个态,全力以赴予以支持。”农场局领导心情非常之好,热情洋溢的一番话说得人暖洋洋的,全场亢奋起来了。

主席台上农场党委梁书记拍的掌声最响,刚才农场局领导的一番话不但肯定了E连赵豫民的创举,也是对他梁书记的褒奖。今天不但农场局的领导来了,化工局领导也来了,这不仅仅是领导的重视、关心、支持,更是使E连以及整个滨海农场蓬荜生辉。化工合成胶水厂在E连的建设标志着农场的又一个里程碑式的发展,将永载农场发展的史册。

台下陈丹、邵军医、甘霖霏、“黑里俏”队长欢呼声最响。她们见证了农场局领导对赵豫民创举的褒奖。甘霖霏是随父亲一起来的。在看见赵豫民与父亲签约的一瞬间，她的泪水夺眶而出，自己和豫民哥数十天的奔波没有付之东流，成果是那么辉煌。“黑里俏”队长是带着场部演出小分队来的，她要为赵豫民好好庆祝一番。陈丹是欢呼雀跃，蹦跳得最高，颇为引人注目。邵军医用她那军人特有的庆祝方式将军帽高高地抛在空中，然后拿在手上挥舞着，向赵豫民——她心目中的白马王子欢呼着。

农场局领导站了起来，他敞开双臂，向下压着，示意大家安静，然后宣布：“下面进行开工建设奠基仪式！”

主席台上化工局的领导，农场局的领导以及农场党委梁书记、场长等一干人依次走向奠基石，挥动着铁锹往奠基石坑里填土。威风锣鼓再次擂响，鞭炮又万发齐鸣，响彻在开工建设的场地上空。

仪式结束后，赵豫民送各位领导上车。农场局领导在上车前拍着赵豫民的肩膀：“小赵啊，好好干，工厂建成后我有时间还要来的噢。你是块好材料，锤炼锤炼不断成长进步。”赵豫民的心猛地一颤，感到身上的担子挺沉重的，在往后的岁月里为了建设好工厂将要付出更多的心血，否则愧对领导的信任和E连乃至全农场职工的翘望。

农场党委梁书记握着赵豫民的手关照他每隔十天向农场党委、场部汇报建厂的情况，有什么难题也报上来，农场将全力支持这个项目。赵豫民倍受鼓舞，他坚定地回答：“请梁书记放心，我保证完成任务。”

邵军医要走了，她向赵豫民敬了个礼：“豫民指导员，你要记住我刚才对你说的话，不要因为岁月的流逝而淡忘了我们彼此的印象。我会遵守我所说的话，你呢……？”她乞求的眼光看着赵豫民。

赵豫民完全沉浸在开工典礼的喜悦之中，大脑神经飞驰神往，每个毛细孔随着血液的奔腾而扩张着，听着邵军医诚恳的话语和女性试探性羞怯的问话，他竟脱口而出："你放心，我也会遵守诺言。只怕到时你把我忘了。"邵军医听了满意地点点头，脸上绽放起红晕。

海洋捕捞队的老眯嘴上叼着一根烟，肩上扛着一根扁担，扁担上挂着一条亮油油的二尺长的鲥鱼，慢悠悠地走到赵豫民和邵军医面前，笑眯眯地将挂着鱼的扁担那一头转过来，朝赵豫民和邵军医说："赵连长，刚捕捉到的鲥鱼，趁新鲜赶紧给你们送来，我老头子也来为你庆贺一下。"

赵豫民定睛一看，好家伙，这鱼还在绳子上不断挣扎，鱼鳞在阳光的照射下闪着亮油油的光。这个季节吃鲥鱼不用刮鳞，如把它放在锅里蒸，这鱼鳞片会软化产油，确实是一种名贵的鱼，而且价钱贵。锦江饭店的一道名菜——清蒸鲥鱼，只取一枝烟宽的鲥鱼中心段，价格贵到30元一位。赵豫民砸了砸舌头："老眯，你既然送来了，我买了它就是，正好让可敬可爱的解放军同志带回去。"

老眯不高兴了："赵连长你这就看不起我了，我们交情不是一般般，你我还见外？喏，快拿去吧。"

赵豫民只好认账，从扁担上解开绳结，将这条鲥鱼递给了邵军医："不好意思，算作个见面礼吧。"

邵军医心里挺滋润，她没看错人，打第一次与赵豫民见面就喜欢上他了，而且还是南下部队干部的后代，这是苍天有意的安排，还是有缘分，她一时说不清楚，但眼前赵豫民的一言一行似乎都是为了爱她而来的，她非常愿意地将这条价格昂贵的鲥鱼接受下来，饱含深情地对赵豫民说："豫民指导员，谢谢你的情和礼。"

陈丹躲在远处目睹了这一情景，忌恨交加，一股酸溜溜的味道直冲脑门，眼泪不知不觉夺眶而出。直到邵军医手里提着那条鱼，迈着军人矫健的步伐与部队前来祝贺的首长一起走了，她才快步跟在赵豫民身后，进入会场场地。"黑里俏"队长带着场部演出小分队在进行庆祝演出呢。

甘霖霏与她的父亲坐在场子里默默地看着演出。与其说父女俩是在看演出，还不如说在等待送领导的赵豫民的到来。见赵豫民和陈丹两人走进观看演出的场地，父女俩马上站立起来与赵豫民见面。陈丹见状立马又躲开了，在一僻静处找了个位置坐下，心乱如麻很不是滋味的看着演出。

甘霖霏的父亲第一次随化工局各级领导来到 E 连，一路上所见所闻令他欣喜，特别是车驶进 E 连的中央道路，既平坦又不扬尘，这在乡村道路上做不到的事让赵豫民做到了，从领导啧啧的赞扬声中，甘霖霏父亲也许领悟到了领导第一印象很重要。他决定住上两天，再实地听听，看看赵豫民是如何管理 E 连的，这对建设中的工厂将起着关键的作用。他向领导请了假，领导也同意他的要求。

赵豫民见到甘霖霏的父亲还留在连队兴奋至极，他向甘父拱拳作揖道："谢谢甘叔和霖霏，你们可是为 E 连，为农场立了大功了，我赵豫民没齿不忘啊！"

"豫民啊，这只是刚刚起步，后面的担子和责任重着哪，我特意留下为的就是咱爷俩好好合计合计。"

"那好，甘叔，霖霏，到我办公室去商谈。"

十三

一望无垠的农田里，闪耀着成熟麦穗的金光，要开镰收麦了。

经场部农业科对全农场各连队种植麦子的麦穗长度测量，及颗粒多少，饱满的程度而估算出亩产量，结果 E 连夺得第一。农场场部决定，农场的“三夏”动员现场会放在 E 连召开。赵豫民在动员会上介绍了麦子种植管理的经验，博得了热烈的掌声。在邵场长的带领下，全农场各连队负责人共三百来人，浩浩荡荡参观了 E 连待收割的麦田。赵豫民又是满面春风，一路走一面回答众人提出的麦种及种植管理问题，众人都点头称道。

所谓“三夏”，就是夏收、夏耕、夏种。等收割完麦子、油菜籽后，耕了农田，要播种早稻。这三步环节一步紧接一步，步步相扣。

赵豫民在农场召开“三夏”动员现场会后，与周冠才一起在 E 连也开了动员会，布置了各排“三夏”工作的计划，以及宣传动员、后勤保障工作。他特别强调“重在执行、赢在细节”的要求。并且要求宣传组吴美玲将他连夜写就的一首诗誊写在连队的黑板报上，以激励全连迎接艰巨挑战的意志。当吴美玲那手漂亮洒脱的粉笔字迹镌写在黑板报上时，赵豫民挑灯夜战写就的《十六字令三首》诗作便赫然映入全连职工的眼帘："看，金色麦穗起波澜，群情急，磨拳又擦掌。看，出征健儿雄心壮，齐协力，日夜迎鏖战。看，不尽丰收滚滚来，怀喜悦，功德添辉煌。"

晨曦刚露，E连的职工吃过早饭在班、排长的带领下拿着镰刀，扛着扁担绳索，踩着田埂野草的露珠，浩浩荡荡走向麦田，弯腰割麦，田野里响起一片"嚓、嚓、嚓"的割麦声。

赵豫民和周冠才在田埂边接待农场机耕站的"阿兹姆"站长和周调度员。"阿兹姆"站长姓刘，他长了一张黑刺刺的脸，看上去凶巴巴的让人恐惧。因为他的脸长得像欧洲国家阿尔巴尼亚某部电影里的人物，所以给他起了个绰号"阿兹姆"。周调度员中等身材，理了个平顶头，手上拿了一本机耕调度计划。赵豫民事先让周冠才买了一条前门牌香烟，等"阿兹姆"站长来了以后就递给他，先下手为强。周调度员不抽烟，他和赵豫民同为知青所以相当熟悉，周调度员使劲地向赵豫民眨眼睛，示意你有什么要求尽管提出来。他又故意地将机耕调度计划本用手掸了掸，意思是说，我这边可以按照你提出的要求改计划。

赵豫民心领神会，点头示意明白了。他瞅见"阿兹姆"站长拿着周冠才给他的香烟夹在腋窝下，周冠才又给他点上一支烟之际，上前拍了拍"阿兹姆"站长的肩膀："阿兹姆站长，这一阵子你们机耕站可要苦了，那帮机耕队员在这大热天耕地可要榨油了。"

"阿兹姆"站长吐了一口烟，紧锁着眉头应付着："可不是嘛，上百台机耕拖拉机，我估算着二十来天要翻耕几千亩地够这帮小子们喝一壶的。"

"那您看，我们E连的农田您准备做几天的翻耕计划啊？"

"阿兹姆"站长向周调度员招招手："小周，把计划书拿过来，让赵指导员过过目。"

周调度员将计划书拿给赵豫民看，翻到E连机耕计划页数时，计划安排机耕天数是十二天，这哪成啊？太慢了，他心有不悦："阿兹姆站长，十二天的机耕计划时间长了，会影响到后面插秧播种早稻的时节。"

"阿兹姆"站长似乎早有准备，他又接上一支烟，吐了一口烟圈："那咋办啊，我也急得很，手下这帮兄弟们还跟我闹起病假，磨洋工哩。"

赵豫民凭着他对"阿兹姆"站长的了解不给他来点硬的不行了，"阿兹姆站长，我给您七天的时间全部翻耕完毕。至于您手下的机耕队员到E连来就是我的部下，我保证让他们好吃、好喝、好住，给他们加油。"

"阿兹姆"站长惊愕地把含在嘴上的烟都吐掉了："我的妈哎，赵指导员你莫非疯了不成？七天翻耕完毕，你七天能将田里的麦子全部收割完毕？"

赵豫民听话听声，他心里明白这是"阿兹姆"站长在将他的军。这个时候自己不好当孬种："七天，说七天就七天。我每割完一块农田，你的机耕拖拉机必须立即跟进翻耕。阿兹姆站长，我可丑话说在前头，翻耕农田时不能粗枝大叶，泥土必须翻耕细一点，否则我饶不了您。完工了，我请您喝酒。"

"阿兹姆"站长听了赵豫民这位懂行人说的一番软硬兼施的话，再也无计可施了："服你了，服你了。小周，就按赵指导员说的，回去以后你再仔细地盘算盘算，不要净给我丢脸。这小伙子做事就是毛手毛脚的，我不是告诉过你，对赵指导员的E连计划要做得留有余地，你就是不听。""阿兹姆"站长为了下台阶训斥着周调度员。

"好了，好了，阿兹姆站长，你不要把我当洋葱头斩，行不行还不是您一句话，怪不得部下呦。"赵豫民为周调度员解围道。

骄阳似火，赵豫民和周冠才送走了场部机耕站"阿兹姆"站长和周调度员后，戴上草帽，手拿镰刀，也加入了收割麦子的劳动队伍之中。他俩站在一垅麦田前，深呼吸一下，然后弯下腰，熟练地挥舞起镰刀，相互竞赛起来。

"大炮"是割麦子老手，每次开镰收麦子他总是全连第一。今天，三个时辰他已经收割完一亩地的麦子，完成了上午的工作量。他在割完一垅麦子最后一束时两腿跪在地上，双手向上张开，朝天空长嚎了一声。然后他走到田埂边，从水桶里舀了一碗水大口大口地喝起来。此时陈丹戴着草帽，脸被太阳晒得通红，背着药箱在田里四处巡查。“大炮”这个人长得粗，平时也爱开玩笑，连队女青年见了他躲避也来不及。他见身边无人，陈丹向他这边走来便戏谑道：“呦，陈医生，穿得山青水绿下来，我以为是仙女下凡呢。这么白嫩嫩的脸小心让太阳晒成猴子屁股，变成老太婆，哈哈哈……”“大炮”粗野地笑着。

陈丹不理他，怒目相觑地与“大炮”在田埂上擦肩而过。“大炮”这个楞头青见陈丹不理会他越发来劲了，他一把拉住陈丹的医药箱，一副死皮赖脸的样子，冲着陈丹：“呦，陈医生，别这么急着走啊。我的头有点疼，你医药箱里有没有仁丹啊？要不我俩亲一个，解解我的疼。”

陈丹尖叫了一声，然后对着“大炮”吐了一口唾沫：“呸，你这个下流胚子，流氓腔。”说完快步离开了“大炮”。

这“大炮”真恬不知耻，他抹了一把刚才被陈丹唾过的脸，然后用舌头舔着自己的手掌心：“这小娘们的唾液也是甜的。”他冲着陈丹的背影发出了一阵邪笑。

“大炮”在田埂上歇了一段时间，他站起来朝前方麦田晃动的人群中扫描了一圈，一个身影被他定格在眼球中。前方五十米开外，一位女青年吃力地挥动着镰刀，割几下麦子就直起腰来朝天空看看，显然是体力不支。“大炮”瞄准了目标，这不是自己内心所爱的人吗，只不过全连女青年都躲着他，使得“大炮”无法直接表达自己爱慕之意，现在是个绝好的机会，此时不帮忙更待何时啊。“大炮”又憋足了劲，弯下腰，挥舞起镰刀，“嚓、嚓、嚓”，在她田垄的另一头快速地割起麦子，逐渐与她靠拢。那位女青年在麦田的那一头朝“大炮”招了招手，被“大炮”这种举动感染了，也加快了割麦的速度。

“大炮”将他那大手把麦子一捋一大把地拢到自己的跟前，挥舞着锋利的镰刀将它割倒，然后放在田里。他在使劲，他在快速地移动，他的神经已经飞到麦田那一头。在“大炮”又将一大把麦子拢到自己的跟前时，只听见他大叫一声：“哎唷，我被蛇咬了，我被蛇咬了！”

四周割麦的职工闻讯都向“大炮”这边围拢来。只见“大炮”被麦秆根部泥土里一条尺把来长的“秃灰蛇”（蝮蛇）咬了，正蠕动着身段要溜走，众人挥舞起镰刀纷纷将它砍成肉酱，并用泥块将它的三角头砸扁。“秃灰蛇”（蝮蛇）是一种毒性很强的蛇，人被它咬了如果不及时救治几个小时内就会送命。

“大炮”左手掌虎口处被“秃灰蛇”（蝮蛇）咬了，两个蛇牙印红红地镶嵌在肉里。“大炮”紧张至极，脸色苍白，额头上冒着大把的汗，他用右手死死掐住左手腕。有人建议“大炮”躺下。

“不能躺下，先让我给他包扎一下。”这是闻讯赶来的陈丹的声音。当她听到是“大炮”被蛇咬了，一种解恨的心情油然而生，但作为一名医务工作者，“救死扶伤”的职责又促使她本能地赶到现场进行抢救。

“被毒蛇咬过的人千万不能躺下，否则毒液顺着血液的流动会让死神降临得更快。”陈丹低着头说，立马用嘴对着“大炮”的左手掌虎口处猛地吮吸了一下，然后吐掉，这样的动作连续做了三次，然后她迅速地从医药箱里拿出两根医用橡皮绳在“大炮”的左手腕处扎紧成一道防线，又在“大炮”左小臂处扎紧了一道防线，以减缓毒液蔓延的速度。

大伙见陈丹不顾自己生命危险，吮吸“大炮”伤口里的毒液，深深感动了，“大炮”内心深处也被强烈地震撼了。如果陈丹的嘴唇有伤口或口腔里有溃疡，在她吮吸毒液时自己也会被感染，这一医务常识陈丹自己心里是明白的，但救人要紧也不要顾忌那么多了。

“大炮”内疚地谴责着自己的良心：“陈……”

“不许说话，这样对你不利。”陈丹阻止了“大炮”说话。她的阻止并不是对“大炮”的厌恶，而是被毒蛇咬过的人一不能平躺，二不能喝水，三不能说话，要保持平静，不然的话，会加快血液流动，对伤情控制不利。

“大伙别愣着，大炮是不能走动的，帮个忙，过来几个人把他扶到树荫底下去。谁的腿快，跑步到连部打电话给场部，请场部转告县人民医院，我们连有人被秃灰蛇咬了，现需直送县医院抢救，请他们备好血清蛋白抗体素。另外，叫黄金敏的手扶拖拉机赶快开过来将大炮送到县医院。”陈丹镇定自若地指挥着大伙。大伙一听这是人命关天的事，抢时间就是在救“大炮”的生命。于是，有两位棒小伙子架起“大炮”，小心翼翼地将“大炮”扶到了田边绿树荫下。有三位小伙子兔子一样疾奔到连部，或去找黄金敏开的手扶拖拉机。一会儿黄金敏神色凝重地开着手扶拖拉机飞驶而来，他正在田里装运麦子往打谷场送，听到这个惊人的消息一边让人赶快告知赵豫民指导员，组织人力挑运麦子，自己则从打谷场搬了一张凳子放到车上，开着手扶拖拉机赶到现场。在陈丹和众人的搀扶下，将“大炮”往车上送，让他平稳地坐在凳子上，一边陈丹扶着，另一边一位男职工扶着。黄金敏开着手扶拖拉机，飞驶去县医院。

赵豫民和周冠才听到这个消息也不免一愣，心急如焚。平时也听说过周边的村民在下田干活时被蛇咬的消息，有的抢救及时治好了，有的落下残疾，也有的死亡了。今天开镰的第一天，偏偏在E连发生了职工被蛇咬的事，这会影响收割麦子的进度，会影响到职工的情绪。他俩急冲冲地来到现场，见大部分职工已四下散开正忙着割麦子。他俩询问了情况，只听职工们都在夸奖陈丹临危不惧处理“大炮”被蛇咬的事。见职工们的情绪还高涨，两人暗暗地松了一口气。

“豫民啊，这功劳簿上要记上陈丹一笔噢。我以前的话没说错吧，关键时刻见人心哪。”周冠才不无得意地说。自从没有得到连长的位置，周冠才在伺机拉拢人心和赵豫民比个高低。

“是啊，陈丹还真看不出有这等本事。”

中午时分，黄金敏带着那位护送“大炮”去县医院的男职工回到了连队，陈丹留在了县医院协助医生抢救和照看着“大炮”。黄金敏向赵豫民和周冠才汇报了“大炮”的伤情，医生告诉他，由于陈丹在现场采取的救治措施得当，农场场部也及时告知了医院，所以“大炮”一下车被推进急诊室，对症下药注射了血清蛋白抗体素，“大炮”已无大碍，现在正转入病房打点滴呢。

赵豫民激动地叫来了吴美玲：“你快写一份稿子，对陈丹火线救‘大炮’的事迹向全连进行广播，学习她舍己救人的精神，以振奋人心。”

吴美玲领下任务后，片刻功夫一篇生动的文稿写好了，经赵豫民稍作修改后，吴美玲拿着稿子来到宣传室打开连队播音设备，用她那甜甜的音色朗读起来，通过架设在田野里的扩音喇叭久久的回荡在连队上空。

一天农田劳作后，人已很疲倦，傍晚时分又接到场部农业科来电，从外地调运的两艘水泥运输船，装载了十吨骨粉(鸡、鸭、鹅、猪等骨头做的肥料)已快到 E 连了，要 E 连组织人尽快卸货。赵豫民和周冠才又打起精神组织了四十个职工到西边引龙河岸边等待运输船的到来。船靠岸后，用粗缆绳将它固定好，搁好船上到岸边陆地的跳板。大伙看了不觉倒吸了一口气，正好是落潮时间，引龙河水位与岸边陆地距离落差两米，跳板的陡度增加了，搬运这批骨粉的职工如一不小心，脚下打滑，随时会掉落进河水里。天渐渐地发暗了，再不及时卸货，天黑后难度更加大了。赵豫民和周冠才两人见大伙都面有难色，相觑一笑，两人都心领神会。只见赵豫民带头走向这条运输船，周冠才带头走向另一条运输船，口中喊道：“有勇气的都上啊！”榜样的力量是无穷的，职工们见连队两个头都冲在了前面，自己有何脸面落在后面，跟着赵豫民和周冠才两人有节奏地踏上靠岸跳板走向运输船，将每包二十斤重的装有骨粉的草包一袋一袋往连队西边仓库里运，赶在天全暗下来之前卸完了十吨农用骨粉肥料。

赵豫民和周冠才两人身体素质很好，搬运肥料后带着一身臭汗，跳进引龙河游起泳来，一会一个猛扎潜泳到了很远，一会在河水里浪里白条般翻滚着。嬉玩一阵后，两人仰面躺在水面上，静静地享受着让水流推动身体的乐趣。

周冠才浮在水面上，惬意地对赵豫民说："你看，我是个橡皮轮胎沉不到底的。"

赵豫民悠闲地躺在水面上，仰面闭着眼睛，犹如小时躺在摇篮里的那种感受。他听见周冠才这么说，也调皮地踮起两个脚丫子："冠才，你看，我这双脚像不像跳芭蕾的。"

"像，像极了，你们市区里的人皮肤就是白白嫩嫩的晒不黑。我们乡下人骨头里也早就给晒黑了。"周冠才回答道。

"豫民，我们俩上岸吧，你嫂子晚上安排在引龙河护鱼站请你吃饭呢。"周冠才说着拉起仰面躺在水面的赵豫民一起游到岸边。

"冠才，那你先回去和嫂子说一声，我换套衣服就来。"赵豫民爽快地答应着。

引龙河护鱼站离E连一公里，护鱼站就两老头守着。赵豫民换了套衣服后在连队附近小卖部买了两瓶七宝大曲，精神爽朗地迈着轻松的步伐来到护鱼站。护鱼站内灯光暗淡，一张四方桌上放满了菜。赵豫民将拎来的两瓶七宝大曲送给了护鱼站的两位老头。那俩老头高兴地顺手接下。

"赵指导员知道我俩老头子好这么一口，其他不送就送烈性酒，感情，感情哪。喏，今晚我俩老头子也拿一碗菜犒劳犒劳赵指导员。"老头们拿着酒放进菜橱里，又从里面拿出一碗红烧鳗鱼来。"赵指导员，吃下去大补啊。"

赵豫民端着那碗鳗鱼，用鼻子闻了闻："真香啊！"

"豫民啊，快坐下来吃饭吧，你和冠才忙乎了一天，肚子早就饿了。看你这副模样啊真是为E连的发展操尽心思呕心沥血呢。我家冠才说，跟着你这样的领导干真是一种福气哩。"周冠才老婆满面春风地说道。

周冠才在一旁帮腔地说:“豫民啊,今晚一聚真是难得,平时都是你请我吃喝,今晚我和你嫂子请你,咱俩要一醉方休。”

下酒的菜摆满一桌,酒也满上了,赵豫民与周冠才以及那两位护鱼站老头先一起干了三杯烈性酒,嘴里不住的叫着“痛快”。

周冠才老婆乘赵豫民喝酒吃菜之际试探性地问道:“豫民,现在都快六月了,不知今年商调工作什么时候开展啊?”

赵豫民头脑清醒着,嘴上却含糊其辞:“按往年规定还早着呢。呦,嫂子你这是要替谁说话啊?”

“咳,咳。”周冠才老婆干咳了两声:“是这么回事,你嫂子呢有个好姐妹,你也认识,就是那个林妮娜,岁数也老大不小了,在农场也干了十几年了。本来她自己要找你谈谈的,被我拦住了,我告诉她,也不看看赵指导员忙得够呛,你掺和什么啊。豫民啊,到时你可要给嫂子面子噢。”

周冠才老婆说的一席话,使赵豫民想起了先前吴明向他说的一番话,周冠才老婆的话果然那么直截了当,她们幕后有戏。于是赵豫民不置可否地说:“哦,哦,可是嫂子,现在农忙了怎么没看见林妮娜的影子啊,这商调工作可是要看个人表现和为E连作出什么贡献的哦。”

周冠才老婆向周冠才使了个眼色,周冠才忙接着话题打起圆场:“豫民,林妮娜家中有事向我请过假了,明天我想办法催她回来投入三夏农忙工作。至于林妮娜的表现我清楚,豫民心中也清楚。咱们当然能帮尽帮喽,是不是啊,豫民?”

赵豫民心中憋气地说:“老周、嫂子,这商调工作最主要还是看群众评票,这个程序你们是知道的。赶快叫她回来吧,不要再耽误前程了,都老大不小了,我是会记住她的。”赵豫民一语双关地点了一下。

周冠才的老婆听了赵豫民半是锣半是鼓的一番话,便对对周冠才道:“死冠才,豫民的话你听明白没有,明天发电报,加急的给林妮娜,让她赶紧回来。”

赵豫民嫌屋里空气混浊，他推开护鱼站的门，深深地吸了一口户外清新的空气。一轮泓月倒映在引龙河水面上，河水波光粼粼。赵豫民兴致勃勃地走到拦鱼网绳桩前，冲着跟他一起走过来的护鱼站两位老头说：“老人家，我扳一网鱼高兴高兴，行不？”两个老头连连点头：“行、行。”赵豫民用双手使劲扳起拦鱼网绳，成群的鱼在网中扑腾，扑腾跳跃起来，煞是好看。赵豫民纵情地哈哈大笑起来。

十四

吴明交上桃花运了。

自从林妮娜把他甩了，他心里一直郁闷着，身体康复出院后，连里职工见他经常出没在西边家属区一户人称“孃孃”的家里。“孃孃”家里有二个女儿，大女儿出嫁嫁给了部队当官的，小女儿小名叫梅香，人长得水灵秀气，高中毕业在镇上一家五金加工厂工作。连里职工都夸“孃孃”：“草屋里飞出金凤凰。”每每听见职工的夸奖，“孃孃”总是笑得合不拢嘴。

吴明和梅香的相遇完全是一次巧合。那天梅香在家休息洗刷衣服，自来水龙头坏了，她便急忙去找供水塔里的吴明。

“吴师傅在吗?”梅香敲着门，小声地问道。

吴明此时百般无聊地躺在床上，翻看着小说《艳阳天》，听见是个女的在敲门，他心理障碍在发酵，他反感地翻了个身，换了个姿势继续看他的小说。

梅香在门外听见屋里木板床“吱嘎、吱嘎”的声音，知道吴明在里面，便提高了声音："吴师傅，我是梅香，家里自来水龙头坏了，请你帮忙修一修。"

吴明是个"助人为乐"的事都抢着去做的人，他闻声起床打开门："噢，是梅香啊，快进屋说。"

梅香还是第一次走进吴明住的房间，这么凌乱，空气里还散发着一股刺鼻的柴油味道。"吴师傅，你就这么住着，对身体不好唉。"

吴明以前见梅香都是远远地看见她的身影，那个时候他身边有林妮娜陪伴着，所以也不注意梅香。今天两人这么面面相对，他的心又开始驿动了，"怦、怦"地直跳，那句甜糯的话灌进他的耳膜更使得他飘飘然。"已经住习惯了，没事。"

梅香见吴明的眼睛直勾勾地看着自己，不好意思地低下头，两手搓着衣角："吴师傅，家里自来水龙头关不紧，水一直哗哗流。"

"噢，那赶快去修。"吴明在材料箱里找出一个自来水龙头，背起工具箱与梅香一起去梅香家里修理。

吴明非常熟悉家属区的水、电管线的走向，他把供给梅香家的水管总阀关掉，然后检查梅香家的自来水龙头，是自来水龙头橡皮垫圈坏了。他从工具箱里拿出两个橡皮垫圈，拧下自来水龙头，换上了新的橡皮垫圈，然后又拧上水龙头，又打开水管总阀，一股清澈的水又涌了出来。

梅香在一边看着吴明一丝不苟地做着每道修理程序的工作心里佩服他的精明能干。"吴师傅，你的活儿真是绝了，赶得上五金加工厂请来的师傅了。"

吴明用梅香递给他的肥皂洗着手，然后习惯性地往裤子上抹干。"梅香，你们五金加工厂做什么活来着。"

"做自行车坐垫弹簧的，"

"生意好不好。"

梅香愁眉苦脸的样子，很有委屈地说："最近厂里接了一大单新产品不知怎么搞的一上生产线就出次品，吴师傅，你看我的一双手也被钢丝拉毛了，请来的师傅怎么摆弄也不行，厂长急得骂我们出气。”

吴明见梅香一双白白嫩嫩的手被划得红一条紫一条的心里发酸：“那为什么不戴手套干活？”

“戴了，可没用，出来的产品就是划手。这活没法干了，厂长一跺脚已经停工三天了。”

“是这样啊，我抽个空到你们厂里看看，琢磨琢磨。”

“吴师傅，那敢情好。”梅香欣喜地感谢道。

“孃孃”回来了，她“咣当”一下放下扛在肩上的铁锄头：“哎呦，可累死我了。梅香，饭烧了没有？”

梅香见母亲回来了，走到母亲跟前说：“妈，我洗衣服时自来水龙头坏了，关也关不住，水漫金山了。这不，我把吴师傅请来修理好了，我们正说着话，你就下工回来了。妈，你累了，快坐下歇歇，我去烧饭噢。吴师傅也别走，我们一起吃饭。”

“孃孃下工回来啦。梅香，饭我就不吃了，还有其他事要去做。”吴明向“孃孃”和梅香打着招呼，收拾完工具，背起工具箱走出了梅香家。吴明不想自讨没趣，他知道“孃孃”对梅香管束得很紧，特别反对梅香与连队男知青接触。刚才“孃孃”进门时见他和梅香单独在说话，已经用疑惑的眼神看着他，让他心里直发毛。

“哎，吴师傅，你怎么就走了？”梅香追到门口喊了一下。

“梅香，你给我回来。”“孃孃”厉声道。

梅香快快不乐地走到母亲面前，“孃孃”用手指戳了一下梅香的脑门：“你好没记性，真是气死我了。你忘了我平时跟你说的话了？市区男知青你一个也不要碰，都不安好心。这个吴明前一时期与林妮娜的丑事闹得沸沸扬扬的，他还喝了农药寻死，他可什么事都做得出来的。”

“妈，可是今天的事来得突然，我不找他找谁去？你……”梅香噘着嘴还想解释。

“你不用再说了，妈说不行就是不行。宝贝啊，妈这样做全是为了你好。乡村姑娘啊要按照乡村的习俗去做，否则吃亏的是你，也毁了我们全家的名声。”“孃孃”苦口婆心地劝道。

梅香一夜没睡好觉，在床上辗转反侧，吴明干活的认真劲一直在她眼前晃动。吴明说到她工作的五金加工厂解决疑难杂症的话一直在她脑海里翻腾。可母亲的肺腑之言也不得不认真考虑啊，城乡差别，城乡差别啊，这是一条不可逾越的鸿沟。我这是怎么啦，有点痴心妄想了吧。梅香一骨碌爬起来坐在床上，两手拍打着自己的脑袋，蓦然请吴明帮助解决五金加工厂疑难杂症的强烈愿望占据了上风，对，就这么办，母亲就是知道了也不会说什么的。

第二天上午，当母亲去农田上工时，她约了吴明来到了五金加工厂。厂长也是一夜没睡，两眼熬得通红，见梅香和一位男青年共同来到厂里有些诧异：“梅香，不是停工三天，你今天来干什么？这位是……？”

“厂长，厂里开不了工，我心里也急啊。昨天，我碰上E连的水电工吴师傅，说起我们厂里的新产品出了次品，质量上不去，吴师傅听了很同情，我们就来了。”梅香急切地解释道。

“哦，这位师傅你能行?”厂长见吴明貌不惊人，能揽下这个活儿有些疑惑。

吴明对着厂长坦然地一笑：“厂长，我在学校时去机械工厂学工，跟着厂里八级钳工师傅学过一阵子，我外公也是这方面的技工，传授给我一点这方面的知识。你叫职工把机器转动起来，我看一看，听一听，可以吧?”

“行，行，吴师傅我们一起去车间。”厂长喜出望外地带着吴明向车间走去。

车间里排放着几台生产弹簧的挤压机，为了再试生产，只开了一台机器，梅香和几位职工拿来一大捆盘圆钢丝，拉出盘圆钢丝，头慢慢放进弹簧挤压机的机芯圆孔里，梅香一按弹簧挤压机的按钮，钢丝飞快地卷进弹簧挤压机的模子里，不一会功夫，一个完整的自行车座弹簧从挤压机的那一头生产出来了。

吴明从圆盘钢丝被卷进弹簧挤压机机芯圆孔那一刻起，就竖起耳朵听，瞪大眼睛看。等那产品从弹簧挤压机那一头生产出来时，吴明戴着手套去拿产品，产品是成形了，但非常粗糙，一不小心把手套割了一个口子。他叫人拿来放大镜，对着产品仔细地看，若有所思地点着头。吴明让梅香再试着生产几个，然后叫停。

厂长焦急地问吴明："吴师傅，这毛病出在什么地方啊?"

吴明也不搭理，他叫唤着："梅香，让修理工把模具上的安全罩打开，让我看看。"

当修理工把安全罩打开后，吴明俯下身瞅着模具，他又熟练地用扳手将固定模具的螺栓卸下，把整套模具拿出来放在工作台面上，又用一根铁条朝模具敲去，"卜、卜、卜"听得出是用一般的钢做成的模具。

吴明眯缝起双眼，歪着头对厂长说："产品出次品问题出在这套模具上，咬不住圆盘钢丝出正品，说明出来的成品要'咬'人的手。"

厂长一听一愣，干着急地问道："那怎么办? 那帮请来的师傅真是混饭吃的，不地道，让我们抓瞎。哎!"厂长把拳头重重地砸在自己的大腿上。

吴明对着懊恼的厂长镇定自若地说："把模具换成锰钢的就可以用了。"

厂长还是很恼火："这锰钢模具哪里去买啊?"

"上市区北京路生产资料一条街去淘呗，也许那里有货。"吴明自信地说。

厂长紧锁的眉头舒展开来了，脸上露出了难得一见的笑容，赔笑着说："那辛苦吴师傅帮我厂去购买好吗? 你人头熟，又识货，比我们去买强多了。"

吴明朝梅香望去，见梅香的眼神里也带着期盼。可他怎么走哇，连里正农忙着哪,要走也要请假,万一连里不批呢。“厂长,我把问题找出来就可以了,你们自己对症下药解决问题吧。”吴明推脱着说。

厂长又发急了,找到一个“活菩萨”似的救星,救到一半要走了这不等于没救嘛。他乞求着对吴明说:“我的活祖宗唉,你救厂救到底,你的大恩大德我是不会忘的。既然你是和梅香一起来的,就同梅香一起去市区走一趟,这一切差旅费我付了。”

吴明为难地说:“厂长,不是我不肯去,我们连队农活正忙着呢,头不会批我的假。”

梅香见厂长焦虑着忍不住插话了:“吴师傅,为了我们厂,也为了我哦,求你了,你就去市区一趟吧。”

吴明的楞劲又上来了,他吃不了软功夫,听了梅香恳切的话语,便咬了咬牙,脱口说了声:“我豁出去了,回连队向头请假,他不批我也和梅香一起去市区购买模具帮你们彻底解决问题。”

厂长皱巴的脸张开了,他拍着吴明的肩膀说:“兄弟,好样的,你这笔功劳我会记在我厂的功劳簿上的,到时我一定论功行赏。梅香,你和吴师傅快去快回啊。”“哎,厂长,我俩一定快去快回。”

吴明一脸苦相道:“得了吧,厂长,让连里人知道非骂我吃里扒外不可。我这全都是冲着梅香来的。”

“知道,知道,我心里有数。我还是梅香表姑父呢。”厂长心里乐开了花似地说道。

吴明救活了五金加工厂。这事不久就传开了,当地镇政府向E连送来了感谢信和锦旗,梅香因此从车间操作工提拔为厂里的生产调度员。赵豫民对吴明作了功是功,过是过的处理。

从此,吴明与梅香明里暗里经常来往,但都是背着梅香的母亲。世上没有不透风的墙,各种流言蜚语也渐渐地灌进了梅香母亲的耳朵里。她经常数落打骂着梅香,叫她死了这条心。梅香从心里骨子里深爱着能干事,而且能干成大事的吴明,她觉得以前对吴明的种种不公议论都是不对的,像吴明这样能干的人缺失的是爱情,她要打破世俗偏见爱吴明爱到底。所以每每母亲数落打骂她时,都表现出异常的勇气顶撞母亲,使得母亲伤心落泪。

梅香的母亲加紧了对女儿外出的防范,梅香休息天时,母亲就将她反锁在家里。吴明已一个星期没见到梅香了,他急得像热锅上的蚂蚁,他也悄然地去过梅香家,见大门反锁着,俯身倾听了里面没有一点动静,他只能抓耳挠腮悻悻地离开了梅香的家。他想离岗去梅香工作的五金加工厂看看,但觉得有些唐突。吴明忍了一个星期,好不容易又等到梅香的休息日,他按捺不住又去了梅香的家,刚要转身到梅香家门口见大门反锁着,又听见"孃孃"在屋里正骂骂咧咧,吴明一个闪身躲进了墙角壁旁,心里暗喜,等"孃孃"走了我可以想办法见到梅香了。吴明躲避着一直瞅见"孃孃"的身影出屋门翻过西边的护塘大堤,他一个转身来到梅香家门口"嘭、嘭、嘭"地敲门喊道:"梅香,梅香,我是吴明。"

屋里呆着的梅香听见吴明的敲门声,欣喜若狂,她走到门口喊道:"吴明哥,门被我妈反锁了,我出不去。"

吴明见门上挂了一把大铁锁,用手连扳了几下,没动静,便对屋内的梅香说:"梅香,不要着急,我去去就来噢。"

吴明拿来了一把大号铁榔头,对着梅香家门挂着的大铁锁使劲地敲打了几下,大铁锁断开了,晃荡在门栓上。门打开了,梅香一头扑向了吴明的怀中,娇嗔道:"吴明哥,你怎么现在才来啊,梅香等你等得苦死了。"

吴明紧紧地搂抱着梅香,生怕她再次离去似的:"梅香,梅香啊,这一阵子我是无时无刻不在想你,我的心早已飞向了你,你嫁给我好吗?"

"吴明哥,你对我这么好,但是……但是,我是怕你要后悔。"梅香说出了心里的担忧。

"梅香,我喜欢你,喜欢你的聪明伶俐,喜欢你的文静优雅。我吴明能娶到你这么个好姑娘真是祖宗庇荫,今生有缘。我吴明向你发誓,凭着我的为人，凭着我的手艺，非梅香姑娘不娶，今后让她过上幸福美满的生活。”吴明抱紧了梅香，亲吻着她那红扑扑的脸蛋。梅香害羞地把头深深地埋进了吴明的怀里。

“啊！”一个女人惊慌叫声打断了两个年轻人的白日青春梦。吴明和梅香不约而同地抬起头，见发出惊慌叫声的是林妮娜，三人的突然偶遇场面非常尴尬。梅香扭头要往屋里跑，被吴明一把拉住，他用粗壮的手臂将梅香揽在怀里，高昂着头盯着林妮娜，那模样真是不可一世，同样也是在向林妮娜示威：“哼，没你我照样活得很好。”

林妮娜的眼睛躲闪着吴明射来的目光，她红着脸支支唔唔地说：“真对不起……，我是要到周连长家去请示工作，不巧……不巧路过这里，真对不起，真对不起你们俩。”说完一溜烟地捂着脸跑了。

“真讨厌，碰上了狐狸精。”吴明朝地上吐了口唾沫，更加搂紧了因兴奋、激动、恐慌而有点瑟瑟发抖的梅香，“不怕，梅香，看她能把我们怎么的。”

梅香瞪大了双眼看着吴明，不知所措地“嗯”了一声，默默地进了屋。

“梅香，你没事吧？”吴明想跟着梅香一起进屋，见梅香没有招呼他进屋的意思只好怏怏地走了。

今天，场部三整顿办王主任到周冠才家串门来了。他带的五人工作组已经进驻E连三个月了，这三个月来除了和赵豫民正面为了猪蹄腿的事闹得不开心之外，E连似乎是铁板一块没有什么可整顿的，全连思想统一，赵豫民、周冠才俩人所发的号令全连职工都执行得说一不二。摆脱了朱芸被伤害后一度产生的低迷状态，确立了赵豫民为首，周冠才为辅的格局，纪律严明，生产蒸蒸日上，刚开过全农场生产现场会。又在连队建起了化工合成胶水厂，轰动整个农场，影响到了农场局。自己总不白来一次了嘛，但凡工作组进驻的单位或多或少都要查找出一些问题，然后由被进驻的单位进行整改，工作组写出报告给农场党委作为考核干部的依据。而在E连查找不出问题，工作组岂不是没面子了嘛，再过三个月工作组就撤组走人了，王主任能不焦虑吗？他暗暗发誓一定要在鸡蛋里挑出骨头来。他左思右想决定先从周冠才那里寻找突破口。他在平时与职工聊天时隐隐觉得周冠才由于没有提升为连长不满情绪在一些职工中间散开，有些职工在为他打抱不平。另外他还听传说，伤害朱芸的那个人有可能是周冠才老婆的外甥，这一点上不管是真是假先唬一唬周冠才再说，让他掏出心窝子的话我再慢慢地安抚他，王主任把在部队里磨炼成熟的侦察学运用到他找周冠才打开缺口的技巧上，他在暗自发笑。

周冠才是被人通知后回家里的，一路上他唠哩唠叨的说："这王主任也真是的，连里农活那么忙找我谈什么话？他们闲得慌没事干，我可是心急火燎啊。"

"呦，老周来了，不好意思这个时候把你从火线上叫过来了，来，咱们进屋谈好吗?"王主任满脸堆笑向周冠才打着招呼。

"老王啊，不是我说你，我俩相交也几年了，既说不上很熟嘛也不陌生，你们到我连来了三个月了，我俩只是在工作开会时照照面，你还真没有找我推心置腹的谈过一次话，这闲着的时候不找我，现在三夏大忙你倒是急吼孔的找我来了，真是的。好吧，咱进屋说。"周冠才还在喋喋不休的埋怨着。

周冠才和王主任并不陌生，他老婆的娘家和王主任是一个村庄里隔几家的邻居。王主任应征入伍后当了排长，找的第一个对象就是周冠才的老婆，这女人心计多，要是嫁给一个当兵的今后就要随他东西南北的跑，军令如山倒没得商量。她可不像其她女孩拼着命要找部队的男人引以为豪，她吃不起那份苦，所以你情我意的写过两封信，王主任从部队回来探亲俩人相见过一次面，就没有从深处发展以至后来断了。再以后王主任在驻地附近娶了一位河南籍姑娘，王主任复员后随他来到上海郊区农场落户，但俩人过得不是很幸福，他俩至今没有生过孩子，那女的水土不服常闹病。

周冠才老婆暗自庆幸没有嫁给王主任。周冠才和老婆平时每个月都去一次娘家，路过王家时故意加快了脚步躲着过去，有时偶尔碰上王主任，周冠才老婆对他点了个头算是打过了招呼就朝自家门里走，周冠才会停下脚步与王主任抽着烟聊上一会。王主任那时还是场部工业科当副科长，与周冠才是同级别，可现在王主任是场部“三整顿”办主任，高他周冠才一级，而周冠才在朱芸被伤害后没提升为正连长，怪不得要长嘘短叹了。

十五

“老周啊，飞马牌香烟难买哦。”刚一进屋王主任就从衣袋里掏出香烟递给了周冠才。

周冠才给王主任沏了一杯茶，然后与王主任一起坐在那张八仙桌旁，将香烟点燃。“王主任说吧，这么急把我找来究竟为什么事？”

王主任抽了一口烟，故意把烟吐出了一个个烟圈看它们在空气中袅袅散尽，然后开腔说话了。“老周啊，我们工作组在E连已经工作了三个月了，我想召集你们连队班子过一次民主生活会，为了开好这个会我是费尽了心思，反复琢磨着怎么开为好。不瞒你说，三个月来我们主要在连队职工和班排长骨干中间了解情况。E连在朱芸被伤害后，场党委任命赵豫民为代书记、代连长，你辅助他工作，成绩还是主要的，从我们摸下来的情况看，大家还是挺爱戴你拥护你的，有的同志甚至还为你打抱不平呢。”

“唉，这些同志怎么能这么说呢？场党委的决定我是要坚决执行的，做好辅助工作也是在尽我的职嘛。我周冠才的能力和水平不值得大家高估呀。”周冠才小心翼翼地说。

“我刚才说了要召集班子开民主生活会，所以我找你，主要想听听你对班子其他成员的看法，特别是对赵豫民的看法。为了使我能掌握住民主生活会这个舵，不要在会上发生节外生枝的议题，所以从现在起我要对E连班子成员一个一个找来谈话，让大家充分发扬民主，开展批评与自我批评。不要有顾虑嘛，老周，你看为了保密起见，工作组其他同志我也不让他们来，免得耳多眼杂的让你掏心窝子的话也说不得。”王主任循循诱导着周冠才。

周冠才像一尊石佛纹丝不动，只是一个劲的抽着烟，他心里默默念叨：“谁知道你王主任葫芦里卖的什么药，我要是直梆梆的在你面前把赵豫民和班子里其他成员的事抖露出来，你万一口风不紧泄露给他们，到时你们拍拍屁股走人了之，我岂不要吃不了兜着走嘛。再说了赵豫民和班子其他成员也没什么大事可以上纲上线的在桌面上说啊。”

王主任的眼神始终盯着周冠才，瞧他无动于衷的样子恼火了，好哇你这个周冠才，你还真不知道我的厉害，那就让你尝尝。我这个人是达不到目的也不让你好过的人：“老周啊，放下顾虑吧，你我都是本乡本土的，赵豫民那些知青迟早要走的，你也迟早要当这个连队一把手的，怎么样，凭我在场部工作近十年，判断事物发展的能力是有的，我看中的人都会有机会上去的，现在就看你的态度了。”说到此，王主任见周冠才坐着的身子颤动了一下，他心里一喜，有名堂了，让我再敲他一下。“老周啊，不说白不说，说了以后你的一切我帮你打理。”

周冠才的确被王主任的诱惑打动着，但他也不敢冒然瞎说，万一胡说了正中王主任的圈套那我今后还怎么在E连工作啊。“王主任，真的每个人都要说？但其实赵豫民和班子其他成员没犯错啊，我怕说了那不中用的话耽误了你的一片好心。”

王主任气啊，你这个周冠才真是个榆木疙瘩还是揣着明白装糊涂啊？我都为你点到这个份上了你还死硬，真不是个东西。他一脸严肃地对周冠才说："老周啊，到时你不要说我没给过你占先的机会。好吧，我告诉你在我手头上有一封连队职工来信反映你的事……"王主任说到这故意停顿了，让周冠才恐慌去吧。

"我……我有什么事？"周冠才疑惑了。

"主要有两件事，一是你的生活作风问题，二是你老婆的外甥在朱芸被伤害的那天晚上，被人追捕时从海堤芦苇中钻出来，是你乱施权力把他给放了。有这件事吗？"王主任一板一眼地说道。

周冠才这下彻底慌了，第一件事那是以前的事可搪塞过去，这第二件事写信的人怎么知道的？周冠才和老婆在朱芸被伤害后第二天去过他老婆妹妹的家，小姨子哭着对他们说外甥跑得无影无踪了，周冠才当时闻听就心惊肉跳了，真是这个孽种干的事？此事也是他一块挥之不去的心病。又转而一想，不对啊，外甥真要是与朱芸被伤害而有牵涉被抓，公安局早就要通知家里人了，怎么没任何动静啊，看来你王主任还是在诈人啊。不过，既然王主任说有人写信举报，那不妨从他嘴中套套是何人所写。"王主任啊，这年代被诬陷的事可不少啊，我周某人只要站得稳，行得正，不畏惧朝我身上泼污水。再说了，有你们工作组在，做事肯定公正、公道，会主持正义，我的心就更坦荡了。王主任，如果允许的话你不妨给我透露点消息，是谁这么不要脸的诬陷我。"

"好你个老周啊，不要激动嘛，有人写信给我们工作组后我们也作了分析，这第一件事嘛是陈谷子烂芝麻的事，我们忽略不计。但第二件事就是眼前的事，我们可要当面与你澄清的。我们认为这件事情事关重大，既考量着我们工作组，更考验着你老周。周连长啊，这件事非同小可，关系着你的前途啊。"王主任故意把前途两个字说的很重。

于是，周冠才把那天晚上的事一五一十地如实告诉了王主任。他还故意显得很沉重的样子："这个孽种到现在没有音讯，早知道我会被人举报，还不如当天晚上把他抓了送公安局了。王主任呀，都是我不好，辜负了党对我的培养，同志们对我的期望，我愿检讨。"

周冠才所描述的细节王主任并不掌握，他心里窃喜，我这一咋唬他便如实说了，看来我要把这一场假戏再演得逼真点，加点码，让他周冠才按照我的意图就范，为了达到目的就做一次虚假交易吧。他一本正经地说："老周啊，你所叙述的与信里反映的内容差不离，看来你是真心的，你不要内疚嘛，是真的假不了。你那老婆的外甥确实也不怎么地道，现在没了踪影总有一天会触上法网的，你说对不对啊。"

"是的，是的，这个孽种迟早会犯事的。不过这个写信反映的人也够邪乎的，看来是有人专门盯上我了，这个杂种。"

"哎，这话你是说到门坎上了。我刚才不是告诉过你吗，不要说我先不给你机会，你不触犯人家不等于说别人会对你怜悯，这年头你我看得多了，哪个不是踩着别人的肩膀，按着别人的头顶上去，得到好处的？冠才啊，丢掉思想包袱吧，丢掉幻想吧，你和赵豫民迟早会有交锋的，不过我的立场不会变，我俩是站在一条壕沟里的。"王主任振振有词地开导着周冠才，而且越说越有劲。为了从周冠才嘴里套出他与赵豫民之间矛盾的话，那大有文章可做了。反正话是编的，越离奇就越有味。"老周啊，打开天窗说亮话吧，前一阵子我们费了好大劲找了连队不少同志，要求他们书面反映班子每个成员的情况，其中就有一份写你的匿名信，从连队贴出的学习心得体会笔迹看，是水电工吴明所写，不知你平时与他关系如何？据我们摸下来的情况分析，他可是赵豫民的铁杆兄弟，不知你怎么看？怎么样，我说得够透了吧。"

吴明，又是那个吴明。自从连队传说吴明与林妮娜姐弟恋起，他的心就隐隐作痛，有好几次想折腾吴明，也确实给赵豫民压下来了，他一直以为赵豫民护住吴明只不过是知青之间的一种庇护的本能，在连队里农民职工是一小部分，得不到多大的势力范围，即使他是个副连长也只能愤愤的。直到林妮娜为了能商调回到市区工作，又投入到他的怀抱，他才解除了对吴明的敌意。没想到这吴明这么快就反扑过来了。但要把对吴明的憎恨转到赵豫民身上找他的茬真没什么可说的呀。他怕辜负了王主任的一片苦心，绞尽脑汁地想。哎，有了，赵豫民前两天不是说现在农忙时节林妮娜怎么还在市区，叫她赶快回来参加夏收，这话差点让自己和老婆下不了台。他赵豫民不是自作主张，开了一个会，决定让六个知青放下工作回市区复习功课迎考上大学了嘛，他怯怯地对王主任说："你对我的好，我一定会铭记在心，可我想来想去赵豫民的不是，就是他放走了六位知青到市区复习功课迎考去了，这算不算事啊？"

王主任眼珠子一转答复道："这当然算一回事喽，场党委有过命令，复习功课迎考的任何人，只能在自己的工作岗位上边工作边复习迎考，赵豫民胆子不小啊，一放就六个人，快顶上半个班人马了，谁给他这么大的权力。现在是农忙季节，缺劳力啊，怪不得其他同志的积极性不高，出工不出力，这是个根源嘛。"

周冠才一听，王主任把他反映的事说到根源上了，觉得兴奋："场党委对这事有过命令？那我们开会时全给蒙在鼓里了，赵豫民可从来没说起过啊。"

"他咋说的？"王主任知道他的假编圣旨又搅浑了一淌水，起到了作用，故意地问道。

"赵豫民在会上说，党和国家为了百废待兴，实现四个现代化建设，已在全国恢复了高考，根据他的理解和判断，这也是为有为知青开辟了光明前程，我们要积极响应。连队里如有知青报名高考，我们要大力支持，不当拦路虎。要给他们创造一个良好的复习课程迎考的环境。他提议让他们回市区复习课程迎考，还说出了问题由他负责。最后他还意味深长地说，同志们哪，如果我们连队今后出了大秀才，成为祖国建设的栋梁，那我们今天在座的就是大功臣哩……"周冠才唾沫星子乱喷地说道。

"够了，简直是一派胡言，肆意妄为，他赵豫民负责？他负得了这个责吗？"王主任冷冷地打断了周冠才的话，"老周啊，不是我怪你，在理论水平上，工作经验上要学会看事、闻味，不要光埋头拉车忽视了道路。我们工作组到你们连三个月收获不大，那还要我们工作组来帮助你们整顿三风干什么。刚才我听了你的话就在琢磨，E连看似平静，其实暗地里涌动着不平静，而这根源在赵豫民，你们就是极好的推手，帮着他有意无意的抹平了不平静。”

周冠才经王主任这么一说茅塞顿开：“哎，王主任不愧是场部领导，看问题稳、准、狠。早知道他赵豫民是抗命而为我会顶撞的，不会同意他的提议的。”

王主任微微一笑，他对周冠才这号人是了解的，给他一片阳光他就灿烂。他们属于没有理论功底，看事物庸俗，浑浑噩噩，得过且过之辈。他们属驴的，给它喂了料尝到了好处甜头，再蒙上它的眼睛，它就乖乖的替你卖力地磨磨。不过驴发急了也会黔驴技穷踹你一脚。看来今天这场假戏真做收效有了一些，至少撕开了E连赵、周之间的裂痕，为以后更大的撕开裂痕有了潜台词。

“来老周，抽枝烟我们再聊一会。”王主任拿出一包飞马牌香烟，在手上抖了抖，在香烟壳头上嗑出二枝烟来，顺手递给了周冠才。周冠才巴结着拿过，划了一根火柴先为王主任点上，然后再点上自己嘴叼着的那根烟。他俩腾云驾雾的将身子埋在了烟雾之中。

“王主任哪，今天你的一番点拨我是看出来了，全是为了我好，我周冠才受用啊，一定铭记在心。下一步您看我们该怎么走，还请您把把舵，免得我这个庸人又被别人摆弄还不知道好歹。”周冠才打心眼里佩服起王主任了，他对王主任谦恭地说道。

王主任的眼光犀利地对着周冠才闪过，他对周冠才面授机宜：“老周，下一步你得找几个心腹，让他们也想想赵豫民及班子成员有哪些不是，并将情况告诉我，这就看你有没有这个能耐了，发动凝聚在你周围的人越多，局势就对你越有利，我想E连最后的一把手就是你当之无愧了。”

周冠才眼睛的光亮一闪一闪的，经王主任这么一说他觉得有底气了，拍着胸脯打包票：“知我者真王主任，我一定不辜负王主任对我的一番真心，肝脑涂地我也会把事办好。”

“要注意策略，这是个玩脑子的活，不要羊肉没吃上沾上一身羊骚臭。先搞个计划出来。”王主任看着得意忘形的周冠才提醒道。

“忘不了，我周冠才脑子也有好使的时候，王主任你知道的，我不完全是个土包子，想当年我也是城市工厂里响当当的工人阶级一分子，后来下放到农场来的，真要和嫩芽知青玩玩，我还怕玩不过他们？我当工人阶级的时候他们还在淌鼻涕穿开裆裤呢！”周冠才经王主任一拨弄，潜在心中的流氓无产者劣根性的一面显露出来了。

“好，好，我就要你这英雄一面。”王主任夸奖道，“不过还是要谨慎为好，下一步是真刀真枪地干，来不得半点含糊的。任何一个单位都有左、中、右三个人群，你拿捏得了几分？要作好充分思想准备的。”王主任拍着周冠才的肩膀，并将手掌使劲地朝下压着，似乎在试探周冠才的阵脚。

王主任的话是在向周冠才面授机宜，周冠才是听出了这敲锣声的含义，他响亮地回答道：“我明白了，按照您的吩咐，一定把事情办好。”

“周连长在家吗？”清脆的叫唤声传进了屋里，周冠才一听这声音便知道来人是林妮娜，他问着王主任：“你瞧，这不来了一位，让她进屋来。”

周冠才将门打开，林妮娜气喘嘘嘘的进了屋，见屋里还有一位陌生人她有点纳闷，这大白天的俩人在屋里忙乎啥啊，而且满屋子烟味，瞧他俩脸色凝重。她也顾不了那么多了，半是埋怨，半是焦虑地开腔了：“周连长啊，我是接到连队发来的加急电报心急火燎地赶回连队参加农忙来的，你看我这病还没养好，但连队需要我，我就赶回来了……”

周冠才见林妮娜这么出色地在王主任面前演戏，忍不住要笑出声来了，他故作镇静地对林妮娜说：“能赶回来参加农忙，还是好同志嘛，有什么大呼小叫的，不怕丢人现眼。噢，这是场部派到我们连进行‘三整顿’工作的王主任。”周冠才向林妮娜示意道。对林妮娜的突然闯入，周冠才着实也吃惊不小，要是老婆在家，事后不唠叨他才见怪呢。

王主任在E连三个月了，没见过林妮娜，但在摸情况时也闻听了她的大名，知道她和吴明之间的纷繁故事，何不在她身上做做文章。他注意到林妮娜进来时气喘嘘嘘的模样，一定是有什么事要向周冠才说，只是碍着他在场不便说了，他对林妮娜发问道："这位小林同志，向周连长报到不必那么心急嘛，人已到心也就定了，我和周连长都可以为你作证的。来坐下，有什么急事难事都可以向我和周连长汇报的。"

见林妮娜还有些犹豫，周冠才提示道："林妮娜同志，你确实有什么事说出来无妨，刚才我和王主任就在聊连队里的事，这不，你愣头青地闯了进来。不过也好，你是老知青了，在这连队也呆了十几年，情况也熟悉，向王主任说说一些你掌握的趣事闲闻。"

林妮娜还有点心神不定，她说："周连长，王主任，我到你家来的半道上碰见晦气的事，撞上了吴明与梅香相互拥抱着接吻，而且，而且还那个……"

周冠才瞪大了眼睛："这大白天的，吴明也真够大胆的，人家梅香可是个正宗的黄花闺女，而且，而且什么，你快说啊。"

"而且，吴明将手伸进梅香的衬衫里乱摸啊。"林妮娜为报复吴明故意将事情扩大化了。

"好你个吴明，你真胆大包天，要流氓手段习惯了吧。你们以前交朋友他也会这样？"周冠才这话说得林妮娜脸红一阵紫一阵的很不自在。林妮娜杏眼定格在周冠才那喷着火光的眼睛上，嘣出两个字："他敢。"

周冠才定了定神，懊悔刚才当着王主任的面讲话有点轻薄了，"没有就好，没有就好，林妮娜同志你不要在意哦，我是急了才说出这么难听的粗话。不过对吴明这种流氓行径我是不会轻饶他的。"

王主任默不作声地抽着烟，掂量着周冠才和林妮娜说的话，看来我先前咋唬周冠才的话现在有了契机了，我现在可以定准把吴明当作靶子了，再从周冠才和林妮娜嘴里掏出点佐证来，下一步棋该怎么走心中就有谱了。他不紧不慢地说："老周，小林，从吴明身上反映出来的事更说明E连这潭水之深，事情之复杂。你们想过没有，吴明可以这样长期胡作非为，那么胆大妄为究竟是怎么造成的，是谁在为他撑腰？"他险恶的眼光扫了周冠才一下，令周冠才浑身哆嗦了一阵。

"这不可能，王主任刚才你不是说吴明写诬告信告我的吗……"周冠才还要演下去证明自己不是吴明的后台。

王主任冷冷地打断了他的话："够了，越描越黑，谁说是你了，我说过了吗？我是在提醒你俩，在E连谁有那么大的权力包庇着吴明。"

林妮娜听了他俩的话还在云里雾里，她见周冠才被王主任抢白了，急于表白自己也为周冠才找个台阶，于是说道："都怪我不好，汇报情况惹你们俩位领导生气。王主任，以我十多年在E连的经验总结分析，吴明之所以发展到目前的模样，一是被朱芸惯的，朱芸早就在连队拉拢知青搞帮派，都是她埋下的祸根。二是听吴明说，他和赵豫民早在学校里就是铁杆兄弟，一次打群架，吴明帮了赵豫民，还救了他一命。"林妮娜说完后心里一阵舒坦，她这话可是一箭双雕啊，既出了十多年来朱芸一直打压她的气，又把吴明告诉她的隐私给抖落出来了，让吴明、赵豫民够喝一壶了。

王主任心头一阵惊喜，从林妮娜嘴中吐出来的话，材料有了，看来今天突访周冠才是来对了，E连一直捂着的盖子是揭开的时候了，特别是赵豫民和吴明在学校里打群架的事要向场部反映，这人不是可以培养的好苗子。他和蔼地夸奖道："小林同志思想觉悟就是高，看问题准确，为我们工作组提供了很有价值的情况。我就说嘛，吴明的所作所为背后肯定有撑腰的嘛，要不就凭他的胆能做出这种横事来。老周啊，小林同志在你的熏陶之下不错嘛，啊，哈，哈，哈。"

“王主任，对，对，对，我们周连长不要看他粗，但人绝对是个好人，根正苗壮，噢，不，是我连的顶梁柱，在他的关心培养下我连有很多同志成长进步得很快，大伙盼着他成为我连的领头羊带着我们朝前干，不愁E连不红火。”林妮娜积极表白的话，句句说在周冠才的心坎上。

“小林同志，你回去后补写一个材料给我。”王主任老于世故，他怕林妮娜反映的情况到时候赖账，不利于自己下一步要走的棋。说过的话是液体，留在纸上的话才是固体，他明白这句话的函义。王主任在经过与周冠才的长谈以及林妮娜提供的支离破碎的材料中在脑海中勾勒出一个奇思怪想，好好的做完这个破冰历程，取而代之赵豫民，让我在E连掌权，这里面的利益大着呢。

十六

农场机耕站的“阿兹姆”站长果然没食言，他派了二十几辆东方红—35 型拖拉机来 E 连耕地，好家伙！二十几辆拖拉机到连队来的那一天场面可气派了，一溜排开，冒着黑烟，威武雄壮地向 E 连驶来。有几辆拖拉机副驾驶位置上都坐上了一位妙龄女郎更成了一道风景线。赵豫民和周冠才接待他们时都皱起了眉头，这哪像是一支战斗部队啊，简直是花车部队招摇过市。黄金敏对这一行倒较为懂点，他调侃地说道：“过去是美国兵的吉普女郎，现在是拖拉机战士女郎。这些女郎有的是拖拉机手明里暗里的女朋友，有的是其他连队临时派驻机耕站监阵的，反正男女搭配干活不累，赵指导员，周连长你们也不要少见多怪，只要他们准时帮我们连完成耕地任务就是了。”

赵豫民听了黄金敏的点拨气不打一处来：“这像话吗？连队风气都要给他们搞歪了。这个阿兹姆站长平时就是这么管束部下的？我非告他一状不可。”

黄金敏听了赵豫民的话有点急了，忙劝道：“算了，算了，赵指导员，你可千万别就这个问题惹毛了他们，否则他们什么坏都能使出来，轻者把你的地乱翻耕一气，重者一赌气不给你干了，带上女郎到其他连队去翻耕了。机耕站怪罪下来，反正将在外君命有所不受，还会倒打你一耙说E连招待不好，没法干了……可眼前这地又不能不翻耕，要不，我辞去这个总联络员职务?”

原来赵豫民和周冠才确定手扶拖拉机手黄金敏代表E连负责机耕站拖拉机手的吃、喝、住、拉杂碎的事务，封他为总联络员的。听他这么一说赵豫民没好气地对黄金敏约法三章:“一是他们把你往这方面拉你要挺住，坚决不掺和。二是E连有哪个女青年要攀比上去，你要告诉我们俩，看我们怎么惩罚。三是这帮小子使坏你给我记录在案，看我不秋后与他们算总账。真是岂有此理，简直无法无天了。”

周冠才在一旁见赵豫民动真格了也附和着说:“这帮小子是出了名的油子，走到哪吃到哪，住到哪捞到哪。也难怪阿兹姆站长管束不了他们，一年三百六十五天，机耕站这帮小子在外耕地就要一百多天，叫他怎么管? 好了，黄金敏你就按赵指导员的指示去办。我们就不过去了，由你全权负责到底。”

黄金敏油腔滑调地向赵豫民和周冠才敬了个礼，转身去迎接机耕站拖拉机手去了。

夜晚的农田被拖拉机头上的照射灯照得通明，五辆拖拉机为一组，在一块农田里翻耕着。那些女郎也不赖，时不时给拖拉机手倒水喝，并送上饼干或面包让他们填饥。田野里拖拉机耕地的轰鸣声，拖拉机手和那些女郎们的嬉笑声交织在一起，形成了机欢人乐的场面。

夜已经深了，黄金敏和另外一位手扶拖拉机手开着两辆手扶拖拉机，来接东方红拖拉机手和这些女郎们回连队宿舍吃夜宵就寝。这群人有说有笑地上了手扶拖拉机离去了。这时，就见停靠在河边田里的东方红20号拖拉机头舱里下来一个人，他一蹚身躲在了拖拉机的背面，等他的队员们全离开了，松了口气，沿着河边的田埂朝反方向走去。

河堤斜坡绿草地铺着两件塑料雨衣，一男一女躺在塑料雨衣上，那女的依偎在男的肩膀上，那男的两手反衬着头，两眼眨也不眨地望着星空。

那男的就是场机耕站赫赫有名的“节油大王”周骏。他干上机耕手后爱钻研机械，琢磨节油的知识，将平时一点一滴积累起来的经验，形成了节油技术。场机耕站搞起每亩耕地节油指标竞赛活动，每次他节省的油最多，得到奖励也最多。周骏在工作时是那些同行们竞争的对手，生活中却是众多女青年追求的对象，因为他钱挣得最多，不喝酒，不抽烟，也不爱多说话，可对女青年们的追求他都不屑一顾。那些火辣辣追求他的女青年们心里纳闷：“周骏是坐怀不乱的和尚？”

和周骏躺在一起的是E连的靳文丽。周骏和靳文丽从小是青梅竹马，两人悄悄地谈起恋爱是周骏向靳文丽提出的，两人的父母也默许的。只是他们俩谈恋爱的事做得隐蔽点，旁人不知而已。平时两人要商量大事都是休假回市区去说的，但眼前有一件迫在眉睫的大事急需解决。

靳文丽瞅着默不作声数着天上闪闪发亮的星星周骏说道：“听说你们机耕站要招一名出纳员，我想去，你说行不？”

周骏在思考，他没有马上回答。靳文丽摇着周骏的肩膀：“你说，你说，我去行不？”

周骏思忖着，凭他与“阿兹姆”站长铁哥们的关系，凭他在场机耕站的贡献，凭他与同事们坦诚交往的威望，他推荐靳文丽进场机耕站当个出纳员是没有问题的。他深思熟虑的是靳文丽来到场机耕站后的人际关系。人都说夫妻俩在一个单位工作是“一荣俱荣、一损俱损”。我在场机耕站赢得的荣誉，良好的人际关系，只关系到我个人。靳文丽今后来了，万一有个闪失，我俩不是共同丢人现眼吗？这件事得考虑周全后再说。“文丽，你现在是E连的仓库保管员，大家对你的印象不错。这万一工作调不成，会对你有看法。我想这件事还是稳着点，得有九成把握再干。”

靳文丽撅着嘴，满脸阴沉：“我不，我偏不，我要你现在就去说。”

周骏翻转身，双手捧着靳文丽的脸说：“文丽，你冷静点，不要把事弄巧成拙了。到时，赵豫民、周冠才两人一发怒把你调到大田班作惩罚，那才难看呢。”

靳文丽更不高兴了，她心一酸两行眼泪滚落了下来：“周骏，你真没有用，人家把身子和心都交给你了，为我调动的事你还前怕狼后怕虎的。我是看出来了，要是我俩今后真的结婚成家了，你也不会疼爱呵护我的。”

周骏听了靳文丽的话也不高兴了，他非常恼火地对靳文丽说：“这都说的哪门子话？我说的都是实话，小心谨慎点是为我俩好。不信，你自己走着瞧，到时候你可别说我没劝过。你真是发哪门子神经，抽哪门子筋呀。”

靳文丽还在怄周骏的气，歇斯底里地冲着周骏叫喊道：“我不管，我不管！周骏你得快点想办法让我调到你们机耕站当出纳员，否则后果是比我调到大田班更难看。”

周骏真是丈二和尚摸不着头脑了，他好说歹说劝靳文丽能回心转意，考虑万一调不成的后果，她靳文丽倒过来让他考虑后果，看来今晚两人偷偷摸摸约会在此，商量的事没那么简单呢。他压下那颗不平静的心，和蔼地问着靳文丽：“文丽，你说，到底要我怎么办才行？我求你了，把你的真实想法告诉我，我俩一起合计合计。你是个聪明人，我也不笨，你的主意能行，我就是豁出去这百多斤肉也乐意。但你千万不能逼我去干那没把握的事啊。”

靳文丽沉默着没说话，她把周骏的左手拇指咬在自己的嘴里，咬得周骏的左手拇指发麻，连连喊疼，靳文丽这才松了口，从嘴里吐出了几个字：“我怀上你的孩子了。”

靳文丽说出这几个字虽然声音不大，周骏听来却如五雷轰顶。他猛地坐起来颤抖着嘴唇问:“什么时候怀上的?”

靳文丽淡淡地一笑:“傻瓜,就上个月休假我俩回市区怀上的。”

周骏傻眼了,他和靳文丽谈恋爱两年了,双方都克制感情。可这次休假回市区两人感情一下冲动,在他家就发生了……,怎么就有了呢?他心里发毛了,这事要是传出去,不要说要当上父亲的喜悦没有了,就连在农场干了近十年的英名也没有了。他急切地进一步问道:“文丽,我俩真有孩子了?”

靳文丽正色道:“周骏,我不会骗你,例假都超了十天了。你说该怎么办?”

周骏脑子里乱哄哄的理不出头绪,他把双手插在头发里,嘴上喃喃地说:“让我好好想想,让我好好想想……这怎么会有了呢?”

望着痛苦不堪,满脸焦虑的周骏,靳文丽心疼地用手捋着周骏的头发说出了她的盘算:“周骏啊,我在E连仓库保管员当得好好的,我何苦要逼你把我调到场机耕站去啊。正是因为怀上我们俩的结晶,我怕传出去,各种风言风语会铺天盖地地冲着我俩来,到那时我俩能承受得了吗? ……”周骏将头埋在两个膝盖里不断地点着头。

靳文丽继续说道:“我知道你是喜欢孩子的,我更喜欢,孩子是娘十月怀胎的心头肉呀。可我俩毕竟还没有结婚成家,我俩在农场要走的路还很长,所以感情是代替不了理智的。在万般无奈的情况下,我作出了十分痛苦的决定,把孩子打掉……。”

周骏一把紧紧地抱住了靳文丽,眼眶里饱含着眼泪哽咽道:“文丽,你受苦了,我……我周骏对不起你,你,你狠狠地打我,咬我哦……”

靳文丽平静地继续说道:“把孩子打掉要有时间回市区医院去做,可现在农忙还没结束,我开不了这个口。因此,我才逼着你现在把我调到场机耕站当出纳员。调令单开出我以休息为名,马上到市区医院把孩子打掉,这样神不知鬼不觉的,才能把这件事处理好,你说呢,周骏?”

周骏听了靳文丽的主意很佩服她的聪明,她已经把这件事考虑得那么详尽周到，既想到了他俩的前途又保全了面子，他周骏还有什么可说的呢，只有用百倍的勇气、千倍的努力按照靳文丽的主意去实现。从另一个角度来说他周骏与靳文丽谈恋爱没看错人。于是他信誓旦旦地对靳文丽下了保证，半个月之内将她调到场机耕站当上出纳员。

靳文丽喜出望外地扑在周骏身上不断地亲吻着他。周骏紧紧地抱着靳文丽也狂吻着，两人如漆似胶地黏糊在一起，仿佛这夜晚的世界只有他俩存在着。

悉悉索索的脚步声伴随着手电筒灯光一闪一闪朝这里走来，他俩毫无察觉，直到手电筒光照射在周骏和靳文丽面贴面的脸上，两人才“啊呀”一声放开了。手电筒的光在他俩的脸上晃动了两下后，他俩看清楚了是周冠才副连长。周冠才并不是深夜闲来无事晃荡在田野里的，东方红拖拉机翻耕田地后他和几位老农一起负责向田里灌水。他打着手电朝河边走来，见前面河堤上有两个人影翻滚在一起便走过来察看的。这一看不打紧，他额头上冒出冷汗，赵豫民真是料事如神啊，所以他会对黄金敏下了约法三章。眼前周骏和靳文丽给我逮了一个正着，该怎么处理啊？他的脑子在不断地转动着，靳文丽是周冠才的一个亲戚托他照顾的，说靳文丽与周冠才也沾亲带故的，周冠才也没辜负这位亲戚的托付将靳文丽从大田班调到连队仓库当上了仓库保管员，算是自己线上的人。周骏又是场部机耕站有名的头牌东方红拖拉机手，也不能惹。于是他决定大事化小，小事化了地来处理这件事。

周冠才神情严肃地板着脸对着惊慌失措、面如土色的周骏和靳文丽说：“你们俩深更半夜偷偷摸摸到河边谈起恋爱来了，幸好被我撞见，要是被赵豫民见到了，你俩可吃不了兜着走。特别是靳文丽你，他可下过命令，如果连队女青年搭上这个事要狠狠地惩罚，到时恐怕连我也救不了你。”

周骏和靳文丽听着周冠才的话面面相觑，他俩定了定神，连连向周冠才鞠躬作揖，感谢他的大恩大德。

周冠才怜悯地叹了口气，他是过来之人很同情这些谈婚论嫁的青年男女，要不是商调政策中有男女青年结婚在农场就不属商调市区工作政策范围这一条。这些男女青年在另外的环境中早就恋爱结婚生孩子了。为了政策中的这一条，很多青年男女压抑着，扭曲着人的本性，昏昏颤颤过着摧残心灵的生活。他无奈地对周骏和靳文丽说："你们还是快走吧，不然等老农们过来了又多了几双眼睛，多了几张嘴巴，你们就是跳进东海也说不清了。"

"哎，周连长，谢谢您，谢谢您。"周骏和靳文丽感恩戴德地谢道。

"你俩又昏头了，这么晚一起走，被人看见又是一个疑问，分开走。"周冠才老道地点拨道，他忽然又说："好吧，为了成全你们俩，我也搭上了，我们一起上周骏的东方红拖拉机回连队，要是有人问我来说。"

等周冠才和靳文丽上了拖拉机，周骏猛地一踩油门，打亮车头灯向E连连部驰去。在快要临近连队打谷场时周骏将靳文丽先放了下去，让她走到打谷场去，自己载着周冠才将东方红拖拉机开到机手们休息的房间门前下车。

赵豫民阴沉着脸摇晃着脑袋骂骂咧咧朝他们走来，黄金敏跟在他的后面边走边解释着什么。黄金敏见周骏和周冠才副连长从东方红拖拉机上下来招呼道："周骏啊，你怎么现在才来呀，刚才吃夜宵时我点人数点来点去少一个人。这不，我又要去食堂打招呼给你弄好吃的，这可是我们赵指导员吩咐过的，我要句句照办。"

"不用了，我想早点休息。"周骏瓮声瓮气地说。

"那不成，这俗话说人是铁饭是钢，周骏大师傅和我们周副连长商量工作大事这么晚才回来，我一定要为你们效力。"黄金敏不依不饶地说道。

"豫民，这周骏确实是位好小伙子，他们耕完地后都回来休息了，唯独他见我过来了主动留下，一起检查耕地的质量。"周冠才主动揽下了话题，帮着周骏说话。

赵豫民一直看着周骏，见他长得一表人才，一脸憨厚相，与其他机耕手相比确实有着很大区别，便信服地说："那敢情好，黄金敏，你帮我记下周骏的功劳，我要向阿兹姆站长说说，机耕站每个机手都像周骏这样认真负责，为连队着想服务，他机耕站名气会更响。当然喽，这些机手不像样的作派，我也会跟阿兹姆站长说的。"他用手狠狠地指点着机耕手们休息的房间。

一个多小时前，当黄金敏和另外一位手扶拖拉机手将这些机耕手们载回连队后，这些男男女女就混居在赵豫民为他们特意安排的寝室里。事前赵豫民动员了E连的职工，宁可自己挤一点，也要腾出寝室让场机耕站的机耕手们住得舒坦一点。赵豫民来到机耕手们的寝室是来看望他们，哪想到寝室里男女嬉笑打骂，有的男女还同躺在一张床上。赵豫民要发作了，被黄金敏拦住了。

"赵指导员，我知道你看不惯，咱就不看呗。我求你了，还是那句话，小不忍则乱大谋。过个七八天的，他们耕完地滚蛋，咱们眼不见为净。"

"呸，这些家伙算什么东西，到我们E连来撒野，简直是伤风败俗嘛。"赵豫民心中愤愤不平地说道。

黄金敏知道赵豫民的脾气，温顺起来像个绵羊，火爆起来像头狮子，这个时候说话可千万不能再添火了，于是他谦卑地说："是的，是的，赵指导员，这帮家伙也太不像话。可话说回来了，该严厉管教的是场机耕站哪，咱去管束训斥他们，不会买我们账的。你熄熄火，犯不上隔靴挠痒搞坏了自己的身体。"

赵豫民正在火头上，急吼道："他阿兹姆站长管不了，嫌我手长管不了，那我告到场部总管得了吧。"

黄金敏"扑哧"一声忍不住笑出声来，你赵豫民是不是热得发昏啊，真是聪明一世糊涂一时啊。赵豫民问黄金敏笑什么。

黄金敏从容地一五一十道来："赵指导员你说得对，说得有理。你去向场部告状场部一定会管，搞不好还会在E连开个火线现场会，那么产生的后果赵指导员你可要掂量掂量。不瞒你说，赵指导员你是我值得敬佩的领导，是既聪明又高明的领导，总不会为这种龌龊的浑事犯短视眼吧。眼下E连在你正确的领导下搞得那么红火，全农场的标兵单位，你可要珍惜啊。你现在插手去管外单位的人和事，还要向场部去告状，我认为犯不上啊。你想别人会怎么看？E连会被人怎么看？这帮坏小子会不记你的仇？日长时久，一连串的后遗症呢。”黄金敏把自己的想法一股脑儿全部倾泻出来了。

赵豫民那堵在心头上的火随着黄金敏的叙述渐渐地被熄灭了，他的心反而忐忑不安了，他被眼前这位老手扶拖拉机手兄长一般的话点醒了。他刚才仔细听着黄金敏的话并作了分析，有些话黄金敏虽然没有点穿，但这其中的潜台词是不言而喻的。正如黄金敏所说的自己到场部痛快地告一状，出了自己心头上的一口气，可孤掌难鸣啊！其他连队领导也不笨啊，为什么视而不见，还助纣为虐？你赵豫民去场部告状有可能正中他们下怀，有些人使坏也可能落井下石，巴不得你赵豫民犯下众怒让你好看下不了台。另外去场部告状也肯定与场部机耕站阿兹姆站长结下梁子，你赵豫民真是个英雄啊，其他连队都不响，就你要臭显摆一鸣惊人，可你不要忘了秋后算账这句话，到时他在节骨眼上捅你一下，够你喝一壶的。噢，眼下“三夏”农忙就是节骨眼啊，我要靠机耕站机耕手耕地抢季节啊。还有场部领导事后会怎么看，就你赵豫民看不惯摆不平的事多。想着想着，赵豫民不寒而栗起来。唉，这就是中国式的人际关系，枪打出头鸟，赵豫民心头郁闷。

郁闷管郁闷，赵豫民权衡再三后对黄金敏说：“好吧，黄金敏，你还是按照我定下的三条执行吧。不过夜宵还是要搞得好一点，不要亏待他们。我到其他地方走走。”

黄金敏望着痛苦万分无可奈何的赵豫民温和地说：“赵指导员，其实我本不该向你说那么多，但我不会看着一位震怒的领导犯低级错误，我黄金敏掏出的是肺腑之言，士为知己者死。”

赵豫民眼圈红了，他为有这样一位忠诚的部下而感动，他拍着黄金敏的肩膀说了一句：“你是个好人。”

黄金敏激动了，他为能说动铁板心肠的E连最高领导而相信了自己的才能，但他不能太夸张了，最后还是说了一句给赵豫民面子的话：“赵指导员，你对这帮坏小子的作为实在忍不住要训斥他们的话，也恳请你能和风细雨，千万别伤感情啊。”

靳文丽下了周骏驾驶的东方红拖拉机后，乘着打谷场人来车往一片紧张繁忙之时，不声不响地混进了人群，走进了仓库，拿起筛子，对着电风扇扬晒着小麦。

仓库另外一位保管员戴着白色口罩，口罩鼻沿处沾满了灰尘，只露出一对眸子，见靳文丽进来了问：“文丽，刚才去哪里了？今年连队收成好，你一走我忙不过来。”

靳文丽的惊恐还没完全散去，听同伴一问不觉脸红，她支支吾吾地说：“不好意思，刚才肚子有点饿，我一开小差……去了食堂，与熟悉的小姐妹这么一唠就耽搁了这么长时间，对不起哦。不过我刚才来时，食堂里的炊事员已为我们准备了香喷喷的肉丝面呢。”

“真的！唉，我肚子也饿得咕咕直叫。”那位仓库保管员馋得不住地叫道。她摆弄筛子的幅度太大，一下子撞到了电风扇上，电风扇摇晃着欲倒下。

靳文丽急速的用手去扶电风扇，由于角度不对，她的手指伸进了飞速快转的电风扇里。“啊！”一阵撕心裂肺的叫喊声从靳文丽嘴中吐出，随着昏厥在地上脸色惨白。

仓库保管员大叫着：“快来人啊，救人啊！”眼明手快地掐断了电风扇的电源。

靳文丽被众人叫醒了，她睁眼一看，左手无名指上端两节被风扇截断了，掉在麦粒上，她一下拿在了手中，眼神里透露出来的是渴望的乞求，神志还是清醒的她焦虑地说："快送我去市区医院吧。"

周骏的东方红 35 型拖拉机载着靳文丽疯狂地疾驶在公路上，他挂着满档，脚踩着油门不断加速。陈丹为靳文丽进行了紧急包扎，她让靳文丽的头伏在自己肩膀上，用一只手将靳文丽的断指手臂往上举着，嘴里不停地呼唤着："挺住，靳文丽，挺住……。"

周骏布满血丝的眼睛回头睨了靳文丽一眼，见她脸上露出一种异样诡谲的神情，似乎要对他说："这个结局正中下怀吧。"

周骏心灵感应地猛然一回头，两眼盯向前方，他咬着牙，一张脸变得凶煞起来，似乎也在回应靳文丽："代价太大了吧。"

十七

“三夏”农忙在风风雨雨中终于结束了，E连又恢复了平静。按以往的惯例赵豫民放了全连职工五天休假。连队职工大部分回市区休假了，只留下赵豫民、周冠才、王主任和十几名职工留守在连队。

下午，瓦蓝的天空漂浮着几朵白云，微风习习使人有了醉意。赵豫民带着陈丹、吴美玲、孙智文、小佘正兴步朝化工合成胶水厂的建设工地走去。场部党委给赵豫民挂个筹建办副主任头衔，这筹建当中正碰上农忙，因此赵豫民无心暇顾，今天乘着空档也应该带些人去看看了。甘霖霏自从那次建厂奠基仪式后被调到赵豫民所在农场，编制放在场部工业科，人被派往农场驻市区联络处，专门负责联络协调市区化工厂搬迁来农场、职工培训等事宜。赵豫民的心情格外舒畅，他手上拿着一根纤细柳条枝晃悠着，边走边吟起一首诗：“春有百花秋有月，夏有凉风冬有雪。若无闲事挂心头，便是人间好时节。”

见赵豫民的心情格外之好，陈丹阿谀地奉承道：“赵指导员真是好雅兴，既能文又能武，就是与众不同，我们E连就靠你了。”

吴美玲也脸上挂着笑趋附着说:“赵指导员这首诗听起来味浓意境深,让人有种飘逸的感觉,仿佛来到了世外桃源。若是月月年年有此光景,我宁愿一辈子留在E连快活了。”

赵豫民不无得意的笑呵呵地说:“你们俩一唱一和快使我成仙了,我只不过是兴趣之间吟成的一首胡诗乱词也值得这么夸耀?那等到化工合成胶水厂建设成功后,我们E连便是天天有好时节过哦。”

陈丹和吴美玲相对莞尔一笑,不约而同地说:“跟着赵指导员就是幸福呗。”

赵豫民愉快地说:“陈丹,你这次在三夏农忙中表现不错,既挽救了大炮的生命,又及时抢救了靳文丽,该给你记功啊。”

陈丹被赵豫民当着吴美玲、孙智文、小佘的面表扬了,脸上浮起了兴奋、激动的红晕,赵豫民是关注着我的,关心着我的,“全靠赵指导员的栽培……,只可惜,靳文丽保住了无名指上的半节,上面一截由于时间长了已经发黑了,移植不上去了。”陈丹不无惋惜的说道。

“哦,不过你已经尽职了,吴美玲你说是不是?”赵豫民故意问吴美玲以表示平衡。

吴美玲心里的确有点发酸,赵豫民平时与她们在一起时说话就是偏向陈丹,她时常转而想想,也没办法,他俩是手拉着手进E连的嘛。听赵豫民问起她,便夸张地回答:“陈丹,你不要太幸福喽,有赵指导员在为你撑腰,什么好话、好事你都占了,说句心里话,我真羡慕你啊。不过要是赵指导员也这样称赞我,立马给他磕三个响头回报……”

赵豫民心里明白,这是女人间醋意上来了,他马上制止道:“吴美玲啊,吴美玲,平时斯斯文文一个,怎么现在粗话连篇,扯着扯着怎么搞起封建迷信那套来了,拜把子啊,还说什么磕头呢。我赵豫民的作风你们不是不知道,爱憎分明,对任何同志说对了的话、做对了的事就应该表扬,说错了、做错了就得挨批。功即是功,过即是过,小葱拌豆腐一清二楚。”

吴美玲见赵豫民不高兴了也就闭嘴打住了。但是她心有不甘，把气撒在一棵柳条树上，她狠狠的折断了一根树枝。他们一行沉默着继续朝化工合成胶水厂建设工地走去。

“哎，你们快看，那不是外洋捕捞大队的老眯吗？今天怎么这么无精打采。”陈丹眼尖，很远就认出了人。

赵豫民此时也远远看见了老眯，他一身黑衣打扮，腰上还束着一根刺眼的白条带，旁边跟着他的人也是这样装束。老眯耷拉着脸，表情木然。平时领队挑着装满鱼的箩筐，走起路来精神焕发，而今天他肩上只扛着一根扁担，一捆黑塑料袋包扎的物品担在扁担上，步履蹒跚地走来。等两拨人走近了赵豫民向他们打着招呼：“老眯，今天收成不好吗？”

“啊……”老眯没了平时神采飞扬的答话，只是机械的应了一句。

赵豫民对着老眯和他的随从从上到下的打量了一番，心里已经明白了七八分了。他压低了声音问老眯：“八成你外洋捕捞大队出事了……？你扁担上挑的是什么？”

老眯的脸抽搐着表现出十分痛苦的模样，他嗡声嗡气地回答道：“我阿二兄弟没了，我挑的是他的尸身，……被鱼啄的就这么点了，刚从渔政所领出来。”

“老眯，你说什么，这是阿二兄弟的尸身？这不可能，不可能，他是怎么死的你快说啊。”赵豫民简直不敢相信自己的眼睛，阿二是一米八五黑塔似的汉子，眼前老眯挑的黑色塑料袋包裹的物品只有三尺来长。赵豫民平时到外洋捕捞大队去的时候，除了与老眯最熟之外就和阿二较熟了，阿二生性好动活泼，还向他传授了围网捕鱼技术，可现在就成这么丁点了。

陈丹、吴美玲、孙智文、小佘等人听说这黑色塑料袋包裹的是一个人的尸身，顿时肠胃痉挛，站在一旁连连反胃，也不敢看了。赵豫民摇晃着老眯的肩膀呼叫道：“老眯，老眯，这究竟是怎么回事，阿二兄弟说没了就没了，而且还那么惨，你快说呀。”

老眯软瘫的一屁股坐在了泥地上啜泣着：“我这阿二兄弟命苦啊，还有半年要结婚了，为了多捞外快，一个人偷偷摸摸的去布鱼网，把命也交给了龙王爷了。”

原来，在三天前的一个张网捕鱼时节，外洋捕捞大队在老眯的指挥下乘着刚要涨潮时分在海滩上布下了捕鱼网。收工后归队不一会功夫老天就刮起了大风，下起了瓢泼似的大雨，阿二见状便向老眯说他要去检查一下布下的鱼网，老眯心里挺高兴的，阿二这青年这么有责任性，让他磨砺磨砺是块接班的好料，也就答应了他的要求。自己带领其他队员收工回驻地去了。其实阿二心里早就打着小九九，私下去布自己的鱼网。眼看快要结婚了，多干点私活也等于多捞了外快，别让今后的新娘子瞧不起打鱼汉。按当地的习俗，姑娘们宁肯嫁给种田郎，也不愿嫁给打鱼汉。嫁给种田郎苦也苦，夫妻俩“日出而作，日落而息”，但天天团圆在一起，小日子过的顺顺当当。要是嫁给打鱼汉，二三天回不了家是常事，带回家的也是常年不散的苦涩的鱼腥味，要是突遭狂风暴雨家人还得为他祈祷请龙王爷保佑平安，如遇不测就成寡妇。

阿二一溜小跑来到了海滩边傻眼了，正是海水涨潮时分，他抹了一把脸上的雨水顾不得那么多了，他在海塘边芦苇里拿出事先藏好的私人捕鱼网，在老眯他们张网捕鱼的外斜面布下了自己张网捕鱼的利器——滚齿倒钩捕鱼网。此捕鱼网利害，鱼儿稍稍触到网上就别想再溜走了，靠着潮涨潮落的冲击力鱼的肉就挂在钩上，再挣扎也白费力气了，越挣扎越收紧。所以此网一张，等到退潮时网上沾满了鱼，而且是大鱼。阿二背靠着大海一步一步往后退，随着渔网在他手中慢慢张开，他的眼神里熠出的是一条条银光闪闪跳在捕鱼网上的鱼，脑子里呈现出的是一沓沓的人民币……唉，老天要叫一个人灭亡，必然让他先疯狂，阿二正应了这句话。一排翻江倒海的巨大海浪打来，把已经站在齐胸深的阿二狠狠地扫了趔趄仰面翻到在海水里，两手不断地拍打着海水，不经意的将手中捕鱼网线朝自己身边拉。又一排巨浪打来，真是糟糕透顶，阿二那双巨大威力的手把捕鱼网线当作救命稻草这么狠狠一拉，攥啊攥啊攥，捕鱼网顺着海水的冲力反倒将他的身体裹起来了。阿二这下子才真正慌了，他用手撕裂着渔网，可人越使劲越被裹着的渔网扎紧了，直至无法动弹，身体上的肉被渔网上排满的倒钩刺扎得鲜血淋漓，和海浪打出的泡沫混为一体染红了身边的海水。又是一排巨浪打来，阿二绝望了，他仰天惨笑着，咆哮道："老天灭我，哈、哈、哈……"海浪声掩盖了阿二最后绝望的咆哮声和惨笑声将他无情的卷入了茫茫大海。三天后，海政所通知老眯他们来领经公安部门鉴定的尸骨，说是在离海洋捕捞大队十几公里的海滩上发现了阿二被捕鱼网具裹着的支离破碎的衣服和那白森森的头颅以及这么段尸身，其余的都被海洋里的鱼叼啄殆尽。

老眯抹着泪站了起来，嘴里蠕动着："唉，我回去后还不知道怎么向阿二父母亲交代呢？一个大活人就剩下这么丁点了，哪一家碰上了都接受不了啊。"

赵豫民安慰起老眯："阿二兄弟就这么惨地走完了人生，老眯你也不要太伤感了，人死不能复生，眼下要紧的是打起精神帮助阿二家料理完后事，否则确实是亏对了他的父母。"

老眯黯然地点了点头回答道："唉，也只能如此喽。赵连长，我这把老骨头经受不住如此打击啊，太惨了，太惨了，我帮阿二家办完后事向村里打申请报告不干了，告老回家吃老米饭去喽。"

赵豫民望着苍老许多的老眯不知该说什么劝慰的话才好，他掏出口袋里装着的伍拾元钱塞在了老眯的手里，"这些钱权当我为阿二兄弟送上最后一程的费用，请你代我问候阿二兄弟的父母，一切拜托你了。"

老眯百感交集，他想把钱退回给赵豫民但他肯定不高兴，在和赵豫民交往的过程中他深知赵豫民真诚的好施乐善的性格。赵豫民虽然是市区来的知青，但他并没有看低乡下人，反而与乡村人打成一片称兄道弟，外洋捕捞大队的所有兄弟们都喜欢上他了，与他攀高枝引以为荣，并将他的人格魅力传递给了父母、妻子和孩子，让他们在和别人交往中也以沾着认识熟悉农场E连的头赵豫民为荣，让人羡慕。老眯紧紧握着赵豫民的手连连谢道："赵连长，你真是个好人，大好人哪。什么时候你用得上我这个老头子招呼一声不要见外。"

赵豫民目送着老眯佝偻着背，肩上扛着那黑色塑料袋包裹着阿二尸身逐渐远去，心里堵得慌，大自然就这么无情地剥夺了一个人的生命？人在和它抗争中稍有不慎不管你强也好弱也罢都逃脱不了它的摆布，难道这就是冥冥之中的自然法则？难怪人会执着的相信命运。

赵豫民本来一路的好心情被这件令人伤感的事一搅索然无味了。他和陈丹、吴美玲、孙智文、小佘一路默默地来到化工合成胶水厂建设工地，放眼一看厂房的地基平整了，四周基砖墙已砌了四米多高了。建设工地上停了两辆卡车，工人们正在卸货，甘霖霏站在车头旁与司机盘点着货物清单。这一个半月赵豫民没见到过她，现猛一见甘霖霏押车突然出现在建设工地有点惊诧，他快步的走了过去招呼道："甘霖霏，你怎么来了？"

甘霖霏像小燕子一样奔向赵豫民，嘴里叫着："豫民哥，我现在是E连的职工了，自打调到你们农场后也没来看过你，乘押运货物的机会来看看厂子建得怎么样总可以吧，你还要撵我啊。"

甘霖霏当着陈丹、吴美玲、孙智文、小佘的面叫赵豫民为豫民哥，显得他俩是多么的亲热，陈丹很在意地鼻子一酸。赵豫民在甘霖霏调到自己农场时已将这个情况在连部会议上说了，陈丹也闻听了，她当时毫不在意，甘霖霏无非就是靠着她的爹帮农场E连建化工合成胶水厂嘛，人也常住市区进行业务联络，影响不了自己暗恋赵豫民的那份感情。但现在甘霖霏的一句亲热的"豫民哥"的称呼使陈丹很不自在，看来他俩不是沾亲带故就是从小青梅竹马，陈丹的忌妒心一下子升温很高，她为赵豫民隐瞒他和甘霖霏的感情而憎恨起他俩来。她暗暗发誓，甘霖霏啊甘霖霏，你这个黑不溜秋的臭丫头要把我心爱的偶像抢走，你这是毁我初恋，毁我几年来处心积虑编织起来的爱网，毁我即将到来的前程，我要夺回来，我一定要使出浑身解数把应该属于我的一切夺回来。

赵豫民也被甘霖霏的一句“豫民哥”的称呼弄得下不了台，他把脸一沉，压低声音对甘霖霏说：“你疯了，也不看场合就叫，既然已经是农场E连的职工了还这么没规矩。我看这一阵子你在市区时间长了，香风把你吹得不知南北了。”

甘霖霏却不以为然，习以为常地继续叫道：“呦，豫民哥，人家好不容易抽空来看你，一本正经的干什么啊。好，既然你存心要撵我走，等卸完货移交了清单，我立马走人。不过豫民哥，你不要不高兴，本来还有一个人要同我一起来见你的，由于临时任务在身只能遗憾地把信交给你妈托我带给你。”

“谁啊？”

甘霖霏神秘兮兮的用手拢住了赵豫民的耳朵，将脸贴近了说：“邵军医。”

赵豫民浑身一颤，将信将疑地看着甘霖霏，甘霖霏也似笑非笑地看着他，看来甘霖霏说的话不假，“信呢？”

“看你急的，你妈说让你看了信后掂量掂量，都老大不小了。”甘霖霏从身上斜挎着的军用包里拿出了信递给了赵豫民。

赵豫民对陈丹她们吩咐道：“你们先去工地转转，然后我们再商量一些事。”

陈丹她们只能悻悻地离开了。吴美玲暗自大喜，平时陈丹对赵豫民的亲昵她早就看出了端倪，赵豫民也时常有意无意的护着陈丹，自己在他俩面前只不过是陪衬而已。现在听见看见眼前的一幕对陈丹来说应该是一次非常大的打击，她在内心喝采，“陈丹，你不要自作多情了，赵豫民心中不一定会有你。”

赵豫民并没有着急看信，见陈丹她们走了后问甘霖霏：“我妈还对你说什么来着?”

“哈、哈、哈……,”甘霖霏大笑,“怎么,豫民哥急了吧,平心而论这回让我充当你俩的联络人我真恨你。邵军医就凭她父亲与你父亲是出生入死的战友就能与你好上了?那是上一辈人的事,但感情这两个字是不会在下一代人中续延下去的。而我和你从小到大,你一直是我心目中崇拜的好哥哥,最亲近的人。”

“霖霏你想哪儿去了,我和邵军医八字还没一撇呢,自打她走了后我们还没见过面呢。”赵豫民坦诚地说。

“那她下的功夫可深了,有一次你母亲生重病,正在我和你姐手足无措时邵军医来了,二话不说联系了自己部队的医院,一切安排妥帖,还忙里忙外的。照你这么个说法,邵军医是有心而你是无意的?”甘霖霏有意地问了一句。

“我母亲生病你们为什么不告诉我?”

“告诉你了又能起到什么作用,我和你姐一商量决定不告诉你,因为你是个工作狂。”甘霖霏振振有词地回答了赵豫民。见赵豫民难受着,甘霖霏又说道:“豫民哥,你为了工作,一年回家过几次去关心过父母?就连自己的感情生活也被抛到爪哇国去了,你现在完全变成了工作属性的单性机器人了。也难怪邵军医蛮可怜地思念着你,在我和你姐陪着你妈时,邵军医唠叨地说起你,赵豫民这个人好是好,但可惜我们难得见上一面,这恐怕日长月久变陌生喽。现在农忙结束了你也不回市区看父母真是中了哪门子邪呀。”甘霖霏在循序渐进地以一个女人的眼光和思维敞开心扉地开导着赵豫民,让他明白工作、爱情、亲情、生活是密切联系的而不是孤立的,否则一个人的人生过程将是有严重缺陷的。

赵豫民沉默无语听着甘霖霏的话,他本来对自己一路走过来的人生自我评价总体还是满意的,好男儿志在四方嘛,哪像女人家、姑娘家叽叽喳喳唠叨个没完。一个人能在工作的地方人气十足,工作成绩辉煌还有什么不满足的？可眼下被甘霖霏这么一说自己人好像矮了一大截似的，甘霖霏成长起来了而且相当成熟，当刮目相看了。他似是而非的对甘霖霏说："我，我有那么严重吗？"

甘霖霏见赵豫民还没开窍不禁摇了摇头："你这个木头疙瘩真是不可理喻。"

赵豫民环顾了四周突然之间做出了令人不敢相信的举动，他一把抓住甘霖霏的双手，温情脉脉的问道："霖霏，你说实话，告诉我这么长时间你爱过我吗？"

甘霖霏的双手被赵豫民紧紧握着，顿感一股暖流触电般的涌上了心头，说不爱那是假的，她能不爱赵豫民吗，打小俩人就在一起太熟悉了，但理智迫使她战胜了感情，她羞红了脸一用劲把赵豫民的手甩开了："豫民哥，你不要胡思乱想了，好好地想想你妈的话吧，我和你毕竟还是近邻嘛。"甘霖霏硬梆梆的话堵住了赵豫民的念想，她说罢蹬上大卡车副驾的座椅一声令下"开车"。

赵豫民眼睁睁的望着大卡车裹着尘埃远去，他举起手呼喊着："我爱你。"他毫无表情的撕开邵军医写给他的那封信：

亲爱的豫民：

让我用这样的称呼道谓你好吗？

自从那一天我归队来到市区部队医院后，咱俩分别已有二月有余，甚念。我知道你领导一个连队的工作很忙，眼下又是"三夏"农耕时节，但再忙你也应该抽空写封回信给我，哪怕是只言片语也好，难道你真的忘了你对我的诺言。不知怎么地，一离开你我的心窝里就是空落落的，而每当工作之余想起你，我的心就像一头小鹿在猛烈地冲撞，连晚上睡觉也时常梦见你。不瞒你说，每当我见到好姐妹们与自己心上人处朋友形影不离，如胶似漆，我的心里就不是个滋味。我拼命地在脑海里搜索你那英俊的模样，诗人般的气质，办事雷厉风行的气度，可我又摸不透你是怎么想的。也许我对你的爱来得太突然一点猛浪了一点，但我觉得我对你的爱是真挚的，我亲爱的豫民，我期待着你与我相会。

爱你的邵

赵豫民看完这封含情脉脉的情书后，心一下子被揪紧了。说句坦诚的话，邵军医对他的爱犹如信中所说太突然猛浪了，部队大院出来的姑娘、小伙就是敢爱敢恨，他赵豫民根本没做好任何思想准备，邵军医的出现在他眼前是个急匆匆的过客。他回忆起办化工合成胶水厂奠基仪式后，他送邵军医走的情景，他怎么也会猛浪地脱口而出答应了邵军医常回家看看她的要求，真的是兴奋过头了。甘霖霏带来妈妈的话："看了信后掂量掂量，都老大不小了。"这句话一直萦绕在他的脑中，根据目前的现实情况是该作个决断了，他的感情生活状况确实被甘霖霏言中了，剪不断，理还乱。

十八

赵豫民他们从化工合成胶水厂建设基地回到连队，正好碰到周冠才到连部来溜达，赵豫民向他招招手，“周连长来啦，正好我们几个商量商量化工合成胶水厂筹建后的财务、人员事宜。”一行人走向连部二楼会议室坐定。吴美玲很乖巧地给大家泡水，孙智文从财务室拿来了账本和算盘。

赵豫民看人来齐了，开门见山地就说开了：“老周啊，刚才我和他们几位到化工合成胶水厂工地转了转，建设速度好快啊，我估摸着照这样的速度还有二个月厂房就建好了。按甘厂长事先与我说的，安装机器设备一个月的时间，这样十月份就可试运转了，我们得准备准备这试运转后的人、财、物的问题，不然怕招架不住啊。”

“可不是吗？建设速度惊人的，这个厂气派也大。昨天我也去关注了一下，听市区来的师傅说原先的厂子地皮小，螺丝壳里做道场，到我们E连建厂子可以甩开膀子大干一场了。”周冠才也自鸣得意地说道。

“智文，你说说化工合成胶水厂建设场部拨款的运作情况。”

孙智文习惯的用拇指和食指扶了扶眼镜架，慢条斯理地翻着账本打着算盘。“场部5月份先拨建设款50万，10万块砖头用去2.5万，水泥用去4万，厂房屋顶工字型钢架用去5万，搭脚手架的毛竹、木头跳板用去2万，铺电线线路用去3.5万，做工具架橱、换衣服柜用去1万，劳动用工100个工人支付二个月工资6千元，一共是18万6千元。”当孙智文把最后一位数字拨上算盘后把账也报全了。

赵豫民听完孙智文报的数，将手往大腿上一拍，连声说了几个好：“老周，我看这一大半建设工程做完了钱还剩余那么多，足够应付后面机器设备安装费和试运转调试费这两个大头了……”赵豫民停顿了一下，用眼光扫了一下在座的各位同志：“可是场部也下达给我们E连进厂的工人50个指标数，这当然是好事。反正每年调回市区工作的也就十来个人，能够进厂工作也算是一种福分。但反过来说，这一下子要抽50个人进厂，对我们今年所开展的工作不利，压力太大。老周，你想啊，这农忙接下来就是‘双抢’，过后是‘三秋’，再过后是冬季开河围垦，项项任务需要人手。这排兵布阵再好也不能少了人。”赵豫民皱起了眉头，心急火燎起来。

周冠才嘴上微微一笑，“豫民，你着哪门子急啊，抽人进工厂不是还有三个月吗？先把夏季‘双抢’农忙对付过去，以后的事以后再说，船到桥头自会直，用不着现在干着急，伤了自己的身子。”

陈丹还在生赵豫民与甘霖霏的气，因他们暧昧不对她说实情，听着周冠才劝说赵豫民的话突然冒出高调讽刺他一下：“世上无难事，只怕有心人。赵指导员的说法是杞人忧天，真想出招数来不管是什么拦路虎三拳二脚地把它踹倒了。”陈丹没想到说完了话会引起其他人的大笑，是笑她的话天真还是笑她的话里有奉承味，陈丹自觉不是滋味。

孙智文又用手指架了架眼镜，慢条斯理地说：“赵指导员，刚才周连长说得对，我在琢磨也不能三个月一过就抽50个人进场，你一批15个，一批15个人这样的抽人也是缓解人数压力的办法，这兵书上怎么说着来的……？”孙智文知道，但不说下去了，把话留给赵豫民说。

赵豫民擂了孙智文一拳：“好你个智多星这叫缓兵计。化工合成胶水厂成立后场部要从各部门、各连队抽调130人进厂，到时我想法让场部抽调的80人先陆续进厂，我连50人殿后进厂。哎，我们这几个人这么一商议办法出来了，我的底气也足了。老周，你们真是我的好帮手。哎，今晚你来这里吃晚饭，我已吩咐吴明他们一起凑份子钱，买些海鲜、河鲜、鸡、鸭、蛋之类食品热热闹闹过一个晚上。”

“恐怕你嫂子不让来，两个小家伙近期要考试了，已在家复习功课迎考了，你嫂子让我张罗着家务事，盯紧孩子复习功课。能来那是最好的，我俩很长时间没碰酒了。”周冠才一听吴明在张罗今晚的一顿饭顿时没了胃口，和吴明在一张桌上吃饭貌合神离的滋味不好受，他谢绝了。

周冠才走下楼梯，见三个贼头狗脑的小年青吹着口哨往连队里走，他紧跟在他们身后，三个小青年每路过一间开着门的寝室就伸头朝里张望一下，但不进门，看样子在找人。一排一排职工宿舍他们都走过了，突然之间朝东面靠河的方向走去，那里有几个人围着自来水池在洗东西嬉笑着说话。

“小梅，这个虾洗干净了，你回寝室用冷开水再浸一浸，放点姜末然后用白酒呛，稍许放些酱油就好吃了。”林妮娜放假时也留了下来，她有她的用意，听赵豫民吩咐吴明去办今晚会餐的事，她也夹杂在里面忙起来了，农场女同志在办会啊，特别是办会餐，洗、刷、剖、宰、调理、炒、烧、炖等方面是拿手好戏，生力军。刚才就是林妮娜将洗干净的虾交给小梅后再仔细地布置做这道呛虾菜的后续程序。

小梅双手捧着装得满满的还在欢蹦乱跳的虾钵头，没走几步就被这三个小青年拦住了去路，他们不怀好意的责问着小梅：“老大生病在场部医院吊盐水，送信让你过去陪陪你不去，在这里消遣。”小梅左右躲闪着，嘴里嚷着：“我不去，就是不去，除非叫李大勇自己来向我赔理道歉。”

“嘿，给你面子你要起赖了，来，哥几个拖着她去见老大。”三个人推推搡搡要将小梅强行拉走。小梅一急猛地一下蹲在地上，双手紧紧捧着钵头。

“住手，不许你们欺侮小梅！”一声洪亮的声音，一声清脆的声音在同一时间共同迸发出强烈的音符。吴明与林妮娜的叫声震撼了那三个年青人，林妮娜本能地向前护住了小梅，“你们竟敢在E连光天化日之下要流氓腔欺侮人？”吴明和其他人也上去围住了这三个小青年。

“唷，要你管什么闲事，这是小梅和我们老大之间的事，用不着你们瞎掺和。走一边去，要不我们连你也一起拉去见我们老大。”

“你敢，在姑娘们面前逞什么能啊，你们还算男子汉吗？”林妮娜双手展开护着小梅，圆瞪着眼说道。

吴明被林妮娜的无畏气概所感染了，林妮娜纤弱的身材在关键时刻能发出巨大的光和热，这是他长期以来与林妮娜交往中没遇上过的，他走到了林妮娜前面，有意无意地保护林妮娜免受吃亏，这也是一个男子汉在暴力面前敢担当的勇气促使他要出头露面，他用手指着三个男青年：“滚，滚，滚出E连去！”

“怎么地，要打架啊，谁怕谁呀，我们哥仨打架扫遍整个农场，谁不向我们俯首称臣啊，不信你去问问。”一个男青年龇牙咧嘴地喊道，头向吴明冲来。

吴明的血性一下子上来了，他磨拳捋袖露出碗口大的小臂摆好架势，“来吧，你们三个人一起上，省得爷浪费体力。”

刚才那龇牙咧嘴的小青年带头向吴明冲了过去，他挥舞着毫无章法的乱拳向吴明抡去，只见吴明一个躲闪，那青年收不住脚，吴明顺势朝他背上猛击一拳，那青年就重重的趴在地上摔了个嘴啃泥。另外两个青年见状也猛扑了过来，一个在背后抱着吴明的双臂，一个在前面抱着吴明的腿，要把吴明掀翻在地，只见吴明一个往下猛蹲，用胳膊肘对着抱腿男青年的背上狠狠的截了一下，“啊唷”一声抱腿的男青年软瘫在地上了，紧接着吴明又一个起身用头撞击了另一个男青年的脸面，只见那青年人翻滚在地上双手捂着脸，鼻血、牙齿血噗噗流了出来。吴明这一连串快速动作把四周围着的人看得既心惊肉跳，又目瞪口呆，不知谁见了最后一个倒地的男青年的惨状叫起好来。

三个男青年跌跌撞撞的从地上爬起来相互搀扶着，嘴巴还硬：“小子，我认识你，你等着我们怎么收拾你。”

“不服是吧，来，再较量一下。”吴明说着又要上去揍他们三个，吓得他们落荒而逃了。

周冠才跟着这三个青年也走了过来，看见林妮娜、吴明几个在水池旁嘻嘻哈哈洗东西，他的脸上挂不住了，莫非林妮娜要与吴明旧情复燃？这已经放假了，林妮娜应该赶快躲避才是，不要在留队的十几个人中显眼。“三夏”大忙赵豫民盯你盯得那么紧，我是顾及你的前途、面子赶紧给你发电报催你回连队参加“三夏”农忙，挽回了你的影响，你倒好还留在连队，而且与吴明在一起嬉闹，这女人的心思作派真令人捉摸不透。他跟到墙角边躲闪在一旁，看见了刚才惊心动魄的一幕，吴明确实有两下子，一人击退三个无赖，保全了小梅，也保全了护着小梅的林妮娜。否则凭三个小无赖的恶劣作派事情发展是不可预料的，到时我周冠才要挺身而出的，结局不会像现在那样完美。也许在保护小梅和林妮娜的同时，自己也被打得头破血流。他不由自主的浑身一颤，身上起了鸡皮疙瘩。而吴明刚才打败三个无赖的连贯动作也使周冠才想起了林妮娜向王主任和他汇报的“吴明和赵豫民在学校时就是铁杆兄弟。有一次打群架，吴明还救过赵豫民的命”那段话，看来林妮娜反映的情况是真的。等那三个小无赖落荒而逃时，周冠才走出墙角向吴明和林妮娜他们走去。他不分青红皂白的，带着仇意把吴明训斥了一顿：“瞧瞧，真有出息啊，光天化日之下在E连打起了群架。吴明，你给我好好地反思一下，你开了一个坏头，扰乱了E连的风气，你必须作出交代谁给你这么个权利。”

吴明气得直哆嗦，他凭着血性真想打周冠才，被几个男女青年拦住了，他用手指着周冠才，嘴里嘣出一句话：“你，周连长血口喷人。”

林妮娜走了过来对周冠才说：“周连长，你批评错了，刚才要不是吴明保护我和小梅，这真的让那三个小流氓扰乱了E连的风气呢，你怎么可以乱批评人呢？吴明刚刚的作为我们都可以作证。”林妮娜一边说着一边使劲地向周冠才使眼神，示意他找个借口走人。

周冠才领会了林妮娜的眼神含意，她一定有情况向自己报告。于是他咳嗽了一声，故作镇静地说：“吴明，我告诉你今后碰上这类事情要马上向连部报告，不要擅自逞英雄。不管怎么说刚才发生的打架事情肯定很快会传到整个农场，我们E连的脸面朝哪搁，赵豫民指导员、连长的影响往哪搁？你们考虑过没有。还有你林妮娜，都老大不小的与她们在一起嘻嘻哈哈的要注意影响。你过来与我走，赵豫民指导员要找你谈话。”

“走就走。”林妮娜故意装出一副很委屈的样子，她向其她人挥着手说：“小梅，我先不陪你们了，你们继续忙着，晚上我们一起聚餐啊。”

周冠才与林妮娜一前一后地走了，在没人的地方周冠才局促地问林妮娜：“你放假不回去跟吴明他们混在一起干什么啊？”

林妮娜又好气又好笑地对周冠才说：“我的周大连长唉，自从上次我向王主任和你汇报了赵豫民和吴明的事以后，我就答应着帮助你们摸清E连究竟有谁与赵豫民是铁杆，以便你们掌握住左、中、右吗？我的周大连长，你也是E连的一个标杆，你能蹲在群众当中听见真情吗？有人会向你汇报实情吗？不会。只有我林妮娜能屈能伸，卧薪尝胆，真心为你们能主政铺垫道路。我说你还问我为什么，傻不傻啊。”

周冠才这才恍然大悟地拍了一下大腿：“林妮娜，我真没看错人，你的温情似水，侠胆义肝的作为更让我周冠才领教了，你这个小精灵的智慧我佩服得五体投地。你放心，今年你商调回市区工作我周冠才一定会肝脑涂地义无反顾地为你办周全了，否则就不是人养的。”周冠才把凡是能想到的恭维话都一股脑地说尽了，他猛的用手捧着林妮娜的脸狠狠地亲吻了一下。

“十二点，让人看见了。”林妮娜羞红着脸骂了周冠才一句。其实她心里恨极了周冠才，抓住了她要调回市区工作的致命弱点吃她的豆腐，要不是自己的前途命运攥在周冠才手里她才懒得理会这只癞蛤蟆呢。

“唷，人家激动了嘛就对你动情了，千万别见怪，我的姑奶奶……”周冠才道歉地说道，“林妮娜，你快说说搞到点什么情况？”

“赵豫民是厉害，他控制连队的法宝是恩威并施，有些人想发作但慑于他的厉害，想到赵豫民对他的恩也就偃旗息鼓了。我可以断定E连95%的人依靠着他，拥戴着他，几乎无懈可击。”林妮娜几乎准确地说道。

周冠才紧张了，不要说分左、中、右的人群了，真要按王主任所说的掌控一切、拉拢一切的局势恐怕没几个人能听他们的，那怎么办？他慌恐地说：“我们没辙了？”

“那也不一定，大局搅不了，从赵豫民个别的铁杆身上也可击破。周大连长，经过我的初步调查摸底，食堂炊事班长和后勤排长交往很深，他俩有经济问题，天天抽着飞马牌和大前门香烟，有人问他俩却振振有词地说工作需要。他俩怎么会那么有钱买好烟抽？”林妮娜不无得意的说，仿佛已掀开了冰山一角。

“林妮娜你真是个细心人，平时我和他俩在一起相互递着烟抽也不觉得什么呀，那现在怎么查他俩？”周冠才是既兴奋林妮娜找到了突破口，又焦虑着用什么方法去查问，他眼光中闪现出乞求林妮娜说出可以一击而破方案，便催问道。

林妮娜似乎早有准备，她告诉周冠才食堂炊事班长每天要用现金去附近花无港镇几家禽肉品商店采购的，采购回来在发票上签字，然后交后勤排长签字，向连部会计室报销，这其中必定有瓜葛，特别在采购禽肉类大宗商品上有油水可捞，要他利用熟人去这家商店摸清楚这一情况，就可分析判断出他俩有无问题，再给赵豫民重重一击。

周冠才茅塞顿开，称赞这个主意绝妙，他会依计行事的。

天空逐渐暗了下来，E连农闲留下来的十几个人围坐在连部会议室用几张桌子临时搭建的餐桌旁，他们举杯相庆，吃着美味佳肴，笑声、叫唤声连成一片。因事先赵豫民宣布今晚聚餐没有领导，都是兄弟姐妹，所以气氛融合多了。

只听“乒乒乓乓”一阵玻璃碎裂的声音，赵豫民和吴明俩人几乎在同时窜到窗户口朝外望去，借着月光看见有十来个黑影子，手上拿着石块、泥块朝连部楼砸来，有的人手上还拿着铁棍子蹭着地，并且不断地嚎叫着：“快把下午打人的小子交出来，否则我们要冲上来了。”赵豫民和吴明俩人见状同时叫了一声“不好，有人要冲连队了。”只见吴明一个闪身拉开门就朝外冲，赵豫民一愣大声叫着“吴明，吴明，危险！快回来。”吴明并没有回答。赵豫民镇静地定了定神，对屋里慌作一团的男女青年们说：“大家不要慌，一切听我安排。”他叫了几个男青年把睡觉的铁床搬到楼梯口转弯处的楼道上。另外在这上面加固了几张桌子作为抵挡的屏障，每个人手里都拿起一切可以作为武器的工具守着。安排几个女青年收拾起盆子、碗、脸盆，甚至便桶交战时交给男青年做抵御的武器。安排妥当后，赵豫民又迅速地摇通了农场场部公安派出所的电话，告知情况请求支援。

底楼的楼道口有几个黑影骂骂咧咧地猫着腰朝楼上冲，赵豫民叫了一声：“打！”几个男青年把盆、碗、脸盆纷纷朝那几个黑影扔去。只听见“啊呦、啊呦”几声叫唤，那几个黑影不见了。过了一会更多的黑影朝楼梯口冲来，只见赵豫民与另外二个男青年高高举起便桶，等那些冲上来的黑影快要临近时，将桶内脏水朝下泼去，顺势将便桶也一起扔了下去。那几个冲在最前面的黑影只见眼前一片白光闪过，又是一个黑不溜秋的大家什扔到了自己的眼前，吓得“咕咚、咕咚”滚了下去，其余的人朝后退缩。一个滚在地上的家伙一边捂着被砸痛的脑袋，一边用手抹了一把脸，嘴里顿时喊道："臭，真他妈的臭!"他脸朝楼道上的赵豫民他们叫嚣着："你们等着，到时候老子冲上来把你们一锅端，非教训教训你们不可!"

赵豫民与大伙发出了会心爽朗的笑声。他叫大家再一次作好应对的准备，心里却惦念着吴明这阵子会到哪儿去了，临阵脱逃了？这根本不可能，凭着他与吴明十多年的交往，吴明绝对不是这副德性，可为什么这阵子不见他的动静呢？

楼梯口外面寂静了一阵子，这时光真难熬呀。赵豫民他们又听见一个人在嚎叫往上冲的命令："所有人都给我听好喽，下午打我弟兄的人就在楼上，冲上去，砸他个稀巴烂，让他们尝尝我们'扫荡队'的滋味。"

赵豫民他们听清楚了，今晚的鏖战碰上了场内赫赫有名、多次打击不散的流氓"扫荡队"了，平时这些人就散在各连队、厂区里，一有事就马上召集在一起去打、砸、抢。"扫荡队"为首的是一个多次劳教服刑人员，这次又是他带头纠集人员为被打的兄弟前来复仇。那几个守候着的男女青年听到对手是"扫荡队"，吓得嗦嗦直抖，他们虽然没有领教过"扫荡队"的利害，但也在其他连队同伴嘴中闻听过"扫荡队"的名声，是一个没有人性的黑团伙。

"噢……，"粗野低狂的吼叫声伴随着铁棍拖地时发出的"叮叮当当"的声音，回荡在旷野上空。石头、泥块像雨点似地飞进楼道，压得赵豫民他们抬不起头来，躲在桌子后面暗暗叫苦。

就在这危急关头，节骨眼上，空旷的大地响起了雄壮的电喇叭声音："你们听好了，我们是场部治安巡逻队的，停止械斗，赶快缴械。再说一遍……"这突如其来的声音像晴天霹雷，那帮"扫荡队"成员都怔住了，有个别铁杆还不死心要往上冲，远处传来了警笛声，那为首的只好作罢，一声犀利的口哨声召唤着同伴赶紧逃吧，这帮人顿作鸟兽散落荒而逃。

赵豫民与楼上的青年们一拥而下，欢呼着胜利。赵豫民朝着吴明那敦实的肩膀上擂了一拳，说:“好你个吴明，冲出去办了这么件大事也不告诉我一声，让我暗自为你着急，你再不赶到恐怕我们就抵挡不住他们下一轮的冲锋了。”

吴明嘿嘿干笑了两声，说:“赵指导员，那种情况是时不我待，让那帮鸟人阴谋得逞我吴明百八十斤肉往哪儿放啊。当时我急中生智，一个闪身窜到宣传组的房间，拿起了平时作宣传鼓动用的电喇叭，然后爬出房的后窗顺着落水管道下去了。一溜烟的绕了个圈子到了这伙人的背后给他们来了一下。这帮家伙是色厉内荏，别看他们表面嚣张得很，其实内心是虚的。好在场部公安派出所的警车赶到了，否则他们是不肯善罢甘休的。”

“你真像当年的猛张飞，一声喝退流氓群啊。”赵豫民拍着吴明的肩膀比喻道。

“嘿嘿，”吴明又干笑着说:“赵指导员你太抬举我了。下午的事是我惹的，一人做事一人当，敢为敢当才是真男子汉，当年你也不是这么做了嘛。”在皎洁的月光下面，赵豫民第一次看见吴明那张被阳光晒得古铜色的脸上泛出了红红的亮光。吴明对着吴美玲说道:“吴组长，只可惜我把你的门给踹坏了，要不明天我帮你修一下。”

吴美玲响起铃铛般的喜悦声:“不用了，不用了，你这么做都是为了大家。”

没过多久，“扫荡队”那帮鸟人就落网被抓了，法院根据他们平时所犯下的累罪，分别被一一判了刑。

十九

场部“三整顿办”的王主任乘着农闲时分到场部向梁书记作了一次汇报。他带着今后顶替赵豫民掌控 E 连实权这个设想，以及也夹带着一种莫名其状的恨，进而添油加酱的发泄到赵豫民身上。原来这位王主任当年在参军省亲回来时，参加过农场举办的军民联谊活动，农场连以上干部集训军练时他教过朱芸练刺杀、射击，倾其精力以博得朱芸的好感，他曾托场部领导说媒，被朱芸婉言谢绝了。

王主任的情况汇报果然引起了梁书记的格外关注，他皱紧了眉头来回在屋内踱着步说：“没想到这赵豫民年青干部这么会来事，当初在人选挑选时我们的眼光狭窄了一点，应该在全场范围内挑选而不是搞近亲繁殖。现在这个机会被赵豫民小子用上了，他延用了朱芸培养人的眼光框框加倍地培养了自己的亲信，这说明赵豫民这小子脑袋瓜子里小资产阶级思想，封建主义哥儿们加兄弟的义气在他身上泛滥得蛮严重的哩……”

王主任听了梁书记的这番话心里美滋滋的，“赵豫民啊，赵豫民，我拿下你还不是三个手指捏田螺，轻松得很。”同时，他也为自己设定的蓝图，实施的第一步就取得轻而易举的成功而自我陶醉。确实要扳倒根深蒂固的赵豫民取而代之不使出浑身解数根本是不可能的。但他在汇报中不敢将赵豫民决定放六位知青到市区复习迎考这件事报告给梁书记，他知道此事场部压根没下过文，其他连队也有许多经批准或根本不经批准擅自离开连队回市区复习迎考的大有人在，而且梁书记也关心爱护年青人，对此事他也是听之任之。所以他王主任不敢犯众怒不加汇报，他专拣周冠才、林妮娜提供给他的猎奇新闻，经加工后向梁书记汇报。

“小王啊，你刚才在汇报中提到赵豫民在学校期间打过群架，吴明还救了他的命?”梁书记若有所思地问道。

王主任抑止住兴奋郑重其事地回答道：“是的，这是吴明亲口对林妮娜说的，据林妮娜汇报，吴明说起这件事还眉飞色舞做着动作……”他见梁书记脸上有愠色，补充说了一句：“那时吴明和林妮娜还热恋着呢。”

梁书记对正在记录的党办张主任吩咐道：“老张啊，这说明我们平时审查干部还没严格把关哪，赵豫民在学校期间犯了打群架的事我们这里既然没有档案记载，只看他是军人干部家庭出身，就把他当作根正苗壮的后备干部进行培养、考察、提拔使用，这也是我们的责任哪。你和场部派出所联系一下，请他们派人到赵豫民所在的户籍地查一查，有没有这方面的在案记录。”梁书记的这个吩咐言中之意很明白，我也不能光听你王主任的汇报，我要有真凭实据才能作最终的处理。

党办张主任黯然的点了点头，心中却有说不出的苦。他是一位老知青，平时谨小慎微。他对王主任的为人是清楚的，此人从部队转业到农场后野心勃勃，私欲膨胀，仗着老部队首长与农场局、场领导的关系熟恣意妄为，对人指手划脚，动不动就摆谱：“想当年，我在部队见过某某高级首长，帮首长办过大事”这类厥词常挂在嘴上。看不起农场干部，大有一马临川之势。前一阵子有位场领导指点张主任，说这位王主任在外面放言，等E连“三整顿”结束后回场部要取代他。农场干部对王主任是敬而远之，这次王主任带队到E连“三整顿”，大伙为赵豫民深深地捏把汗，果不其然他向梁书记汇报时下黑手了。当然，党办张主任也是久经沙场、历经磨难锻炼出来的，他在记录时已理清了王主任故弄玄虚的噱头，当然他现在不便说出来，会有机会向梁书记说出自己看法的。党办张主任与朱芸熟悉，他俩是南模中学一起到农场的老知青了，夹带着这层关系平时与赵豫民关系也不错。再说E连的化工合成胶水厂成立，他也想通过赵豫民把他那不争气的小舅子送进工厂工作，也学点技术，免得在养猪场喂猪受累，此事老婆在他耳边吹风老茧都快听出来了。听着王主任汇报时他就在琢磨，赵豫民这下被他损得不轻，万一梁书记动了怒，撤换了赵豫民，那小舅子进厂的事不就泡汤了吗？

梁书记此时心中也在犹豫，赵豫民现在不但掌管着E连的一切，还挂有筹建中的化工合成胶水厂筹备组副组长头衔。从政绩上来看，他打心眼里欣赏这小伙子的作为，在E连突然缺少一把手的紧急关头赵豫民脱颖而出，应该是棵好苗苗。可他是会像王主任汇报中的另外一个赵豫民吗？唉，现在的小青年那真琢磨不透他们，难驾驭哦。他不禁发出了一声感叹。

王主任察言观色，这当口他又扔了一颗重磅炸弹：“梁书记，听周冠才、林妮娜的汇报，最近他们在查赵豫民的亲信，一位是后勤排长，一位是食堂炊事班长的经济不清问题。依据群众反映他俩经常抽飞马牌、大前门，这个反常问题查下去，看看与赵豫民有什么瓜葛。”

梁书记震惊了，难道赵豫民还有经济问题？这小伙子不简单嘛。他目光炯炯的盯着王主任喝问道：“还有什么情况你一并说出来。”

王主任从梁书记那凝重的脸色上看出了他汇报赵豫民的情况已达到了自己的目的，于是他煞以为是地回答道：“到目前为止我就掌握这些情况，今后，我将紧紧依靠E连的干部职工继续深挖下去，哪怕前面是铁板一块我也要将之熔化掉，不辜负党委交给我的使命……”这王主任越说越有劲，说着说着说漏了嘴：“哪怕在E连‘三整顿’工作结束了，我也愿意留在E连担当起责任。”

梁书记一听王主任这番话不悦了：“嗯？谁说你今后留在E连工作了，自说自话，连组织纪律都不懂。”

王主任被梁书记一训斥脸都发黄了，他责备自己聪明反被聪明误，两眼皮下垂发着傻愣，他真想抽自己的嘴巴子。这下好了，听梁书记发落吧。

梁书记对他发指示了：“你回去以后，一要继续把E连的‘三整顿’工作做好、做实。根据你汇报的情况看，工作还是有进展的，因此要继续开展调查研究。二要广泛的发动E连的干部、职工挖挖存在的不足，现在看来你发动的面还不够广。在汇报中只提到周冠才、林妮娜两个人提供的情况。同志，这是不够的，经不起推敲的。我们要相信群众、依靠群众。就是E连没什么大问题，他赵豫民查下来没什么大问题，敲打敲打提个醒，让年轻人经历风雨也是值得的，我相信赵豫民应该有这个觉悟。三要严格程序、严格纪律。不要以为你是钦差大臣可以胡来，乱点鸳鸯谱，这不是你个人的事，你是代表一级组织的。听清楚了没有?”

梁书记最后一条指示着实厉害，王主任像一个做错事的小孩唯唯诺诺地答道：“我一定牢记梁书记的指示，尽心尽责。”

“好，你先回去吧。”梁书记将手一挥示意王主任可以走了。

党办张主任见王主任走了，对梁书记说：“梁书记，这王主任汇报有点不对劲啊，赵豫民真有问题？像他汇报的那么差吗？特别是他汇报中的最后一句话分明有挟公报私仇的味道……。”

“哦，你说来听听。”梁书记对党办张主任的工作是满意的，且为人正直，办法点子多，称他为“智多星”。

“其一，前一阵子我听人反映赵豫民与王主任为了猪蹄送不送场部菜场的事吵过一架。王主任满世界说赵豫民小气，坏了场部的潜规则。对这件事群众反响不一……。”

梁书记一听立即打断了党办张主任的话，发问道：“什么乱七八糟的，又是猪蹄又是菜场的，究竟怎么回事？”

党办张主任犹豫了一下，但为了帮赵豫民他只好如实禀报了：“梁书记，我实话告诉你吧，我们农场确实有条潜规则，逢到每个连队杀了猪，要把猪蹄奉送到场部菜场，菜场又按半价卖给场部干部的家庭改善伙食。”

梁书记火冒三丈地对着党办张主任嚷道：“这成何体统，这条丑陋的潜规则简直害死人，我们这些在农场当干部的养成这种不良风气，让全农场的职工看在眼里，脸上红不红，羞不羞？农场的事业还干得成吗？我们农场一些干部啊把艰苦奋斗，奋发图强，干部与职工同心同德，同甘共苦的场训撂在一边，偏偏要做那些损害干群关系，损害干部形象的事。老张你说，什么叫干部……？”梁书记气得直哆嗦，手指着党办张主任的脸继续说：“所谓干部，干部就是先天下之忧而忧，后天下之乐而乐，群众有急、难、愁的问题就比别人先干一步。老张，你给我马上发布一道明令，废除这条不合理、不合情的潜规则。同时召开场党委民主生活会，我先作检讨。”

党办张主任打心眼里佩服这位农场最高领导既明察秋毫，又能把事情的本质说得明明白白，看来王主任的汇报给赵豫民已在梁书记心目中形成的不良影响有所挽回，他便说：“赵豫民在这件事上坚持了原则，不搞这套潜规则，所以惹怒了王主任。”

梁书记边听，边喝着茶，压压未消的怒气。他放下茶杯，坐在椅子，上把手一挥说道：“好，唉，你接着说。”

“其二，刚才您对王主任也明确指出了，他汇报的材料来源只提周冠才、林妮娜俩个人。梁书记，您是知道我在农场的时间较长了，周冠才的生活作风之事与林妮娜有牵连，外人不知道我知情，历次搞运动时，我也在E连呆过，周冠才的烂糊泥底牌我是清楚的。因此，我断定王主任向您汇报赵豫民及E连的情况恐怕这里面有水分。他想浑水摸鱼。”张主任分析有据地说道。

梁书记若有所悟地点着头，他也不希望赵豫民有什么事发生，但是王主任汇报的两件事必须查清楚以正视听。于是他对张主任说：“你分析的也不无道理，不过一切问题都要经过一番调查才能水落石出，我们先不忙着下结论，对所有同志都应该一视同仁。老张，等我到市局开完会你把赵豫民找来，我和他谈话。”

党办张主任听梁书记这么说，心里一块石头落了地，梁书记还是把他的建议分析听进去了，在梁书记找赵豫民谈话前我得给他提个醒，免得他犯浑。

赵豫民这两天抽空回到了市区。他先去理发店理了个板寸头，精神了许多，黝黑的脸透露出英俊的五官，走起路来腰板挺直，两手大幅度摆动，像军营里出来的解放军，引起打着遮阳伞经过他身旁的姑娘们的注目。他得意极了，这年代学习解放军就是吃香。骄阳似火，烤得马路上的柏油路面都翻卷起来，露出了乌黑的柏油，法国梧桐树茂密的树上，黏着的蝉有气无力的在叫鸣。赵豫民满头大汗衬衣都湿透了，朝邵军医所在的部队医院走去。进了医院候诊大厅，到处都是打点滴的病人，老人居多怕是熬不住这大热天生病发高烧了。候诊大厅里弥漫着浓浓的福尔马林药水味。赵豫民在病人就诊区里走着，寻思着，这下邵军医要忙坏了，自己来得不是时候，他寻找到邵军医所在的内科诊治区，向一位戴着黑框眼镜的男军医打听邵军医在哪一间诊疗室，那男军医愣神地瞅着汗流浃背的赵豫民问：“你找邵副主任医生有什么事吗？”

赵豫民咂了咂舌头惊愕地说：“邵军医，副主任医生？她升了，我真替她高兴。唉，解放军医生，那你告诉我主任医生办公室在哪里？我去找她，向她学习学习。”

那男军医脸上有点愠怒：“你有病啊，你是她什么人？要是来看病的先去挂号挨个来，你没看见那坐着排队叫号的病人吗？”

赵豫民一听对方的话有点误解了，忙解释道：“我叫赵豫民，邵军医，噢不，邵副主任医生前一阵子到我们连队巡回医疗，我俩相处得很好，是她叫我回市区后前来看望她的。你别误会，我没病。”

男军医上下打量着赵豫民，怎么看也是个楞头青嘛，不能与他斯文的模样匹配。他眼珠子在眼镜里打了个转存心逗他一下：“你，赵豫民和我们的邵副主任医生相处得很好？我看不见得吧，像她这样医术高明，清高的人会和你相处得很好？她在逗你玩吧。”

赵豫民眼睛一亮反问道：“你认识我？是不是邵副主任医生告诉你的？你看看，你看看，我不是说嘛我俩相处得很好，这不她一回来就向你们说上我了。”

赵豫民没想到那男军医冷冰冰的丢过来一句话：“我压根不认识你，也没听邵副主任提起过你。”

赵豫民被他的话激怒了，他反唇相讥地说道：“那你有病噢，竟胡说八道。”他愤愤地离开了那男军医独自去找主任医生办公室。

那男军医望着他离去的背影偷偷地一笑，大声叫唤道：“唉，你别忙找邵副主任了，她不在办公室，去军区总医院进修去了。”

赵豫民才不理会他呢，他到医院办公室问清了情况，邵军医确是去军区总医院进修了才懊恼地离开了部队医院。

赵豫民又马不停蹄地来到化工合成胶水厂市区办事处。甘叔在会议桌前边看着工厂建设图比划着布置工作，会议桌旁围满了十来个人，甘霖霏也坐在会议桌旁一个角落位置，她见赵豫民风风火火地来了，忙上前打着招呼：“你怎么突然之间来了？”

赵豫民没好气地说：“回市区先去造访了一个人，可惜啊她不在，士别三日当刮目相看喽，升了副主任又去军区总医院进修了，可真造化大啊。”

“你去看她了？”

“嗯，还个人情嘛。”赵豫民淡然地说道。

“嗯，同志们哪，在上级领导的支持下，在农场方面积极努力配合之下，前一时期建厂速度还是挺快的，我们厂的设备拆卸工作也紧锣密鼓地赶上了工期，再过一个月这些设备就要运往新建的农场工厂进行安装，你们将要带厂里师傅们去那里工作三个月，所以今天先开个移师战前会。哎，各位可要提前与家里娘子说清楚噢，不要到时候孟姜女哭长城到我面前告御状……”甘叔已经在说结束语了，他的话引起了在场开会人员的一阵轰笑。有些人开始打岔了，你揭他的隐私，他搞你一段插科打诨的笑料，甘叔也乐得在旁边听着。一位身材胖胖的老师傅站起来说：“我的甘厂长师兄唉，我服了你，这三个月正是农村瓜果飘香，鱼肥蟹壮的好时光，去了值啊。各位，你们也不要鸭屎臭，家里的老太婆摆不平就让她也跟着去，保证她吃香的喝甜的，喂饱了，不就无话可说了，何必现在自家兄弟相互揭短自残呢。大家说对不对。”“对，对，对！大块头说话带劲。”大伙又是一阵嘻嘻哈哈地说笑。

甘叔看见了赵豫民，忙对参加会议的同志们打着手势，嘴里叫着：“各位，打住，打住，农场E连的，赵豫民连长来了，他是新建化工合成胶水厂筹备组副组长，大家欢迎。”

赵豫民走到了甘叔面前说道：“甘叔，各位师傅们，我代表农场，代表E连，感谢你们公而忘私地为农场建设作出奉献，同时，我也期盼你们早日过来把化工合成胶水厂建设起来，开工生产出效益。”工人师傅们鼓起了掌。

“霖霏，这大热天的，工人师傅们为我们的事开着会，应该招待一下。来，你帮我代劳一下去买两箱赤豆棒冰来。”赵豫民叫唤着甘霖霏去办这件事。

胖师傅是锣鼓听声，说话听音，扎出点苗头来了，他大惊小呼起来：“哎，师兄，你这一台戏是唱的哪一出啊，莫不是为你们翁婿在搭台唱戏啊，光赤豆棒冰犒劳我们啊，该摆酒席，大伙说对不对。”大家又连称对。

甘叔是丈二和尚摸不着头脑，他问道：“师弟啊，你在开什么国际玩笑啊，我和赵连长什么时候成了翁婿了？还煽动大伙着了你的道。”

胖师傅笑呵呵地说：“师兄，你是揣着明白装糊涂，刚才赵连长不是称呼大侄女叫霖霏吗？这大伙可都耳不聋听见的噢，你们要不是翁婿关系，噢，说的准确点是准翁婿关系，一个外人，还是大侄女的领导，会这么称呼的吗？你说呢师兄。”胖师傅做出一脸挤眉弄眼的怪相。

甘叔猛然哈哈大笑，他把赵豫民、甘霖霏招呼到跟前对胖师傅说：“师弟啊，算你有眼力，看看他俩有缘没缘？”赵豫民的脸红得像大公鸡，一双眼睛含情脉脉地看着甘霖霏。甘霖霏低着头，把右手食指含进嘴里，害羞的叫了声：“爸，你咋这样的啦，当着那么多叔叔伯伯的面，拿我俩开玩笑，我怎么能和豫民哥比呢？”

“师兄你承认了。”胖师傅得胜似地走到赵豫民和甘霖霏面前打量了一番，说道：“有缘，有夫妻相。这赵连长呢，长相天庭饱满，地角方圆，两耳垂肩，两臂过膝，今后必是大富大贵之人。大侄女长得闭花羞月，沉鱼落雁，阿娜多姿，亭亭玉立之相，今后是上得了厅堂，下得了厨房。特别是那鼻子长相，有帮夫运，我看他俩是天人合一，人间一双，甚好，甚好。”胖师傅念念有词地对赵豫民和甘霖霏大肆地吹捧一番。

甘叔用手在胖师傅头上敲了一下喝道：“好你个头啊，师弟你这点半吊子水平还能看出相来。想当初你在谈恋爱时遇到了挫折没了信心，还不是为兄的替你出了主意，拉你一把，你才娶上师妹的嘛，现在在我面前摆起谱来了？实话告诉你，我家与赵连长家有二十多年的交情，霖霏从小与赵连长生活、学习在一起，赵连长这才直呼霖霏，而霖霏管他叫豫民哥。我和赵连长是翁婿关系现在还没那福份。”

胖师傅还是不依不饶地说：“这没关系，这没关系，师兄，你们两家有二十年的感情这就是基础，再加把柴火这炉灶不更旺了吗?”甘叔哭笑不得直摇头说道:“好了，大家散了，今天的会就开到此，我和赵连长还有事商量呢。”

会议室里就留下甘叔和赵豫民，甘叔抱歉地说道:“豫民，刚才的事你不要往心里去，这帮兄弟们平日里就爱开个玩笑寻个开心，一天工作下来疲乏都驱散了。”

赵豫民认真坦率地回答道:“我才不会呢，看着他们开会时严肃认真的样我打心眼里佩服。不过甘叔，这么一折腾我怕霖霏的脸面不好看，她到底一个姑娘家的，你当着那么多人的面让他们考验着欠妥啊，要让甘婶知道了准责怪你。”

“豫民。在办厂之前甘叔托咐你的事还算不算数?”

“当然算数。”

“那好，甘叔放心了。现在咱俩第一步走成功了，厂子办了，霖霏也调到你们农场，在市区办事处工作，也照顾到了我老俩口。要实施第二步计划，年底将霖霏商调到市区工作，我打听了一下程序，关口还是在你身上，你准备咋弄啊?”

“甘叔，我现在还说不上来，不过霖霏这件事我印在脑中，装在心里，到时准有个说法，你放心好了。”赵豫民无法判断出今年上调市区工作的政策、范围、内容，只好实话实说。

“那倒也是，只要你有这份心思，甘叔肯定放心的。豫民啊，甘叔有个小九九现在和盘托出了，对你说了吧。我想等霖霏商调回市区工作后，不管你能否回市区工作，甘叔还是把霖霏托咐给你，撮合你俩成婚。甘叔看你二十多年了不会看走眼的，你觉得如何?”

赵豫民的心情翻江倒海似的翻滚着，他激动地问:“那霖霏怎么想?”

“这丫头平时一直在我和你婶的面前唠叨你，想着你，我看出了这个丫头的心思。你婶以前也托过小姐妹为霖霏介绍对象，但她死活不去，一直说有了，这不八成就是你了。"甘叔把甘霖霏择偶的情况告诉了赵豫民。

"甘叔，我谢谢你和婶，还有霖霏，这下我心里有底了。"赵豫民的心在疯狂地跃动，不能自主了。

二十

赵豫民心情舒畅地坐在开往农场的公交车上，车厢里空荡荡的，而且闷热得厉害，他打开公交车的玻璃窗，拿着一张报纸折叠一下当扇子不停的搧动着。公交车厢里上来俩位姑娘，手上拎着大包小包的物品直喊累。赵豫民一看是场部演出小分队“黑里俏”队长，另外一位姑娘他不认识。他忙站起来打招呼：“队长，这么巧我们在车上碰面了，来来来，到我这里来坐。”他帮“黑里俏”队长把大包小包往座位上放，“快开车了，没几个人，就放那儿吧。”他见“黑里俏”队长左顾右盼，知道她心里不好意思，占了座位放了物品，怕乘客有意见，故意地指指手表说道。“黑里俏”队长见状也不说什么了，就和赵豫民坐在双人座位上，并向赵豫民介绍那一位姑娘就是她在农场的妹妹。赵豫民细细的看着这姐妹俩，妹妹脸蛋白皙，怎么姐姐是“黑里俏”呢，他小声地问“黑里俏”队长：“是你亲妹妹？”

“是啊，哪儿不对了？”“黑里俏”队长反问道。

赵豫民干笑着说：“这老天爷造人就是稀奇古怪，一奶同胞姐妹长相也两样，你可别恼哦，说实话她比你长得俊俏。”

“好你个赵指导员，说话也不正经起来。这有什么奇怪的，我听说黑人与白人结婚后生出来的双胞胎一白一黑哩，……”“黑里俏”队长一本正经地说道。她妹妹在前面的座位上低着头哧哧哧直笑。

“你在大白天说笑话了，世界上哪有这种事，奇谈怪论。”赵豫民反驳地说道。

“嘿嘿，你孤陋寡闻了吧，这生命学里奥妙无穷啊，我和我妹妹就是双胞胎，我从我娘胎里出来时就是黎明时分，所以脸黑，我妹妹从我娘胎里出来正好是太阳升起所以脸白。”“黑里俏”队长漫无边际地谈论着她和妹妹出生时的情况。

赵豫民哈哈大笑起来，止不住眼泪也出来了，他指着“黑里俏”队长说：“有你这么解释的吗？还拿黑人与白人结婚后生的黑白孩子来佐证，真是要让人笑掉大牙了。好了，好了，不说这些了，你就是黑，你妹妹就是白，你是‘黑里俏’长得并不丑而且美极了，否则能当上我们农场演出小分队的队长吗。”赵豫民见“黑里俏”队长脸上有点挂不住了，适可而止地停止了玩笑话，顺便恭维了“黑里俏”队长几句。

“你可真坏。”“黑里俏”队长说着用脚尖狠狠地往赵豫民小腿上踹了一脚解恨。

赵豫民故意引开“黑里俏”队长的注意力，说道：“这大伏天的可真热啊，没有一丝风，在这闷罐子车厢里人也要被烤熟了。”

“黑里俏”队长身着一袭带蓝红相间碎花的淡黄色长裙子，坐在位子上翘着二郎腿，手上拿着一把精致的檀香扇搧着，与其说为自己打搧倒不如说在为赵豫民打搧，因为她搧扇子的手靠着赵豫民这边。她打着扇子，眼睛直勾勾地看着赵豫民，他白衬衫纽扣敞开里面露出白背心内衣，裹着发达的胸肌。淡定地说：“这车一开就有自然风吹进来了，心静自然凉。”

“队长，我心里快活得很，不烦躁，不信你搭搭我的脉。这老天爷啊，看这闷热的劲八成是要下雷阵雨了吧。”赵豫民停止了搧动报纸，享受着“黑里俏”队长为他搧着带有淡淡香味的徐徐清风。

公交车开出站没多久，果然前面天空黑压压的，不一会雷电交加的暴雨劈头盖脸的砸在了车顶、车身上，车头窗框前一片迷糊，驾驶员小心翼翼的开着车，车厢里一片寂静，只有雨刮器快速地在车头窗玻璃上左右刮动，发出“咵，咵，咵……”的声响。

“黑里俏”队长还在不停地搧着扇子，她服贴赵豫民的洞察力，说要下雷阵雨就来了。“赵指导员不愧长期干农活的，知晓天文地理啊。”

赵豫民苦笑了一下说：“没办法，干农活的就是靠天吃饭，大自然的规律违背不了。我不但应知晓天文地理，而且咱中国人老祖宗遗留下来的二十四节气也熟知啊，否则怎么领导连队职工战天斗地盼望着一年有好收成。”

“队长，你的扇子搧出来的风好香噢，我迷糊着要睡觉了，莫非扇子上喷洒了花露水。”赵豫民被这香风吹着忍不住问道。

“这把扇子是祖上传下来的，用一种叫檀香木的名贵木材做成骨架，苏州绢纺绣画做成的扇面，檀香木是一种香料科目树，这把扇子搧出来的风自然会有香味。我哪会喷洒花露水这么蹩脚的香水，你嗅嗅。”“黑里俏”队长说着把檀香扇收拢放到赵豫民手上。

“唉，真香，真香，是自然香，这是把价钱很贵的扇子。”赵豫民嗅过扇子后把它重新打开啧啧称赞道。

“你觉得好就拿去作纪念吧。”“黑里俏”队长落落大方地对赵豫民说。

赵豫民直摇头说：“不成，不成，这是下黑手夺人之宝，我赵豫民从来不做这种龌龊之事。”他把那把檀香扇交还给了“黑里俏”队长。

“黑里俏”队长急了，她说：“权当你让我和妹妹今后进化工合成胶水厂我送你的纪念物吧。”

赵豫民心里不悦，你“黑里俏”队长把我看成市侩商人了吧，俗话说得好："吃人家的东西嘴馋，拿人家的东西手短。"我赵豫民不会在这问题上犯傻的，于是他正色道："队长，你还是将祖传宝贝收藏好了自己享用吧，我不能收这个礼。"

"黑里俏"队长噘着嘴说："赵指导员，你这是分明看不起我们姐妹俩喽。"

"黑里俏"队长的妹妹闻声也转过头来恳切地说："赵指导员，我们第一次见面，我姐姐经常在我面前谈论过你，你在农场有声望，是个大好人，你也曾答应过我姐姐帮这个忙，我俩打心眼里感激你，就按我姐姐说的收下吧。"

赵豫民也急了，他对姐妹俩语重心长地说："我不是驳你姐妹俩的面子，正常调动是另一码子的事，不能拿这礼品作交易。我答应过的事只要在我职权范围内我会尽力去办的，你俩放心。你俩想啊，我要是接受了你们送的礼物，就是作正常的场内工作调动也会被人说成是用了不正当的权利关系，对我，对你们都不利，本来正正当当的纯洁关系会授人以把柄抹黑了。"

听了赵豫民这番话，"黑里俏"队长姐妹俩面面相觑不知如何是好，俩人默不着声地低下头想心思呢。赵豫民见状，为了打破这尴尬的局面说道："都是我不好，为了这把扇子引得大家不开心。"

"那赵指导员我问你，化工合成胶水厂什么时候能建好，我和妹妹什么时候能进厂啊?""黑里俏"队长又迫不及待地问赵豫民，逼他再重申一个让自己和妹妹进厂的答复。

"快了，快了。我这次回市区去了筹建办事处，市区工厂的师傅们都在快马加鞭，排着工厂迁移计划呢。上海产业工人的干劲真没法说，觉悟就是高。他们告诉我 10 月份就能安装设备试开工了。"赵豫民想起那天在筹建办事处的场景就忍俊不禁地乐开了，他兴奋地说给了姐妹俩听。

姐妹俩喜极而泣，"黑里俏"队长高兴得站起来搂住妹妹的脖子在她脸上亲吻着，嘴里叫道："妹妹，有盼头了，有盼头了。"

她的呼唤引来开车司机的不满，他回过头来瞪了"黑里俏"队长一眼，嘴里嘟囔了一句："你们这样大呼小叫的，烦不烦人啊。"

长途汽车在漆黑一片的公路上穿行，到了终点站天空放晴，骄阳撕开浓厚的乌云散发出一道道霞光。

"赵指导员，这一路与你交谈，我们姐妹俩向你学到不少为人处世的观念，你的确与众不同，没有那种投机钻营见利而忘义的市侩气，你若看得起我们姐妹俩咱们做个长期的朋友怎么样？""黑里俏"队长把手伸向赵豫民。"还有我呢。""黑里俏"队长的妹妹也把手伸向了赵豫民。

赵豫民迟疑了一下，看着她姐妹俩热情恳切的劲，赵豫民这才大方地伸出那蒲扇大的手，三只手紧紧的叠在了一起。

"我送你俩上公交支线车吧。"赵豫民帮姐妹俩拎着大包小包，还挺沉的，女孩子回趟农场不容易，带回的东西多，特别是吃的。

"哎，真难为你了赵指导员，我妹妹今晚就住在我们果园队，明天再回她的连队。赵指导员，今年我们果园队摘桃子时节你可要一如既往地带着你们连队的职工赶来支援哦。""黑里俏"队长临上车时还不忘说了这句嘱咐的话。姐妹俩回头对着赵豫民嫣然一笑。

赵豫民向姐妹俩挥着手说道："一定，一定会来的。你们一路照顾好自己。"说完登上了自己所乘坐的公交支线车。

连队食堂炊事班长一大早去花无港镇上副食品菜场去买菜，他知道今天是连队职工返回的时间，他得采购好下锅的食品，等职工们回来食堂可以开饭供应。这帮小青年回市区吃父母的，回到连队后还像个饿死鬼嚷着要吃饭。这也是朱芸在连队时与赵豫民摸索出来的一条经验，为了使大家回到连队就有一种温暖的感觉，朱芸和赵豫民就定下一个规矩，职工们回来，食堂一定要供应伙食，让他们吃好喽。炊事班长骑着自行车一溜烟地直奔他经常去的阿五禽肉品商店。进了商店，只见肉啊副食品摆放着，却不见人，他大呼小叫喊道："阿五，阿五……"

一位壮实的身前挂着黑围兜的男人从里间走了出来，他见是炊事班长来了，上前打着招呼："来啦，你看货全在这里了你随便挑，价钱还是老规矩。"

"阿五，我不忙着挑货，喏，老规矩先抽根烟再说。"炊事班长很随意将一支大前门牌子的香烟递给了阿五。

阿五的手抽筋似的哆嗦了一下接过了这支烟，他把香烟放到鼻子底下嗅了嗅，说："好香啊，这前门牌香烟就是好抽，可我买不起噢，倒老是让你破费啦。"

炊事班长纳闷了，我平时到你这商店买货，咱俩见了面首先是我给你抽烟，你一直是笑眯眯的抽上了，今天怎么接了烟还阴阳怪气的说这些话，炊事班长不悦地说道："阿五，你神经病啊，我们是哥们伐？抽支烟还这样大惊小怪买得起买不起的，你是在装穷吧，我又不会向你借钱买烟的。"

阿五把烟点上，讪讪的说："是的，是的，我买不起，你有钱买得起，我们农民出身与你们农场职工不能比，你们的花样经要比我们多多了。"

炊事班长听了阿五话里有话，更来气了，他指着阿五说道："阿五，我们交往也不是一天两天了，你今天怎么绕着弯子说话，你有屁就放，不要使花花肠子。今天你不把话说白喽，那我明天就不来你这个店了，我到其他店去还怕买不到东西？"

炊事班长这招可把阿五镇住了，这长年累月的关系大客户可不能走啊，要不我这个店可就要惨淡经营了，可是把话挑明了，又怕炊事班长受不了闹出更大的乱子不好收场，这也是这几天他担惊受怕的一块心病。原来两天前，周冠才和林妮娜在一位与阿五关系很好的人陪同下，到阿五禽肉品商店里来询问过，并翻了商品交易的账本，警告他此事不要外传。没想到今天炊事班长来了，递上了大前门牌香烟，阿五脑海里闪出了周冠才、林妮娜来询问查账本的一条理由，就是炊事班长常年抽大前门牌子这种好烟，农场职工这点工资是供不起的，让阿五注意着点。于是阿五在与炊事班长对话时才会出现反常的现象。阿五灵机一动，先顾着眼前的吧，不能放走这尊财神菩萨，至于以后的事看发生到什么程度再说。于是他说："小祖宗，你可不要动气，我就是向阎王爷那儿借九个胆也不敢冒犯你嘛，你说是不是啊。咱俩兄弟这么深的感情还不好说吗？"

炊事班长冷冷地说道："你不要圆滑，究竟是怎么回事？"

阿五咬了咬牙关问道："炊事班长，你们连队现在在搞'四清'运动？"

"什么'四清'运动？那是特殊时期前的事哩，我们现在搞'三整顿'活动，怎么了？"

"噢，那你在活动中冒犯过谁吗？"阿五小心翼翼地问道。

炊事班长把嘴一张，哈哈大笑地回答道："我这个人为人处世就是爱结交朋友，自扫门前雪，哪管他人事。组织上信任我当炊事班长，我就把这项工作做好喽，尽心尽责地为连队服务就知足了，哪有心思管别人长短，更不要说冒犯谁了。"

"好吧，我就把实话告诉你吧，你可别激动。前两天你们周连长带了一个女知青到我商店来询问和查账本，问题就是冲着你来的，噢还连带着问了后勤排长，你们可要注意点。"阿五一边说着话，一边偷偷看着炊事班长的脸色。

炊事班长警觉起来，喃喃地问道："噢，周连长他来过？还带了个女的，长什么模样啊？"

阿五在脑海里搜索着记忆，猛地说："那女的长得小巧玲珑、面孔白皙，是你们连队会计吧。她查账可细致得很，有好几笔账盘问得很详细。可我事后再复盘了一下，她问的几笔细账不是我同你做的买卖。"

炊事班长糊涂了，周连长和林妮娜到阿五的禽肉品商店里来询问查账干什么，而且问题又是冲着我和后勤排长来的。我们俩个可从来没有顶撞和冒犯过他啊，平时见面都挺客气的，你敬我烟，我敬你烟，他发出的指令就像赵豫民连长发出的指令一样我们执行无误，还多次受到他的表扬。那肯定是林妮娜在使坏，那她这样做的目的是什么呢？噢，想起来了，她和吴明交恶成了冤家，我和后勤排长与吴明的关系铁得很，她想借周连长的手把我们三个一起打倒，出出她的恶气。那周连长怎么对她言听计从呢？莫不是连队传闻最近一个时期林妮娜与周连长走得很近，以至周连长的老婆也吃醋。可大伙都知道其实林妮娜的目的只有一个，年纪大了在农场时间长了，想赶上末班车调回市区工作，才那么使劲巴结周连长的。你林妮娜的目标也是大家能理解的，但不要做得这么过分，光使领导喜欢来压低我们，抬高你调回市区工作的分数，把我们群众的打分给忽略了。本来还有一点同情心放你一马，现在你把事做绝了，谁还会给你打好分。炊事班长想到此，催促着阿五把周连长、林妮娜询问、查账本的来龙去脉讲清楚。阿五到这个份上了便把他们来的情况和盘托出了。

炊事班长听完阿五说了事情的全过程，又哈哈大笑起来，他拍着阿五宽厚的肩膀说："阿五你放心，我做事行得正站得稳半夜没来鬼敲门。他们这是凭现象捕风捉影，我才不会为了蝇头小利做那种鸭屎臭的事。让他们查查也好，说不定在这次'三整顿'活动中，我还成为清洁英雄。到时调回市区工作打分给我高一点。"炊事班长释然的心情溢于言表。

阿五还没完全听明白炊事班长话中的寓意，他还是小心地问道："没事，真的没事？"

炊事班长在他耳朵边大声地说道："我告诉过你没事就没事。不过今后你碰见这种事早点告诉我，听明白了吗。"

"好，好，没事就感情好。那我们的买卖还是长期合作？"阿五奉承地问，他顺手又点燃了一支炊事班长递过来的大前门牌子的香烟，抽得很香。

炊事班长在阿五脸前吐了一口烟，反问道："你说呢？"

阿五贪婪的把炊事班长吐出的一团烟全部压进了自己嘴里，俩人会意的大笑起来。

吴明与梅香在镇上一家餐馆吃着午饭。他俩事先约好，上午去镇上买些小商品就回来，没打算在镇上吃午饭。可一到镇上，梅香就被商店里琳琅满目的小商品给吸引住了，长时间地在化妆品柜台、姑娘戴的发夹柜台、钱包柜台转悠试戴、试抹、试看。吴明在一旁不厌其烦地帮着当参谋。等梅香心满意足地在这三个柜台都买了一件商品后，天色已转到中午时分了，吴明觉得自打与梅香处朋友到现在俩人还没在一起吃过饭呢，今天是机会，便提出一起吃顿饭，梅香欣然同意。他俩在镇上的一家百年老店坐定，享受了一番色香味俱全的上海本帮菜肴，吴明要了一壶本地产黄酒，梅香喝着浓茶，俩人在桌面上对坐着。

梅香羞涩地看着吴明说道："吴明你真好，打从小起就没有人陪我到镇上好好玩过，你看这些商品做得多精美，我喜欢，"

吴明借着酒意拉着梅香的手说："来，把发夹给我，帮你戴上，你长的俊就配戴这种发夹，就像待出嫁的新娘子一样。"

梅香撒娇似的说道："不嘛，我不让你给我戴，给人看见了多难为情啊。"

吴明无可奈何地摆了摆手说："好，好，我的梅香说现在不让我替她戴就不戴，反正以后有的是时间。"

梅香又撒娇地说："你真坏，谁说梅香是你的啦。"

吴明厚着脸皮答道："是我说的。"

梅香低头喝了一口水，一个至关重要的问题浮现在眼前，她要考问吴明："你说，我和林妮娜相比谁好？"

吴明不加思索的脱口而出回答道："当然是你好，你是纯洁的含苞待放的鲜花，她林妮娜是臭狗屎，狐狸精，你们俩个怎么能同日而语呢。"

"那我问你，你和我处朋友究竟图什么，你们农场不是有一条规定吗，在农场结了婚是调不回市区工作的，难道你不想回市区工作？非要和我这农民的后代结婚，这不合情理嘛，莫非你是拿我填空档，补上与林妮娜分手后的空虚和乏味，吴明，你要与我说实话、真话。”

吴明眼睛里闪着爱的激情，温情地对梅香说：“梅香，我对你的爱是真诚的没有半点虚假，现在和将来都会证明我的诚意。要说到想不想调回市区工作这档事，不想那是假的，但是我这条路已经给林妮娜、周冠才堵死了，你最近听说过没有，林妮娜与我分手后与周冠才走得很近，连队里风言风语的，他们俩个加起来再煽动一些职工不整死我才不心甘呢，我后悔那时候傻呼呼地为了和林妮娜分手还喝药殉情呢。所以我想好了与你处朋友，结婚，在农场里过一辈子，也好看着他们今后的路怎么走。”

梅香的眼睛里充满了忧虑，她哀求道：“吴明，收收你的火爆脾气吧，山不转水转，他们做他们的事，我们走我们的道，你也犯不着自暴自弃，我相信好日子还在后头呢，你不要让我担惊受怕好不好，我怕。”梅香一头扑在吴明怀里。

吴明强压住的心头不平，又要发作起来显显他的豪气，但他对着梅香眼泪汪汪的眼睛时，心头的怒火被浇灭了，他用双手把梅香揽在怀里，听命似地说道：“我的好梅香，那就一切听你的。”

梅香转忧为喜地点点头说道：“这才像句话。”

二十一

王主任向场党委梁书记汇报后的第二天傍晚又来到了周冠才家。他事先吩咐周冠才晚上在他家里吃饭，同时把林妮娜一起叫来。林妮娜喜滋滋地来到周冠才家，推门先见到周冠才老婆在忙乎着炒菜，她打了招呼欲帮忙一起干活，谁知被周冠才老婆一把推开，没好气地对她说："妹子，你现在是大贵人了，钦差大臣唤你来的，快进去吧，都等着你了。"

林妮娜傻眼了，这母老虎是难伺候的，一会儿晴天，一会儿阴天的，可脸上还是堆出笑容便对周冠才老婆说道："嫂子，你这是误会了，我也不知道叫我来干啥。"

"不要糊弄我了，全连队四百来号人，钦差大臣就点你一个人上我们家来吃饭，这不是你的福份？我也只是伺候你们的命，去、去、去。"周冠才老婆用力把林妮娜推向里面的房内，林妮娜被她这么一推，在进房时差点打了趔趄。

周冠才老婆的这一举动被坐在屋内的王主任瞧见了，他发问道：

“周夫人，怎么了？”周冠才老婆慌了神，连忙说：“没什么，没什么，你们先谈着，菜一会就上。”

“老周啊，你这个老婆太没觉悟了，我借你的家商量事，把林妮娜叫来也不是外人，你老婆就这么待人的，我还真不知道她是哪条道上的人，没出息。早知道是这样，我把你们请到我家来商量也方便些。不过我也考虑过，在我家商量，吃完晚饭道黑了，你俩回来也不方便。哎，你们看我把上好的西凤酒也带来了，我们商量的事值得庆祝一番。”王主任数落着周冠才，同时在军用挎包里拿出了一瓶白酒，用牙齿咬开了瓶盖，又从军用挎包里拿出两只茶缸，咕嘟，咕嘟……，把满瓶的白酒全倒在两个茶缸里，空气里顿时弥漫着酒的醉香。“都快十年了，我一直舍不得喝，今天拿出来我们共享。”

周冠才为了在王主任面前显示出他才是这个家的主人，摆出一副盛气凌人的模样，用力将门关上，对王主任说：“瞧她那副吊猫样，不理她。”

王主任表扬着周冠才说道：“咳，这才是男子汉大丈夫，好样的，男人干事就得狠。”他举起茶缸对林妮娜说：“刚才他老婆的举动吓着你了吧，来喝口酒，压压惊。”

林妮娜看着那一茶缸酒，腿都发软了，嘴里哆嗦着说：“我可喝不了白酒，我喝茶吧。”

“怕什么林妮娜同志，就让你喝一口，尝尝酒的香味，又不让你喝一茶缸，我还馋着呢。”王主任说着把一茶缸酒硬塞在林妮娜手中。

林妮娜双手捧着那一茶缸酒，像捧个炸弹一样惊恐，她慢慢地把茶缸举到嘴边浅浅的喝了一口，马上就咳嗽起来，她在嘴边不停地挥着手直呼辣。她那模样逗得王主任和周冠才哈哈大笑。

周冠才的老婆确实是个挺能干的家庭主妇，不一会功夫六个荤素搭配的炒菜端上来了。王主任一高兴称赞了周冠才老婆，并叫她一起入座。

王主任和周冠才推杯换盏的喝了三两酒后，王主任眉飞色舞起来了，他对周冠才、林妮娜说："这次我向梁书记汇报效果极佳，梁书记基本同意我汇报的情况，看这情形八九不离十，我在E连搞完'三整顿'工作后就留在E连了，赵豫民他兔子尾巴长不了了，到时候卷铺盖走人……"他得意忘形地在周冠才、林妮娜面前炫耀自己，以加重自己的份量，早就把梁书记警示他的话抛在脑后了，他忘记了组织原则，肆无忌惮地践踏着。"梁书记当着我的面叫党办张主任派警力查清赵豫民以前在学校期间打人的事，查他俩个铁杆经济反常问题，顺藤摸瓜。来，老周再干一个。"他举杯和周冠才的茶缸碰了一下，猛地喝下一大口白酒，夹了一筷菜往嘴里塞，"唔，好吃，味道不错。"

林妮娜反应极快，当她听到王主任说起查赵豫民俩个铁杆经济上的事不禁吃了一惊说："啊，梁书记动用警力查？"

"是啊，有什么问题吗？这叫直捣黄龙府兵贵神速。"王主任咂着嘴说。

"那王主任我和周连长的行动是否有点冒失了。"林妮娜哭丧着脸说。

王主任被她这么一说酒醒了一半，急切地追问："你和周连长在这件事上已经采取了行动？"

林妮娜肯定地点了点头回答道："王主任，你可别动怒，上次我俩向你汇报情况后你也答应我们盯紧点深入调查，我们为了赶快让事情查个水落石出就合计着上镇上阿五禽肉品商店去询问查账了……"

"有什么眉目吗？"

"一无所有。我们打草惊蛇好心办坏事了。"林妮娜沮丧地回答道。

王主任跺着脚，心里气啊。可这能怪周冠才、林妮娜吗？当时自己考虑问题也欠妥当，一切向梁书记汇报后再行事也不晚啊，现在这事办得打草惊蛇了。事已如此，为了稳住周冠才、林妮娜两颗不安的心，他奸笑的宽慰着他俩说道："我想了一下，你和周连长查的事好极了，但凭你们两个手段是查不出任何问题的。现在梁书记说要派警力去查，这就有力度和深度了，我就不信那个阿五不张口吐实情，搞不好他们还穿着一条连档裤子的呢。到时你们向警方提供些情况让他们深查，深挖下去。”

“对，对，王主任您分析得很对，阿五禽肉品商店有几笔账含糊不清，到时我们可提供给警方，周连长你说对吗?”林妮娜为了弥补过失讨好王主任，狡黠地想把阿五禽肉品商店那几笔不是与炊事班长做的买卖的账张冠李戴提供给警方，嫁祸于炊事班长，同时在这节骨眼上把周冠才也牢牢地套了进来，把水统统搅混。

王主任把赞许的目光投向了林妮娜，同时目光也扫向周冠才和他老婆，意思是说周冠才你这个草包绝对没有林妮娜聪明，看她林妮娜分析得头头是道，一板一眼很有章法。看来林妮娜是我扳倒赵豫民，今后掌管E连权力的绝佳得力助手。他夸道：“林妮娜同志说得有理，你们要紧密地配合警方调查，哪怕是蛛丝马迹的细节也不能放过，知道吗?”

周冠才和林妮娜郑重其事地点着头。周冠才老婆在一旁，起先看到林妮娜回答王主任问话时那惊慌失措的样子幸灾乐祸起来，心想你这小妮子办事不知天高地厚，吃苦头了吧。后来又见王主任夸奖着林妮娜并向自己和周冠才投来鄙视的一瞥，如芒刺背，浑身不舒服，她轻轻地“哼”了一下，自顾自啃着一块鸡肉。

“林妮娜同志，我再问你一个问题，那吴明和梅香现在的关系怎么样?”

林妮娜正要回答，不想被周冠才老婆抢了先：“王主任，他俩热恋着哪。那天我家冠才把你的话告诉我后，我一直观察着他俩的动静，我还一个劲地劝梅香她妈不要让梅香继续与吴明交往，否则后患无穷。”

王主任听了她的话不以为然，反而觉得烦，他对周冠才说：“噢，周连长把老婆也动员起来了。不过弟妹，你把工作做反了……”

周冠才老婆原来以为她的话会得到王主任夸奖，挽回一点她和周冠才在王主任面前失去的面子，不让他看轻她夫妻俩，没想到还是被王主任抢白了，这岂不把我的好心当成驴肝肺了，她白了王主任一眼，说道："我怎么把工作做反了？王主任你倒说说。"

王主任一脸严肃地对她说："你不要不服气。也许是周冠才没把我的意思向你转达清楚。我那天向他俩布置这项工作时，明确要欲擒故纵，让他俩谈得热火点，我们只是密切注意动态，我要拿此事做文章。谁让你一而再再而三的劝梅香她妈了？要是在我考虑时机成熟了动手之前出了乱子，这着棋不是变死棋了吗。"

周冠才现在是脸面失尽，从打林妮娜进门，老婆的举动引起王主任对自己不满，再到林妮娜向王主任汇报我俩急于表功，冒失地去询问查账，引起王主任对自己的愤怒，直到老婆的浅薄回答，受到了王主任的奚落，他发火似的对老婆说："谁让你去劝梅香她妈了？真是越劝越乱，老婆啊，你是头发长，见识短啊。"

王主任看这架势，等自己离开周冠才家，夫妻俩保准吵架。这酒也喝得差不多了，菜也快完了，为了稳住自己阵营人员的心，他对三个人打圆场说道："今晚的圆桌会议我们商议得还是不错的，至少各种情况明了，为我们下一步按照梁书记的指示广泛发动，团结群众，继续深入开展调查研究工作打下了基础。我再向你们布置两项工作，一是把赵豫民不会在E连太长久的风放出去。二是把吴明与梅香的关系的风放得再大一点，猛一点，让他们自在，他俩处朋友时间长了总会要干出那男偷女欢的事，我俩再收拾他。来，老周举起杯中酒我俩把它喝完了。"

"王主任，我也要喝。"林妮娜眼中闪耀着兴奋的眼神，她听了王主任布置的两项任务后身子飘飘欲仙，靠着周冠才，现在还有王主任为她撑腰，还愁今年回不到市区工作，她身体里血液在沸腾。她把王主任和周冠才俩人酒杯里的酒匀出来倒在了自己的碗里一喝而尽。周冠才老婆只是惊愕地看着林妮娜。

王主任和林妮娜走出周冠才家时，皎洁的月光正洒向引龙河，照在王主任和林妮娜的脸上。林妮娜把王主任的自行车推向了护海堤的道路上，王主任最后一口酒喝猛了，爬坡时有些踉跄，嘴里喘着粗气，他见林妮娜正为他扶着自行车说道：“小林啊，回连队去吧。”

林妮娜见王主任双手扶着自行车的车龙头，用脚跨了两次想骑上去没成功，关心地问道：“王主任，没事吧。黑灯瞎火地回家还有一段路呢。”

王主任大大咧咧地说道：“没事，我挎包里准备着手电筒呢，你帮我拿着。”

林妮娜从王主任斜挎在肩上的挎包里拿出了手电筒，按了电钮，一束强光打在了护海堤的道路上。王主任从林妮娜手中接过手电筒，不怀好意的朝林妮娜脸上照了照，顺势捏了一把林妮娜的屁股肉，嘿嘿地干笑着，一条后腿一使劲稳当地骑上了自行车坐垫上，嘴里说了一声：“走喽，小林，咱俩后会有期。”

林妮娜没想到王主任在她身上会来这一手，正人君子的王主任形象一下子在她心中荡然无存，她狠狠地在王主任背后“呸”的一声吐了一口唾沫，嘴里崩出了一句烈火似的愤然话：“你们这些当官的都是一丘之貉，没有一个正儿八经的货。”

周冠才老婆发起虎威来了，她命令周冠才走到她的面前，伸手一把拎住了周冠才的耳朵，迫使周冠才连连叫疼。她咆哮道：“你这个死冠才，一点用都没有，你说说，什么叫头发长见识短，还当着死妮子的面对老娘耍起威风了，今天我要让你尝尝老娘的厉害。长别人志气，灭自己威风，不瞧瞧自己猪八戒的样。”

“好了，好了，我的好老婆，我给你下跪总行了吧。”周冠才哀求苦恼地讨饶。

周冠才老婆听着这句话，把眼珠子一瞪喝道：“你骨头在发痒是吧，要给我下跪，拿洗衣服搓板来，你就跪在这上面吧。”

周冠才心里发毛了，要是跪在洗衣服搓板上，那膝盖骨的疼是钻心的，他死活不肯。只见他在老婆脚跟前“噗通”一声跪下，头不停的磕着地像鸡啄米一般。

下午，陈丹乘着雷阵雨过后天放晴，拿着自己换洗的衣服，又把赵豫民一大包脏兮兮的衣服以及床单拿到水池边去清洗了。赵豫民告诉她去市区办点事，两天后返回连队。陈丹从大田排抽调到连部医务室，经过培训后当上了卫生员，就习以为常地在自己洗衣服、被褥单时，顺带把赵豫民的衣服、被褥、床单也洗了，她是出于对赵豫民的尊敬，刚进E连路上的一幕时常浮现在她的眼前。赵豫民凭他的聪慧，吃苦耐劳的工作干劲，天才的组织领导能力，进E连一年后就被提拔为连队副连长了，这样的成长进步史恐怕在整个农场是绝无仅有的。她也抱着感恩之心帮助赵豫民做些姑娘力所能及的活计，她一直揣测着她被抽调到连部当上卫生员一定是赵豫民帮的忙，所以她要感恩。可赵豫民虽多次告诫她不要这么干，自己也会学着做。这赵豫民果然说话算话，无论平日里工作怎么忙，水池边总是有他的身影，在搓衣板上搓衣服，在水泥平台上刷被单，动作有模有样，引来水池边上洗衣服的姑娘们啧啧称赞。冬天快到时，赵豫民会在单人床铺上铺好被单，放上棉絮，摆上被面，蒲扇大的手穿上针线，带上顶针箍，捏着针就飞针走线了，比任何一位姑娘做针线活心还细。被褥缝好半面，两手一摆弄，另半面又整齐地摆放在他眼前了，陈丹等一干姑娘原来要帮他忙的，现在只能在旁边暗暗称奇。陈丹一直暗恋着赵豫民，这样的人今后是我的另一半该多好啊，可赵豫民总不给她机会，这始终是压抑在陈丹心中的一块挥之不去的心病。

傍晚时分，陈丹哼着歌走到晾晒衣服的架子前收着晒干的衣服，她每收一件衣服都用鼻子嗅嗅，被阳光晒干的衣服都散发出一股物质纤维淡淡的芳香，拿在手里暖烘烘的。连队职工三三俩俩地回来了，他们和陈丹打着招呼。后勤排长和食堂炊事班长急匆匆地走来，见到陈丹，问她赵豫民回来了吗？陈丹回答他们说应该快回来了吧。

“赵指导员回来的话你告诉他，我们有事向他汇报。”后勤排长对陈丹说。陈丹“噢”了一声，眼瞅着他们俩位心事重重的离去，继续收着衣服。

陈丹捧着衣服走进赵豫民的房间，坐在床沿边上叠着衣服，不一会功夫赵豫民进来了。陈丹回头“啊”的一声说道：“赵指导员你回来了?”

赵豫民见自己的床铺上放着陈丹晾洗晒干叠好的一大摞衣服和床单，便对她说：“陈丹啊，你又费心帮我洗衣服了，谢谢你。可下不为例了。”

陈丹对赵豫民说道：“我是乘天气好洗自己的衣服时顺便帮你洗的，免得你回来摸黑洗，洗不干净。”

“噢，我走的这两天连队有什么动静吗?”

“平静得很。我们留在连队的同志把那天晚上的‘战场’痕迹打扫干净了，大家都称赞你镇定自若指挥得当，吴明的机灵使同志们免遭更大的浩劫。”陈丹讲述道：“唉，赵指导员你新买了一块手表? 戴在手上锃光闪亮的嘛。”陈丹见到赵豫民手腕上亮光一闪，像发现新大陆一样惊叫起来。

“我先前戴的一块钻石牌手表时间长了，表壳里都形成了一小块雾气，看时间不方便，乘这次回市区买了一块国外进口的胜历牌防水表，120 元，花了我二个月的工资。”赵豫民炫耀地翻转手腕让陈丹看。

“你可真是一位既会工作又会生活的人，谁和你结合在一起都会幸福的。”陈丹抓住赵豫民的手腕羡慕不已地定睛看着。

“哎，陈丹，你可别给我乱点鸳鸯谱噢。买块新表也是为了工作需要，不是光图好看。你手上戴的那块英纳格手表才是国外的名牌货呢。”赵豫民点了她手腕上戴着的表。

“你识英文的? 这块表是我外公给我的，我一直保存着舍不得戴，最近才戴上的。”陈丹很惊讶赵豫民连英文字都认识，更敬佩赵豫民了。她用手指轻轻的抚摸着表面对赵豫民说道。

“我可不认识什么英文，去年我家附近开了一家钟表商店，休假时我回市区闲来无事就光顾这家商店，领领市面增长点知识，在这家商店里就有你这种手表，我只记得表面上的商标图案跟你手上戴的表对上号了，就这些，你可别把我看成什么都知晓的有知识的人。”赵豫民抑揄地说。

陈丹突然想起后勤排长嘱咐了，连忙对赵豫民说：“我们俩个光顾自己说话了，后勤排长、食堂炊事班长刚才来问我，你什么时候回连队，有事向你汇报。像是挺急的。”

“噢，那我找他们去。”赵豫民说完蹬、蹬、蹬急冲冲地下楼找后勤排长和炊事班长去了。他来到食堂炊事班长的寝室见没人，又顺便到食堂里转了一圈，见食堂窗口正在为连队回来的职工提供伙食呢，便心满意足地点了点头去连队南边后勤排的寝室走去。在后勤排长的寝室内找到了他们俩位，正喝茶聊着天呢。

见是赵豫民进屋了，后勤排长和炊事班长迎了上去。赵豫民问他俩：“听陈丹传话说你们有事向我汇报，我这就来了。你俩倒清闲喝茶呢，给我一口。这天气闷热得我一下午光出汗，水也没喝上一口。”说完，赵豫民从后勤排长手里接过茶缸咕咚、咕咚一口气把茶缸里的水都喝完了。

“赵指导员，我跟你说件事，周连长和林妮娜俩人背着你到镇上，也就是我常去买肉和副食品的阿五禽肉品商店，询问查账去了，真不知道他俩葫芦里卖的什么药，我觉得这件事挺严重的，所以回来以后马上向后勤排长汇报了。”食堂炊事班长哭丧着脸汇报着。

“唔，有这样稀奇古怪的事？这老周也不告诉我一声，自说自话地去查你的账，这是违反组织纪律的呀，对同志不负责任嘛，他凭什么查你的账？”赵豫民厉声地说道。

后勤排长按耐不住说话了：“连我也牵涉进去了。炊事班长问过阿五了，他周连长不知听了谁的唆使，还带了林妮娜一起去，捕风捉影地说就凭我俩经常抽大前门香烟经济上不干不净，所以要查，这明摆着栽赃整人嘛。”

“赵指导员，刚才我们俩个经过详细分析，这事八成是林妮娜挑唆周连长干的。你看啊，我和后勤排长与吴明关系铁，她又和吴明闹翻了把他恨之入骨，一有机会就在周连长面前煽风点火，意图是要打翻吴明再把我们也牵连进去，你可要为我们俩作主。”食堂炊事班长义愤填膺地说道。

赵豫民很冷静地听着他俩把话说完，脑海里捉摸着周冠才、林妮娜背着他去调查后勤排长和食堂炊事班长的根源。依周冠才的鱼木脑袋还没灵转到那么深的程度，更不敢和他分庭抗礼。至于林妮娜嘛最近一个时期跟着周冠才是屁颠屁颠的，无非是想早日调回市区工作，跟紧了周冠才多捞一个靠山。她虽然将吴明恨之入骨也掀不起这层浪花。那就是王主任在为他们撑腰作主了。“三整顿”办公室工作组在行将撤离前的一个阶段就要召开民主生活会，这查账会不会是王主任一项战略布局。他想起两天前将要回市区的时候，场部党办张主任给过他一个电话，说等场党委梁书记市局开完会后要找他谈一谈，大致内容是核实一下王主任汇报的E连工作情况以及他个人的事，让他早作准备不要犯浑，具体究竟是什么事，党办张主任也没说。赵豫民神色严肃地对他俩说：“看来这件事还没那么简单，我琢磨着是冲我来的，我自有安排的。关于查账的事，我琢磨着是王主任所为，他们才敢这样做。你们俩也不必那么紧张，只要你们俩行得正、坐得稳，真金不怕火来炼，我是信任你们俩的。至于吴明嘛，你们俩先跟他打打招呼提个醒，听说他最近与梅香热络得很，我倒是怕他又闹出点乱子来给人把柄不好收场。”

“我们才不怕呢，不偷、不抢，不占便宜、不贪污，靠着家里底子好，爹妈是国营大型企业工程师，有钱养得起独养儿子，抽大前门香烟还碍着他们的事啊，土包子真不领市面。”食堂炊事班长愤怒地说道。

“好了，好了，兄弟少说两句吧，我们听赵指导员的话没错，我们俩家的底子啊赵指导员是清楚的，用不着你在赵指导员面前再大呼小叫的，有种在全连开大会那一天你嚷去吧，准把他们说得一楞一楞的。”后勤排长拉着食堂班长的手叫他别再说了。

寝室的门被人突然打开了，闯进来一位个子瘦小的青年职工，他调皮地向后勤排长敬了个礼：“报告排长，蔬菜班‘小老头’向你销假了。哟，赵指导员也在啊。”

“行了，行了，回来了就好。‘小老头’我问你，你妈的身体好了吗？”后勤排长问他。原来这次放假前，后勤排长安排“小老头”留在连队继续管理蔬菜生产，可“小老头”哭闹着说母亲生病了，要他回去照看，后勤排长出于人道，批准了他回去照看母亲，自己顶了他的班，放假也没回去。

“谢谢排长的行善积德，我妈的身体已痊愈了。”“小老头”油腔滑调回答道。

“‘小老头’，你过来，让我练练身体举你十下。”赵豫民招呼着他，“小老头”乖乖的走到了赵豫民面前，赵豫民一手抓住“小老头”的衣领，一手托住他的两条腿，不费力地把小老头朝自己的头顶上举了十下，然后轻轻地把他放下，直呼过瘾。

“小老头”进 E 连二年多了，由于人长得瘦小，体重才百斤，脸相长得冷面滑稽，所以连队里的同志爱和他开玩笑。赵豫民也照顾性质的把他安排在后勤排让他干些轻活。一次赵豫民在后勤排蔬菜地里和他一起干活，“小老头”轻，赵豫民就让他站在木跳板上，把呕肥垛上的肥料往下扒拉，干着，干着，“小老头”脚一滑从木跳板上滑进了肥料堆里，只见赵豫民一个箭步抢上前去，将“小老头”从肥料堆里拉了出来放在地上，“小老头”浑身上下都沾满了肥料泥，只露出两只眼睛，嘴里直呼倒霉。赵豫民笑着让“小老头”赶快去冲洗。从此以后，赵豫民见到“小老头”就像举杠铃一样要把他举十下。

二十二

天朦朦亮，赵豫民脚蹬长筒套靴，上身穿一件白衬衣，下着一条蓝布裤子，精神抖擞地吹着哨子，挨个寝室敲门让全连职工出工了。一年中的“双抢”农忙开始了，这个时节时间短，任务重。既要收割早稻，又要插上晚稻秧苗，今年又有一项额外任务，就是收割玉米杆供局系统牧场奶牛饲养之用。赵豫民对这连轴转的二十五天用工安排作了周密的计划，并且反复召开连部班、排长会议进行动员布置，一切都在运筹帷幄之中。出的活干净不干净就看领头羊了，赵豫民丝毫不敢懈怠。晚上十点钟就把职工往寝室里赶，劝他们说天热睡不好觉就是躺在床上也是最好的休息，养精蓄锐对付起床早、热头晒、工作量繁重、消耗体力大的困难。

赵豫民首先带着连队男职工钻进密不透风的玉米杆田里，这个活只能是男职工们能胜任，两天时间要将 130 亩玉米杆收割完毕，装上从市区开来的 5 吨载重量的卡车上。“唰，唰……”，玉米杆田里只听见一片收割声。有的职工干着干着热得熬不住了，将身上衬衫一脱，跑到田埂旁的沟渠里将衬衫浸湿再往头上一包一扎，又继续钻进玉米田里挥动着镰刀收割起来。更有甚者，将上衣长裤全脱了，浑身上下就着一条平脚短裤猛割起来，反正有高高的玉米杆遮着，又没有女职工，一片男人加玉米的世界。

快到晌午时分，从玉米地里窜出一位芦柴杆身型的职工，他飞快地奔跑到田埂旁的沟渠里，趴下身子大口大口喝着沟渠里急流的河水。

“赵连长，你快看，‘茶王’吃不消了。”有人在呼喊着赵豫民。

被人称呼的“茶王”身高一米六，人瘦瘦的，脱去内衣露在外面的身子很少见肉，二十四根肋排骨也可以弹琵琶了，一副病相。他有一种奇特的怪异情景，每天要喝一铅桶水，超出常人喝水量的十倍，且查不出是什么病，身体其他器官也好好的。赵豫民闻听有人叫唤便来到沟渠边，见“茶王”这副惨象怜悯之心油然而生，他提醒“茶王”道：“你不能这样喝生水，要得病的。”

“茶王”软瘫在沟渠边，用手挠着喉咙嘶哑道：“我渴，我渴。水桶里没水了。”

赵豫民走到集中安放着的六只大水桶旁，一个个盖子朝天果然桶里滴水无存，难怪“茶王”只能喝沟渠里的水。他用手掌遮住额头朝天空看看，没有一丝云彩，太阳光毒辣辣地洒在大地上，笼照着一切，刚割下的玉米杆上的绿叶瞬间被炽热的阳光烤得焦黄卷起，在玉米杆田里干活的职工背脊被晒得绯红。赵豫民舔了舔干裂的嘴唇，对“茶王”说：“你回连队炊事班让他们不停地送水，另外把中午饭也送过来。”

“哎，我这就去。”“茶王”答应着，并知趣的拿起两只大水桶欲往连队驻地走去。

赵豫民看着“茶王”的举动心里很是感动，这是位好职工，在举步维艰的情况下回连队还不忘拿回两只空水桶去装水。他喝住了“茶王”道：“看你已经是病殃殃了，快把水桶放下吧，等黄金敏的手扶拖拉机送水送饭时再带回去。另外，我命令你吃过午饭后睡上一觉，晚上押车帮我记着斤数。”赵豫民这一着早就盘算好了，市区来的车每辆载重五吨，但玉米杆是抛货，装上车满了并不知道多少斤，等到了市区中转站过磅后才知道实际重量，这过磅一进一出差距很大，所以他派上“茶王”押车，实际是叫他监督过磅的斤数，也为今后种植玉米杆增加亩产量，如何科学的种植打下基础。赵豫民就是这样过着今天，计划着明天的人。

“茶王”听了赵豫民的指派像得了特赦令来了精神，他感激地对赵豫民说：“赵连长，你真是个大好人哪，知人疾苦，关心人。我一定不辜负你的期望，把押车任务完成好。”

“双抢”大忙时节正逢所有的学校放暑假，连队里来了10位职工的弟弟妹妹，他们到连队来的目的就是到处游玩，抓水渠里飘游的小鱼儿，捕田里呱呱叫的青蛙和蝈蝈。有的小朋友胆子大敢抓河水里游动的青绿色的水蛇玩。有时饶有兴趣地围坐在一起吃着哥哥姐姐们给他们买的西瓜、桃子，谈着各自在学校里的趣闻琐事。赵豫民一看这样长久下去非得出事不可，职工们忙乎的“双抢”工作还来不及，哪顾得上管束弟妹，这真的，让他们野下去出了事对这些小朋友和家长都无法交代。他思来想去把管束这群小朋友的事交给了陈丹，现在陈丹又多了一个“孩子王”的头衔。

陈丹接受了任务后是又好气又好笑。气的是赵豫民不分青红皂白把调教这些淘气包的事硬塞给了她，不顾自己的感受。笑的是看见这些露着稚嫩的小胳膊小腿的，长得白白嫩嫩、胖呼呼的小朋友，自己又回到了少年时代。这几天陈丹为调教他们拿出了一套本领，首先，她把原来三五成群分散活动的小朋友组合成集体行动，还考考他们的知识，引起他们对事物认识的兴趣。其次，组织辅导他们完成每天的暑假作业，不能光顾玩荒废了学业。最后一点她也告诉了赵豫民组织他们担水到田间，一来让他们看看哥哥姐姐们如何辛苦的在田间作业，另外也让他们干些轻体力活动锻炼身体。不过要求赵豫民给他们奖励，赵豫民听了陈丹管束小朋友的计划，连声说："只要你管束得好，连队职工放心，家长们放心，奖励，应该奖励。哎，给他们买汽水，赤豆棒冰，随你怎么奖励。嘿嘿，我就知道你当个孩子王没问题。"

"你又来了，又来了不是，尽给我戴高帽子，拣好听的说。我这是图什么？还不是为你好，可你就不知道真心实意地替我着想。"陈丹嗔怪道。

赵豫民是理解陈丹话里用意的，故意回避地说："我说同志，你真心为我做的事，账我是一笔一笔记着的，不要火辣辣的那么猛好不好。"

陈丹心里猛的一阵窃喜，赵豫民啊赵豫民，到现在你总算开了点窍，今后我经常要抓住机会敲打敲打你，因为我太敬重你了，太爱你了，你是我今后可信赖可依靠的另一半。陈丹的眉毛往上一扬，说道："那就一言为定，我可把你说的每一句话当补药吃的。"

赵豫民漠然地点了点头，心里在想，陈丹啊，陈丹，你的痴心太重了一点，我赵豫民怎么对你说才好，感情这问题一会儿是飘浮，一会儿是闪电，让人捉摸不透。一厢情愿是不行的，只有两厢情愿才会瓜熟蒂落。

在忙碌的田野里又多出一支送水的队伍，陈丹带着小朋友俩人扛着一只水桶，每天四次向职工们送水，鼓舞着连队职工的干劲，小朋友们乐呵呵地完成每天的工作任务，品尝着汽水、赤豆棒冰的奖励成果。

场部机耕队的东方红拖拉机又下到各个连队翻耕农田了，周骏这次到E连时还带来了他的妹妹往靳文丽这里一放，与靳文丽的妹妹正好成为一对搭档。周骏对靳文丽说："我这妹妹学校放暑假死活要到农场来，住我这里一个星期了，不方便，文丽，我把这老妹托给你了，正好和萍萍在一起我也放心。"

靳文丽答道："你把淑珍放我这里吧，也好和萍萍做个伴。你们机耕队尽是些男职工，淑珍常住你那里的确也不便，等暑假结束前淑珍和萍萍一起回去。这些天就住我这里吧。”

周骏对妹妹说:“淑珍,你要听话,要出去玩与萍萍一起去。”

周骏的妹妹高兴地说:“哥,这下好了,有萍萍陪着我不寂寞了,在你们男人世界里一点劲都没有,早知道萍萍也来了,我一到农场就到文丽姐这里来住了。”

萍萍拉着淑珍的手说:“这里是好玩,我们为他们送送水,还有汽水、赤豆棒冰吃。哎,我们还有一个大孩王领着我们呢。”

“真的,那敢情好。”淑珍眼中闪烁着兴奋的眼光说道。

周骏和靳文丽俩人看着两个妹妹的天真样不禁会心一笑。萍萍拉着淑珍的手说:“淑珍,我们现在就出去转转。”靳文丽对着她俩说:“不要走远了。”

两个小姑娘一直朝西走去,翻过堤坝,走过引龙河的水泥桥,一条欢奔乱跳的黑白相间的小狗引起了她俩的兴趣,她俩抚摸着这条小狗,谁知这条小狗觉得她俩的抚摸限制了它的行动而发生了反感,一边扭动着身体摆脱,一边急促的发出了急叫,从斜刺里突然窜出一条大狗朝着她俩冲来,萍萍和淑珍“妈呀”一声叫唤,撒腿就往前面的民宅狂奔而去,那两条狗也尾随着她俩追驰而来。

“大花,大花,快停住。”一位身材矮小长相丑陋的老人喝住了那两条畜生。

林妮娜手拿着镰刀从这户人家走了出来,她乘工余时间到这户人家喝口水,顺便打听一下粮票换物资的情况。见两位少女气喘吁吁地站在矮老头后面,楞神的盯着那两条狗以防它们再次扑过来,便说道:“矮小毛,看不出啊,你那两条狗也仗人势欺负两个姑娘家。”

矮小老人“嘿嘿嘿”尴尬的笑着说:“畜生不懂事见生人就扑,但不会咬人。”他从口袋里掏出两块饼干,丢给了那两条狗,两条狗听话地“伊伊”叫唤了两声,低着头吃饼干了。

林妮娜好奇的问萍萍和淑珍:“你叫萍萍我认识,是靳文丽的妹妹,她是谁？你们上这里来干吗？这里可是农民住宅区，你们已经走远越界了，跟我一起回去吧。”

萍萍惊魂未定的回答道：“她叫淑珍，是农场机耕队周骏的妹妹，今天刚来，她是我一条弄堂里的同学。我带着她一起出来玩玩，没事的，你走吧，我俩再玩一会就回去的。”萍萍不想让林妮娜把她俩带走，要是她告诉姐姐刚才发生的一幕，姐姐准把她骂个狗血喷头。

林妮娜急着要回去继续干活，不便在此久留，于是对两位姑娘嘱咐道：“姑娘家的不要贪玩，这里没什么好玩的，早点回去免得你姐担心。”

“哎，谢谢你大姐姐，我们口渴，喝完水就回去。”两位姑娘乖巧的搭着话。

“矮小毛，把她俩带到你家里给口水喝。我要急着做生活去了，去晚了别人又说我在偷工减料了。哎，别忘了我们刚才说定的价格，等农忙结束我来交换。”说完她急冲冲的赶路了。

矮小老人朝着她挥手喊道：“忘不了，你对我和我儿子那么好我会蒙你嘛。”

矮小老人送走了林妮娜后，召唤着两位姑娘进屋喝水去。萍萍和淑珍瞅着老人的模样，怯怯的跟着他进了草顶泥墙的屋子。屋内乌黑黑的，一股潮湿霉味扑鼻而来，两位姑娘从阳光的屋外走进屋内，眼睛极度不适应，眼前一片模糊，心里顿时慌乱了，刚才听那位大姐姐的话，跟她一起回去不就没事了吗，后悔进屋喝水了。

“姑娘，来，这儿条凳上坐。儿子，倒水给她们喝。”矮小老人招呼着两位姑娘。

一个比矮小老人还要矮小一点的黑影突然冒了出来，口齿不清地说道：“阿，阿爸、阿爸，又来人了？”

萍萍和淑珍定睛望去，这个矮小人是从坐着的小矮凳上站立起来的，除了身材比他父亲矮，一张脸的五官比他父亲的脸更丑，都快扭挤到一起了，他还拖着一条瘸腿费力的站了起来。萍萍和淑珍都在市区长大，哪里见过这么丑陋的一老一小，她俩的心都快跳到嗓子眼了，还有什么心情喝水了，“大叔，大叔，我们不喝水了，要回去了。”

矮小老人明白她俩急于要走的心情，说道：“不用紧张，你们刚才离走的那位大姐姐抽空常常来看望我们爷俩，关心着我们。你们不是要喝水吗，我让我儿子给你们倒水，你们那位大姐姐来，就是我儿子倒茶水的，你们要是一走反而是瞧不起我爷俩了……”

矮小老人的话还没说完，就发生了惊人的一幕：只见他儿子猛的一下把他推出门外，迅速的将门杠插上锁住了门。萍萍和淑珍本能的发出了尖叫，她俩冲向门口被矮小老头的儿子双手拦住，只见他的眼睛在黑幕下闪着亮亮的光，模样可怕极了，少女青春活力的胴体刺激了他原始本能的神经。但见他嘴里喃喃的吐着一个字：“美，美……”

矮小老人在屋外捶胸顿脚的拍打着门，并声嘶力竭地臭骂道：“你这孽种杀千刀的，你这是要干吗？千万不要惊吓人家姑娘，你快给我开门哪，杀千刀的。你再不开门我喊人啦。”矮小老人见儿子把人拦在屋内还没开门动向，迈开他那粗短的腿朝东边连队跑去讨救兵了。

屋内，萍萍和淑珍渐渐地朝后退去，一直退到墙根边，那矮小老人的儿子一步一步瘸着腿朝她俩逼近，见她俩退到墙根边了，猛地扑了上去，萍萍和淑珍分开朝两边一闪，只见“咕通”一声，他头撞在了墙上，疼得他捂着头龇牙咧嘴地叫着。他不死心，又向萍萍和淑珍俩人扑来，双方围着一张八仙桌玩起猫捉老鼠兜圈子游戏。

矮小老人神色慌张地奔向了E连的打谷场仓库，碰见了在脱粒机边上干活的靳文丽，“快，快叫人到我家去救人。我那傻儿子把两位姑娘堵在屋内，不知道他要干啥，快去啊。”

靳文丽脸上戴着口罩只露出两只眼睛，隆隆的马达声掩盖了矮小老人的求救声。她问：“矮小毛，你大声说清楚点，到你家救人？救谁啊？”

矮小老人急了，附在她的耳朵根张大了嗓门说："我儿子突然之间把两个市区来的姑娘堵在屋内了，这个杀千刀的一犯起病来不知会干出什么事来，你快去叫人，快去叫人。"

靳文丽懵了，矮小老人说的两个姑娘莫不是萍萍和淑珍吧，这如何是好啊，她定了定神，见打谷场上有几位男职工便上前将情况说明，大家一听放下手中的活，心急火燎的随着矮小老人一起朝他家奔去。

矮小老人的屋内三个人现在都已经是筋疲力尽。他的儿子见抓不着萍萍和淑珍，就一屁股坐在房门的泥地上喘着粗气，嘴里还一个劲的唠叨："美，美……"萍萍和淑珍俩个坐在那张八仙桌旁的条凳上，两双眸子紧盯着矮小老人的儿子，焦急地盼望着有人前来营救她们。

门外，矮小老人和靳文丽带着人赶到了，靳文丽对着屋子高喊着："萍萍、淑珍是你们俩在里面吗？不用怕，姐带人来救你们了。"

萍萍和淑珍在屋内回应着："姐，快来救我们，这人是个疯子。"

矮小老人也急呼："傻儿子，你这个杀千刀的，快把门打开啊，来了很多人你是抵挡不住的。再不开门他们冲进屋你是要吃苦头的。"

矮小老人的儿子只是低吼了一声算是回答他老爹的喊话，并没有打开房门。外面的人商议好以后轮番砸门，先是每人后退几步一人一脚冲上前踢在门上，几下一踢那安装在泥墙里的门颤动了，几个人又合力用肩膀去撞那扇门，那门经受不住冲力开始摇晃了。正在此时，屋内的萍萍和淑珍大叫起来："姐，你们当心啊，他手上拿了一把菜刀。"门外的人心都揪紧了，事不宜迟马上破门进屋救人。众人再次合力用肩膀撞开了门，靳文丽第一个冲进屋内，只觉得腿脚跟被什么东西碰了一下，而且非常地疼，她也顾不得那么多了，一把抱紧了两个妹妹安抚着她们："好了，好了，不用怕了，姐把你们送出去。"

当三个人簇拥着走出屋外时，萍萍和淑珍同时惊呼道："姐，你的脚跟在流血。"

当时靳文丽注意力集中在救萍萍和淑珍上面也没在意，经她俩一提醒就地坐在了地上，卷起裤腿一看，左腿脚跟已开了一个三厘米长的口子，在不断的流着血，还好没伤到筋骨。淑珍从衣服口袋里掏出一条手绢帮着靳文丽包扎了一下。原来是矮小老人的儿子干的坏事，他起先站着堵上了门，后来看不行了，架着瘸腿一拐一拐的走到炉灶上拿起一把菜刀准备拼命。门被“轰”的一声撞开后，他也随之倒地，此时靳文丽正争着进屋，他顺势给了她一菜刀，躺在地上装死了，大伙上去把他按在地上便不能动弹了。

矮小老人的邻居老太见那么多人围着矮小老人，而且撞击他的房子，不敢上前打探，竟到村里喊人去了。不一会功夫，村里男女老少来了二十多个人，他们一见农场职工按着矮小老人的儿子，气不打一处来，几个健壮的小伙子上前就推搡着把农场职工拉开，周边的农村妇女嚷道：“你们太不要脸了，欺侮残疾人。把他们告到连部去。”

那几个农场职工也不是吃素长大的，明明是矮小老人的儿子惹出事差点还弄出人命，你们就不明事理地指责我们，推拉我们。于是一位农场职工站出来对着那几位农村小伙子说：“怎么样，看架势想打架，谁怕谁啊？”

农村小伙子被眼前这位瘦小的农场职工的话给激怒了，他们准备对这位踩在农村地界上不知天高地厚的小子教训一顿。只见那位农场职工后退一步，手上做着拳击的架势对农村的那几位壮汉说道：“怎么打？是一对一，还是你们几个一起上。不过你们在和我打架之前想好了，想明白了。如果我被打伤了不怕，医药费全部国家报销，况且我还是救人行为属于工伤。你们被我打伤了，那就惨了，医药费可是全自理，划算吗？”

那几位农村壮汉听着农场职工的话觉得在理，他们每天 20 个工分，才一元钱，看病完全是自付的，看来打个两败俱伤吃亏的还是自己，于是一个个像泄了气的皮球待在原地不动了。那位农场职工得胜似的蹦跳着脚步，两手挥动拳头，左左右右做着拳击姿势，引来了农场职工的欢笑。

矮小老人颤颤巍巍走上前来劝说着："大侄子啊，真难为你们了，这次是我那杀千刀的儿子不好，你看，他把俩位要进我家喝水的黄花姑娘堵在屋内，要不是我把他们召来，说不定还会做出什么作孽的事。这不，把人也给砍伤了。"

农村里来的人顺着矮小老头的指点，这才看清坐在地上捂着伤口的靳文丽，在烈日的曝晒下淌着黄豆粒大小的汗珠，脸色惨白。几位明理的农村妇女说道："作孽，作孽。矮小毛的儿子太不是东西了，把人砍成这样，他要是正常人的话要吃官司的。"

那位瘦小的农场职工拨开农村几位壮汉，得意地嚷道："让开，让开，我们把靳文丽送回连队医务室救治。矮小毛的儿子就交给你们了。看在他是残疾人的份上我们就不把他押回连队去了。"两位农场职工架起靳文丽一瘸一拐的回连队去了。

那位瘦小的农场职工走之前又对矮小老人说道："你那破损的门和泥墙我们农场职工会掏腰包帮你修理好的。"说罢扬长而去。

矮小老人看着躺在地上不动弹的儿子，看着破损的门和泥墙，看到众人对他扫来的责备眼光，不禁掩面痛哭起来。

陈丹在医务室给靳文丽的伤口进行缝合，没有麻醉药，她让靳文丽忍着疼，一针一针扎进靳文丽腿脚跟的皮肉上。靳文丽让萍萍在她嘴里塞进一条小毛巾，紧紧地咬住牙关，忍着撕心裂肺的疼痛。萍萍和淑珍俩人用手扶着靳文丽，陈丹每缝一针，她俩的心就颤抖一次，太残酷了。

陈丹边埋怨道："萍萍，你也太不懂事了。今天我们送水任务完成了，小朋友们都在寝室里休息了，你还那么调皮带着刚来的淑珍又去野了。这不，让你姐吃苦头了吧……"萍萍羞愧的低下了头。陈丹继续说道："靳文丽，还好这伤口没伤着筋骨，要是伤得重的话恐怕要上医院治疗了，我给你缝上伤口保证你五天可拆线而且不留疤。"

萍萍感激的代表姐姐谢着陈丹:“陈丹姐,谢谢你高明的医学技术,我姐好了后不会一瘸一拐的,还嫁得出去的。谢谢你,孩子王姐姐。”

陈丹噗嗤一笑,说:“到现在还这么调皮,这事让赵豫民指导员知晓的话,我这孩子王准挨他骂。”陈丹在说话间为靳文丽缝完了最后一针。

二十三

赵豫民并没有为此事批评陈丹，他觉得陈丹已经不容易了，在做好自己田间医药巡回保健工作的同时，能按照他的意图将孩子们管理得井然有序，和他们建立起感情当上“孩子王”，毕竟这里是工作连队，不是托儿所。另外他不去批评陈丹的意思是不要再去刺激陈丹那根敏感的神经，她要爱我就让她爱吧，总有一天她会明白的。

赵豫民把那几位参与救人的同志叫来，表扬了他们一番，同时对那位瘦小的职工进行了一番教育，不能以这样的口吻对待农民兄弟，要加强团结。他从自己的衣袋掏出二十元钱交给那位瘦小的职工说：“凑个份子钱，给矮小毛家修理破损的门和泥墙我算一个。”

第二天早晨，赵豫民通过场部摇过来的长途电话，知道了由甘叔带队押车的化工合成胶水厂的设备已启程往 E 连驶来了的消息，甘霖霏也一起来了。赵豫民高兴得一蹦老高，他吩咐着后勤排长赶快去镇上再买肉和副食品，让食堂伙食搞得好一点，招待好市区来的师傅们。又派西面家属区的家属们，赶到已建好的化工合成胶水厂职工宿舍楼打扫卫生，床头挂好蚊帐，点上蚊香。一切安排妥当，赵豫民又下田指挥“双抢”农忙了。

赵豫民来到了连队打谷场仓库，见周冠才和靳文丽正在与“三整办”王主任汇报着什么。王主任头戴一顶大草帽，脸上戴着大口罩，配上一副平光眼镜，衣服袖管和裤脚管用绳子扎紧了，全副武装地站在轰鸣的脱粒机旁，将一束一束稻子塞进机器里，只听见脱粒机内的滚动齿轮搅拌分离着稻穗发出“刺啦、刺啦”的声音，随之尘土飞扬出来。

赵豫民走上前去，关心地问着靳文丽的伤势怎么样，要她多注意休息。靳文丽不好意思地说道：“为了救我妹妹仓库的活给落下了，你看王主任也来帮着干活，我还能休息吗?”

赵豫民表扬道：“好样的，我让吴美玲写篇表扬稿，全连通报。”

周冠才对赵豫民说：“刚才我正向王主任汇报着我连‘双抢’以来十多天的战绩和早稻的收成，根据靳文丽刚刚统计的进仓数我们亩产预计可达 750 斤。”

赵豫民拍着周冠才的肩膀说：“这是个大喜讯，不过也在我俩事先预料之中……”他见周冠才愣着神故意提醒着说：“你忘了，开镰之前你是怎么向场部农业科长汇报的? 呀，你倒忘了，我给你记着呢，你报的就是这个数。当时农业科长还对你说，E 连要是早稻亩产拿下 700 斤我请客喝酒。”赵豫民和周冠才哈哈大笑着。王主任在一旁边干活边观察着俩人的动静，他目光乜了一下周冠才暗暗骂道：“蠢才，又让人拿捏了。”他没注意自己拿着稻穗的左手随着脱粒机的惯性已滑到了机器口边了，他下意识的猛然将手往回抽已经来不及了，左手两根手指的皮被脱粒机滚刺拉破了，鲜血淋漓。

赵豫民急喊着周冠才：“快把王主任搀扶到医务室包扎。咳，祸不单行啊。靳文丽，告诉所有在打谷场上干活的职工一定要注意安全生产。”赵豫民拿起一束束稻穗继续顶上刚才王主任的岗位，干起脱粒的活。

王主任在周冠才的搀扶下，往连部医务室走去，他咧着嘴对周冠才说："老周，我怎么说你好，本来你和靳文丽向我汇报了关于救人事件，我琢磨着拿这件事做点文章给赵豫民扣上抓队伍不严的帽子，他也正巧来了，我正要问他几个问题，你横插一杠谈什么向我汇报十天来的战绩，他正好逮了机会给你灌迷魂汤，你却浑然不知地与他附和上了，你傻冒啊，哎唷。"伤口剧烈的疼痛使得王主任叫唤起来。

周冠才听着王主任说话也不吱声，他心里嘀咕着，你王主任神经太过于敏感了，这不小题大做吗？你拿救人事件找赵豫民的茬是否有点得不偿失，更何况救人事件卷进去的主角是靳文丽和她妹妹，这两位可是我的远房亲戚，大事化小、小事化了岂不更好，何必再要兴师动众丢人现眼呢。更何况赵豫民还表扬了靳文丽有伤不下火线，让领导多表扬表扬的人影响好，说不定靳文丽今年底可调回市区工作，我不也可在众亲朋中露露脸，光鲜光鲜。周冠才在心里与王主任闹上别扭了，他反思着为什么我每说一句话、每办一件事王主任总以瞧不起我的眼神、口吻对着我来，在他的心里我不是傻冒就是草包。他隐隐地想到了一点，王主任莫不是看中了林妮娜，既精明又有点子，能和其他职工对得上话，摸得住情况而把我给甩了，看来这狐狸精我得看着点，不要让她真的着了王主任的道而毁了自己前程，我和赵豫民毕竟是你的直接领导，你的前程好与坏还是掌控在我俩掌心中。人啊，特别是到了中年，你跟对了一个人、一条线鸡犬升天，反之则荡然无存后悔药都买不到。

周冠才半心假意地劝着王主任："别哼哼了，就划破一点皮。想必你在办公室呆久了，细皮嫩肉的经受不住。你看我这张手，在炉膛里抓个火烧煤饼都不成问题。"周冠才摊开那满是厚茧的手让王主任看。

王主任不满地说："你在讥笑我？哼，看人挑担不腰疼，不信你试试。"

周冠才忙圆场地说："唉，王主任，我可不是那意思，见你这么疼还思量着怎么对付赵豫民，还疼哪。"

“你领情了就好。冠才，我们都要开动开动脑筋，对付赵豫民这棵根深蒂固的大树，头脑灵敏的人一定要计划圆满滴水不漏才行，在这方面你确实要向妮娜同志学习哩。”王主任教训着周冠才。自从那天晚上他在跨上自行车前拧了一把林妮娜的屁股肉后浮想联翩，改口称妮娜同志了。

周冠才酸溜溜地咽下了一口唾液，口是心非的回答道：“向林妮娜同志学习，我应该向林妮娜同志学习。”

“这才对了嘛，咱们当领导的有的时候确实要拜群众为老师，这样才能汇集众智、众势去反对我们每一个对立面，去攻克一个一个堡垒。伟大领袖毛主席教导我们群众的力量是无穷的，群众的智慧是无穷的，我们能把握住这个真谛将无往而不胜。”王主任循循教导着周冠才，同时也掩盖着他对林妮娜的欣赏与喜爱之情。

西下的太阳像圆圆的火球挂在天际和地平线交汇点上，整个大地像被笼罩在闷罐子车厢里似的让人感到窒息。甘叔和甘霖霏押着一溜七辆大卡车的机器设备鱼贯而下西边的海堤朝E连驶来了。甘叔和甘霖霏坐在首辆大卡车车头里，虽然两侧的玻璃窗户被摇了下来，但发动机散发出来的热量还是把车厢变成一个大烤炉，每个人座垫都是湿漉漉粘在裤腿上不好受，甘叔不停的挥动着软布生产安全帽，嘴里不停的喊着热。驾驶员碍着甘霖霏在车里不方便脱下身上最后一件汗衫背心，一边打着方向盘一边不停地用毛巾擦着脸上、脖子上流下来的汗珠，有时擦拭着手心，以免把握方向盘打滑。当大卡车行驶在E连的大道上，甘叔这才缓了口气说道：“到了，终于到了。唉，霖霏你看，那不是豫民吗？够意思，够意思。”甘叔把头伸出车窗外，对在路边迎候他们多时的赵豫民挥舞着手大声呼唤着：“豫民，豫民，甘叔来喽。”

司机缓缓的将车停下，赵豫民手拉车杆一个箭步上了车，刚坐下，猛然把屁股一抬，大叫一声：“烫死了。甘叔、霖霏一路难为你们了，辛苦了。”

“这点苦算什么，能早日帮你把厂子建起来，甘叔什么苦都能吃。”他一边用毛巾抹着脸，一边说道，同时与甘霖霏会意地一笑。

甘霖霏从挎包里拿出一条新毛巾递给赵豫民，说道：“豫民哥，你指挥着连队的同志们在热辣辣的太阳照射下进行‘三抢’那才叫又苦又累。瞧瞧都搞成泥猴子了，快擦擦吧。”

赵豫民接过毛巾，听甘霖霏这么一说，对着卡车头上的反光镜看了一下，可不，汗水粘着尘土，满脸脏兮兮的，他用毛巾死劲地擦着脸上的污垢，然后问甘霖霏：“擦干净了没有？”

甘霖霏一把夺过毛巾说道：“光顾了脸面了，耳朵根、脖子后面都没擦干净。”她帮着赵豫民把这些地方的污垢仔细擦干净了。甘父在一旁看着，微笑着赞许地点着头。

一溜大卡车载着机器设备终于到点了，赵豫民招呼着各位师傅们下车，西边家属们确实能干家务事，在一长溜的椅子上摆好了脸盆和毛巾，让师傅们下车后先洗把脸轻松轻松，然后吃上切成片的西瓜、白梨瓜解渴。

甘叔指挥着各位师傅说道：“大伙先别忙着洗脸吃瓜，今晚先不卸货，用带上的油布把机器设备罩上以防下雨。”

“好哩。”师傅们在车上忙着盖油布，他们干起活来有板有眼、丝毫不乱。

等师傅们干完活，洗了脸，吃了瓜，赵豫民领着大伙进了房间，他对甘叔说：“让各位师傅先洗澡，浑身轻松后咱们再开晚饭。”

师傅们进房间时看见每间房间安排了两个人的铺位，还有写字桌，桌上摆放了一盏台灯。雪白的细纱网眼蚊帐遮盖着每张床铺，引得各位师傅啧啧称赞。

“各位，我的准女婿为大家安排的还算周到吧。”甘叔夸张地说道。

一位师傅拿起床铺上的枕头在鼻子前嗅了嗅，操着苏北腔说：“没搭说，没搭说，真叫顶呱呱。”

甘霖霏娇嗔地说了一句："爸，瞧你又来了，要给豫民哥留点好印象。"

甘叔可不买账，大着嗓门说："闺女，这怕啥啊，在市区说得，怎么？到豫民的连队就说不得了？你们俩啊迟早的事，爹都留意着哪。"

"爹，你不要再说了好不好，农场政策你也不是不知道，你这么嚷嚷不明就里的人一传十，十传百把正经传歪了，对豫民哥、对我都不利的。"甘霖霏埋怨道。

甘叔一听女儿这个话，猛拍了一下脑袋，说："爹明白你的意思了，瞧我这张嘴真应该掴掌。咳，大伙洗澡去，洗澡去喽。"

但是父女俩的话确实被西边家属听进去了，她们会像乌鸦嘴一样将父女俩的对话传播出去，这倒并不是她们恶意的，平时唠叨张家长、李家短的讲惯了。

自从甘父和甘霖霏押运建厂的机器设备到E连后，赵豫民整个人像打了强心针一样的兴奋，白天在田里指挥参加"三抢"劳作，晚上带着周冠才和连队其他领导陪着甘叔和师傅们喝酒论道。他叫上"三整顿办"王主任一起去，可王主任打着哼哼说手疼不去了，他心里想着我才不会掺和你赵豫民所做的事呢。

这样的场合、这样的场景，这样的场面整整搞了三天。

皓洁明亮的一轮月亮挂在灰蓝色的天幕上，陈丹拿了把椅子坐在窗台前，她刚刚洗了澡，袭一身淡粉红色布质衣裤，轻轻摇着一把有山水画面的缎质料团扇，看似她很平静，其实内心是激浪翻滚。她远眺着明月，似乎要看透吴刚捧着桂花酒，嫦娥在翩舞，玉兔在奔跳的仙境。而眼前的实境确是她和赵豫民之间那种心里明白，但道不明、说不清的苦涩。西边家属的风言风语又在摧垮她的敏感神经。她重重地叹了口气，自言自语地对着月亮说话："这是为什么，为什么啊？月亮你能不能代表我的心告诉赵豫民，我才是他的真爱啊，我俩从进E连那一刻起命运就绑在一起了，虽然不能公开的卿卿我我，但这么多年走来的心路都是默认的，谁个不知，哪个不晓，只不过没有捅破这一层窗户的纸而已。现在突然冒出个从小青梅竹马的红颜知己横插在我俩之间，看这赵豫民整天疯颠颠的和那甘霖霏混在一起，每天只睡四个小时，这不是在为她玩命嘛，长久下去身体可要垮的。不行，今晚我得劝劝他，并且直截了当告诉他我爱你。陈丹怜悯起赵豫民的身体健康，同时也下定了决心把赵豫民的心夺过来。

夜已经深了，赵豫民上身穿着一条背心，露着膀子，下着一条蓝布长裤，手上摇着一把蒲扇，时不时的用蒲扇打着露出的膀子，驱赶蚊子，走到办公楼下，他对一起回来的周冠才说："老周，我到了，你还有一段路呢，小心点啊。痛快、真痛快，我俩是酒神仙，他们可喝不过我们呢，啊？"

周冠才打着嗝说道："豫民，还是你厉害，你一个人敬他们喝酒就喝了一斤，他们愣神了，怕了，你……你是神，我是仙，我……我还差你一截呢，回见啊。"说着，身子摇摇晃晃地朝西边家属区走去。

赵豫民哼着小曲上了楼，陈丹在门口拦住了他："赵指导员好兴致啊，每天这么晚回屋休息不怕累着，那边有磁性强大的吸铁石。"

赵豫民只是嗯了一声没理会陈丹径直朝自己的寝室走去，他此时酒喝得多了，脑袋胀呼呼、晕乎乎的，只想倒头睡一觉。陈丹见赵豫民没搭理她，心里的嫉妒劲上来了，也跟着赵豫民进了屋。她站在赵豫民面前，两眼喷火似的望着赵豫民，问道："你为什么不理我，是不是那甘霖霏把你迷住了？"

赵豫民万万没想到陈丹会来这一手，而且胆量这么大的进屋直截了当地质问他，他眼神里充满了疑虑，淡淡的说了一句："你这话又从哪里说起？"

"不要以为装傻别人就不知道，你都去听听，全连队都知道你和甘霖霏是什么关系了，你还要掩盖。"

赵豫民苦笑了一下，说："那是甘叔随便说说，你又吃哪一门醋呀？"

“你不要再和我说这种话了，人生婚姻大事是可以随便说说的吗？你还以为我是不懂事的黄毛丫头可以唬弄，我是有血有肉有头脑，讲情意，讲感情的青年女子。五年多了，我一直感激你陪伴在我身边像大哥哥一样手拉着手共赴征途，一步一步的牵引着我，关爱着我使我成长进步。五年多了，全连队都知道我俩这种暗里的关系，背地里说我俩是志同道合的一对鸳鸯，为了你的前途我一直信守着我是爱你的念想，你肯定也是爱我的念想相安无事的爱下去吧……”陈丹血脉喷张，把长期积压在心里的话一股脑的全奔泄出来了。“你说，你爱我吗？”

赵豫民被陈丹的一番话震醒了，他的确爱过陈丹，她活泼开朗，人聪明，但对陈丹的家庭背景作进一步了解后，他对陈丹的真爱止步了。陈丹的舅舅在台湾保密局工作，要是俩人结婚马上就背上了沉重的十字架何苦呢？这些情况是千万不能对陈丹说的，她要是知道了肯定对她是毁灭性的打击。再说自己也够自私的，与人相爱，偏又多了个心眼，让人去询问陈丹的社会关系，这也是不能对她说的。于是，赵豫民郑重其事地对陈丹说：“我爱过你，现在也爱，不过是同志间的爱。你对我的爱我心存感激。”

陈丹转悲为喜，但对赵豫民的一番表白仍未理解透，一把拉住赵豫民的手，迅速地亲吻了赵豫民，说：“我就知道你爱着我，你的话我要听。”说完离开了赵豫民，回自己房间去了。

赵豫民站在那里摇着头，他抹了一把刚才被陈丹吻过的嘴唇，自言自语地说道：“这算哪门子事呀，陈丹啊，陈丹，你真是痴到极点了。”说完了这句话，赵豫民倒头在床上呼呼大睡了。

陈丹晚上睡觉时做了个梦，她和赵豫民在同爬一座山，快到山顶时，见到甘霖霏趴在山顶上向他俩招着手，嘴里还叫着：“来呀，来呀，快上来吧。”只见赵豫民速度极快地把她甩了，快步登了上去。甘霖霏一把把他拉住，乘势倒在了赵豫民的怀里。突然间一阵狂风刮过，把快要蹬上山顶的陈丹猛然刮下山去了。陈丹“啊”的一声惊醒了,她呆呆地坐在床上,头发和身子被冷汗湿透了。她内心恨透了甘霖霏,都是她的到来闹得我心神不安,不行,明天我要去会会甘霖霏,看看她是用什么魔镜把赵豫民的心给掳过去的。

二十四

吃过早饭，陈丹背起小药箱戴着大草帽到田里巡回医疗去了。在出发之前还未忘记自己“孩子王”的使命，将来连队的小弟弟、小妹妹们组织在一起做暑假作业，吩咐他们等她回来完成担水送田头的任务。

陈丹一路东去来到了化工合成胶水厂，但见师傅们在甘叔的指挥下将机器设备用铁棍移动法往车间里搬，甘霖霏不在场。陈丹又朝寝室走去，快走到寝室的尽头一间敞开的房间里，她看见甘霖霏靠在临窗的写字桌前低头看着书，她故意的咳嗽一声，甘霖霏扭头见是一位似曾见过面的年青女子，她站起来问道：“同志你找谁？”

“你是甘霖霏同志吧？”陈丹轻声的呼唤道。

甘霖霏有点愕然，她说道：“你怎么认识我的？”

陈丹神秘兮兮地说道：“你忘了，那次你押运砖头来过连队，我们赵指导员把我们几个支走，你俩说着悄悄话呢。这次你也来了三天了。我叫陈丹，奉赵指导员命令特意来看看你的。”

甘霖霏这才明白，眼前这位亭亭玉立、举止端庄的青年女子就是豫民哥经常提起的陈丹。她上下打量起陈丹，论模样陈丹确实俊俏，被太阳晒过的皮肤白里透红，一件牵牛花图案的长袖衬衫束进裤腰里，下身着一条飘逸的黑色直筒裤，凸显女人味。再看看自己，一身工装包裹了女人的特有曲线，有些憋屈。

“你进来坐吧。”甘霖霏打着招呼让陈丹进了房间。

陈丹大大咧咧地一屁股坐在床上，这次她是近距离看清了甘霖霏，不但黑瘦，一张瓜子脸上还映衬出不少麻点，傻了吧唧的一个人嘛，这大大增强了她的自信心。

“这两天你们还过得好吗？要是有个头痛脑热的尽管跟我说。赵指导员又额外给我加了一个任务，照顾好你们，这个厂呀不但是我们连队的宝贝，还是整个农场的宝贝呢，你在看什么书呀？”陈丹一边说，一边把甘霖霏看的书顺手拿了过来，翻到书的封面，“噢，《钢铁是怎样炼成的》，好书，好书。”

“我闲来无事随便看看。”甘霖霏拘谨地说。“你想说什么呀？”

陈丹挑衅的说开了：“听赵指导员说你们从小青梅竹马，后来分开了各奔东西。这本书我也看过，要是我没记错的话保尔·柯察金与冬妮娅也有一段从小青梅竹马的时光，让保尔·柯察金难以忘怀。可惜呀，后来俩人道不同，志不合，保尔·柯察金痛下决心与她彻底决裂了，你说甘霖霏同志这意味着什么？”

甘霖霏非常气恼，书中描绘的这一切她都看过，陈丹这是分明上门来向自己示威的。豫民哥也曾经对她说过陈丹暗地里深深地爱着他，但他绝不会对陈丹示爱，更不用说会走到一起。想到豫民哥的话，她应对陈丹的挑衅底气足了。她对陈丹说道：“陈丹同志，你能高深地理解书的主人公的境地我非常佩服，但书中描写的是国外，那个年代的爱情怎么能与我们国内的爱情比呢。我们有《七仙女》、《梁山伯与祝英台》那久久相传的爱情呢。”

陈丹一愣，这看不上眼的情敌说话一套一套的，句句得理，得给她来点硬的，她说道："甘霖霏同志，我们赵豫民指导员论人品有模样，论干事一只鼎。我可是与他手牵着手同一天进的连队，五年多来我俩朝夕相处，相互爱慕这全连队都知道，而你半路上杀出个程咬金把一切都搅黄了。以前你没来我要是闻听这件事我也只当耳旁风刮过，眼不见为净嘛，可现在不同了，你就站在我的眼皮子底下我忍得住吗？我今天当着你的面说清楚，在我和赵豫民之间的感情中间谁也不能插一手。"

甘霖霏也不甘示弱的回答道："陈丹同志，请你注意自己的形象，谁也没有限制你该爱谁，这是你的权利。但我要忠告你，爱情这东西是两厢情愿，不是靠单相思能得到的，你偏执的对豫民哥的爱会得到什么结果呢？只能是自卑。"

"不，你说的不是真话，赵豫民是爱着我的，他和我都是付出了五年的心血在培育着这默默的爱。你也是农场职工，你明白农场的政策，就是这条清规戒律把我俩的爱压得喘不过气来，不能公开的示爱，你懂吗……"陈丹掩饰不住长久埋藏在心底里的酸痛，歇斯底里地说着。她今天算是碰上真正的对手，精神崩溃地哭泣了，哽咽地说道："折磨着我，折磨着我呀！……，我受不了，霖霏妹妹，我求你了，你把赵豫民让给我吧，我会记你一辈子恩的。"

甘霖霏见陈丹从进屋那刻起像似一只母夜叉，眼前变成了一只温顺的小绵羊，刚起怜悯心，一道神圣的眼光向她射来，她的心不禁哆嗦了一下，她马上自责起来，在纯洁的爱情两个字上，你的心灵也是这样丑陋吗？于是她咬着牙对陈丹讥讽起来，说道："我说的一点没错吧，你很自私，把爱情当作交易，你把我当什么人了，把豫民哥当什么人了，你永远得不到豫民哥的真爱，你所表露的一切彻头彻尾的是一种伪爱。你走吧，请自重。"

陈丹的脑袋像被撕裂一样的疼痛，她的脸面在甘霖霏面前被撕得粉碎，她两手捂着脑袋飞也似的离开了甘霖霏的房间，嘴里大声叫着："我没有用，我是个没用的人。"

陈丹精神恍惚的走在田埂上，那头上原先戴的大草帽不知道被丢到什么地方去了，太阳火辣辣地照射在她的头顶上，她脑子的记忆细胞被晒的空化了，一路上嘴里尽念道："我没用，我是个没用的人……我没有用，我是个没用的人。"

在离连队部不远的总灌渠道旁站立着穿汗衫短裤的"大炮"，他手里拿着一把蟹铲，时不时地朝水渠里捞着水草杂物，使水流能顺利地通过总灌渠道哗哗流到机耕队翻耕过的稻田里。"大炮"这个人乍看粗鲁，厚墩墩的身板站在那里像半截铁塔，干起活来却认真负责。他站在那里用手遮住额头挡着炽热的阳光，一双细小但犀利的眼睛朝前方张望。不远处一条身影向他这个方向蹒跚地走来。他看清楚了是陈丹，他大声招呼着："咳，陈医生，这大热天的在田埂上也不戴顶草帽呀，看把你晒的。"

陈丹嘴里还在念叨着："我没有用，我是个没用的人……我没有用，我是个没用的人。"一路走到"大炮"面前。

"大炮"好奇的瞅着陈丹，说道："咳，咳，我说陈医生，你怎么像着了魔似的，嘴里尽唠叨这几个字？要不是想上大学背词哪。"

陈丹向着"大炮"傻笑着，又念叨了。"大炮"急了，听人说猛击猛喝一声中邪的人会被救醒的，魂会回来的。看陈丹这副模样是严重中暑了，他管不到那么多了，用手掌在陈丹的肩膀上猛拍了一下并大喝一声："陈医生醒来。"

这一招果然行，只见陈丹站在原地，眼珠子朝上翻了两圈，缓出了一口气，她定了定神见眼前是"大炮"真是羞愧万分呐，"怎么是你'大炮'，我追的是走在前面的赵指导员呐。"

"嘿嘿嘿，陈医生，我看你中暑厉害了，分不清谁是谁了，赵指导员他们分明在那一头。""大炮"用手指着陈丹走过来的方向。

"那你怎么一个人守在这里不和大家在一起？"

"赵指导员看得起我，派我到这里为水稻田里灌水，你知道吗？等水往田里灌满喽要演出一场好戏呐，赵指导员、周连长还有那个场部农业科科长要比试一下谁秧插得快。可大饱眼福了，你不去看看。”“大炮”兴奋地说道。

陈丹说道：“去，我要去的，看看赵指导员出丑。”

“大炮”一愣，忙说道：“陈医生，你讲这个话可不作兴的，我们盼望着赵指导员赢第一，这关乎到我们连队声誉问题，这二年来他们每年比赛相互打了个平手，这一次赵指导员肯定赢。”

“赢个屁，什么荣誉不荣誉的，一切都是假的，有没有毛巾。我擦个脸就去。”陈丹把满腔委屈、怒火都发泄出来了。

“大炮”想今天陈丹怎么了，平时斯斯文文一个人变成了浑身都是长刺的刺猬了，女人可不好惹。他听陈丹问他要毛巾擦个脸，堆着笑脸说：“有，有，还是新的，我没用过。给你。”他把放在脸盆里的毛巾拿起递给陈丹。

陈丹拿着毛巾蹲在总灌渠道上，俯着身子把毛巾就着渠道里的水搅和湿了使劲的擦着脸，总灌渠道里的水在阳光的反射下出现了倒影，陈丹见自己的脸被渠水冲刷着，波浪似的裂开了，她眼一黑，头一晕栽进那旋转着水流的总灌渠道里，后脑勺重重地撞在砖瓦砌起的总灌渠的墙壁上。“大炮”就在陈丹的身旁，他惊讶地叫了一声，伸手去拉可已经来不及了。总灌渠是一口窨井，水流湍急靠的是电闸引水，旁边还延伸着两个南北方向的涵洞附渠，不把陈丹救起来她就有可能吸附在总灌渠内窒息而死。“大炮”急中生智猛地关闭放在地上的电闸，然后像个猴子似的用两条粗壮的腿蹬住总灌渠的两壁，俯下身把已经呛水昏迷的陈丹硬生生的捞出了总灌渠。他把陈丹扶在渠干上，让她俯身对着水渠，击拍她的背脊，使胸腔内的水顺势吐出来，然后嘴对嘴的做人工呼吸。陈丹慢慢舒醒了，但说不出话，两行泪水顺着眼角流淌下来，她摸着后脑勺直呼痛。“大炮”把电闸合上通了电源，总灌渠里的水又飞速旋转起来顺着涵洞附渠流向了田里。然后“大炮”背起浑身湿漉漉的陈丹朝连队部快速奔去，嘴里大呼："黄金敏，黄金敏，快来救陈丹。"

"大炮"的呼喊声惊动了在打谷场干活的连队职工，黄金敏此时正在打谷场上卸稻子呢，他见"大炮"背着陈丹朝他卸稻子的手扶拖拉机方位奔来，连忙三下五除二的把堆放在拖拉机里的最后几梱稻子抛向地上，用扫帚把车厢里的稻谷扫了下来，对"大炮"说："快上。"

"大炮"气喘吁吁的把陈丹扶到手扶拖拉机上，对黄金敏说道："老法师，快将陈丹送县人民医院，看你的啦。"

黄金敏快速的开着手扶拖拉机，后面扬起一阵尘土，他质问"大炮"把陈丹怎么了。"大炮"说："陈丹严重中暑，刚到总灌渠边拿毛巾洗脸一头栽了进去，我把她好不容易捞上来，要不她死在里面了。"

"呦，你们俩个挺有意思的，上次是你被毒蛇咬陈丹救了你，这一次轮回到你英雄救美人啊，真是六月里的债还得快。"黄金敏逗着"大炮"。

"你这位老法师，人命关天的事你还有好心情说风凉话，阶级兄弟姐妹情溜哪儿去了。快开，再开快点。""大炮"出气的说道。他的一双粗壮而有力的手紧紧抱着正在哼哼的陈丹，以防她坐不稳东倒西歪加重伤情。

今天是"双抢"农忙插秧的最后一天，因此赵豫民非常重视已连续二年在E连开展的插秧比赛，在插秧比赛的田块四周旌旗招展，各排都选出插秧能手，他们在田头一字排开。最引人注目的是赵豫民、周冠才，还有场部农业科"小德张"科长，转业到农场来前当过部队的侦察兵，他可谓身手敏捷，从不服输嗷嗷叫的一个人，去年来E连比试插秧技能，输给了赵豫民，今年他借着视察各连队"双抢"农忙的情况，候着最后一天插秧的日子到E连视察来了。他听了赵豫民、周冠才向他汇报的"双抢"情况后，高兴地对着赵豫民就来个"猛虎掏心"动作，赵豫民知道他的拳术厉害，本能的后退一步，使"小德张"科长的这一拳落了空，他自言自语道："我的速度怎么比不上他了，难道我老了吗?"

周冠才在一旁插话："小德张科长，你还以为你不老啊，看你刚才的情形这次插秧比赛你赢不了豫民，恐怕也要落后于我。”

“小德张”科长什么话也不说，虎虎有风的朝着周冠才又是一记“猛虎掏心”，周冠才用双拳去抵挡同时护住了胸脯，只是嘴里“啊唷”一声，“小德张”科长忙收住拳，嘴一撅说：“我老了吗？”

周冠才不停的甩着双手说：“领导你拳术厉害，我服你。哎，领导，你不是说过我们连早稻亩产达到700斤你就请我们喝酒。现在，我向你正式汇报，我连的早稻亩产已达750斤了。”周冠才话里的意思是咱俩酒桌上见比高低。

“小德张”科长叉开两腿，两手叉腰蛮横地说：“我怕把你喝死掉，不信你试试。”

周冠才来劲了说道：“领导你可别耍赖，喝就喝，哪个怕哪个。”

“小德张”科长脸上露出了难堪的笑容，他知道赵豫民、周冠才的酒量不亚于他，便对赵豫民、周冠才说：“刚才是与你们两位开个玩笑别介意，等插秧比赛结束我统统的与你们两位虎将算账。咳，那阴阳怪气的场部‘三整办’的老王怎么没见着啊，他可是督军威风得很。”“小德张”科长在场部也是看不起“三整顿办”王主任的一个，说他是部队里出来的“混类”，此种人不可交朋友。

赵豫民回答道：“王主任的两根手指被齿轮脱粒机拉伤在家休息呢。”

“那该他活该。这种人什么事也干不了，什么事也干不好，整天就是阴司鬼一个，你们俩可不要着了他的道，否则够你们俩喝一壶的，这比我请你们俩喝的酒更挠心，更苦涩，”“小德张”科长关心地提醒道，他煽了煽手又说：“此种人见不到面甚好，否则心烦。”

他们三人信步来到插秧比赛的田头，弯腰将裤腿翻卷到大腿上，赵豫民一个稳步站在田块的泥地里面对参赛的选手挥舞着双手说：“各位，大家静一静听我说，今天的插秧比赛我们场部农业科‘小德张’科长又来助力了，大家掌声欢迎……不过呀，他是不服才来的，今天我们大家再比试比试怎么样?”

“小德张”科长将笑容收了起来,嘟囔着说:“好你个赵豫民,出我洋相。”

众参赛选手高喊着:“比试,比试……!”

赵豫民拔高嗓门继续说道:“不过同志们我要提醒大家,插秧比赛不是光图快,一定要注意秧苗的间距、行距,也就是竖的看一长溜,横着看一条线,更不能插下去的秧苗像扶不上墙的泥东倒西歪,”参赛选手都发出了会心的笑声,“只有达到质量、技艺、速度这三个标准才是顶呱呱能评上名次,大家听明白了吗?

众参赛选手齐声叫喊道:“听明白了。”

“小德张”科长扬眉舒心地补充道:“好你个赵豫民,这插秧的要素你都说得头头是道,搞插秧比赛也是农活技艺的提高,所以我这半老头子才有兴趣参加你们的插秧比赛,否则我是没空来丢人显眼的。”

赵豫民一高兴又带头对着“小德张”科长鼓起掌来,他对众参赛选手说:“我们E连就是要通过多种农活比赛,使我们农场职工就是修地球也要修个像样的出来,大伙说对不对?”

众参赛选手又齐声高呼:“对!”赵豫民把手一挥:“插秧比赛现在开始,下田!”

插秧的水田里已飘浮着几十捆用稻草绳束的秧苗,连队专门抽了六十多名挑秧队员,穿梭来往于秧田和插秧的田块。

插秧的水田里赵豫民、周冠才、“小德张”科长和参赛选手一字排开,但见他们两只手上下动作飞快,分秧、插秧,分秧、插秧,娴熟的动作像专业的发牌手。这插秧的确有讲究:如两手分秧时动作大一点一分一大把,加上往水田里插秧力气大一点秧苗被深插进水底下长时间浸泡就成死秧。秧苗之间间距密了点影响生长,行距宽一点又达不到一定的亩产量。

半个小时过去了,开始大家的速度还相差无几,现在赵豫民已经超越了周冠才、“小德张”科长三米远的距离。平时唠叨“插秧没有腰”的女职工与他俩并驾齐驱，其他插秧的男职工差距更不用说了。赵豫民停顿了一下，望着水田里绿油油的一大片秧苗心里喜滋滋的，他一看周冠才要追上来了不敢怠慢，又低下头弯着腰插起秧来。眼看插秧比赛行将结束，田埂上一位挑着秧苗担子的女职工脚一滑，整个人连秧苗担子一起滑进了水田里。

“啊！血，金雅芳受伤了，大家快来救她。”后面挑着秧苗担子的女职工惊恐地叫起来。

听到叫唤，大伙都在水田里高一脚低一脚地朝这边围拢过来，赵豫民、周冠才、“小德张”科长马上予以阻止，只让几名女职工过来。赵豫民吩咐女职工拿水来喂她，叫上两位男职工马上把陈丹找来。

几位女职工一阵忙乎，把金雅芳抬上了田埂，给她喝了水。金雅芳紧闭着眼睛，躺在一位坐在泥地里的女职工怀里，一言不发。有位女职工帮她拍去粘在小腿上的蚂蝗，查看了一下并没有划破的伤口，再顺着往大腿上看，血是从上面流下来的，几位女职工纳闷了，难道金雅芳的伤是在大腿上，这田头里又有那么多的男人，不便脱下她的裤子查看伤情，这怎么办？只是一个劲的问她：“金雅芳你怎么了，伤哪儿啦，你快说话啊，真急死人了。”

金雅芳还是不吭声，赵豫民一看这拖下去不是个事啊，他急吼道：“来几位男同志把她抬到寝室去休息。”

金雅芳微微睁开了紧闭着的眼睛，嘴唇蠕动的说：“不，我要女职工抬我回去。”

赵豫民马上说道：“好，好，只要你开口说话就好，那就烦劳女职工们辛苦一下把金雅芳抬回去，一路小心，我马上就来。”四位壮实的女职工抬起金雅芳回连队寝室。

他转过身去对“小德张”科长和周冠才说道：“真对不起，眼看插秧比赛我胜利在望，可评出名次了，突然出了这么大的事故，明年我们再比试比试。”

“小德张”科长皱着眉头对赵豫民说道：“赵豫民啊，我看那位金……什么来的职工突然滑倒流血有些蹊跷，我和老周两个是过来之人，那位女职工刚才紧闭眼睛，那么多人问她怎么了，她都一言不发，心里肯定藏着秘密或者是难言之隐，你去了可不要再惊吓她了，否则后果会更严重。”周冠才在一旁也点着头。

赵豫民不以为然的对“小德张”科长说道：“不就是摔了一下，伤着流血了，有你说的那么严重吗？”

“赵豫民，你要听我的冷静处理，千万别毛糙。”“小德张”科长拍着赵豫民的肩头说道。

赵豫民先前派去找陈丹的男职工急吼吼地跑过来告诉他，陈丹出事了，赵豫民心里一惊，他急忙说：“老周，这里插秧的事就拜托你了，今天一定要把它插完的，否则过了季节要减产的。”

“好，我会组织大家把秧插完的。”

“小德张”科长也催促赵豫民赶紧回连队去处理棘手的事，他说：“你放心去吧，这里的活我会监督的。不过农忙完后你要请我喝酒的。”

赵豫民一路紧赶，在金雅芳寝室门口碰上了她们，几位女职工把金雅芳安置在床铺上，金雅芳的呼吸有点急促，汗珠不停地顺着脸颊往下淌，她捂着肚子直呼痛，血还在往下流，几个女职工围着她团团转。

赵豫民见此情况，头脑中闪现出“小德张”科长所说的“这位女职工摔倒流血蹊跷，我和老周是过来之人，这位女职工有难言之隐”之类的话，他不由得惊出了一身冷汗，难道她有孕了，这可能吗？在农场政策的紧箍咒下金雅芳敢偷吃禁果。事不迟疑马上问她个水落石出，如果金雅芳真的怀孕了这不要出人命了。他克制了一下情绪，走到金雅芳床铺边上柔声问道：“金雅芳同志你不要再捂着了，这血再这么流下去有生命危险的，刚才职工向我汇报陈丹也出事故早已送医院了，这里没人能治你的病。你想想是命重要还是事重要。”

金雅芳大哭起来，她断断续续地说：“赵指导员，我对不起大家……我……我是怀孕流产了……我没脸见大家。”

赵豫民安慰着金雅芳说：“你早说嘛，也不让你干活了，让你回市区休息去了。多少时间了？”

金雅芳羞愧的说：“一个多月了。”女职工们听了都惊呼起来。

赵豫民心里虽急但仍轻声对金雅芳说：“你别紧张，先躺着，我去叫辆拖拉机来马上送你去医院。”

周骏和其他几位机耕手刚从E连的农田里耕完地回来，他们正用水管冲洗着拖拉机上粘着的泥巴，赵豫民与周骏商量着，周骏二话没说，爽快地将拖拉机开到金雅芳寝室门口，女职工将金雅芳抬上了拖拉机机头座位上，赵豫民叫上一位女职工护送金雅芳去医院。

拖拉机急驶着离开了连队，车后奔跑着一位男职工哭天抢地的疾呼着：“雅芳你回来啊……回来啊，我的孩子没啦，”他掌掴着自己的脸，“都是我不好，雅芳我害了你……苍天啊，你为什么对我不公平啊！”

二十五

那位追赶着拖拉机喊天哭地的人叫俞志豪，今年三十八岁，长期的政治运动经历摧垮了他的身体，患有严重的肝病，头发稀疏，身体佝偻，满脸刀刻斧砍似的皱纹，已经没有了青壮年人的气息。他是一名社会青年，原本应该到新疆去支边的，但他没报名，就被放逐到农场，人们给他起了个绰号叫“社皮”。

俞志豪在“特殊时期”初期是农场的造反派，在农场红极一时，显赫一时。在一次农场各造反派相互较量中被挤出了核心圈子，大伤了元气，退缩到 E 连，守住了这块根据地。地盘小了，追随他的人也就阿猫阿狗几个，成不了什么气候，虽说他不中用了，饿死的骆驼比马大，其他造反派也奈何不了他。当时 E 连的“牛棚”里关押着农场局一位老领导，俞志豪在政治运动中学乖了，不知是他寸然良心还未泯灭，还是政治上的“骑墙派”留一条后路的打算，总之他明里暗里保护着这位老领导。当其他造反派要揪斗这位老领导，他会挺身而出，手里摇晃着毛主席语录本说：“E 连已经准备好开批斗会，这个对象你们不能拉走。”搞得其他造反派迫于他的蛮横威势只得泱泱离去。他转过身阴笑地对老领导说:“没你的事了,睡觉去吧。”农场造反派规定,关押在“牛棚”里的“走资派”每天要参加劳动改造思想,脱胎换骨,可怜老领导岁数大了,每天要和青年职工干一样的农活身体根本吃不消。没过多久,俞志豪吩咐老领导不用出工,每天在“牛棚”里写检查,名曰闭门思过。有时会朝“牛棚”里丢一包香烟说:“老汪,你抽着过过瘾。”这样的保护一直延续到老领导被关押在“牛棚”里五年,离开这座活地狱为止。“特殊时期”一结束,他就被定性为“属于人民内部矛盾有问题的人”,被E连职工看管着。朱芸在E连当政时,根据俞志豪的身体状况把他从大田排干活抽调到后勤排管农具仓库,从此一个人孤苦伶仃地吃睡在那茅草结顶篱笆泥墙透着风漏着雨的茅屋里,守望在满地堆放铁疙瘩,无声无息的农具仓库里。这里除了农忙时人声鼎沸,职工们纷纷从农具仓库领取新农具外,平时少有人光顾,或偶尔有职工找俞志豪修理农具。俞志豪也乐得清闲,没事拿着书看,一天天打发着光阴。E连的职工也顾不上俞志豪存在或不存在,他在人们眼里是一个可以改造好的又不会出轨的人,他见人总是低声下气满脸堆笑。

一个人偏偏就看上了俞志豪,金雅芳就可怜着俞志豪,她知道俞志豪的底细,但不同的命运相同的结果把她和俞志豪连接在一起。金雅芳小的时候母亲就去世了,父亲又续弦,继母带着一个比她大几岁的儿子进了她的家。金雅芳十七岁那年父亲得病去世了,就在她分配进农场前的几个月,继母那流氓般的儿子在外喝得醉醺醺地,支开继母把她给强暴了。金雅芳向公安机关报了案,继母那儿子被判刑十年,从此金雅芳被继母扫地出门发誓永远断绝关系。金雅芳孑然一身来到了农场,每次放农假,职工们迫不及待地回到市区父母身边去了,金雅芳只能留在连队,久而久之她的心慢慢向俞志豪靠拢了,她经常借故农具坏了请俞志豪修理。这一来一去拉拉家常擦出了爱情的火花。

刚开始俞志豪还心有余悸,自己这种身份,年龄比金雅芳大十多岁，俩个人卿卿我我被E连的职工知道了，会批斗自己勾引青年女职工，罪加一等。他也坦率地告诉金雅芳和他交往的后果，金雅芳铁定地对他说，是上帝赋予她的使命，要让他俩结合，不计一切后果。俞志豪激动地浑身颤抖，他抱住金雅芳像个小孩一样嚎啕大哭，他的那颗熄灭了一切幻想的心又重新燃起炽热的干柴烈火，把金雅芳压在了自己身子底下，释放出开闸似的激流。一个月前，金雅芳告诉他身体反应很大，他让金雅芳装病休息。可金雅芳是个烈性子的女子，带着身孕参加了“三抢”农忙。当他听见金雅芳滑倒在田里并流了血的消息后，一时天旋地转，定了定神，走到金雅芳寝室时，见众人抬着金雅芳上了拖拉机，他发疯一样追了上去。

俞志豪长时间地跪在道路上，他在念念有词地作着忏悔，职工们在周冠才、“小德张”科长的带领下，三三两两疲惫地朝连部走来，几位职工见俞志豪跪在道路上好奇地围了上去。

一位职工拉了俞志豪的衣袖说：“你这是干什么呀，装神弄鬼的。看来你骨头痒痒了又要被开批斗会了吧。”

另一位职工戏谑的说道：“不对吧，他在拜咱祖宗呢，口里还在念叨什么。”

周冠才怒不可遏的大喝一声：“俞志豪，你给我站起来，你这是在破坏现在的大好形势。”周冠才对俞志豪是没有什么好感的，想当年周冠才也想参加造反派，俞志豪看不起他，把他排斥在外，周冠才很没面子。想起俞志豪当年风光时还想染指林妮娜，周冠才呵责俞志豪就更上纲上线，火药味浓了。

“你们不要管我，我有罪，我有罪……”俞志豪神经质地回答道。

俞志豪回答的话让人吃惊，“三抢”农忙，我们整天忙进忙出，这狗日的背地里又在干什么坏事了。

周冠才一把揪住俞志豪的衣领把他提了起来，两只眼睛喷火似地盯着俞志豪，大声问道：“你说你有罪，罪在什么地方？快说！要不然我给你加个破坏生产秩序罪治你。”

俞志豪的衣领被周冠才揪住了，脸色一点没变也不惧怕，他横下一条心说了也是罪，不说对不起金雅芳，他厉声道：“是我害了金雅芳，可怜她为了我遭那么大的罪，你们放过她。有什么事就冲着我来吧。”

周冠才一巴掌打在了俞志豪的脸上，说：“你这个历史反革命在我面前还那么横，要不是朱芸、赵豫民体恤你，我早就做了你。同志们，你们都听见这乌龟王八蛋说的话了吗？你们看该怎么处理？”

“马上开批斗会斗他，看他还嚣张！”众人异口同声回答。

周冠才眼珠一转一条计策涌上心来了，他对大家说道：“光开批斗会还点不到他的痛处，触及不了他的灵魂，来，先给他来一碗水喝，让他回回神，这小子嘴唇干裂得很……。”

“周连长，这不是便宜这小子了吗？”有职工带着疑虑问周冠才。

周冠才脸上露着奸诈狡猾的神色，说道：“我会便宜他吗，过会等他喝完了水我叫他生不如死，这就叫败坏连风，顶撞老子没有好果子吃，咳，水来了，是你自己喝还是老子动手灌你。”周冠才接过职工递过来的一茶缸水对俞志豪说。

“你想干什么……？”俞志豪神经颇为紧张，迫于周冠才的淫威他无可奈何地接过茶缸咕咚咕咚一口气把水喝完了。

“好，大伙听着，下面真正的好戏开演了，你们赶快去找一根粗麻绳来把俞志豪捆绑在棕榈树杆上示众，来，你们四个和我一起先看管他。”周冠才不无得意地命令道。

“小德张”科长看不过去了，他极力阻止周冠才这种鲁莽行为，周冠才正为自己设计的计策得意，行动也在兴头上，根本听不进“小德张”科长的劝阻。“小德张”科长气得直跺脚，他警告周冠才此事应该等赵豫民回来后开会商量决定才作处理，你自己不要擅自主张，否则一切后果由你周冠才负责。周冠才回答说：“等赵豫民回来黄花菜都凉了，这个异己分子是自己硬生生跳出来的，不抓他个现行刹刹他的气焰，恐怕全连队职工不会答应。要是赵豫民在，他也肯定会这样做的。”周冠才的一番话真把“小德张”科长气走了，他蹬上自行车头也不回地走了。

周冠才和职工们把俞志豪五花大绑地捆在了棕榈树杆上，周冠才还不解气的命令道：“去后勤排拿把剃头刀来给他剃个阴阳头，到了天黑拿盏汽灯照牢他喂蚊子。”

周冠才这一连串命令发下去后，职工们才恍然大悟，刚才为什么先让俞志豪喝下一茶缸水，目的是为了慢慢折磨他。他们都为周冠才的这一计策暗暗叫绝，有了周连长带头，有些职工的原始愚昧和野性裸露出来了，他们快速的拿来了剃刀和汽灯，有人拿着剃刀剃去了俞志豪半边头发，其他人围着他戏谑地打他，朝他身上吐唾沫，一场惨酷的折磨开始了。俞志豪惊恐地听着一切，看着一切，开始他还狂叫着挣扎着，慢慢地声音变哑、变弱，他闭上眼睛，低下了头。有职工拿来一脸盆水朝他身上泼去，他微微抬了抬头又低垂下去了。夜幕降临了，月亮在满是乌云的天边时而露出亮光，时而躲进了云层，似乎也不忍看着这一切。汽灯照射在俞志豪身上、脸上。那半边头发垂在他的脸颊上，在灯光的照射下成了夜半孤鬼，阴森可怕。成群的蚊子肆无忌惮地朝他围攻着，一些路过的女职工站得远远的，嘴里说：“作孽作孽，不能把人折磨成这样，这要出人命的。”有的女职工背地里咒骂着周冠才残忍。有两位平时与金雅芳关系好的女职工实在看不下去了，挺身而出拿着一件衣服喝退了男职工，将衣服盖在了俞志豪头上，让他少受一点蚊子叮咬的累赘，但不敢解开他被捆绑着的绳子，因为这是周连长下的命令谁也不敢动，否则今后自己的命运会不得而知。她们已经尽力而为了，俞志豪感激地对她俩点了点头。林妮娜路过时，只是向俞志豪被捆绑的地方瞅了一眼，当她听说这一切都是周冠才下的命令，她恼怒地说了一句话：“蠢才尽做蠢事，他又树了许多对立面。”她明天要尽快向王主任汇报。

吴明与梅香已约定，每三天越过引龙河到河对面乡村地界的一片小竹林约会，以避开农场连队众多的耳目。吴明站在小竹林的界边，远远看见一个风姿绰约的身影朝这里走来，这身影对他来说是最熟不过了，他压低嗓门呼唤着："梅香，梅香，我在这儿呢。"

梅香是一路小跑过来的，她气喘吁吁地说："吴明哥，你队的俞志豪被他们整得太惨了……太惨了，听说……俞志豪与金雅芳暗地里谈朋友，还怀上了孩子，金雅芳今天在水田里挑秧滑倒流产了，吴明哥，我怕。"梅香说着说着躲进了他的怀里。

吴明抚摸着梅香颤抖着的背脊安慰道："傻姑娘，你根本不用怕，俞志豪与金雅芳发生那样的事是他俩的事，我和你才不会走这条偷偷摸摸的道，我要明媒正娶，让王主任、周冠才、林妮娜他们看看我吴明是顶天立地的男子汉。"

梅香轻轻拍打着吴明的肩膀，小声地说道："看你，谈谈谈谈又扯上他们了。俞志豪现在的惨样就是周冠才下的命令，这些人是蝎子心毒蛇嘴，咱们要当心点才是。"

吴明咬着嘴唇说："我知道这是周冠才使的坏。好了，不说他们了，还是谈谈我俩今后吧。梅香，我俩的事你妈现在怎么看啊，有什么说法。"

梅香忧愁地说："她还是榆木疙瘩，不过我看她也有点变化，从原来的死活不答应，到现在来个默不作声，吴明哥，你看我妈是什么意思？"梅香探问道。

吴明心里窃喜，这说明梅香她妈还要掂量掂量他的份量，虽说都在一个连队工作抬头不见低头见，但是吴明一个市区知青公然违背常理要与一个生长在农村的姑娘谈情说爱，谈婚论嫁，这在农场可是头一遭啊，做娘的怎会心里不打一个问号起上疑心？梅香妈现在的态度转为默不作声，看来我和梅香的事快要有眉目了，只需再添把柴火这事八成就熟了。吴明兴奋地一把搂住梅香说："要不我去和你妈直接谈谈，向她诉说我掏心窝子的话，让她老人家放心，如让我和梅香结婚我吴明还要为她养老送终呢。”

梅香低着头想了想说道:“吴明哥,这办法好是好,但我怕现在你就和我妈直截了当说了,万一她不领情,后面回旋的余地没有了,心急吃不了热豆腐,等我再和她缠缠,见风使舵,等她态度再有所缓和我通知你去也不迟。”

“好,梅香,我一切听你的,在我俩的问题上你指向东我就朝东,你指向西我就朝西,绝不含糊。”吴明俏皮地说道。

梅香依偎在吴明的肩膀上指着小竹林说道:“吴明哥,我俩的事就像这片小竹林,它们生长时是结伴破土暴芽,然后沐浴着阳光雨露生长成节节高的竹林,相依为命。你为了我而放弃回市区工作的机会,对我又那么好,我的心是属于你的,吴明哥。”

吴明一把搂住了梅香,动情地表示道:“梅香,我吴明不会说花好桃好甜蜜的话,让这片小竹林作证我吴明这辈子一定会对你梅香好的。”

“那你今后变为西边家属了在不在乎?”

“称谓变了我不在乎,关键是我俩能过上幸福的生活这才是最终的目的。”

吴明与梅香俩个人幸福地相拥在一起。

一束手电筒光摇晃着朝他俩这里移动过来,吴明和梅香俩人也听的出有两个人边说边笑地走过来,他俩赶紧隐蔽进了小竹林观望着,等那两个人慢慢走远了,他俩长长地松了口气。原来是两个过路回家的农村里的人,使他俩虚惊了一场,相视一笑,然后分别回去了。

“大炮”将处于昏迷状态的陈丹送进县人民医院后,黄金敏急着要回连队去,“大炮”恳求黄金敏回连队后向赵豫民汇报,并派女职工来医院护理陈丹,总不见得一个大老爷们在一旁伺候着,成何体统。黄金敏狡黠的一笑答应了。“大炮”回到病房,只见陈丹躺在病床上打吊滴,他的烟瘾上来了,想离开病房去过瘾,又怕陈丹打吊滴醒了叫唤不到人。他一狠心眼睛朝病房走廊两旁扫描了一下,马上从衣服口袋里掏出香烟点上使劲的抽着，一双眼睛隔着病房门的小玻璃窗口朝里观望着，等烟快抽完时，他见陈丹两只手不断朝上挥舞着，“大炮”怕陈丹把吊滴的盐水瓶摔到地上，便丢掉了烟蒂冲了进去，摁住了陈丹挥舞的双手，让她不能动弹。陈丹果然乖乖地停止了挥动，一切又归于平静。“大炮”不敢再走开了，他端了一把椅子坐在陈丹的病床旁，看着慢慢滴着药水的输液管，守候着陈丹。

陈丹蠕动着嘴唇又叫着梦呓般的话：“赵豫民，赵指导员……你在唬我。甘霖霏啊，唉，……我没有用，我是个没用的人……”

“陈丹，陈丹，你醒醒，醒醒啊，你不要吓我噢。”“大炮”轻轻的呼唤着陈丹，他见陈丹又没声音了，下意识地提起陈丹的一只手，把它放在自己的脸上轻轻地抚摸着，“陈丹啊，这一切都是为了什么，你受委屈了吗？你醒来以后告诉我，我找他算账去，……我的命是你救过来的，为了你我可以舍弃一切。”

赵豫民到县人民医院安顿好金雅芳，打听到了陈丹住的病房，信步来到门口，透过小玻璃窗口，恰巧看到了这一幕。他浑身一震，这怎么可能呢？他在门口站立着观察了一会里面的动静，没有进病房，就带着惆怅离开了。

陈丹醒了，她微微地抬起头，见病床旁边是“大炮”，她厉声道：“你在这里干什么？赵指导员呢，其他人呢，他们都在哪里？我这是在什么地方？”

医生告诉过“大炮”陈丹的创伤已造成严重的脑震荡后遗症，有时会产生间歇性失忆。“大炮”没有埋怨陈丹的无礼，只是告诉她是自己从总灌渠窨井里把她给救出来的，又是他和黄金敏两个把她送到县人民医院的。“大炮”安慰着陈丹说：“你别动，你的伤情是严重的，需要静养三天，赵指导员他们知情后会派女职工来护理你的。”

“赵指导员还不知道我的情况？……唉，是农忙阶段他是不知情的，他怎么会知道呢？”陈丹语无伦次地说道。

“陈丹，你刚才在梦里呼喊着赵指导员、甘霖霏的名字，究竟怎么回事？我琢磨着你这次昏昏沉沉地跌进总灌渠窨井里，一定与他俩有关，你能告诉我吗？”“大炮”向陈丹提问道。

陈丹的脸色羞得绯红说：“没……没什么事，我自己会照顾自己。”

“大炮”见陈丹不愿意回答他的提问，便说了一句话：“那你自己小心点，我走了。”便怏怏地离去了。

陈丹躺在病床上低声哭泣了，两行眼泪顺着耳朵根流进了脖子里，心里在自责：“陈丹，陈丹你这是怎么了，在甘霖霏面前你就这么快败下阵来，你真的是一个没用的人吗？不行，这件事的来龙去脉归根结底还在赵豫民身上，只要把他掳过来，我还去找甘霖霏干什么，你犯傻呀。”她想起给赵豫民那一个甜蜜的吻，就情不自禁地笑了起来。后脑勺一阵剧烈的疼痛，又使陈丹陷入了昏睡状态。

赵豫民坐着周骏开的拖拉机回到了连队，一路上他向周骏夸奖了靳文丽，让周骏着实紧张了一会。莫不是我和靳文丽谈朋友的事让赵豫民知道了，故意在我面前夸靳文丽的，这下靳文丽要倒霉了。当他听完了赵豫民表扬靳文丽的全过程后他才舒了口气，他和靳文丽谈朋友的事赵豫民压根不知道。他对赵豫民说道：“赵指导员，都是你调教出来的好职工，这个靳文丽知道你这么夸奖她一定会感激你的。”

周骏开着拖拉机，翻过西边护海大堤载着赵豫民驶在E连中央道路上，他俩就看见连部棕榈树下围着很多人。赵豫民有点惊讶，莫不是在庆祝今天插秧顺利完成，或是“双抢”农忙结束大伙正热闹一番？他跳下拖拉机走到人群边上，发觉气氛不对。再定睛一看是俞志豪被绑在棕榈树杆上，全身湿漉漉的，周冠才等人还在拿俞志豪寻着开心，赵豫民拨开人群大喝一声：“都给我住手！……老周，你带领大家干的好事，还不赶快给俞志豪松绑。”

听见赵豫民的吼声，周冠才僵在那里了，他在吃晚饭时多喝了几杯酒又摇摇晃晃来到了现场。他见赵豫民当着大伙的面要给俞志豪松绑，这不损了自己的面子吗，不行，我得说上两句给赵豫民提个醒。他那酒后僵硬的舌头已吐字不清：“赵豫民，这个异己分子……自……自己承认了他睡了……嗝……，”他打了一个饱嗝，一股酒气冲了出来，“睡了金雅芳，还把……人家的肚子搞大了，我这样做就是要扫他的邪气，以……正视听，别让人家以为我俩是泥巴捏的。”

“好了，你少说两句，等会我俩到办公室谈，现在当务之急是赶快给俞志豪松绑，你们还愣着干什么，上去松绑呀。”赵豫民命令道。

“谁敢！”周冠才借着酒劲发话了。

“老周，你这是……咳，”赵豫民跺着脚说，他不能当着大伙的面与周冠才理论，“好，你逞能，我来松绑。”赵豫民蹬蹬蹬走到俞志豪的背后替他松了绑。俞志豪的身体像干尸一样直笔笔地倒在了地上，整个现场围着的人都噢地一声叫了起来。周冠才见俞志豪被整成这样，酒被吓醒了一半，他和赵豫民几乎同时走到俞志豪倒下的地方，他慌了神问赵豫民怎么办？“老周，快用劲点掐他的人中。你，赶快到食堂去舀一大碗米汤来。”赵豫民用最快的速度发出两条指令，一位职工飞奔去了食堂。

周冠才按照赵豫民的指点用右手拇指使劲掐着俞志豪的人中，没过多久俞志豪“啊”的一声被掐醒了，赵豫民扶起俞志豪的头给他慢慢地喂着米汤。他借着汽灯的光亮，只见俞志豪的脸被蚊子咬得肿胀起来，眼睛眯缝成一条线。俞志豪喝完了米汤后人慢慢地缓过神来了，赵豫民见他没事了，叫上两位比较负责任的职工扶着俞志豪回寝室反省，晚上守候着他。大家议论着都散开了。

周冠才跟随着赵豫民来到办公室，赵豫民阴沉着脸看着他，周冠才还在为他所做的事辩解：“豫民，这小子太不识相了，他的肝病严重，我俩够照顾他了，这倒好，他的肾功能倒挺好的，弄出这鸡巴吊事，败坏了连队门风，你当时在场的话也会这么处理的，我这是杀鸡给猴看，没想到这小子这么不禁整。”

赵豫民很严肃地对老周说:“他和金雅芳的丑事金雅芳在医院里都给我说了,这两个人可是破罐子破摔横到底了,无非我们西边多一户家属,农场多一个孩子。他们这么做是破坏了连队门风,可是你做出这样要人命的惩罚手段你是在犯错知道吗?对他俩的错事我们是恨,但我们不能恨上加恨毁了自己,同志们会怎么看?组织上怎么看?说我们法西斯,会给我们处分,这些老周你都想过没有?”

周冠才后悔了,他眼巴巴的看着赵豫民,惊恐地问道:“豫民,事已如此你说我该怎么办?”

“连夜写检查,态度诚恳点,我也写,明天派人送场党委听候发落。”赵豫民斩钉截铁地对周冠才说。

第二天早上,当赵豫民和周冠才把写好的检讨材料嘱咐吴美玲送场党委的同时,林妮娜也早早地来到了王主任家,一五一十地向他作了汇报。王主任拍着林妮娜的肩膀说:“你做得对,周冠才这块蠢才真是愚蠢到了极点,凡事不用脑子好好想一想。妮娜,你才是和我真正的心连心,我不会亏待你的,只要你跟着我,帮我做好事,到年底有商调到市区工作的名额我保证投你的票支持你。”

“真的?那感情,王主任我也向你保证,一心一意为你服务,跟着你走。”林妮娜高兴啊,今年商调到市区工作有双重保票没问题了。

“那好,我俩一言为定。”王主任说着没有去碰林妮娜伸出来的手,而是在林妮娜的屁股上拍了一下,又捏了一把。林妮娜这下没有反感,反而觉得心里暖烘烘的,亲昵的说了一句:“讨厌。”

二十六

赵豫民站在办公室的窗前眺望着远方一片绿油油的田野，思忖着昨天一天发生的三件事，俞志豪与金雅芳的事已经是昭然若揭清楚得很，他俩的背景命运必然会冲破农场清规戒律的紧箍咒结合在一起，令他恼怒的是周冠才的错误行为把事情扩大化了，虽然自己和周冠才已写了检查送场党委听候发落，但是事情的根源还是在自己身上，治队不严，“三整顿”办的王主任也必定拿着这件事做文章的，看来“双抢”农忙结束后要抽一定的时间整肃一下连队存在的不良之风，树立正气。赵豫民想着想着脑海里又浮现出昨天在县人民医院出现的那一幕，病房里“大炮”抚摸着陈丹的手在喃喃自语。“大炮”是怎么救的陈丹？他在早晨吃早餐的时候问过黄金敏，黄金敏也无法叙述出完整的情况，他叫了两位女职工坐上黄金敏的手扶拖拉机，上县人民医院。把一位女职工和“大炮”替换回来，只有等“大炮”回来了，陈丹掉进总灌渠窨井的事才会一目了然。

俞志豪步履蹒跚地来到赵豫民的办公室，他怯怯地站在门口不敢冒然进屋，叫唤了一声："报告赵指导员，罪人俞志豪有事向你汇报。"

"噢，是俞志豪呀，进屋来坐吧。"俞志豪的叫唤声打断了赵豫民的思绪，他让俞志豪进了屋，给他倒上一杯水，"俞志豪啊，今后不许一口一个罪人的叫，身体康复了吗？"

俞志豪神情紧张地站了起来说："报告指导员，昨晚要不是你及时地救了我，恐怕我这条命给搭上了，我没想到周连长会这么狠心地对待我，我谢谢你的救命之恩，我给你下跪磕头。"

赵豫民一把扶住了俞志豪："不作兴，不作兴，你还是坐吧，有什么事慢慢地说。"

俞志豪回坐在椅子上，拿起茶杯喝了口水说："报告赵指导员，我昨晚睡了一觉，又有两位职工精心地照料我，皮肉伤痛好了，就是早晨醒来时一直在焦虑，想着一个迫切需要解决的问题。我是一个回不了市区的人，就以连队为家，金雅芳是有家不能回的人，她这次小产了，最多在医院里呆上一个星期，出院后怎么办？所以我下了决心，等金雅芳回连后你批准我们结婚吧……"俞志豪一边说着一边看着赵豫民的眼神，怕他一生气抢白自己。

赵豫民坐在俞志豪的桌子对面，他眯缝着眼睛，静静地听着俞志豪的话，对面坐着的人是蛮可怜的。实际上昨天晚上对他的精神、肉体的摧残是严重的。俞志豪肿胀的脸还未完全消除，说话时忍着疼痛不时皱着眉头，就是这样的状况他还来向我求情，人啊，不到万不得已时是做不出这个样子的，一股怜悯之意油然而生，就在俞志豪说话的功夫，他想好了最后答复俞志豪的方案，他装着漫不经心的样子对俞志豪说："你继续说下去，把早晨想好的一切对我都和盘托出来吧。"

俞志豪咂了咂嘴唇，继续说道："那我斗胆往下说了，你再把我现在居住的工具棚隔出一小块地方作我们的婚房。金雅芳回连队后，再睡在集体寝室恐怕不方便吧。"

赵豫民等俞志豪把话说完，和颜悦色地说："批准你俩结婚我同意，过会开个介绍信给你，你俩到乡政府办手续。至于你说的把工具仓库隔地方给你俩做新房那不行。"俞志豪听着不由地惊慌起来，条件反射的问道："赵指导员，我俩今后怎么过啊，你行行好，千万行行好。"

赵豫民并没有因为俞志豪打断他的话生气，他微微笑着说："你啊，还没等我把话说完就误解了我的意思。你仔细听着，那工具仓库怎么能划出一块地方作你俩的婚房呢，又脏又破，职工们到你这里来修农用工具或领取材料也不方便。我想好了，西边家属区还有一间空房有二十平方米，小子便宜你了，你俩结婚后就搬到那儿去住吧。"

俞志豪不相信自己的耳朵，他摇了摇头，掏了掏耳朵没聋啊，又看着赵豫民也没有开玩笑的意思，这一切都是真的。他说道："那敢情，赵指导员啊，这是我做梦都不敢想的，我终于也成了西边家属了，再也用不上过偷偷摸摸的日子了，雅芳，你听见了吗？赵指导员，青天哪！"俞志豪那份高兴劲甭提了。

赵豫民看着又蹦又跳的俞志豪忍俊不禁地说道："坦白地说，我的方案也是被你俩逼出来的，你们两个不顾一切的已经选择好了今后的道路，生理需要第一，冲破了我的底线，面对这突如其来的实际状况我又能说什么呢？又不能让你俩背井离乡地离开连队，或者是整死你俩？我赵豫民也是肉长的心不会做出这下三滥的事，那就只好彻底成全你们。不过这西边给你俩一间房子的事，我还要与连部其他成员商量决定的。"

"我向你保证，我俞志豪今后会好好劳动改造思想，和金雅芳共同生活下去的。"俞志豪信誓旦旦地向赵豫民作了保证。

赵豫民已经三天没去化工合成胶水厂工地了，甘叔他们安装机器设备工作做得怎么样了？甘霖霏日子过得怎么样了？这是他的又一重大牵挂，于是他独自一个人去了化工合成胶水厂工地。赵豫民在离化工合成胶水厂工地几十米远的时候就听见了机器轰鸣声。他惊喜地朝安装设备的车间奔去，机器轰鸣着，输送带转动着，这一切像天籁之音震撼着赵豫民的心，他心情无比振奋，扑向正在指挥试车的甘叔，他呼喊着："甘叔，成功了！"

甘叔神情严肃地并没搭理他，全神贯注地在一个个操作台上按着电钮，看着机器运转。赵豫民只能跟在甘叔后面看着他在一个个平台进行操作，不要说赵豫民紧张，甘叔、甘霖霏以及全体市区来的师傅们都紧张，这可是他们来农场三十多天的成功与失败的试金石，来不得半点马虎。所以当甘叔走向一个个平台要按电钮时都有负责的师傅向他报告，当听到一切安然无事，甘叔才按动电钮。等到甘叔在每个平台都按了电钮试运转后，露出了满意的笑容，并且当场宣布："化工合成胶水厂第二次设备试运转顺利成功。"赵豫民、甘霖霏以及全体市区来的师傅们把悬在嗓子眼上的那颗心放了下来，他们欢呼雀跃，把头上戴的工作软帽抛向了上空，他们七手八脚地把甘叔抬了起来欢呼着胜利。

赵豫民走向了神采奕奕的甘叔问道："甘叔，我不懂，这只是第二次试车顺利，为什么大伙这么隆重？"

"豫民，这你就不懂了吧，第二次试运转成功就意味着马到成功。要是再搞第三次试运转那就意味着正式开工啦，你们连队，你们农场可要赚钱啦。哈、哈、哈。"甘叔完全陶醉在胜利的喜悦之中。"今后啊就要看你的喽。"

赵豫民还一个劲地追问："甘叔，有那么神吗？"

甘叔拍打着赵豫民的头顶说："傻小子，你甘叔下的套没有不神的，你等着瞧，从今往后，你们农场吃香的喝辣的，化工合成胶水厂必定是你们的提款机，在整个农场顶尖的。"

赵豫民带着疑惑又问道："能顶尖到什么程度？甘叔，你也让我开开眼。"

甘叔笑着眯缝着眼睛，打着手势说："这个数，不到你找我算账。"

赵豫民惊呼着说："那每月利润是一万。"

甘叔在他肩胛上擂了一拳说:“我的赵大指导员,每月的利润再加一个零,否则你小看甘叔了。”

赵豫民愕然地说:“我的妈,十万那。”

甘叔十分有把握地说:“开工正常运转后,每月十万利润不稀奇,要是我们化工局再多下点生产任务保你撑死,哈、哈、哈,阿里巴巴怎么说来的,‘芝麻开门’吧。”

赵豫民走到甘叔面前说:“甘叔,我先代表农场向你和师傅们表示十万分的敬意。”他拥抱着甘叔,并在他的额头上亲吻了一下。

甘叔打趣的说:“去、去,亲我老头子干什么,该亲的人你不去亲。”经甘叔这么一提醒,赵豫民看见甘霖霏已站在了甘叔旁边,他脸上泛起一排绯红。

甘霖霏给赵豫民的脸色是不好看的,赵豫民挺纳闷,这样的喜讯甘霖霏应该高兴才是,怎么绷着一个脸,像人家欠多还少似的。甘霖霏说:“爸,我和豫民哥有话要说,我们先走了。”

“去吧,去吧,你们年轻人有年轻人的事。我这里招呼着师傅们歇歇手,下午再对机器设备细细地检查一番。唉,我说豫民啊,这第二次试车成功了,你得犒劳犒劳大伙,别忘了把我们带到果园队劳动去,甘叔嘴馋了。”甘叔用一块抹布擦着手,乐呵呵地说。

“甘叔,这事不用你操心,我一直记着呐,我已经与果园队联系好了,明天下午我带着你们去摘蟠桃去,可甜了。”赵豫民大声回答道。

赵豫民跟着甘霖霏一路默不作声地来到了甘霖霏的寝室,赵豫民语气缓和地问甘霖霏:“这几天跟着师傅们忙里忙外地调试机器设备,够你忙的。连队‘双抢’工作又进入尾声攻坚阶段,所以我没来看你和甘叔不见怪吧。”

“我可不是为了这个和你谈,我是要正经地和你谈你的陈丹的事。”甘霖霏板着脸说道。

“霖霏,怎么一开口说话又谈起陈丹,我不是向你表明过我和陈丹真没那回事，还拿我的陈丹这类话来挖苦我，这究竟是怎么回事，搞得我丈二和尚摸不着头脑。”赵豫民委屈地说道。

甘霖霏冷冷地说：“她来过了，给我搞突然袭击，要不是我当场撕下她的假面具，还不知道要把我折腾到什么程度。”

赵豫民瞪大了眼睛问：“什么，陈丹居然到你这儿来闹，成何体统，成何体统，那后来她怎么样了。”

甘霖霏斩钉截铁地回答说：“有你豫民哥作后盾，我底气十足地驳得她体无完肤，断了她的念想，让她落荒而逃，你不会心疼吧。”

“霖霏，你这是什么话，对来挑衅的人就是要教训、教训，否则真不知道天高地厚了。可是……，”赵豫民一边答着话一边在浮想联翩。

“可是什么？”

赵豫民比划着说：“霖霏啊，这就对了，你听我分析下去，陈丹从你这里出来受了刺激，精神恍惚地来到总灌渠道，碰上了‘大炮’，不意之间跌进了总灌渠道的窨井里，被‘大炮’救起送县人民医院。对，是这样的，肯定是这样的。”赵豫民双手击掌说出了令人匪夷所思的判断。

“你在自言自语什么？陈丹掉窨井里被人救了？”

“是的，她现在在县人民医院救治呢，医生告诉我，陈丹要是伤好了也已经留下严重的脑震荡后遗症，今后要经常发癔症，会影响她的日常生活。”赵豫民不无惋惜地说道。

“豫民哥，这都是我的不好，说话刺人不留余地。可她那一天突然造访的，神情言语也太不像话了，把你抓得死死的，简直是歇斯底里的作派，我听不下去了，用尖刻的话语刺伤了她，损毁了她那高傲的自尊心，才使她造成这么严重的后果，现在她在医院住着，要不我去看看她？”甘霖霏沉痛地检讨着自己，她没料到由于两个人的唇枪舌剑，不依不饶的对抗会产生这么个结局。

赵豫民见甘霖霏听见陈丹这个不幸的消息心情也如此沉重，并且作了自我检讨，对她的品质又有了进一步的了解，对她为人处事的风格很钦佩。他握着甘霖霏的手说:“不用去了,我已派了两位女职工前去护理了。霖霏啊,人生的道路都是自己走出来的,人的一生只有三步路,昨天、今天和明天。人走得顺利了就要不断总结,走到错误的路上并不可怕,怕就怕又走回到错误的路上,那才更可怕喽。让我俩在今后的人生道路上走得好,走得稳,相互共勉吧。”

甘霖霏噙着眼泪使劲地点着头,她领会了赵豫民比喻中的深刻含意,她的心与赵豫民贴得更紧了。

场部“三整办”王主任手包着纱布,缠着绷带怒气冲冲地找到了周冠才,劈头盖脸的就是一顿骂:“我怎么说你才好,你这个愚蠢透顶的蠢才,做事那么冒失,又把我要找赵豫民茬子的计划给完全打乱了,我原本是要借这次伤风败俗的事件向场党委作个汇报,告赵豫民治连软弱无方,姑息养奸。没想到啊没想到,你这个蠢才会跳出来顶了这个名声,事已至此,蠢才,我只好在全连开民主生活会时把你也挂上了。”

周冠才挨了王主任的一顿骂,心里极为不甘,我是做错了事,但你王主任也不能这样无情的棒杀我啊。看来从一开始王主任与我接近就是有疑虑的,根本不相信我的,我和他最终是尿不到一个壶里的。赵豫民对我是不错的,就拿我惩戒俞志豪这件事来说吧,要不是赵豫民及时赶到果断处置,弄不好真要出人命了,也就不是写检查那么轻松了,我可能要进班房了。周冠才思来想去,我为什么就进了王主任的圈套,原因就是一个,E 连的连长我要做,不管王主任也好、赵豫民也好,做了指导员我都能被他们推荐为连长。照眼前这情景,要是王主任留下当指导员,他肯定推荐另外的人当 E 连连长,轮不到自己的。还是赵豫民留下来的好,我俩长期在连队工作、学习、生活,知人、知面也知心,至少他不会坏我的事,我要头脑清醒远离王主任,向赵豫民靠近,同时我也要提醒赵豫民要警惕王主任这条狼,以防不测。周冠才思路理清了,人反而轻松了,他对王主任说:“那就随便你怎么处置我。”

王主任怒气未消说："说你蠢你就是蠢吧，我所说的一切所做的一切都是为了你的前途着想，"王主任还想拉拢周冠才，可周冠才对他的话不置可否，王主任见周冠才这架势警告道："你不要死猪不怕开水烫，到时候你哭鼻子也来不及了。告诉你，为了这件事我也赔进去了，向场党委作了检讨，怪我有眼无珠看偏了人，整治无力。你坏了我的大局不让我好过，我也不会让你过好，咱俩走着瞧。"

王主任与周冠才彻底谈崩了，俩人不欢而散。

赵豫民、周冠才带着甘叔、甘霖霏和工人师傅们，加上连队抽出来的二百来号人，浩浩荡荡地向果园队开进。场部规定离果园队最近的四个连队每年轮流帮助果园队采摘西瓜、白梨瓜、桃子等水果。果园队指导员、连长、班排长，场部演出小分队的正副队长都迎候在连队门口，周冠才与果园队领导班子熟，主动跨前一步介绍着赵豫民和工人师傅们，果园队指导员握着赵豫民的手说："你这么年轻就双肩挑啊，老杨，三夏农忙前场部开现场会，我们只是远远的见了他一面，"那位果园队的杨连长接话说："是啊，他可是我们农场的后起之秀。"

赵豫民不好意思地说："你们两位老前辈过奖，过奖。"甘叔、甘霖霏和工人师傅们在一旁听人夸奖赵豫民满脸高兴。

果园队指导员说："老周，你和赵指导员今天带着精兵强将来可要猛干一气了，把熟透了的水果采摘下来，气象预报说明天凌晨开始刮台风了，再不及时采摘损失可就大了。另外，我们是老熟人老朋友了，我和老杨商量好了，晚上我们请你俩和工人师傅吃个饭，让我们也沾沾仙气，'黑里俏'队长，你代表场部小分队也一起参加。"

周冠才拱着手说："那敢情，恭敬不如从命，你俩是给我们留着面子。"

果园队杨连长向大家布置了采摘水果的要求后，E连二百来号人和工人师傅个个像猴子精一样地进了果树林采摘起来。

“黑里俏”队长召唤着赵豫民，故意避开采摘的人群，她带着赵豫民熟门熟路地来到果树林的偏僻一头，俩人采摘着成熟的桃子。

“黑里俏”队长说：“赵指导员，你总算如约地来了。化工合成胶水厂建设得怎么样？”赵豫民兴致极好地摘着果子幽然地答道：“果熟蒂落，前景甚好。”

“那你可要早点帮着我们姐妹俩进化工合成胶水厂，你看我等得望眼欲穿，白头发都熬出来了。”

赵豫民爽快地回答：“等场部与我商量名单时，我会提出将你们姐妹商调进化工合成胶水厂的。不过，你现在是场部演出小分队的队长商调出来有些困难。”

“黑里俏”队长发急似地说：“赵指导员，今年我的任期要到了，演出小分队马上开展下一轮队长竞聘上岗，我因为担任队长一职时间长了，肯定会落选的，这你不用担心，只要你真心调我。唉，赵指导员，听说有一位甘霖霏的女同志为此次化工合成胶水厂的建设起到了关键性的作用，场部也把她从外农场调到我农场，现在在市区办事处工作，有这么回事吗？”

“有这么回事，甘霖霏这次是为我们农场立了大功了。”赵豫民无比自豪地回答道。

“噢，今天她来了吗？让我见识见识这位女英杰。”

“可以，晚上吃饭时我给你引见。”

“黑里俏”队长又试探地问赵豫民：“她这样为农场立了功，到了今年年底有商调到市区工作的机会时，不要说你会帮忙，连场部也会首选考虑的，要是这样的话市区办事处不是缺人了吗，赵指导员你看我是不是够格顶替这个位置？”

赵豫民模棱两可地回答：“你这不是在逼宫嘛，好你个‘黑里俏’队长，刚吃到馍馍甜又要夹心肉馍馍了，这我可做不了主，一切按场部意图办。”

“黑里俏”队长眼泪汪汪地说:“赵指导员你现在在农场可是响当当的人物了,你为我说个情比我说一百句话都管用。想想在演出小分队就是一个名气光鲜,但碰到商调到市区工作的机遇,在大田排劳动的职工四年就有机会,而我们要六年甚至更长时间。你也听见演出小分队留不住人,图的就是这个前程。人心就不想囚在农场这个笼子里当个活死人。再说我爹妈身体不好,需要人照顾,我们姐妹俩又在农场……赵指导员,你可怜可怜苦命人吧。”“黑里俏”队长说着说着抽泣起来。

赵豫民心里挺反感有人对农场说三道四的话,但又无法用完整的理论去说服对方。人的理想,行为活动方式都是不尽相同的,因此也大可不必用自己的思维方式去征服人,只有经过历史的检验才能证明孰是孰非,于是他对“黑里俏”队长说:“你看这样好不好,先一步一步走,走一步看一步。”

“黑里俏”队长抿着嘴点点头,同意赵豫民为她作出的计划。

落霞时分,经过三个多小时的采摘,一筐一筐水果过完了磅秤,好家伙足足有二千五百斤,超额完成了任务。果园队有个规定,你在采摘水果时可以吃个饱,但不能私自拿回去,谁违规了拿一罚十。E连不少职工和工人师傅们采摘任务完成了,肚子也圆滚滚了,走起路来还不停的放着“桃屁”,嘴里大呼过瘾。

黄金敏和另外一位手扶拖拉机手“哐当、哐当”开着装好围栏的空车过来了,职工们可以现场买水果带回去,桃子一毛五分钱一斤,西瓜、白梨瓜五分钱一斤,于是我三斤,他五斤的,不少职工都买上了,不一会就整整装满了二车,堆成小山似的。赵豫民自己掏钱为每位工人师傅买了五斤桃子、五斤西瓜和白梨瓜,他的举动被所有在场的人看在眼里,这是一位大公无私的好带头人,好领导。

开晚饭之前,周冠才把赵豫民拉到果园队食堂前的一棵大树下说着悄悄话,他把近期以来场部“三整办”王主任对赵豫民的不满,以及施展的伎俩和盘托出告诉了赵豫民,让他防着点。他没把林妮娜在这当中起的作用告诉赵豫民，他打着小九九留了一手，林妮娜是我唾手可摘的一朵花，要是将林妮娜的所作所为告诉了赵豫民，那今年年底林妮娜商调到市区工作的事全玩完了，我给林妮娜写的保证书可攥在她手里呢，投鼠忌器啊。

赵豫民只是淡淡地一笑，这周冠才弯子转得算是快，肯定在王主任面前受尽了挤压，先来试探我的态度好倒向我，我是不会和你套近乎的。他嘴上镇定地对周冠才说："那我们得好好应对应对，毕竟人家是场部派来的钦差大臣嘛。"但心里的确有点隐隐地痛，真所谓"山雨欲来风满楼"。

果园队指导员满脸高兴地从食堂走出来，他见赵豫民和周冠才在大树底下叽叽咕咕说着话，拉开嗓门道："嘿，我说你们两位说什么呢，人都到齐了，开饭了，开饭喽！"

二十七

周冠才和老婆在家里吃着晚饭，他心事重重的扒拉着饭碗里的饭粒，老婆问他有什么事比此刻吃饭还重要，周冠才将王主任如何重用林妮娜，处处挤压他的事一五一十的讲给老婆听。他叹着气说：“惩罚俞志豪的这件事场党委下处理文件了，给我一个记过处分，通报全农场。我怎么那么倒霉呢？回想起这几个月来，我跟着王主任事事不顺，离豫民是越来越远了。唉，以前他可是经常点拨我，拉拉我的袖子，有什么难事就往前跨一步担当责任，我虽然对他也有意见，但这个人行事做人就是坦诚，还常常包容我……唉，不说了，不说了，人啊，离谱了就是悖。”

周冠才老婆听有林妮娜夹在中间左右着是非，把牙齿咬得格绷格绷的响，愤然地说：“那个狐狸精骚货一放屁就来事，前一阵子巴结你那么紧，现在那个姓王的来了，靠着你的引荐，她顺势往大里靠了，我早就警告过你，这条狐狸精你千万要小心，她坏心眼多……”

周冠才把筷子往桌上一放打断了老婆的话，说：“烦不烦啊，一口一个狐狸精的，你的素质能不能提高点。”

“唉唷，我说她狐狸精你就跳起来了，心疼了是不是，你究竟和她是什么关系？你当我傻子看不清楚，要不是我严管着你，你包犯错误。你俩是你情我意缠缠绵绵，剪不断理还乱，还要我提高素质，自己不撒泡尿照照什么德性。”周冠才老婆穷追不舍地数落着他。

“你发什么神经，抽什么风啊。”周冠才冷冷地回敬了一句话。

“你别把我说的话当耳旁风，听进去对你有好处的，女人第六感官是灵验的，你别不服。还有刚才你说到的赵豫民也不是你想象的那么慈祥可爱，他的底子本来就厚，革命军人家庭出身，父母又当着大官，这样家庭熏陶出来的孩子功底不会差到哪里去，进了农场经朱芸调教，年纪轻轻就老于世故素质水平比你高多了，他可不是一盏省油的灯。你什么时候能树立起自己的骨气和主见，到那时候管他王主任、赵豫民的都不在话下。”周冠才老婆又喋喋不休地说道，话语里对周冠才带有莫大的讥讽。

周冠才愣坐在桌旁，硬生生地听完老婆唠叨的话。想想老婆说的话也对，为什么要把自己看扁了长人家的志气威风，自己也是堂堂的六尺汉子，没有自己的骨气和主见谁还瞧得起我，他由衷的上前抱住正在吃饭的老婆嬉皮笑脸地说：“得令，老婆大人，你的套路就是多，得刮目相看喽。”

周冠才老婆被他突然抱住，一口饭差点咽不下去哽在喉咙口，她用筷子敲打着周冠才的头说：“讨厌。你啊多长点记性，要有自己的定力。饭还吃不吃啊。”

“吃，吃，我要吃它三大碗，再说老婆的菜又烧得那么合我胃口，我也要把它吃完。”周冠才呼啦呼啦连饭带菜全往嘴里送，吃得津津有味。

等周冠才把饭菜全吃完了打着饱嗝，拿起一根鱼骨剔牙齿时，周冠才老婆收拾着碗筷、碟子到厨房间洗涮去了。

“唷，嫂子在洗碗呐，周连长在家吗？”林妮娜吃过晚饭朝周冠才家走来，周家的外门敞开着，林妮娜刚进门就碰到了周冠才的老婆。

周冠才老婆抬头见又是林妮娜来了，心中腾然升起一股无名火，蛮横地说道："太阳又从西边出来了。是哪阵风把你给刮到我家来了？瞧你这满面红光的，吃饱了撑的来见我家冠才啊。"她故意把林妮娜那张晒得红里发紫的脸说成是满面红光了，讽刺着她。

林妮娜一副无所谓的样子，提着嗓门说："嗐，嫂子，说话别那么难听嘛，听你话里有音八成是挡客吧。我来可是有重要的情况向周连长汇报的，他爱听不听的与我和嫂子无关，可对他的关系大着哩。好吧，既然嫂子拦着我也不便进去了，我走了啊。"

周冠才在里屋听着老婆与林妮娜的对话心里打起了鼓，说实话，林妮娜在自己被受处分时也不避嫌上家里来向他汇报重要情况，能不接待她吗？可是刚刚与老婆为了林妮娜争论过又要去接待她，老婆这头好过吗？他犹豫着，斗争着，最终见林妮娜的心思占了上峰，他趿着拖鞋从里屋走出来招呼着："是林妮娜同志吧，请屋里说。"

林妮娜趾高气扬地朝周冠才老婆翻了白眼进了屋。周冠才老婆在她身后吐了口唾沫，低声地骂了一句："狐狸精，来了准没好事。"她又拉了一把欲进屋的周冠才的衣服下摆嘱咐道："你可要多留神，别忘了我刚才提醒你的话。"

周冠才"嗯"了一声进屋了，他给林妮娜让了座问道："林妮娜同志又有什么重要情况对我说啊？我现在是只拔光了毛的落汤鸡没什么可显摆的，倒是你林妮娜同志现在多头吃得开，王主任身边的红人，赵豫民麾下的拔尖人物。"周冠才学乖了，摆出一副可怜兮兮的模样来。

林妮娜双眸瞅着周冠才，一个"双抢"农忙下来他是又黑又瘦，头上多了一层白发，他眼下的心情肯定不好，她怜惜起周冠才来了，要是我今天把王主任的计划告诉他，眼前这个男人会不会精神完全垮掉。不对他说吧又觉得对不起他，毕竟他还是副连长，在我年底商调到市区工作是鼎力支持的保险箱。林妮娜在来周冠才家的时候已经左右考虑过了，一来告诉他王主任已把他扯进了攻击对象，让周冠才做好心理防备。这第二嘛在与周冠才交谈中自己寻找出两全其美的计策，既完成王主任交给的任务，又能得到周冠才的谅解。

林妮娜心事重重地说："周连长，前几天王主任约我去谈话，说起你受处分的事，我心里挺难受的。这不，你这样做也是为了整顿连队的不正之风，我在王主任面前替你说了公道话。没想到却挨了王主任一顿骂，说我糊涂……。"

周冠才掂量着林妮娜的话是真心为他还是在他面前假心假意地做戏，他对眼前这个女人感觉是既熟悉又陌生，她为了达到自己的目的会不顾一切地做任何事，就连王主任这么有水平的领导经常对她赞誉有加，今晚到我家来登门拜访并不是为了说这些不痛不痒的话吧，他装出一副无可奈何模样说："受点处分就受点处分呗，没什么大不了的，我不还是当着连长嘛。不过不管怎么样我还是要谢谢你为我在王主任面前申辩。"

"周连长，事情可不是那么简单，王主任的用意是借此事来整你。"林妮娜份量很重地说出了这句话，原本以为会镇住周冠才，不想周冠才轻描淡写地说："王主任已对我说了，我没想到他会这么快将枪瞄准我。来吧，我准备着，谁欠着谁啊。"

林妮娜眉尖微微一振，这王主任还真是个不把自己当贴心人的东西，把我当枪使，当面一套背后一套，要不是我为了讨好周冠才上他家来，你王主任使的这一套我还蒙在鼓里呢，周冠才现在是虱多不痒摆出一副横是横的姿态，我林妮娜现在是夹在他们矛盾中间走钢丝，但为了我年底商调到市区工作我两头都不能得罪。于是，她故作惊讶地说："王主任的工作水平也太一般化了吧，他怎么能直别别的当着你的面把话说绝了呢？太不仗义了吧，看来我也要当心点，说不准他哪天也找个茬开涮我。"

周冠才被林妮娜的假象迷惑了，他不无得意地说道："林妮娜同志，你的悟性就是高，孰是孰非你一辨就明白。像我周冠才这个人就是襟怀坦诚，老老实实不会算计别人。做事是一时的，做人是一世的，整天盘算着如何换人，如何整人要折寿的。”

林妮娜不住地点着头，装出一副卑躬屈膝的样子连声说着对。等周冠才把话说完，林妮娜抖开了王主任唆使她说的一招：“周连长，你一番话的好意我林妮娜全都领了，但有一件事纠结在我心里有好几天了，我……”

周冠才见林妮娜欲说不说吞吞吐吐，便说道：“林妮娜同志，不要那么紧张嘛，直截了当的说出来听听无妨。”

“周连长，王主任已布置好让我在全连召开的班子民主生活会上攻击你的不是，这让我怎么启口？这不我上门来讨教来了。”林妮娜乞求地说道。

周冠才铁青了脸，心里想着你王主任这一招太狠毒了吧，你要把E连所有领导干部借着这次民主生活会一网打尽，到头来你可以捏着各人把柄太太平平地坐稳E连“太上皇”的宝座了。不行，你这个人面兽心的家伙我不会让你阴谋得逞，为了自己的利益我必须与赵豫民联合起来破了你的“天门阵”。但眼前必定得安抚好林妮娜。他说道：“林妮娜同志，王主任这样安排你是不是太过了，让你在大众面前显示你的本事，同时又在大众面前丢尽你的脸面，你要得罪多少人啊，他王主任能撑得起这个场面吗？这个后果你自己考虑过能承担得起吗？”

这回轮到林妮娜恐慌了，那天王主任吩咐她时凭着一时的激动答应下来了，今天上周冠才家来无非是先打个招呼，免得周冠才对她有太多的看法，经周冠才这么一点拨也感觉到后怕。在会上不说吧，王主任肯定不让自己过关的，要说了吧就像周冠才所说的犯了众怒后果极为可怕。她慑嚅地问：“周连长，那我怎么办啊？你有什么法子帮帮我，你可是我唯一的依靠了。这不都是王主任逼的，硬把我往火架上烤，看在多年的情份上你一定要帮我，否则……我死定了。”林妮娜说着说着哭了,使出了女人惯用的手法。

周冠才经不住林妮娜这架势,心里怦然一动,林妮娜还记着我周冠才对她的好,说明她心里还是有我的,眼看着她楚楚可怜的模样,周冠才起了爱怜之意,他说道:“好了好了,林妮娜同志,为了你的前程,也便于交差,你可以在会上攻击我,但我有个条件,你在会上说我的时候靶子尽可能模糊点,观点说得模棱两可一点,反正你是个聪明人,只要牢记我对你的情什么话都可说,什么事都可做。”

林妮娜听了周冠才的指点转哀为喜,她陡然觉得周冠才变得高大起来了,关键的时刻,周冠才表明的态度就是对她林妮娜在艰难的抉择时期的最有力支持,我得感激他一辈子,利用他一辈子。她坚定地点着头说:“周连长,你真是我的再世恩人,菩萨,菩萨啊。我一定在会上小骂大帮忙,避重就轻的。”

林妮娜见到这里来的目的达到了便起身告辞了。

当场部派出所将两份外调报告放在场党委梁书记的案桌上时,梁书记看完后释然了,党办张主任也舒了一口气。

一份报告上写的是:“奉命,根据外调赵豫民户籍所在地派出所档案,没有任何记载赵豫民、吴明两人曾因打群架被公安机关处理过的事项。”

一份报告上写的是:“奉命,根据调查花无港镇阿五禽肉品商店与E连食堂炊事班长几年来的买卖账目,没有发现任何隐瞒套购套现(金)的情况。公安部门对案件当事人阿五采取了侦听手段,阿五的陈述情况与我们查账的情况一致。”

“这就奇怪了,难道周冠才和林妮娜向王主任汇报的是假线索?……”梁书记若有所思地问党办张主任。“这不应该嘛,他们为什么要往赵豫民身上泼脏水。”

“梁书记,我这几天也在冥思苦想着这件事,王主任那天向你汇报的事是项庄舞剑意在沛公，他的最终目的是借着你对他的信任取代赵豫民掌控E连今后的一切。你看啊，要是经场部派出所调查以后，这两件事为真那他王主任可立功了。反之，他可以金蝉脱壳，把一切责任都推到周冠才和林妮娜身上，自己最多向你作番检讨察人不实，也就没什么事了。”党办张主任一层一层抽丝剥茧的分析判断着。他见梁书记脸色有些焦躁，接着往下说：“不过当时你梁书记也洞察一切，将结论放到调查之后再定，现在看来你的决定是正确的。”

梁书记眉头一展说：“我们决不能冤枉一个好同志。这么着张主任，你通知赵豫民到我这里来一次，我趁热打铁同他谈谈。”

在党办张主任打电话时，梁书记两手挽在胸前站在窗台前，两眼眺望着场部马路对面学校旗杆上飘扬的五星红旗。

赵豫民一路风尘仆仆，满头大汗地来到梁书记处，党办张主任招呼着赵豫民洗把脸，然后给他沏了杯茶，对他使了个俏皮的眼神。本来悬着一颗七上八下的心，也不知什么事让梁书记这么着急召见自己的赵豫民现在心里稳当了，他对着脸上露着和蔼笑容的梁书记笑了笑，呷了口茶。

梁书记摆动着手势说：“小赵啊，自从五月二十七日化工合成胶水厂奠基仪式见面后一晃快三个月没见面了吧？那天差那么丁点你就被市局调去了，是我把你当宝贝留下来的，你不怨我吧。”

赵豫民在长辈一般的梁书记面前有点腼腆，但又有分寸地回答道：“梁书记，您的记性真好，还惦记着奠基仪式上那档事。我怎么能怨你呢，调到农场局也好，留在农场也好都是干事。不过依我的个性还是留在农场实实在在干出几件事，不枉在这世上走一遭，过瘾。”

“嘿，老张，你瞧瞧这年青人有作为有气派，个性像我。”梁书记竖起大拇指夸奖着赵豫民。“那你向我汇报汇报最近连队开展工作的情况。”

赵豫民如数家珍地向梁书记汇报了一连串数字：麦子亩产量达到

500 斤，生猪出栏数达到 112 头，早稻亩产 750 斤，收割玉米秆达到 150 吨，农牧业指标数都名列农场前茅了。

“好，好，可喜可贺。”梁书记，党办张主任听了汇报后都不禁叫起好来。

梁书记突然又问道：“唉，小赵啊，那化工合成胶水厂建设得如何？我可是将农场六分之一的家当铺在你那里了，你要担当起全面负责的责任，不要辜负我的期望。”

赵豫民心里一楞，不是每十天就有一份《关于化工合成胶水厂建设情况汇报表》报送场工业科的吗，难道梁书记没看见？不可能，赵豫民作了否定。见梁书记诚意切切地等着他的汇报，便朗朗地说道：“向梁书记预报喜讯，再过一个月化工合成胶水厂能够全面开工，到时请梁书记剪彩。另外，据市区化工厂派来的建设总指挥甘副厂长预言，我们的化工合成胶水厂开足马力生产，每月利润可达 10 万元，简直是个下金蛋的母鸡。”

“嘿嘿，”梁书记咧开嘴笑着说：“小赵啊，你生龙活鲜的汇报就是比枯燥无味的数字材料带劲得多。”他拍着赵豫民宽厚结实的肩膀又说道：“好你个小赵，有组织能力，有本事，在朱芸打下的基础上又上了一个新的台阶，不容易啊。”

赵豫民听着梁书记一次次地夸奖高兴着，但又谦虚地回应道：“我个人的成长进步都是党委关心爱护，支持、培养的结果。我个人的能力还是有限的，我最为感悟的是 E 连有那么好的干部、职工群众作后盾，这就是我干好工作的力量源泉，没有他们我将一无是处。”

“小伙子，你又成熟了。革命战争时期我们胜利的法宝就是相信群众，依靠群众，老百姓拥护我们打下了江山。祖国建设时期，我们依然要保持我党的光荣传统，勤恳踏实地为人民群众谋利益，不计较个人得失。因此，你拥有这样的心态何愁不成长进步，我为你高兴，也使我们老同志放心了。”梁书记用赞赏的目光看着赵豫民，说了一番语重心长的话。

党办张主任也兴奋了一阵子，赵豫民不俗的表现也令他精神鼓舞，他想乘着梁书记高兴，要对赵豫民发问再证实一下所谓赵豫民、吴明在学校期间打群架被派出所处理一事，这样更为直接，让梁书记在考察使用干部上更为放心。他干咳了两声清清嗓子旁敲侧击地问道："赵豫民，光听了你组织生产方面的事，咋没听到你向梁书记汇报汇报E连三整顿的事啊，这可是政治任务噢，你掉以轻心了。三整顿办王主任一行到你们E连快五个月了吧，你俩相处得怎么样？"

赵豫民知道这是张主任有意在提醒他，现在是向梁书记汇报王主任蹲点整顿情况的最佳时机，赵豫民却不想说，他不想增添梁书记的麻烦。于是轻描淡写地挡了过去："王主任前一阶段与其他同志关起门来商量工作，我俩接触少之又少。最近一个阶段他一直与周冠才、林妮娜频频接触，应该是在逐个谈话摸E连的底，我才没那个闲工夫去管王主任的工作。"

张主任与梁书记听了赵豫民的话面面相觑，赵豫民说的话印证了张主任刚才的分析，看来是王主任与周冠才、林妮娜合谋诬陷了赵豫民。可是张主任对赵豫民的冷漠态度不满意，人家把刀子架在你的脖子上你还不以为然，他直截了当地又问上了："这就对上号了。赵豫民，有人反映你和吴明两个人在学校期间是什么关系，听说吴明还救了你的命？请你如实回答。"

赵豫民微微一怔，他寻思着这件事八成是吴明与林妮娜热恋期间吴明信口雌黄地告诉了她，林妮娜又将此事告诉了王主任。唉，这吴明，真是热昏了头没事找事。他镇了镇神，边回忆边缓慢地陈述着："我和吴明是一所中学的，他比我高一年级。记得那一年是放暑假返校的一天，在去学校的路上走在我前面两位穿连衫裙的女同学突然被三个从弄堂走出来的流氓拉住了，他们肆无忌惮地调戏她俩，还把她俩的裙摆朝上掀，吓得那两个女生直哆嗦。我实在看不下去了，一个人势单力薄地冲了上去喝住他们要流氓的行径。他们见我一个人，就围了上来打我，我在抵挡他们围攻时一个趔趄倒在了地上，他们压在我身上继续殴打我。就在这关键时刻，我晕晕乎乎的听见殴打我的三个流氓的惨叫声，只见他们有的捂着脸，有的捂住脑袋哼哼哈哈逃走了。那位驱散他们的小青年上前扶起了我，给我不断的揉伤痛。我感激地问他叫什么名字，他回答说叫吴明，是与我同一所学校的，刚从师傅那儿练好武术路过此地，路见不平拔拳相助，这样才成为好朋友。”

“噢，是这么回事，那两位姑娘呢?”

赵豫民苦笑道:“躲还来不及呢，没影了。为了救她俩我被人殴打也只能自认倒霉喽。”

张主任长长地叹了口气，接着赵豫民的话一语双关地说道:“古人云救人一命胜造七级浮屠，你乃真英雄，会有现报的。常言说得好烈火见真金。”

梁书记听了张主任对赵豫民的正确评价，会意地发出爽朗的笑声。

二十八

邵军医经过三个多月的高级医疗培训回到了部队医院，担任内科副主任。近期，部队医院收治了一位高级别的老军人，老人患有严重的肝硬化并伴有积水，腹部鼓鼓的，进医院治疗时已处于半昏迷状态。医院专门成立了治疗小组，另请了外院一位专家领衔当组长，邵军医和那位与赵豫民打过照面的方军医为副组长，专门为这位老军人进行治疗。方军医是位被推荐的工农兵大学生，在医科学校学了三年，也算是一位知识分子，后被招到部队医院当军医。自从那次与赵豫民偶尔见面后，他增加了爱慕邵军医的自信心，一直在疯狂地追求邵军医。与她聊业务知识，与她谈思想、生活，请她去饭店吃饭，与她共同逛街去商店购物。在方军医大有“炸平庐山”的攻略下，邵军医不免也动了情。她反思与赵豫民一见钟情的莽撞，现实生活的实际，以及今后相处——牛郎织女式的窘境，竟得出这样一个结论，“人啊还是生活在现实之中为好，没有顾忌，没有烦恼，没有所累，活得潇洒自在。”随后她不知不觉有意无意地向方军医感情上靠拢了。

“小玲子，小玲子……，”粗犷的叫喊声打破了邵军医和方军医正在医用荧光屏前看X光片的宁静，邵军医对方军医说：“准是他来了。”

“谁啊，这么大声大嚷地破坏医院秩序。”方军医皱着眉头说。

“嘘……，”邵军医用手指点着嘴对方军医说：“说话小声点，当心给他听见了没你好果子吃，他是警备区首长的儿子，惹不起的。”邵军医打开了门，门外站着一男俩女，那男的手上拎着一网兜水果。她招呼着说：“淮海哥，呦，嫂子也来了。这位是……？”

淮海哥是现役军人当着某部连长，他拉开粗嗓门说：“可急死我了小玲子，朱伯伯在你们医院治疗，我还刚从玉萍姐那里得到消息，这不，你嫂子还有玉萍姐一起来看望他老人家来了。”邵军医与玉萍姐握着手：“你好。”

“我爸的情况怎么样了？”玉萍姐急促地问道。

“来，我们进屋说吧。”邵军医让三位进了屋，走到医用荧光屏前说道：“我正和方军医在看X光片分析病情呐。你爸的病情不容乐观，现正在重症病人监护室，你们去了也只能在门外透过窗口看望。”

淮海着急了，说：“那咋办啊，玉萍姐是专程请了假来上海看望爸爸的，就只能在窗外看看。我说小玲子，哥不是怪你，怎么也不告诉我一声，我可是在朱伯伯眼皮底下看着长大的，我们两家的感情可算是亲人一般。不行，你得想想办法让玉萍姐亲近一下父亲，否则她会带着遗憾回去的。”

玉萍姐眼睛里含着泪花说道：“都是我们做子女的不好，平时没有加倍地关心他，我妈已经去世了，我们工作忙，每周也就休息天去看他，让我爸孤老头子一个人在家。战争年代养成喝酒的习惯，可以说嗜酒如命。我妈在世时经常劝他少喝点酒，保养好身体，而他却眼珠子一瞪说，你又不是不知道，我有几次负伤，那时也没麻醉药，我用酒倒在伤口上就让医生做手术了，取出了弹片和子弹，让我戒酒那哪成啊。还有你淮海，每次来我家次数最多，老爷子喜欢你，比我们姐弟俩还疼爱，你一带上酒老爷子和你就喝得没完，经常是酩酊大醉，老爷子还直呼痛快。现在想来老爷子喝酒这么个喝法简直是慢性中毒，不可救药啊。”

淮海一听玉萍姐奚落的话里连带着他，连忙敬了礼：“玉萍姐，我向你赔罪，我对不起朱伯伯，对不起你和延河。”

邵军医知道，今天要是不让玉萍姐和淮海夫妻俩去看望这位老首长的话，他们是不会放她过门的。从玉萍姐嘴里透露出来的是她爸得如此重的疾病是不听劝告所致，她暗自庆幸自己平时告诫父亲的话以及教他如何养身之道他还能听得进去，现在身子骨还硬朗。唉，每个人有每个人的活法，这也是一条自然法则。

邵军医她拿起电话问：“重症监护室吗？老首长现在的病情如何？……嗯，嗯，眼睛睁开了，好，过一会我陪他的子女来看望他，请你们做好准备。”

“嘿，小玲子，这就对了嘛，我知道你在医院里有门道，最近还升了职。”淮海双眸看了玉萍姐一眼自豪地说道。

“呿，淮海哥又在说俏皮话了，打从小起你就是这副德性。嫂子，你可得对他看紧点了，不要让他老是这么贫嘴。”邵军医搬救兵似地说。

淮海的老婆不冷不热地说：“人家现在是解放军不大不小的官，说话更横。在部队里训话把人说得没底，在家里把孩子骂得狗血喷头，有时拿棍棒打呢，还振振有词地说，棍棒下面出孝子，我可管不了他。”

淮海在一边不好意思地摸着头，被老婆当众揭短了他无处可藏。邵军医说道：“淮海哥，你可千万不能打国基的，他还小嘛。再说你们现在就只一个孩子，应该教育他，关心爱护他，让他好好长大成人。”

“嗯，小玲子，我知道了。”淮海赞同地答应道。

邵军医对淮海他们三个人介绍道：“这位是方军医，我俩是老首长医疗小组的副组长，请他介绍一下老首长的病情吧。”

方军医请大家走到医用荧光屏前，用手指点着 X 光片说道：“老首长由于长期酗酒引起肝硬化并伴有腹水，此病来势汹汹，以至老首长时而清醒，时而昏迷。你们看他肝腹部位，整个肝脏已成为严重的酒精肝，你们再看这里有一团棉花絮包裹着肝脏，他的肝脏已严重的纤维化了。……”方军医放下指点着X光片的手指，又转身对淮海三个人继续说道：“自从老首长入院治疗后，院领导已经接军区首长的指示，要千方百计治疗好老首长的病。院领导非常重视，专门组织了医疗小组，组长由外聘专家担当，我和邵军医两个为副组长。我们医疗小组在专家的带领下，已为老首长制定了中西医结合共治的方案，你们可以放心。不过，现在老首长的病情是最严重的一个阶段，所以，今天你们探视老首长后，我们会再通知你们前来探视的时间，”方军医平缓地介绍老首长的病情，但对淮海刚才大呼小叫的行为颇有意见，对淮海提出了警示：“去探视老首长时一路不能大声喧嚷，这是医院，不是军营，要保持安静。特别是到了老首长面前更不能大声说话，哭哭啼啼，以免老首长的病情波动。”

淮海对方军医的警示有些反感，你是哪根葱啊，用得着你来教育我，看在小玲子的份上我今天且饶你一回。于是他粗声粗气地回答道：“放心吧方军医，解放军这点纪律还是懂的。那你和小玲子还不快前面引路，让我们去见朱伯伯，过会我在警备区还有一个会议要参加呢。”淮海抬腕看了看手表说道。

在邵军医和方军医的引路下，他们一行来到了重症监护室，在护士室换好了白大褂，戴上了医用大口罩进了老首长的病房。老首长平静地躺在病床上，他的鼻孔里插着氧气管，静谧的病房里听得见氧气瓶里发出的“咕噜，咕噜……”的声音。一床白色的被褥覆盖在老首长身上，腹部处还凸露出隆起的症状。当玉萍姐和淮海夫妇俩走到老首长的面前时，他微微睁开那双混浊的眼睛，声音嘶哑轻声地说道：“你们来了，好。”

玉萍姐遵守医嘱，强忍着泪花点了点头，淮海向老首长行了注目礼，淮海的妻子把一大网兜的水果放在老首长病床旁的小柜上。

老首长脸上露出了久违了的一丝笑颜，有气无力的对他们三个说道："来看过我了，你们就回去吧……，这家医院是……是我向组织提出来住的，好，好得很，你们回去吧，我要休息了。"

玉萍姐把盖在老首长身上的被子朝上拉了拉，以示做女儿的孝敬，淮海又向老首长行了注目礼，一行五人退出了重症监护病房。玉萍姐拉着邵军医的手满怀深情地说："妹子，刚才你也听到我爸的说话了，老头古怪，放着军区医院不去，非要到上海部队医院来治病，淮海啊，是不是他指挥过战上海战役有浓厚的情结吧？"

淮海毕恭毕敬地回答说："玉萍姐，你说得对，战上海时朱伯伯是我爸的直接上级，战上海这一仗啊打得漂亮，完整地把一座大城市拿下来了。解放军入城后对百姓秋毫无犯深得民心啊，可以说取得了战役和政治上的双重胜利。"

"妹子，你全听见了。有你们尽心尽职地护理治疗着我爸，我爸他老人家放心，我们做子女的也放心了。妹子，听淮海说你爸也参加过上海战役……？"

"听我爸说是这样的。"邵军医平静地回答道。

淮海一听接茬道："玉萍姐，我还忘了告诉你，巧了，战上海一役我爸是小玲子他爸的上级，咱这不是成了一串了吗？朱伯伯就在上海治病交给我和小玲子，你放心回去吧。"

玉萍姐脸一板呵斥地说："淮海，怎么说话的，解放军都在毛主席、党中央的英明领导下指挥下解放了全中国建立了新中国。亏你还是解放军的官，竟说出这些闹小宗派小团体的话，今后不论在任何场合都不能说不利于团结的话。还有，你那一说话就口无遮拦的坏习惯要收敛些，多读些书对你有好处，否则你到哪儿不行。"

淮海闹了个"猪八戒照镜子里外不是人"的窘境，她没想到玉萍姐当着众人的面这么严厉地说他，心里虽然不踏实，在朱伯伯女儿玉萍姐面前也只能俯首帖耳，大气不敢出。他低声回答道："知道了玉萍姐，淮海一定铭记在心，不给老一辈添麻烦。”

“好了，淮海，妹子，承蒙你们的特许，我也见到了父亲，虽然时间短但也尽了做女儿的孝心，谢谢你们。有你们在看护着我这就回去。”玉萍姐道了谢后转身走了。

淮海招呼道：“玉萍姐，我们送送你。”

玉萍姐挥着手回答道：“不用了，我乘着到上海来的机会，还要去看望父亲的战友哩。”

送走了淮海他们后，邵军医和方军医又回到自己的办公室。方军医对邵军医说：“老革命枪林弹雨下结成了深厚的感情，可是他们的后代表现不尽相同啊，你听玉萍姐说得多在理，一点就触准了淮海的痛处，这种粗头兵就得教训教训，不知天高地厚的要吃苦头的。”

“你这个书呆子不许你这么损我淮海哥，部队养成的孩子血脉是相同相承的，不像你们知识分子酸里吧叽阴阳怪气的。”邵军医说完不理睬方军医，走到医用荧光屏前，两手交叉抱胸看着X光片子。

方军医觉得自己失言了，千不该、万不该由着自己的性子，去刺激部队大院出来的孩子那根军人情结的神经，他走到邵军医身边谦恭地说：“生气了？都是我不好，我赔罪，今晚请你看电影。”

听了这句话邵军医觉得蛮温馨的，知识分子哄人也是那么温柔体贴，她不觉得噗嗤一笑答应了方军医的邀请。“唉，你仔细看一下……，”邵军医用手点着X光片说：“我刚才又仔细一点一点地看，这里多了一个阴影，以前的X光片上可没有的。”

方军医随着邵军医的指点凑上前去看，大惊失色地说道：“邵军医，我服你了，工作那么细致认真。刚才淮海他们一来我恍惚之间没仔细看，现在被你看出毛病来了。这个部位的阴影应该是夹杂在肝胆之间的隔横里，位置不好啊。我俩是不是赶快向院部和专家组长汇报，尽快制定出医疗方案。唉，这下可棘手了。”

邵军医稳当地说：“不必惊慌，老首长吉人自有天相。”俩人马上对照着X光片伏案写起病理分析报告。

王主任、周冠才、林妮娜商议好的“赵豫民在E连坐镇不了多久”的空穴来风，经林妮娜散布后，在E连引起了不小的骚动。在大家看来，马上要召开连队班子民主生活会了，这样的消息传播开来对E连来说不是个好兆头。一波未平一波又起，“吴明与梅香谈恋爱越轨了”的谣言又风声水起。

这条消息的传播把吴明气得发疯，他明知道是林妮娜放的鬼火，四处找林妮娜算账被同情的人劝住了，他又去梅香家想宽慰她，吃了个闭门羹，梅香躲在家里死活不见他。吴明没法子，买了酒在宿舍喝着闷酒。

梅香的母亲起先听了流言蜚语还不把它放在心上，这一阵子她慢慢想明白了，自己的闺女大了总要嫁人的，再说吴明这小伙子正直不搞歪门邪道，又有一手好手艺，梅香她表舅家主持的厂子遇上技术难题是吴明给解决的，着实的让“孃孃”在娘家的镇上露了脸。当谣言的风声一阵阵传歪了以后，“孃孃”的脸上挂不住了，她从田里除草的岗位上丢下干活的锄头“脱岗”了，急切地朝家里走去。刚到家门口就见大门敞开着，家属区的几位邻居带着孩子在指指点点议论着什么，见“孃孃”来了便四处走开了。“孃孃”气不打一处来，她在屋内四处叫着梅香，但没见梅香答应。她拍打着梅香住的房门，里面还是没动静。“孃孃”拿起一把竹笤帚，几脚把门踹开，见梅香和衣躺在床上，不管三七二十一，没头没脑地用竹笤帚打着梅香。可怜的梅香任凭母亲打也不在乎，不一会脸上、手上泛起了青一块紫一块的条痕。“孃孃”一边打一边骂道：“你和吴明好上了就昏了头，我早就告诉过你不要与吴明来往，你偏不听。你这个不要脸的，背着我干出什么龌龊之事？闹得现在风风雨雨的，我看你今后怎么做人噢。”

见女儿不吱声，又被自己打得青一条紫一条的，“孃孃”心疼起来了，她丢下笤帚，一屁股坐在门坎上，一把鼻涕一把泪地嚎着："我死去的老头子啊，我前世做了什么孽啊，摊上你这么个女儿，早知今日丢人显眼，当初生下她时就应该掐死……现在把她养这么大了，却又招来了大祸，这叫我今后怎么办啊……啊。"

梅香不声不响地躺在床上静思冥想着，她明白这谣言的根源在林妮娜身上，我与吴明哥说过不要去惹他们，现在惹出这么大的风波来。可是也不能全怪吴明哥，那天我俩正在亲热时碰上林妮娜这个"现世报"，所以要怪只能怪我俩不谨慎。吴明来看她的时候，梅香故意不让见，免得又被人家说闲话给吴明增添麻烦。妈妈刚才的举动让梅香很是伤心，看来我和吴明哥的努力都已化为泡影，我们美好的梦想在这流言蜚语中完全破灭了，梅香一阵惊悸产生了恐慌，产生了绝望，自此封闭了自己不出二门。

赵豫民听见了吴明、梅香的流言蜚语心中非常不爽，他为吴明遭受的第二次恋爱打击鸣不平，这肯定是王主任、周冠才、林妮娜作的怪，要召开连队领导班子民主生活会，而兴风作浪，意在打击他赵豫民。想想自己平以待人，只要不是原则性问题自己都会谦让过去，包容过去，只要把生产工作搞上去才是最要紧的，只要把连队职工的生活改善了凝聚力自然强了，根本不去计较苟苟且且之事。王主任可不会这么想，他带的工作组是负有使命来的，就他个人的人品来说心胸狭隘，事事斤斤计较，他使坏在场部是出了名的。就拿上次为猪腿蹄的事就可看出王主任这个人不地道，后来场部杀了这股风，他却编造了故事说我赵豫民向场党委梁书记告了他的"御状"，才使大家遭受了利益上的损失，不明真相的场部同志对自己还颇有意见看法。这王主任整人的确是老于世故，真的变假的，假的倒成真的了。赵豫民有点后悔那次向梁书记汇报工作时，党办张主任要自己向梁书记汇报汇报"三整办"王主任带队来E连几个月的情况，自己还不以为然，以至失去了这次绝佳的机会，说明自己在政治思想上还不够成熟。但是扪心自问，自己也不是处处提防人、伺机专营整人的那块料。不过现在别人已经把球踢过来了,目的指向已经明了,要先稳定安抚好吴明才是。

赵豫民稳步地向连队的供水塔吴明的住处走去,他敲开了吴明的房门,一股强烈的酒味直冲脸面,他对着酒意朦胧的吴明说道:“借酒消愁,愁更愁。你应该振作起来,这些流言蜚语就把你铁打的汉子折磨成这样,你熊不熊。”

吴明没好气地说:“豫民指导员,别站着说话不腰疼,这次我和梅香谈恋爱是真心实意的,梅香也一个环节一个环节反复考察过我,比如问过我为什么要放弃商调市区工作的机会,和她一个农村姑娘结婚,今后会成为西边家属的问题。我在梅香的母亲——‘孃孃’这里是一个坎一个坎地过,现在都快到谈婚论嫁的地步了,突然来了这么肮脏下流的流言蜚语,我的心会不疼吗?不碎吗?梅香今后怎么做人……”

赵豫民说道:“你真的爱梅香吗?真的铁了心安营扎寨在农场吗?你给我说实话才真真对得起梅香。”

吴明一把撕开衬衫,拍着裸露的胸脯说:“豫民指导员,我对梅香的真爱还值得怀疑吗?连你也不相信我,那我只好剖出一颗血红的心让你瞧瞧来作证了。”

赵豫民被吴明的举动震撼了,平缓地对吴明说道:“我相信你和梅香是真爱,越是处于目前的境地越需冷静。据说你在四处追打林妮娜,你自己说说是不是鲁莽了,把事情越搞越大我看你怎么收场。”

“就是这个妖女人作弄出来的,破坏了我和梅香纯洁的爱,我岂能放过她。”吴明暴跳如雷地说道。

赵豫民喝住了吴明:“不要放肆,你要用脑子想想,林妮娜散布出来的流言蜚语只不过是一种表象,她敢和你明火执仗地干,她自己根本没这个力量,幕后指使者是王主任、周冠才。他们想乘连队班子民主生活会的机会,通过林妮娜散播出种种流言蜚语来扰乱E连的人心,搅成乱局以达到他们所想要的目的。而你却要四处追打林妮娜,正中他们下怀，他们巴不得你这样做，可以拿着证据在连队领导班子民主生活会上肆意攻击连队领导。”

“那我就这样便宜地放过林妮娜了？”吴明还是不服地说道。

赵豫民开导着他说：“舍得放弃也是一种境界，忍总比不忍好。要以静制动，不能冒然行事，越是在这关头你不要气馁，不要放弃，要主动再主动贴近梅香做她的工作给她安慰，给她力量和勇气，这才是一个顶天立地男子汉的作派。‘孃孃’这一头我找个机会把你的真实想法，爱梅香的情意切切和她谈谈，尽力促成你俩成婚。”

吴明激动地拥抱着赵豫民，说道：“这么说来我错怪你了好兄弟，好，我就按照你指点的方法去做，不再给你添乱了。”

吴明的一声好兄弟勾起了赵豫民的回想，要不是当年吴明临危救自己，说不定被一顿惨打躺在床上要一个月疗理呢。他把在场部向梁书记汇报工作时，梁书记和党办张主任询问的这件事向吴明说了。

吴明气愤得浑身颤抖，他说：“王主任、周冠才、林妮娜这些人太阴险了，都整到你头上来了。豫民指导员，现在我才真正理解你刚才说的一番话的含意，‘项庄舞剑，意在沛公’嘛。”

赵豫民宽然地一笑，说：“你能理解就好。我现在也要作些准备以防不测，这都是他们逼出来的，我倒要看看他们要的什么伎俩。我坚信，一定是‘东风压倒西风，一正压百邪’。”

二十九

林妮娜在傍晚时分去了场部王主任的家，在她跨进王主任家门以后，一直尾随着她的陈丹后脚也进了王主任家隔壁的好朋友张巧喜的家。

陈丹在市区家里养了一阵子病，做父母的心疼买了许多营养菜让她滋补，陈丹一下胖了五斤。一个星期前，陈丹接到场部“三整顿办”的通知，凡是E连在市区的职工这几天都要及时返回E连，参加E连领导班子的民主生活会，若不参加后果自负。迫于商调回市区工作的政策压力，一些在市区的E连职工陆续地回连队了。陈丹的好朋友张巧喜的老公在场部工业科当副科长，在场部分了一套二室一厅的公房。张巧喜前天回农场时顺便到陈丹家告别，陈丹把回连队的想法告诉了她，张巧喜劝说陈丹一定要把病彻底养好了才能回去。陈丹苦笑着说：“看来没这个命，不回去今后在连队的日子更难熬。”张巧喜见劝说无效于是告诉陈丹，这几天自己的丈夫正好在外地出差，陈丹要是急于回连队的话，先在她家里住上两天再走，陈丹答应了。

陈丹在场部公共汽车终点站下了车，远远望见林妮娜斜挎了一只包神情轻松地朝张巧喜居住的那幢楼房走去。陈丹在公交终点站的回廊里迟疑着，心里挺纳闷：难道林妮娜也与张巧喜熟悉啊？可从来没听见张巧喜对自己说起过啊。那林妮娜与这幢居民楼的场部哪一位官员熟啊？为了不让林妮娜认出她来，陈丹从随身挎着的包里拿出一顶镶花边的软草帽压低了戴在头上，又戴上了墨镜，与林妮娜相隔十米远，尾随着她上了楼。当陈丹欲上三楼302室张巧喜家时，她听见林妮娜在敲301室的门，她停在了二楼上三楼的楼道转弯处，屏住呼吸倾听着林妮娜的叫门声："王主任在家吗？"随着"吱啊"一声的开门声，陈丹只听见王主任的招呼声："噢，是小林同志来了，你还来的真准时啊，快进屋，进屋。"然后陈丹听见"呯"的一声关门声就没了动静。

陈丹立刻三步并着二步朝302室张巧喜家飞奔上去，她急促的敲着张巧喜家的门不吱声。张巧喜开了门见是陈丹，刚想招呼："陈……"话还没出口，就被陈丹捂住了嘴，陈丹闪进了张巧喜的家里。

张巧喜疑惑的问道："你进我的家神经那么紧张干什么，你又犯病了？"陈丹摇着头。张巧喜又问道："那在楼道里碰上鬼了？"陈丹又摇了摇头。

"那究竟怎么了你倒是快说啊，真是急死人了。"张巧喜摇晃着陈丹的肩膀说。

陈丹用嘴"嘘"了一下，轻声地问张巧喜："张姐，你家隔壁住的是哪位王主任啊？"

张巧喜听陈丹问的话中有话，没好气地说："还有哪个王主任啊，就是场部人称'笑面虎'的三整办的王主任，我们住在他隔壁啊真倒霉了。都是我家男人不好，人老实，场部的人都不想与他为邻，我家老实男人劝我说，公家配你一套二室一厅的房子不住白不住啊，管他邻居是'笑面虎'还是'笑面狼'，我们自己住的舒坦就可以喽，与市区大众窝居'螺丝壳'相比真是天壤之别啊！不知今天为啥把你也吓着了？"

陈丹“啊”的一声，倒吸了一口冷气，说道：“那就是说你家隔壁住着的王主任就是进驻我们E连的那一位王主任啊？那张姐我得赶紧走了免得惹是非。”

“瞧你，瞧你，怕他个球，他住他的屋，我们玩我们的，又不碍什么事。再说你们E连离场部那么远，你离开我家又能去哪儿呢？”张巧喜不高兴地说道。

陈丹见张巧喜不高兴了，想想张巧喜说的话也实在，便对张巧喜说：“张姐，我不是那个意思，我是有点怕……”陈丹将刚才亲眼所见的一幕告诉了张巧喜。

张巧喜听了陈丹的讲述，说了一声：“不对劲啊……”陈丹忙问：“哪里不对劲了。”

张巧喜蹙着眉头说：“这王主任的老婆前几天刚告假说回家乡探亲半个月，这人前脚刚走，王主任就约上女人上他家了？今天这个动向倒要掌握住的，这孤男寡女的这个时分相见准没好事。陈丹啊，你别怕有你张姐在，今晚有场好戏看了。”

这时，从隔壁传来王主任和林妮娜阵阵的浪笑声，他俩似乎很高兴。陈丹又问张巧喜：“张姐，你们的住房隔音很差嘛，两家虽然有墙壁隔开，简直像是住在同一间房屋里，我们说话得小点声。”

张巧喜回答道：“这房子虽然住得宽敞，外表鲜亮，但住房的结构不怎么好，用的建材又省了点，所以会产生这种情况。平时我们家两口子说话放低了声音，就怕别人听去。”

林妮娜接到王主任约她到家里说说话，着实地高兴了一阵子，看来王主任已经非常器重她，让她到自己的家里约谈非同小可。按常规，领导的家一般是不让外人和部下去的，除非关系已经很铁，领导要用的人才会有如此待遇。她在场部理发店略为打扮了一下，施了些粉黛，兴冲冲地到了王主任的家。刚进门时她有点拘谨，也有点尴尬，碰上王夫人她会怎么看，王主任只约她一个人而且是个女人，为什么不请其他人呢？直到王主任和她握了手也没有放下，一直拉着她的手进了屋，她才知道自己的想法是多余的，王主任的老婆不在家。

“妮娜同志，到我的家来你一切可以放心，安全得很。”王主任冲着林妮娜和颜悦色的对她说道。

林妮娜楞神地站在那里，问王主任：“怎么不见嫂子呢？”

王主任不屑一顾地说道：“哦，我那老婆回家乡探亲去了，所以有这个机会我俩在家里好好谈谈心里话，一切无所顾忌的。来，我们进屋里谈。”王主任继续拉着林妮娜的手朝里屋走去。

王主任家住的是一套南北朝向的二室一厅，约 60 几平方米，所谓的厅是暗厅。林妮娜被王主任牵着手走进了暗厅，她见厅里长桌上放了六个菜，两副碗碟和筷子、调羹，不免惊讶起来，“呦，王主任不是说谈谈话嘛，怎能劳你大驾请我吃起饭来了，还有酒。”

王主任笑眯眯地说道：“这古人云：‘酒逢知己千杯少，话不投机半句多’嘛。我俩今晚要谈的话题多了，不搞点酒菜，我俩干巴巴地说着话多不带劲，也谈不出深层次的话题，你说是不是啊，妮娜同志。”

林妮娜被王主任的话说动了，她俯下身子瞅着菜肴，用鼻子嗅了嗅，抬起头来感叹道：“王主任，这些菜都是你亲自炒的，可真香。”

王主任坦白地说：“除了两个冷菜是店里买的，其余四个菜都是我亲自下厨做的，怎么，馋了吗？我夹一筷菜你尝尝。”王主任用筷子夹了一块红烧栗子鸡肉送进了林妮娜的嘴里。

林妮娜在嘴里不断嚼着鸡肉块，紧张的神经完全放松了，嘴里嘟囔着：“好吃，好吃，王主任心灵手巧，工作生活样样在行。”

王主任谦虚地回应道：“怎么样，味道不错吧。来，我们坐下边喝酒、吃菜，边慢慢谈。”

“妮娜同志，E 连的班子民主生活会召开在即，为了让这次班子民主生活会顺利圆满且有影响力，我们‘三整办’发了通知召回在市区病、休假的全连同志都要前来参加，进一步扩大知情面，让大家共同受受教育。大战在即啊,今天我专程约你来就是要再听一听你的意见。几个月来我对你有了进一步了解,考察得出一个结论,妮娜同志是对党襟怀坦诚,实事求是,敢想敢说敢干的一位不可多得的好同志。”王主任一开口就把这次E连即将要召开的民主生活会的意义讲得透彻,同时也夸奖了林妮娜。

林妮娜被王主任夸奖得心里美滋滋的,她说:“我的这点成绩算什么,还不是你王主任的关心、支持、提携的结果啊。王主任的思路就是宽广深邃,按照你给我的指点我去周连长的家,只见他精神萎靡,我再把你教给我的主意对他一说,他人啊都蔫掉了,半晌说不出话,最后他表了态。”

王主任急切地追问:“他咋表态的?”

林妮娜故作蒙态,她与王主任相互碰了一下酒杯喝了一口酒说:“完全在你王主任的意料之中,向我缴械投降,让我在会上批他。哈、哈、哈……”王主任也畅开怀哈哈大笑起来。

刚才在张巧喜家的陈丹听到的就是林妮娜和王主任放形浪骸的笑声。张巧喜关照陈丹,她去厨房烧饭,让陈丹听壁角继续有一句没一句的监听着。

“妮娜同志,周冠才这个蠢才关键时刻不跟我走到底,叛道离经是一个很危险的人物,不狠狠地敲打敲打,他会认为我是吃素的,来妮娜同志我敬你一个……”王主任拿起酒杯敬了林妮娜一口把它喝完了。“痛快,痛快,你真是解我之恨……”

陈丹竖起耳朵紧贴着墙壁,听见他俩在议论着周冠才,噢,在议大事呐,她不敢懈怠屏着呼吸继续听着。

“周冠才这癞蛤蟆就这样了,且放在一边不说他了。赵豫民、吴明现在有啥动静?”王主任继续问林妮娜。

“听人说昨天赵豫民被场部党委梁书记找去谈话了,你说会有什么变故?难道我们放出去的风声——赵豫民在E连呆不长的消息应验了？咳，王主任你是场部出来的会不知道？你给透露透露吧也给我助威嘛，你说嘛，你快说嘛。”林妮娜几杯酒下肚浑身发热，头也晕乎乎的，她推着王主任的手娇滴滴地说道。

王主任叫“哑巴吃黄连说不出的苦”，他怎么不想知道昨天梁书记把赵豫民叫过去谈话的内容呢，他也打听过但没丁点消息，今天白天在E连他见到过赵豫民，一切像往常一样，没什么变化。现在林妮娜向他打探“内部消息”该怎么说呢？他脑子好使，编出话来哄哄林妮娜她就会听我的，跟着我的指挥棒团团转。眼前是要稳定住林妮娜，给她一点甜头她会越来劲，到时在E连班子民主生活会上，这门大炮使唤起来威力无穷啊。他故意地咳嗽两声，借着酒力振奋了精神，对林妮娜说：“你真聪明，被你猜对了。场部有内情告诉我，前一阵子你和周冠才两个去调查炊事班长连带后勤班长的事，以及赵豫民和吴明两人在学校期间打人进了派出所的事，你俩书面材料向我反映后，我整理了一下交到场党委去了。八成赵豫民被梁书记叫过去谈话就是这档子事吧，够他赵豫民喝一壶的。”

林妮娜觉得口渴难躁，有千万条虫子在心里爬，一股青春的涌动噎在喉咙口，她一拍桌子，猛喝一声：“这太好了，到时我在会上把这些材料抖露出来，不怕他赵豫民不离开E连，我的前程路上又少了一块绊脚石。”她突然抱着王主任的脖子亲吻了几下。

王主任装正经地把林妮娜从身边推开，说：“妮娜同志，你这是干什么啊？坐好，我还有话问你，那吴明现在怎么样？”

林妮娜粉红着脸，把杏眼一瞪说：“我按照你指点的已经把他俩的丑事散布出去了，吴明和梅香，对，还有‘孃孃’现在肯定是热锅上的蚂蚁，魂不守身。”林妮娜燥热难当，她解开衬衣上的两粒纽扣，露出了里面嫩白的乳沟，她一对眸子喷出邪欲的眼光，又搂住王主任的脸亲吻着。

“你到时敢于揭发赵豫民、吴明你就是立头功了，敢不敢说得狠一点?”

“敢。”林妮娜信誓旦旦地答应了。

“好,到时商调回市区工作会议上我给你打百分之百的包票了。”王主任也爽快答应了。

陈丹宁可不吃饭也要听着王主任和林妮娜的说话,这可太重要了,她已隐约地听见两人说话的内容,赵豫民、周冠才、吴明……都是在民主生活会上被揭批的对象,这王主任和林妮娜也太为阴险了吧,他俩这样做的目的究竟为了什么?长时间站着神经高度紧张的陈丹头脑发胀,迫使她蹲在地上两手捂着头。张巧喜见状把陈丹扶进房间让她在床上躺着休息,并给她喝了一杯糖开水。陈丹感觉稍微舒服点了,她拉着张巧喜的手说:“张姐,他们在商量阴谋诡计对付人啊。”

张巧喜不以为然地说道:“男欢女盗,你情我愿的本来就是龌龊事,谈不上什么阴谋。你别胡说了,他俩肯定是黏上了,我准备接你班候他一夜,看看他俩究竟会搞出什么名堂。”

陈丹压抑地说道:“张姐,你不知道内情,我这次回连队就为了参加连队班子民主生活会,而他俩刚才议论的阴谋就是要在会上揭批赵豫民、周冠才、吴明等,会把E连搞乱的,这不是阴谋是什么,我揪心啊。”

“照你这么说林妮娜上王主任家来先是合议着阴谋然后再苟且。赵豫民现在是农场响当当的人物,人品好,有能力,有魄力,干得出事,与我老公关系也很好。你们E连的化工合成胶水厂就是在赵豫民的主导下,我老公的协助下建设起来的。这样的好人王主任也下得了手?”张巧喜愤愤不平地说道。

陈丹心里其实很矛盾,自从与甘霖霏争夺赵豫民失了意,又落下了这个病根,她从心底里把赵豫民、甘霖霏恨的咬牙切齿,我一定要报复。可是我与甘霖霏的争斗鹿死谁手还没有水落石出,对赵豫民的暗恋之情又涌上心头,浮现在眼前。六年朝夕相处的连队工作生涯使陈丹深深的迷恋着赵豫民,他太有魅力了,太有感染力了,使她无法摆脱赵豫民的影子。她深深的叹了口气，说："张姐，现在E连孰是孰非还不好说，我准备'骑驴看唱本'，走一步，看一步，唱一步。"

张巧喜愣愣地看着陈丹，说道："你是不是真的犯病了，你和赵豫民好上了我也听说了，现在人家要把刀架在赵豫民头上你的心却这么漠然，是不是有点残忍。"

陈丹惨淡地一笑，回答说："可人家不一定这么想，有这么好的心肠。"

张巧喜愕然了，说："你啊，你，让我怎么说你才好。"

林妮娜听了王主任的话，风情万种地又亲热了王主任。王主任见火候到了，让林妮娜索性坐在他的大腿上，夹了一筷菜送进林妮娜的嘴里，试探地说道："妮娜同志你今天是怎么了？这么激动，对我是又亲又接吻，莫非你想把自己彻底的交给我，怕我口中说的话不作数对我来这招的?"

此时的林妮娜脸上挂着的粉红色越来越浓，一对眸子闪耀着色迷迷神情，她的手抓着衬衫领子，温情地点了点头，"嗯"了一声。

王主任欣喜若狂，他一把紧紧地搂住了林妮娜，一阵雨点般的狂吻后，嘴里喃喃的对着昏昏然的林妮娜说道："苍天啊，你给我送来了仙女般的美人。观世音菩萨啊，你给我送来了传种接代的宝贝。妮娜，妮娜，我俩可是两厢情愿哦。"王主任说完把林妮娜抱进了卧室，发出了一阵随心所欲的笑声。

王主任太过歹毒了，他乘老婆回乡探亲之际单独约上林妮娜到他家来，名为谈E连班子民主生活会的事，实以占有林妮娜为目的。自从在周冠才家第一次见到林妮娜，他就被林妮娜五官端正俊俏的脸蛋，白皙的皮肤，曲线的身段所倾倒，动了邪念：此人做我老婆多好。他也从林妮娜与周冠才说话之间眉来眼去的动作上看出了端倪。王主任暗自盘算着，"他俩说不定有一腿，凭我的本事，周冠才这只癞蛤蟆吃不上这块天鹅肉。"

随着几个月的情况变迁，果然不出王主任所料，林妮娜见谁势大就靠上谁，现在完全倒向了他，成了王主任手上一门势不可挡的大炮。王主任又有两次对林妮娜作出轻浮动作的经验，他料定吃掉林妮娜简直是一口酥。但是人家毕竟是黄花大闺女，未出过嫁，直愣愣的和她上床会有突兀，于是他把平时与老婆做爱时喝的春药酒倒进了酒瓶里，着实的淫侵了林妮娜，彻底倒在了他的床笫上。

张巧喜和陈丹俩人坐躺在床上，唠了一夜的话，也在黑暗静谧的晚上守了整整一夜。天刚蒙蒙亮，张巧喜困倦的伸了个懒腰，得意地对陈丹说："怎么样，我们守了一夜没白守吧，一举两得，既知道了他俩的阴谋，又得到男盗女娼的证据，嘿，嘿，值得。"

"我觉得更难处理，光我俩知道这是证据，但不是铁板钉的证据，说出去别人也不信，反而会说我俩搬弄是非。我看也只能算了，你知我知烂在肚子里吧。"陈丹一本正经地说道。

"嘭"，隔壁王主任家的门被关上了。张巧喜和陈丹不约而同地从床上跃起站在窗台前候着看是谁离开了，朦胧中她俩见到林妮娜骑着王主任老婆的女式自行车，慌张地回了回头，然后消失在昏暗中。陈丹说："要是有照相机就好了，能拍下她就是佐证，便宜她了。"

在后勤排排长的倡议下，E 连六个排的排长聚拢在镇上的一家茶馆内，边喝茶边议论着连队最近传播的谣言，各人心思不一，大部分人义愤填膺地表着态，支持赵豫民继续留在 E 连当政，一些人不表态也不言语，他们是在静观其变，听听消息而已。

后勤排长发话了："各位排长同志，你们都评评理说句公道话，场部'三整顿'办来之前我们 E 连火红不，那真叫人心齐泰山移，哪项工作不走在农场前列，赵豫民没有亏待过我们，现在凭什么叫赵豫民走。哦，是有人眼红了嫉妒了赵豫民，借开连队班子民主生活会整赵豫民，整我们哪。都是那个场部来的姓王的，非要把我们 E 连搅黄了他才舒服……"

“对，对，就是那个姓王的到我们排指手画脚，我们顶撞了几句，他就想法子给你小鞋穿。”

“干农活他不懂，还跑到我们排瞎指挥。那一次在田里插秧，他作示范动作，要我们跟着他学，他人蹲在水田里像个癞蛤蟆，插的几把秧东倒西歪的逗得全排同志们哈哈大笑，他板起脸训斥大家，说是水田地没淌平，真滑稽。”

“是啊，这人真不地道，平时我就看不惯他偷鸡摸狗的样。这次人工运输割下来的稻穗，我就有意在他肩上放一个大捆的，他没走几步就是一个趔趄，把稻穗洒了一地，对我骂骂咧咧，说有意给他吃苦头，这样的悖人放哪儿都不行。”

排长们你一句他一句数落着王主任的不是。说到他的为人大家都蹙紧眉头，说到他出洋相时都开怀大笑。

后勤排长见火候到了，赶紧的对各位排长说：“各位，各位，大家听我说，我们一定要密切注意王主任的动向，他现在可是在不厌其烦地找人谈话，在座的各位想必也找你们谈过，他制定的方针美其名曰叫发动群众，那我问大家是他王主任掌控着E连的群众，还是我们？”

“那当然是我们喽。”排长们不约而同清脆地回答道。

“这就对了嘛，在他们所谓发动群众的基础上，各位排长再发发劲来一次反其道而行之，把真正发动群众的主动权掌握在我们手里，让那个姓王的屁主任去瞎忙活。”后勤排长说出了自己盘算好的计划。

“你是说，在会上咱们将矛头直接指向那个姓王的？我看难呀，他主持着会议，目的是揭批赵豫民他们连队领导成员，这从何下手寻找突破口？”一位排长问道。

“我并不是要让大家去揭批姓王的。你们看啊，姓王的主任在民主生活会上会安排职工按照他的意图，排江倒海似的揭批连队领导。而我们呢，发动的职工在会上揭批领导时轻描淡写点，文过饰非唬弄一下就可以了嘛。既让职工们参与了会议，又让职工们表明了态度，我们这个叫发软劲巧揭批，让那个姓王的抓不了辫子，打不了棍子，这不就平静地过去了吗？工作组在总结上报时也写不出赵豫民等领导干部的材料，达不到他们的目的，这就叫群众的眼睛是雪亮的，群众的力量是不可低估的。E连今后照样在赵豫民的领导下稳步发展，各位前程辉煌。"后勤排长一席话得到了在座的各位排长一致赞同。

有位排长激情地提议唱《解放区的天是明朗的天》这首歌，他指挥着大家，嘹亮的歌声响起来了，一干人陶醉在兴奋之中。

"各位排长，我再抖露一个消息，昨天周冠才连长在逐个征求意见时找到了我，我说这次整不到你，你们猜，他告诉我什么了……？"后勤排长故意卖了一个关子，见大家竖起耳朵听的时候他才郑重地说道："他忧愁地告诉我，王主任专门安排了林妮娜向他开火。问问我对他有什么意见，可以当面提出来，他可以有个应对。我真诚地对他说，你放心，我对你没意见，也不会在会上施冷箭揭批你。"

"啊？这么老实巴交、好人一个的周连长也被那个姓王的主任瞄住啦，这算是哪门子事，看来他们的确是要把E连搅黄了。"一位与周冠才平时关系好的排长吃惊地说道。

"对，这王主任心狠手辣，诡计多端，是个无毒不丈夫的人物。所以我提醒大家要防着点，说不定在会上揭批连领导时还连带着各位呢。"后勤排长把他设想的提醒像出公告一样预示给了大家。

"你今天的茶话会开得甚好，否则我们还被蒙在鼓里不知北。下一步我们怎么做心中有底了。要是那个狗屁王主任勿二勿三的，我们也不会放他过门。"各位排长对今天的茶馆论道都颇有感触，他们将会按计行事的。

三十

四盏大汽灯分别安装在连队仓库前打谷场的四周，把E连召开班子民主生活会的场地照的瓦亮瓦亮的。会场主席台上坐着场部“三整顿办”以王主任为首的五个人，还坐着E连以赵豫民为首的五个人。下面围坐着以五个大田排和后勤排为单位的E连全体中层干部和职工。

场部“三整顿办”王主任脸色严肃，手捂着话筒，清了清嗓门开始了他的主持词：“这个——E连全体干部、职工们大家晚上好。我们场部‘三整顿办’的同志们来到E连已有半年了，这半年来，我们‘三整顿办’的同志们与E连的干部、职工们同甘苦、共患难，在相互交流政治思想、工作、生活中结下了深厚的情义，我代表场部‘三整顿办’的同志们向E连全体干部职工表示崇高的敬意和衷心感谢。”王主任带头鼓起了掌。

王主任的开场白在下面引起了一阵非议：“什么深情厚义，尽是虚情假意。”“他们常拿场部‘三整顿办’的头衔吓唬人，我们职工们只知道工作、睡觉、戏耍、放屁，对我们来这一套，谁怕谁啊。”引得大家哄堂大笑。

王主任正要说下去引出正文，听见下面的议论气就不顺，他把眼珠子一横，用手拍着桌面说："是谁在下面胆大妄为发议论？我告诉你们这是一场严肃认真的会议，不是菜市场，茶楼，有话就上来讲，不要在下面瞎议论。我看啊，这就是E连不良风气的表现，我们场部'三整顿办'工作的宗旨就是整顿工业，整顿农业，整顿场风，这样的连队不良风气我们也是要整一整的。"王主任见他的话把那些议论着的职工给唬住了，话锋一转说道："当然喽，经过我们场部'三整顿办'同志们半年来的调查研究摸底工作，E连广大的干部、职工思想觉悟是高的，工作干劲是足的，主流是好的。但也存在这样或那样的问题，这些问题虽然反映在下面，但根源在上边。特别是一些在中层干部和职工中反映出来的影响较大屡教屡犯不严肃处理的问题，以及还相当隐蔽没暴露出来的问题，我希望E连的干部、职工们都可以对班子领导提出批评，揭批出来，帮助连队班子成员端正思想态度，认识缺点错误的危害性，认识问题存在的严重性，进一步鼓足干劲力争上游嘛。怎么样？谁先上来说。"王主任手上拿着一张准备好的上台揭批的名单，向四周围坐着的中层干部和职工们审视了一下，然后点名了，"就请一排的西边的职工家属张桂珍先说。"

张桂珍也不客气，蹬蹬地上了主席台，一屁股坐下，拉开嗓门说道："我代表西边职工家属向赵豫民指导员提意见……，"台上台下的干部、职工都被怔住了，好家伙，张桂珍第一个发言矛头就指向赵豫民，场部"三整顿办"是要动真格的了，王主任冲着张桂珍送上得意的笑脸。

张桂珍说："赵豫民指导员不关心连队职工们的生活，我们西边职工住房有十几排，到了晚上连个路灯也没有，我们提了不下十几次意见了，就是没解决。还有你，周冠才连长好坏也是西边的职工家属，就是充耳不闻，视而不见。那一次深更半夜你家门外鸡窝里养的鸡不是被人偷摸去了，由于黑灯瞎火的你听见动静也不敢开门，第二天还阿Q精神十足地对我们说，是让黄鼠狼偷去的。我在这里不是倚老卖老，都快六十的人了，我也不顾忌什么，赵豫民指导员领导指挥全连的工作没问题，可屁大的孩子不会懂我们西边家属过的生活，好，我先揭批到此。”张桂珍说完话又风风火火地下了台，坐进了原先的位置。大伙悬着的一颗心都放下了，张桂珍是位实在人。

“唉，张嫂，你可说出了我们的心里话。”一位西边的职工家属恭维地说道。

张桂珍哈哈一笑地说道：“他们事先给我预备的稿子我不识几个字，不会念读，还是实话实说带劲。”

这王主任点的兵第一炮就这样被张桂珍莫名其妙地打空了，他用不满意的眼神瞅了一下负责做张桂珍工作的部下，那位部下羞愧地低下了头，会场寂静了。

后勤排长站起来举手报告：“让我来说两句，抛砖引玉。”

“好嘛，我们会议就是要发扬民主，形成良好的氛围。言者无罪，闻者足戒。有则改之，无则加勉。来，上台来说。”王主任见后勤排长主动发言，先高兴了一下，但心里还是不踏实。在划分阵线时，他把后勤排长列进另类，等待挂号挨批。但无论如何自己主持人的形象还是要保持住的，千万不能失态。

后勤排长用手指了指地下说：“我就站在原地说吧。我要说的嘛是赵豫民指导员太不注意自己的身体健康，光顾着 E 连的发展饱一顿饥一顿的，睡三更起五更的，长此以往啊你的身子骨是要垮掉的，你真的要是病倒了 E 连谁来领导，E 连的事业还要不要发展，我们心疼。E 连离不开你，缺少不了你，大家说对不对啊？”后勤排长振臂一挥地喊道。

“对，对，对！”下面坐着的中层干部、职工们的整齐划一的回应声锐不可挡，让王主任慌了手脚。一个后勤排长的振臂一呼竟然也起着这么大的作用，赵豫民的凝聚力、影响力绝对是不可撼动的，看来今晚的会议掌控起来有些难。他用眼神乜一眼赵豫民，犹如一尊石佛纹丝不动，一张慈眉善目的脸看着眼前发生的一切。“好定力”，王主任不由地暗叹道。王主任深深地吸了一口气，拍着桌面喝道："安静，安静，大家要注意场合，让后勤排长继续说下去。"

"赵豫民指导员，我在会上提醒你，你的身体健康不是你个人的，是我们E连的，是E连广大干部、职工的。不过你要保养好身体最好不要学副连长刘敏禄，为了治好他的体质弱和哮喘病，不知哪里拿来偏方，大冬天地叫我们去田沟里找一斤重的黄鳝宰杀后当场喝生黄鳝血，让我们看了都恶心，他自己却麻木地喝着。我对他说刘连长，当心黄鳝的血与你身上的血凝固在一起你不是完了吗？他这才心慌了，让我们架着他跑了一公里路出了身汗，没想到他鼻子也出血了，我们送他去了医院才完事，这不是瞎折腾自己的身体嘛。还有，刘副连长非常讲究吃，把甲鱼与鸡蒸在一起，起名叫'霸王别姬'，把甲鱼与蛇烧在一起，叫'龟蛇锁大江'，这些都是小资产阶级思想在作怪。好了，揭批完了，说得不对的地方请大家指正。"

后勤排长的一番话赢得了一片掌声。可怜被后勤排长提到的那位刘副连长祖籍广东人，世家本来就是懂吃会吃。的确也为了治疗体弱多病，特别是那终年缠身的哮喘病，四处打听能治愈的偏方，才屡屡出此无奈的下策。好了，现在经后勤排长这么一揭批，自己在会场上无地自容了，还把自己与小资产阶级思想挂起钩来。不过深深细想下来，自己的问题不算太严重，自己分管的后勤排长被王主任逼得不说我说谁啊，他还是给我留有一点余地的。刘副连长是个厚道人，他对召开这次连队班子民主生活会不明就里，只知道是按照场部"三整顿办"王主任布署的程序挨五挨十的揭批下去的。

林妮娜此时精神紧张，手掌心不断冒着汗坐在大田三排的最后一排，她不断的左顾右盼，手上攥着一份按王主任意图修改好的揭批稿，她三番二次要拿出来再细读研看，生怕上台去讲出岔子无法完成王主任所交待的任务，辜负了王主任深谋远虑的部署意图。但在众目睽睽之下她不敢拿出来，只能默念着稿子里的人物和主要问题。是紧张还是极度的害臊，在林妮娜眼前浮现出那天在王主任家发生的那不堪入目的一幕。那天我的青春生理反应是多么剧烈，竟然多次主动地亲吻王主任，把他勾搭上了，一夜的情我林妮娜就把守身十几年的纯洁如玉的身子轻易的交给了掌握着生杀大权的王主任，结果来得如此之快是她林妮娜始料未及的。今晚，我的命运将牢牢缚在王主任的战车上，只等他一声令下，我将义无反顾地勇往直前，势不可挡，让赵豫民、周冠才、吴明还有E连在座的所有人领略一下我林妮娜的风骚吧，我才是王主任手上的一把杀手锏。

陈丹坐在后勤排的最后一排座位上，她的一对压抑眸子始终观察着林妮娜的动静。陈丹回到连队后一直沉默寡语，再也不是以前开朗活泼的陈丹了，人家和她打招呼，她只是似笑非笑地点头答应，见到赵豫民只顾低着头走过也不打一声招呼。连队有好起外号的职工背地里称陈丹为“病西施”，她听见了也只不过淡淡一笑。其实陈丹心里清楚得很，只是不留痕迹而已。自从那天在张巧喜家“听壁角”，已掌握了王主任与林妮娜为今晚召开连队班子民主生活会设下的阴谋。是帮赵豫民，还是听之任之？这是陈丹内心激烈斗争的焦点，一种两难的选择。她的眼前一会浮现出赵豫民英俊潇洒挥洒自如关心疼爱自己的面容；一会又浮现出赵豫民与甘霖霏在一起的狰狞恐怖的身影。帮，不帮。帮，不帮，两种不同的声音一直深深的缠绕着她。人生苦短啊。陈丹此时看见林妮娜由局促不安转为兴奋，知道这把毒剑马上要出鞘了。

梅香本不应该来E连打谷场凑热闹的。她一整天对着镜子发呆沉思，快吃晚饭时和衣躺在床上。“孃孃”收工回来在厨房简单地做了饭菜叫梅香来吃饭，见梅香没动静，便走到梅香躺着的床前，用手摸了摸梅香的额头，没有发病的症状，又叫了梅香两下，梅香没搭理。“孃孃”骂骂咧咧开了：“你这个死货色，整天躺在床上还在想着吴明，今晚连队开会说不定有人会点他作风不正的名，你能护得了他？快断了这个念想。你爱吃不吃，我吃完了可是要开会去的。”梅香见母亲走出了自己的房间，一骨碌从床上爬起，刚才母亲说的话像晴天一个霹雳震撼着她的心，我心爱的人今晚要被人批作风不正问题，我还能在家里躲藏着吗？不行，我要去看看听听，关键时刻我一定要保护吴明，坦诚公布我俩恋爱关系并准备结婚。她混杂在西边家属职工人堆里静静地听着。

后勤排长讲完后，作为主持人的王主任定了定神，他没料到后勤排长会给他来这么一手，名为点名揭批赵豫民，实为帮他说好话，还鼓动中层干部、职工喝彩，搞得他很被动。好在下面两个人的发言是他钦点的，二排的“大炮”在王主任与他谈话时，说出了他在县人民医院护理陈丹时，陈丹一直呼唤着赵豫民的名字，而且恨他，这里面有蹊跷，他愿意在会上揭批赵豫民。王主任一听乐了，吩咐“大炮”赶紧作好会上发言的准备。另一个发言的是林妮娜更不用说了，这是最后一颗重磅炸弹。

“下面请二排的‘大炮’上台发言。”王主任点着名的叫喊着。

下面一片议论声，这“大炮”葫芦里卖的什么药，让王主任这么器重他点名让他发言。就在“大炮”不谦让的上台准备发言时，一束手电筒从田埂边摇晃着来到了打谷场，走来的是一男一女西边职工家属，那男的绰号叫“月光”，家境比较好，用起钱来大手大脚，不到大半个月已将工资花光殆尽，靠着家里不断接济和向职工借钱过日子。女的叫王凤娣，是“月光”的老婆，大“月光”六岁。她长的腰圆膀粗，大盘脸。天生的一副大嗓门，与人说话时瞪着一双牛眼，一开腔门准让你吓一跳。但她心眼好，每次“月光”向职工借钱，王凤娣是最为爽快一个，久而久之，两人还逐渐黏合上了成了夫妻，并生了一男孩。“月光”花钱的本事并没有随着与王凤娣结婚后有所改变。因此这个凑合的家庭经常是小吵天天有，大吵三、六、九，搞得整个连队领导为协调他俩吵架的事费尽心机。朱芸在连队时王凤娣和“月光”还买点账，朱芸被人砸伤回市区养病了这对夫妻无所顾忌了。有一次西边家属来告状说夫妻俩为了一些琐事又吵起来了，光听见“月光”打王凤娣，王凤娣一声声惨叫，赵豫民只身前往他俩的家，推开门见王凤娣披头散发，夫妻俩扭坐在一起，只见“月光”脸色惨白，赵豫民定睛一看不得了，王凤娣用一只手死命的掐住了“月光”的睾丸，让他痛苦的叫唤着。赵豫民猛喝一声：“王凤娣，快放手要出人命的。”王凤娣松了手，鬼哭狼嚎般地向赵豫民诉着苦，赵豫民真是退也不得，进也不得，和稀泥似的调解一下了事。“月光”的父母亲是坚决反对这门“闪电”般的婚事，认为王凤娣比“月光”大六岁，是她勾引上自家的儿子，况且夫妻俩年龄相差六岁又合“六冲”是不吉利的，一气之下断了对“月光”的接济，使“月光”和王凤娣夫妻俩平时过日子陷入了入不敷出的境地。人被逼急了总有办法生活下去的，这小家庭的日子还是要过下去的。“月光”打小起就喜欢贪玩，而且是动点小脑筋，搞点小聪明的疯玩。现在生活被逼上绝境了，他又绞尽脑汁想出了一个主意，每天晚上去田边垄沟小河里钓甲鱼去，这是个好赚头，“月光”和王凤娣夫妻俩算了一笔账，一夜放十杆钓钩，大清早的去收杆准有三、四只甲鱼的收获，一只甲鱼卖一元钱，以每天进账三元钱计算，除去买猪肝成本六毛钱，每月的收入可达七十元，这比每月天天出满勤在大田里干活拿到的钱还多一倍，何乐不为呢。夫妻俩合计着让王凤娣天天去出勤，“月光”就这么混着，反正他这个人平时在连队不显山露水的，也不爱搭理别人，连队有他无他对职工们来说也无所谓，从此“月光”真正成为“月下孤影”的称号，行踪诡秘得很，日子过得蛮惬意。他俩的儿子也养得圆圆壮壮人见人爱。

钓甲鱼的工具很简单，“月光”搞来几十根细竹杆，在细竹杆的一头用橡皮筋将一小段尼龙绳牵连着铁钓钩缚住，诱饵引子就是用镇上买回来猪肝切成薄片，晾晒到发臭，把它串扎在铁钓钩上。“月光”每晚背着钓钩打着手电筒，披上雨衣，脚蹬一双高筒雨靴幽灵似的到田边垄沟小河里下钓杆。今晚，夫妻俩商议好了，吃完晚饭先双双去放完钓杆，然后再去参加连队班子民主生活会。

此时，“大炮”正得意地坐在会议的主席台上，这恐怕是他有生以来第一遭面对那么多人讲的一次话。虽然人坐在了凳子上，可心里“噔噔噔”地发毛，发言声音颤抖着：“按照王主任的要求，我现在来揭批赵……赵……赵豫民，”“大炮”紧张得连赵豫民的职务也忘记说了，他发觉有点不对劲，想了一会才说出：“指导员。”下面坐着的同志们见此情景哄然大笑，有职工说：“下台吧‘大炮’，不要做傻瓜了，话都说不顺溜还要揭批呢，不怕丢人显眼当现世宝。”“大炮”坐在凳子上脸色涨成猪肝色。

王主任将桌子一拍，对那位职工怒喝道：“你，站起来，胆敢捣乱会场，把他弄出会场站一边去。”场部“三整顿办”两位组员得令从主席台上走下来硬把那位职工拉出场外罚站。王主任接着命令道：“你继续说吧，‘大炮’。”

“大炮”舔舔干涩的嘴唇，继续说道：“各位老少爷们，”“大炮”在王主任的撑腰下说话也变调了。“我‘大炮’正规场合是不会说话，但是王主任的指示我要照搬执行的。赵豫民指导员由于抓连队不良风气不力，造成我们连队谈恋爱风气很浓。前一阵子发生了俞志豪和金雅芳在我们眼皮子底下做出风流事，造成了‘流产事件’，还有前面发生吴明因恋爱不成喝了农药，这都是赵豫民指导员整治不力，姑息养奸造成的。要是追根寻源的话……”“大炮”脸朝天眨巴着眼睛，他缺氧了，好一阵子才说道：“噢，那就是在朱芸当指导员时就养成的连队坏风气，那时把‘月光’和王凤娣偷吃禁果酿成大患的事处理好了，也不会造成眼下局面。还有这次赵豫民……”“大炮”嘴上星沫子乱喷起劲地说着。

王主任仔细的听着“大炮”的发言不时地点着头，要是E连多几个林妮娜和“大炮”似的人物何愁扳不倒赵豫民，在这个会上咱俩就可见分晓了，我看你赵豫民还稳坐得住吗。

“放你妈的屁，‘大炮’你竟敢说到老娘头上来了，我找你算账。”一声狮子吼把正说到兴头上的“大炮”打闷了，他眨了眨眼睛，噢，是惹不起的王凤娣这位母夜叉气势汹汹地边说边朝他走来，他胆颤心惊地从凳子座位上站了起来。

王凤娣走起路来风风火火，她三步并着两步猛地一下蹬上了主席台，一把拉住“大炮”的衣领，刚要甩他一个嘴巴子，被赵豫民眼疾手快地拉住了，他对王凤娣说：“有话好好说，在这里不许撒泼。”坐在下面的同志们都纷纷站了起来，引发一阵骚动。

王凤娣站在主席台，一只手叉在腰上，一只手指着“大炮”的脸骂道：“我俩平时井水不犯河水，你揭批赵豫民就揭批赵豫民，把老娘拉扯进来干什么，我是吃你的，还是偷你的，我和‘月光’的事触到你那根神经让你蹦弹起来？‘大炮’我告诉你，你没老娘的福份，我是大胖儿子养好了，小心你今后养的孩子没屁眼。”

“大炮”唯恐再被气头上的王凤娣甩嘴巴子，赶紧狼狈地下了台溜走了，王凤娣还不解气地追问他：“你别溜啊，‘大炮’，我和‘月光’两个会记住你一辈子的。”

林妮娜坐在下面身子直哆嗦，虚冒的冷汗从发际上一直流淌到耳朵根边，流进了衣领下面的脖子里。“大炮”失败的发言提醒了她，千万别惹怒下面的中层干部和职工，把揭批的矛头直接指向赵豫民和周冠才才对。她压轴似地将原先要揭批炊事班长连带后勤排长的一段揭批词迅速的在脑里删除，又在重新滤清揭批的主题思路。

王主任正得意地听着“大炮”发言在劲头上，而且就在“大炮”顺理成章一层一层深批下去的节骨眼上，不想“半路杀出一个程咬金”来，不但打断了“大炮”的精彩揭批，还把“大炮”羞辱了一番，赶鸭子似地迫使“大炮”灰溜溜地走了，使王主任的黄粱美梦周密计划又一次落空。而那悍妇王凤娣却还神气地站在主席台上，这不是让我这个主持人难堪吗，我怎么能忍受这口闷气啊。于是他对王凤娣大喝一声：“你简直是放肆，竟敢大模大样扰乱会场，这是没好下场的，你快给我滚下台去！”

王主任没想到他这一招对付王凤娣根本不管用，只见王凤娣猛然甩开两个工作组成员拉着她的手，指着王主任振振有词地说：“什么放肆放火的，老娘就知道今晚开会揭批的主要对象是连队班子成员，而你指示‘大炮’把矛头指向了我，你这不是在做障眼法转移揭批方向吗？我告诉你群众是不可欺的。你究竟安的什么心这样对待我啊？”

王主任听了王凤娣的话哭笑不得，明明是她扰乱了会场坏了我的计划，她却蛮横地颠倒是非倒打我一耙，这个女人真可怕。他两眼紧盯着王凤娣思忖着，给她动硬的她不怕更来劲，那就给她来软的吧？不行，当着那么多人我的脸面往哪搁。就在王主任左右为难时，赵豫民站了出来劝说，打破了这个剑拔弩张的尴尬场面。赵豫民知道王凤娣的倔脾气，发作起来很难驾驭她的，王凤娣属于那种一根筋吊死的人。他便委婉地对王凤娣说道："凤娣啊，刚才‘大炮’在发言之中一时激动说到了你，‘大炮’的本意是在揭批连队领导班子成员，特别是我有不可推卸的责任。当然喽，你也是一时激愤来维护你的尊严，你没错，但是行为出格不妥。好啦，此事到此为止，听我一句话你和‘月光’马上离开会场，我们还要继续开会。”

王凤娣再凶再狠，对赵豫民还是言听计从的。她不会忘记自己和“月光”在最困难的时候，赵豫民甚至自己掏钱帮助她俩的小家庭渡过难关。每当夫妻俩发生家庭矛盾的时候“月光”打她，赵豫民来调解时总是向着她一边帮她主持公道。王凤娣一转身面对着台下的众人说：“大家听听，赵豫民指导员讲话就在理，让人听了舒服，我就服了赵豫民指导员。‘月光’，我们走。”

三十一

王主任目瞪口呆地瞧着王凤娣和“月光”夫妻俩悠闲自得地离开了会场，此时“强龙压不过地头蛇”的念想油然而生。他很悲哀，不由得想打退堂鼓草草结束会议。转而一想苦心经营几个月的这台连好戏碰到点挫折就偃旗息鼓了？自己也太没有出息了吧。回想以前在其他连队主持召开领导班子民主生活会，也碰到过类似的情况，自己都能镇定地弹压下去，挽回岌岌可危的局面，哪一次不是得胜而归。他扪心自问，今晚你在E连的颓势表现究竟是怎么发生的？是自己没准备好仓促上了阵，还是赵豫民的根基太深我根本扳不倒他？不管怎么样自己要挺过这一关，绝不能让赵豫民他们看自己的笑话，最多来个鱼死网破大家一起玩完。王主任想到自己手上还有最后一张王牌——林妮娜的揭批材料，又兴奋起来，只要林妮娜在台上站着这么一说，将震撼赵豫民执政的根基，震撼E连死水一潭的局面，定会引起阵阵波澜。他在暗自为自己打气鼓劲，脸上露出一丝不为人察觉的奸笑。

王主任振奋了精神点名道：“下面请三排的林妮娜同志发言。”

林妮娜从人群中站了起来，费力地走上了主席台，她向主席台在座的各位领导鞠了躬，又转身向台下的众人鞠了躬，然后坐到发言席的凳子上。她脸色在灯光的照射下显得苍白，用手拢了拢头发开始了发言。林妮娜的上台发言引起了众人的一阵阵议论，也引来了好奇。都三十好几的人了，一定要在这是非场合上搞点离奇的花样，犯不上嘛，拿自己的人生在赌博不值啊。

林妮娜脆口地开着腔："尊敬的王主任、赵豫民指导员、周冠才连长……"她的一一称呼过来也的确吸引了众人的眼球，大家全神贯注地听着她的下文。这也是林妮娜绞尽脑汁颇有一番思考后作出的决断，上台发言不能输在起步阶段，先迷惑一下众人的视听，认为我的揭批材料是中性化的，两头都不得罪。

林妮娜望着台上台下众人的表情，神采奕奕起来了，哈，他们全中招了。她接下去发言的语调高了起来说道："我们 E 连的不正之风的确是由来已久，'大炮'说的没错，应该是从朱芸当指导员、连长起就存在。刚才赵豫民指导员也承担了主要责任在他身上，那周冠才连长就没责任了吗？作为连队班子主要成员，平时只管埋头拉车而不管连队不正之风的危害，本来就是一种失职的行为。周冠才连长由于长期不进行政治学习，以至于丧失了辨别是非及政治立场，其后果就是违纪打人，受到了场党委给他的行政处分，你愧对了王主任、赵豫民指导员以及 E 连全体干部、职工对你的信任及期盼。"

周冠才坐在主席台上心里很不是滋味，这小妖精来本事了，咱俩不是事先商量好的吗，避重就轻，你还真在会上有模有样的批起我来了，加了那么多副词和定性词，看来老婆常提醒我要防着这个小妖精是有道理的，怪就怪自己心肠太软，当然还有和林妮娜你情我意缠绵不休的意识在作怪。

林妮娜得意地朝周冠才的方向扫了一下，突然转换了话题说："我们 E 连的不正之风问题虽然出在下面和连队班子成员，但是根子就在赵豫民身上。由于他放松了教育，以至我们连队明里暗里谈恋爱之风蔓延，严重地损害了我连的威望，削弱了革命工作干劲。比如说吴明是他的铁哥们，老是犯错误赵豫民就是不批评他，还处处护着他，不卸他的职让他妄自非为下去。现在吴明搭上了西边‘孃孃’的女儿梅香，两人打得火热，你是何居心？还有在我和吴明交往中，他亲口告诉我赵豫民指导员在学校读书时与人打群架是他吴明救了他一命……”林妮娜情绪亢奋地豁出去说开了。

吴明再也坐不住了，“大炮”在发言中已经提到了他的名字，当时就想冲上台去质问他了，现在林妮娜又肆无忌惮地点到了他，而且把赵豫民、“孃孃”、梅香也牵连着进来，这口气无论如何都咽不下去。就在林妮娜得意忘形说着的时候，吴明急冲冲的从人群的旁边斜刺里一个箭步蹿上了主席台，当众就给了林妮娜两巴掌。由于事出突然谁也没在意吴明此时会闪电一般做出这样的举动，也没拦得住，两记响亮的耳光在林妮娜脸上留下了深深的印痕。吴明打了林妮娜两个巴掌后还不解气，骂骂咧咧说：“真是个害人精，真不知廉耻的妖精。”他不管被打了耳光伏在桌上哭泣的林妮娜的情绪，一把抢过林妮娜面前的话筒大声说道：“同志们，今天晚上的会议气氛不对劲，这是有人故意设下的阴谋诡计对连队领导的恶意攻击……”

林妮娜气急败坏不顾一切地抢下吴明手中的话筒声嘶力竭地喊道：“大家不要听吴明的，他在蛊惑人心，混淆视听，像赵豫民这样有污点的人能领导好连队工作吗？还配当我们领导吗？他和吴明沆瀣一气是一伙的。”

台下的已乱了套，都在责怪吴明千不该万不该打林妮娜的耳光。陈丹被吴明“这是有人故意设下的阴谋诡计”这句话深深的刺激了，她联想起在张巧喜家“听壁脚”听到的王主任与林妮娜商议的阴谋诡计设圈套的全过程，脑袋就嗡嗡作响。赵豫民被林妮娜这么当众羞辱还全然不知王主任和林妮娜在背地里商量的诡计，他的“高大全”形象在我这知情者心中不能就这样给毁了，我要当众维护他，揭穿王主任和林妮娜的阴谋诡计，还赵豫民一个公道，使自己也能在赵豫民心中再留下一个深刻的印象，八成还能持续燃烧起爱情的火焰。于是她捂着发胀的脑袋，跌跌撞撞的向着主席台走来，准确地说是直冲林妮娜而来。

主席台上，王主任指挥着四位工作组成员将吴明团团围住，赵豫民对着吴明说："早就告诉过你遇事不要冲动，一切都会真相大白的，你就是听不进去。现在摆弄成这副局面，你只能听候发落吧。"

王主任恼羞成怒地说道："赵豫民同志，吴明竟敢在众人面前打人要流氓腔，你的立场还是这么轻飘飘的，怪不得吴明能有恃无恐仗势欺人，有什么样的领导就有什么样的兵，他犯下的错误是不可饶恕的，要蹲班房的。你们，把他给我看好了，我马上与场部派出所联系，让他们派车来将吴明押送到场部去处理。"

吴明还在暴跳如雷地对王主任怒吼道："我和你没完，阴死鬼。"

王主任也不甘示弱地回敬一句："你敢！看来在 E 连是没王法了，我向梁书记告你们去。"

赵豫民长叹了一声，说道："吴明，你给我闭嘴，错了就是错了，还逞什么能，真是不识好歹啊。"

陈丹走上了主席台，赵豫民楞神地看着她，轻声地问她："你到主席台来干什么，还嫌这里闹得不够乱吗？快回寝室休息去，注意保养好身体。"陈丹根本没有理会赵豫民，她一跛一颠地走到林妮娜面前一把拉住了她直冲着她冷笑。

林妮娜被陈丹的这种莫名其状的架势吓得汗毛也竖起来了，她胆颤心惊地说道："陈丹啊，你可别吓着我，别这样嘛，有什么话你对我说就是了，大姐可是被吴明打得眼冒金星，到现在腮帮子还痛啊。"林妮娜没想到从陈丹的嘴里只蹦出几个字："打得好，活该。"

林妮娜委屈地说："妹子，此话从何说起，我就该被他无缘无故地打了吗？"

陈丹从鼻子里喷出了“哼哼”两声，两眼冒着金花，一屁股坐在了凳子上，那对冷冰冰的眸子一直盯着林妮娜，她突然惨笑一声对林妮娜说道：“你这也叫无缘无故地被吴明打了？我看是事出有因嘛。我问你，前几天一个晚上你去哪里了？”

林妮娜叫屈起来：“妹子，我会去哪里啊，还不是孤苦伶仃呆在连队。要不就是想着能商调回市区工作嘛。”

陈丹熬着头脑胀裂的疼痛不放过林妮娜，她说道：“不对吧，你是到一个大人物家里去商量阴谋诡计去了吧，今天你总算施展出你的本事来了。”

王主任、赵豫民等一干人都听着她俩像打哑谜一样的对话不明就里。林妮娜听来却如五雷轰顶，脸色青一阵白一阵。她镇了镇神想着，难道我到王主任家的事让陈丹掌握了？不对，陈丹没那神的，看她那病殃殃的能谋划出什么事来。看样子陈丹这是在讨好赵豫民诈我，要不就是她的病发作了说着梦魇的胡话呢。她皮笑肉在跳地回答道：“妹子，你在说胡话吧，我今天讲的都是有根有据的实话，你冤枉我了。”

陈丹的病根经不起激动和刺激，她快支持不住了伏在桌面上喘着急促的气，吐出了着实让林妮娜心惊肉跳魂飞魄散的话语来：“那我也告诉你实话，你脸上的胎气很凝重啊，小心真的着了这个大人物的道，下场很惨的。”

陈丹话语说得很轻，在场的人只有林妮娜一人听见，她摇晃着陈丹的肩膀，也轻声回答道：“妹子，你真是吓着我了，姐我跟你前世无仇，今世无怨，你可不能给姐扣屎盆子……唉，妹子，你怎么了，醒醒，快醒醒……”

众人随着林妮娜的叫唤声都围拢了上来，只见陈丹嘴上吐着白沫，两眼朝上翻白，四肢有规律地抽着筋。周冠才在农村见识过这种病，叫“羊癫疯”，他一面掐着陈丹的嘴唇上的人中，一边叫后勤排长快到菜园子拔一把青菜来在陈丹的嘴里来回涮几下，陈丹这才脸色惨白地回过神来，在众人的搀扶下慢慢地回到寝室去休息了。陈丹在走的时候转身向赵豫民投来一丝惨然的微笑。

梅香躲在人群里把刚才吴明上主席台打了林妮娜两个耳光，和众人指责吴明的惊心动魄的一幕全看在眼里。她只是个职工家属的孩子，而且是个内向型的女子，涉世又未深，哪里经受得起这样的局面。原本想冲上台去理直气壮地向众人坦陈她和吴明谈恋爱的经过，现在连这点勇气也没有了。当她听见王主任说要将吴明押送到场部派出所去处理，眼前顿时一片漆黑差点软瘫在地上。她咬着牙跺着脚，一转身回到自己的家里，躲在自己的房间捂着被子大哭了一场。"孃孃"回到家不问青红皂白站在梅香的房间门外又把梅香夹头夹脑地臭骂了一顿："你这只现世报，丢人丢到全连队都知道你和吴明这个无赖在谈朋友，做了肮脏的事。女儿丢人连做娘的也被人数落，你叫我今后怎么在连队里做人。唉，丢人哪，真丢人，我真是前世在作孽。""孃孃"骂了一通以后，见梅香房间里没动静，以为她早就睡了，也没当一回事就回自己房间睡觉去了。

夜已经很深了，此时万籁寂静，月亮圆明。梅香一个翻身从床上起来，她走到衣橱前，拿出崭新的大红颜色镶着梅花瓣的织锦缎料子的棉袄穿在身上，下身穿上一条藏青呢料裤子，脚穿一双白袜子，蹬一双锃亮的红色皮鞋，然后对着梳妆镜梳理辫子，嘴里喃喃道："吴明哥，我的命怎么会这么苦啊，看来我们只能来世做夫妻了。"说着说着止不住眼泪扑簌簌地流了下来。梅香走出房间，在饭堂间里找出一根粗麻绳，一头扎在腰间上，又搜寻出一小瓶农药拿在手上，她"扑通"一声跪倒在母亲睡觉的房门外磕着头说："姆妈，女儿不孝给您老人家添麻烦了，来世再报答你吧。"梅香说完猛地走出了家门，走向了引龙河。引龙河此时正是涨潮时分，梅香下河时水位在她的膝盖上，她费尽力气走到小桥桥墩处，将粗麻绳的另一头绑在水泥桥墩上打了一个死结，将身子围着水泥桥墩转了几圈固定住，双手拧开农药瓶，低吼一声："别了，吴明哥！"

然后把整瓶农药灌进了嘴里，不一会儿梅香口吐白沫，低垂着头殒命了。皎洁明亮的月亮被一片飘来的乌云遮住了，但它在天上默默地注视着这人间悲惨的一幕。

清晨五点钟，还在睡梦头里的赵豫民被场部派出所的民警叫醒了，他们一起来到西边家属区，民警在路上向赵豫民说了有人报案的情况。河的两岸和水泥桥上已站满了围观的人群，“孃孃”坐在河岸上哭天喊地的。两位民警借用了附近的民船划到水泥桥墩处，用军用刀割断了绑住梅香那经过河水涨泡后膨胀尸体上的粗麻绳，奋力地把梅香的尸体搬运到船上，运上岸，放到E连的西边仓库里。一位民警控制住了嚎啕大哭的“孃孃”的情绪，把她领进了仓库陈述一下情况并作了笔录。“孃孃”一口咬定梅香是他杀，那位民警告诉“孃孃”，只有对梅香的尸体做现场解剖，经法医鉴定才能确定梅香死亡的原因。“孃孃”迟疑了一会然后点点头，民警让她在解剖鉴定书上签字押手印后，让赵豫民陪着走出了仓库，民警们关紧了仓库大门。经过一上午的尸检，法医最后得出结论，梅香确系自杀。

下午，场党委梁书记找王主任进行了非常严肃的谈话，王主任神情紧张坐在梁书记的对面，党办张主任拿着笔记本坐在梁书记的旁边。梁书记皱着眉头对王主任说：“E连的民主生活搞出那么大的动静，一死一伤啊。你是如何准备的？找出来发言人的素质参差不齐，要么就是轻描淡写不着边际，要么就是无中生有乱说一气，你给我汇报汇报详细情况。”

王主任诚惶诚恐地向梁书记汇报道：“说实话这次E连的领导班子民主生活会应该是百分之七十成功的，张桂珍、‘大炮’、林妮娜三位同志事先都是自告奋勇地要求发言的，发言的质量还是不错的。后勤排长是自己冒出来要发言的，应该说他的发言是反其道而行之，带有鼓动性和煽动性，偏离了这次会议的初衷，我因为有话在先所以没有阻拦他的发言，造成了您刚才点明的轻描淡写不着边际的问题，我犯了一个错。”

梁书记非常不满意王主任的汇报，因为事先党办张主任已基本摸清了E连召开的民主生活会的情况，并向他作了分析汇报，对王主任避重就轻袒护前面三位发言同志的行径很反感，他问道：“照你这么说除了后勤排长是自动冒出来发言之外，其他三位同志的发言内容都是经过你王主任审核过的？”

王主任听着梁书记的问话心里发虚，额头上微微出着汗，他在记忆里快速地搜寻着张桂珍、“大炮”、林妮娜发言的内容，他想起来了对梁书记汇报着说：“还有第一个发言的张桂珍，婆婆妈妈轻描淡写不着边际的胡诌了一番，她的发言是我工作组一位成员负责审核的，事后我严肃地批评了这位同志，对革命事业不认真负责的态度，他也认了错。”

“那另外两位同志的发言内容你都审核过，你是信任他们的？”梁书记步步逼紧王主任问道。

王主任不敢马上回答梁书记的问话，他心里在揣摩梁书记问话的用意。难道是赵豫民、后勤排长等人已经向梁书记告了黑状？他思考过后答案是否定的，他们是我整顿的对象，而我是钦差大臣，赵豫民、后勤排长再犯傻也不至于在太岁头上动土。要么梁书记因为我这次E连领导班子专题民主生活会上下的招太狠了，造成一死一伤，后果不堪设想不信任我了？眼前最要紧的是不论结局如何，我都要作最后一搏，是好是坏全看梁书记权衡利弊了。

王主任鼓足了勇气直面回答道：“梁书记，这两位同志我多次找过谈话，一来他们自告奋勇要求发言，大力支持我们工作组的工作。二来俩人在E连工作时间长，特别是林妮娜同志在E连的时间长达十几年，有广泛的群众基础，E连的领导班子演变的情况也熟。因此，经我审核了俩人的发言材料内容同意了他俩的发言。只可惜他俩没历练过这种场面，又不拿着事先准备好的稿子读，被别有用心的人找到了茬子利用了，以至场面几度混乱，最后E连的电工吴明令人发指地打了林妮娜同志两个耳光，造成极其恶劣的影响，现在吴明还被关在派出所的小号里，真的要杀杀他的歪风邪气，以正E连的视听。”

梁书记听了王主任的解释后严厉地说：“对吴明这种恶劣行径就是要严肃处理。老张啊，回头你告诉赵豫民，吴明在场部派出所关押三天放回去后不能再干电工活了，放大田排劳动改造，不能心慈手软放过他。”

王主任心花怒放了，梁书记这番话的意图明明是向着我的，也够你赵豫民喝一壶哩。我可不能错过现在这良好机遇要向梁书记再告他赵豫民一状，彻底地扳倒他。赵豫民啊，赵豫民，你不能怪我心狠，谁叫我看中了E连这块肥肉要独霸它啊，我和你之间曾经是为了猪腿蹄的事发生过矛盾，那只不过是我俩之间的小芥蒂。想想这几年我奉命带着场部“三整顿办”冲来撞去可得罪过不少人，这差使我当腻了。我也只有借这次到你的E连来整顿的机会一举拿下你的桂冠成我之美梦了。哦，对了，这么长时间你还是代指导员、代连长，场党委还没正式任命你扶正，这当然是场党委让我取而代之你的绝佳时机哦。

王主任激动地站了起来，进一步谗言道：“梁书记，在E连领导班子专题民主生活会上，一开始我就一直有种隐隐约约的感觉，有人在操纵，暗示着局面的走向，你看哦，当‘大炮’要说到陈丹摔进总灌渠窨井后，造成严重脑震荡的这件事关系时，一位姓王的泼妇竟敢冲上主席台怒斥着‘大炮’阻止了他的发言。而当林妮娜义无反顾地说出了赵豫民在读书期间与人打群架的问题时又被吴明冲上主席台打了耳光，这是偶然的吗？按我的经验判断这是极不正常的，我根据赵豫民在会场上的态度认定是他在暗里搞鬼。请梁书记明鉴。”

梁书记再也忍不下去了，他对党办张主任嘿嘿一笑，说：“老张，他要我明鉴啊。”转而他对王主任怒斥道：“由于你的无知和思想上的糊涂才会造成这么恶劣的影响，王主任啊，你要深刻地反省，由于你的莽撞给场党委带来多大的被动。亏你还是这条战线上的有经验的同志，教训，教训啊。”

王主任头脑发晕懵住了，这是怎么回事？梁书记的态度来了个180度的转弯，我实事求是地说出了我的判断，难道有什么地方错了，他百思不得其解。只听见梁书记叫党办张主任拿出材料给他看，他接过党办张主任递给他的材料，这一看呀让他浑身发颤，整个身体像跌进了冰窖里，牙齿打颤，面部肌肉僵硬。林妮娜所要揭发赵豫民的两件事，经场部派出所调查后认定都是子虚乌有纯属捏造，怪不得梁书记会发这么大的火。唉，我是聪明反被聪明误，机关算尽反误了自己的性命。都怪自己鬼迷心窍轻易地相信了周冠才、林妮娜提供的伪材料，现在补救为时已晚矣，在梁书记面前我真是无地自容无法交代。王主任哭鼻带脸地装出一副熊样对梁书记说：“您批评得对，由于我的思想觉悟不高，凭老经验办事，没有深思熟虑地分析他们提供的材料内容，不辨真伪，以至酿成大错，请场党委严厉地惩罚我，我一定闭门反省认错。”

梁书记沉思了一会说：“你的问题的确很严重，要是我没记错的话，上次你在汇报时就说到周冠才、林妮娜向你反映了这两个问题，我让你要调查清楚情况后再下结论，错误百出的材料也不向我汇报，直接自作主张在会上公布于众，你这是对党的事业，对赵豫民同志不负责任……”王主任抖得像一张筛子站都站不稳了，浑身上下大汗淋漓，他嗫嗫嚅嚅的回答道：“我写检查，向赵豫民同志赔礼道歉，他是位好同志。”

梁书记语气加重地问王主任：“那个周冠才同志我是认识的，前不久因违纪刚给了他一个处分。那个林妮娜同志是谁啊？你怎么会这么器重她？相信她？”

王主任心猛地又一凉，梁书记可不会轻易问起一名无名小卒的，回话时要格外小心，免得梁书记起疑。他回答道：“梁书记，林妮娜同志是周冠才连长介绍给我认识的，周冠才连长一直夸她是位老职工，有觉悟有经验很能干，我经过考察慢慢就利用上她作为一位群众中的骨干。我真浑哪，想想是周冠才同志介绍的不会有错，没想到利用上了一个狐狸精。”他把与林妮娜过从甚密的关系全部加在周冠才身上，自己推得一干二净。

党办张主任向梁书记会心地一笑，梁书记又一语双关地说道：“真很难得啊。好哇，现在是一切情况我都明了，从今天起你也不用去E连了，在家里好好反省写出深刻的检查。”

王主任眼前一片漆黑，像泄了气的皮球一下子软瘫在座椅上，默默地说道：“完了，我的黄粱美梦一切都完了。一切都输给了赵豫民，输的惨，输的精光。”

事发三天后，吴明被场部派出所释放了，他急冲冲地一路连奔带跑地来到了E连西面的仓库。他在场部派出所被关押在小号里时，赵豫民就派人向他传递了消息，梅香为他殉情自杀死亡了，很是悲痛的他发疯似地在小号里如作困兽犹斗，怒吼着，还不断地撞着墙，把头顶都叩出血来。此时的吴明手上拿着一根扁担，眼露凶光大声吼道：“我要杀了她！”

周围的职工心里都明白，吴明要杀的人是林妮娜，梅香的死都是她惹的祸。赵豫民闻讯赶来，见此情况眼疾手快，一个箭步冲上去夺走了吴明手中的扁担，几个膀大腰圆的职工也紧随其后死死地抱紧了吴明，把他翻倒。吴明疯狂地擂着拳头，脚不停地乱蹬一气想挣脱开。几名职工也顾不得被吴明踢打的疼痛直到把吴明按在地上不停地喘着粗气才罢休。赵豫民厉声道：“吴明，头脑放冷静点，再也不要撒野了。人死不能复生，你自己更需要检点。自酿的苦酒自己喝。”

吴明趴在地上愣着，一会儿又发疯一样跌跌撞撞冲向仓库，用手擂着仓库的铁门尖厉地咆哮道：“梅香啊，梅香，我吴明对不起你啊，是我没听你的话，让你就这么惨烈地走了，是我的错，我的错……”这喊声是那么的悲壮，围着的职工都流下了同情的眼泪。

三十二

一个星期过去了，林妮娜不曾见王主任到E连来过惶惶不可终日。她在想，E连的领导班子民主生活会惹下如此重大的恶果难道王主任怕了，不敢承担后果躲起来了？还有吴明，被释放回到连队后吵吵嚷嚷说要杀死她，虽然被赵豫民严厉地处理了，也被放到大田排去劳动了，但是这个死结终究像幽灵般地跟随在她的头上。她和“大炮”俩人现在在E连是人人都避之不及的人物，特别是自己现在处在“过街老鼠人人喊打”的境地，林妮娜现在品尝着自己是“牵线木偶”被人抛弃的滋味，她后悔了并痛苦地煎熬着。

她痛下了决心，与其这样难受的活着，还不如主动出击找王主任去探个究竟。林妮娜敲响了王主任家的门。王主任打开门见是林妮娜，先是满脸惊愕，然后又把她迎进了家，但缺少了上一次迎候林妮娜进家门时的那种迫切的热情。林妮娜随着王主任进了那既熟悉又陌生的暗厅，见到的是满桌摊开的手稿子，烟缸里堆满了小山似的烟蒂。她惊诧的是桌面上居然还放着一瓶白酒和酒杯。再看王主任的人样，蓬头垢面，两眼眶凹陷进去，眼睛里布满了血丝，完全没了以往的风采。

“好看吗?”王主任嘶哑着声音问道。

林妮娜的眼泪噗噜地流了下来，她明白王主任现在的心情已经坏到了极点。原本想上王主任家来求得他的点拨，指引她今后的道路，现在看他像条丧家犬自身难保，还指望能从他身上得到点什么呢？她无助地反问道：“你说呢？我们就落得这样一个结局，这可不是你王主任的本意啊。”

王主任瞪着那双混浊的眼睛，嘴里吐着酒气说：“我整顿的大方向，主要目标没错，问题出在一死一伤上，用大原则来套吧，这是好的结果连带着不良的后遗症，算不上什么大事。场党委让我就这个问题写检讨，暂时不要去 E 连了。”王主任对林妮娜还在作着狡辩。

“那要多长时间，我可全仰仗你了。”林妮娜忧伤地问道。

“我捉摸着，短则一个月，长则三个月，你的事我现在还能打包票，就是赵豫民和 E 连的干部职工们不信任你了，我直接向梁书记提出你的事。妮娜，梁书记还是信任我的。你想想，为什么他赵豫民代书记、代连长半年多了，场部党委为什么还不任命？这不明摆着等我整顿完 E 连后这个领导权，指挥权归我了，到时我对你负责，为你作主。”王主任强忍悲哀打起精神对林妮娜说道。

林妮娜破涕为笑，说：“那我心中有底了，熬吧，熬过这一段时间我的天就亮了，人就自由了。来，亲爱的亲一个，你也要打起精神，不要沉湎在烟酒中伤害了你的神经，你的身体。”林妮娜展开双臂迎候着王主任的亲吻，那王主任胡子拉渣的与林妮娜耳鬓厮磨时扎得林妮娜那张粉嫩的脸生疼。

王主任紧紧抱着林妮娜在她耳边低声地问道：“那天晚上陈丹与你说些什么事啊？我看你脸色挺紧张的。”

“她说我该怀上你的孩子了。”

王主任将手从林妮娜身上松开，吃惊地说：“妮娜，你在开我玩笑吧，她怎么知道的？难道她真神了不。”

林妮娜用手指点在了王主任的额头上说：“瞧把你吓的，陈丹这是在赵豫民面前显能诈我，我能被她诈倒吗，证据呢，证据在哪里？哈，哈，哈。不过说到孩子我倒是对你不放心，万一我真的怀上了你的孩子你该怎么办？”

王主任迫不及待地表态说：“要，我要，哪怕是丢了官我也要续上祖宗十八代的香火。到时我俩私奔到我当兵时驻扎过的镇上去生活，那儿是鱼米之乡景色比农场美多了。再说我的部下现在复员后在那镇上当了不大不小的官，会为我俩安排好的。”

林妮娜一脸鄙视地盯着王主任，气愤地说：“你现在怎么变得这么没出息了，神经短路了啊？亏你说得出我俩私奔的话，难道就说不出如何保护好我俩的两全其美的计策来。”

王主任摸着脑袋思来想去无奈地说：“那你真怀上了我的孩子，我看你就回市区装病请病假。到了年底，有了商调回市区工作的名额，我给你定下，商调工作调令单我双手捧到你的家里，这总可以了吧。”

林妮娜莞尔一笑说：“这还差不多，你还算有良心。不过我有话在先，你每隔十天要来看我一次，你们男人经历了这种事总是当面说得好听事后不认账，吃苦的是我们女人。”

王主任对着林妮娜尴尬地笑了笑说：“你看我是这种男人吗？我的姑奶奶，你真的怀上了我的孩子，我要对你下跪烧高香还来不及呢。”

林妮娜郑重其事地说：“我可是个痴情女子，对此事是绝对认真的，今后我肯定要跟着你一杆子走到底的。现在我俩已发生了性关系，我也没把握说是怀上还是没怀上你的孩子，我就听你的先回市区躲避一下，这眼下还有个借口。如果说一个月后我的‘老朋友’没来，我就不回来了，要是来了我还是要回E连待着，亲眼看看你是如何帮我操作回市区工作的，那才带劲。我要满世界地宣布，我林妮娜总算可以回市区工作喽！让那些记恨我，蔑视我的人统统都滚一边去吧，哈，哈，哈……”

林妮娜又一次发出了令人毛骨悚然的狂笑。

王主任呆若木鸡地看着眼前这近乎于癫狂的女人，浑身不禁打了个寒颤，想着今后的生活，不要刚离开鸭窝又跌进狼窝，难以自拔。这个林妮娜不靠谱，像一朵带刺的玫瑰，得想个计策离弃她。他想想刚才搪塞林妮娜的话就后怕，现在自己是停职检查等待处理阶段，用不了八天十天的，场党委就会作出决定，到时自己的谎话不就被戳穿了吗？林妮娜会像恶狼一样猛扑过来，那真是偷鸡不成蚀把米，而且蚀本大了。他忽然想到了周冠才，对，把林妮娜这头狼引向周冠才，自己可以脱身进退自如。

"妮娜，你说得对极了，你可真是观世音菩萨普度众生啊。不过，我想在实施你的计划中还少一个不可或缺的环节，一个人。要是这个环节，这个人物补上了那就全了……"王主任故意绕着圈子说话。

"还缺哪个环节，什么人物？"

王主任毫不掩饰直截了当地回答道："就是被你批判过的周冠才。"

"找他这个窝囊废干什么？他能起什么作用。再说这次揭批他我完全按照你的意图得罪了他，他肯定记恨于我，让他掺和进来反而把事情弄得更糟。"林妮娜不满地说。

"我的妮娜，你听我说嘛，我现在的处境是立时三刻回不去E连，赵豫民还掌握着E连的大权，不过是秋后的蚂蚱蹦跶不了几时了，也成不了什么气候。这次E连的专题民主生活会由于你和'大炮'的表现让他伤了很大的元气，我在向梁书记汇报时专门说上了你的一节，梁书记啊对你是大为赞赏，还肯定了我当机立断把吴明关押起来的决断，并且当场指示，吴明不能干电工到大田排劳动改造去，这不又让赵豫民喝上一壶的，他蔫了……"王主任巧舌如簧又编造了一套谎言欺骗林妮娜。

林妮娜听着不住地点头，吴明回到连队后是被赵豫民卸了电工位子，放到大田排劳动去了。看来王主任还是一棵大树靠着他好乘凉嘛。不妨再听听他为什么要把周冠才拉进来的理由，我才可以伺机而动，走好今后道路上的每一步。

王主任继续分析道:“现在E连的局势是三足鼎立之势,我、赵豫民,再一个就是周冠才,你在会上揭批他越深越狠反而成全了他。E连的干部、职工会这样认为,我和赵豫民两个已经是两败俱伤,等待场党委判出我俩的胜负,而他周冠才可以偏居一隅左右着E连的局势,你说周冠才重要不重要?”

“经你王主任这么一说,我全听明白了。可我不知道有没有脸面再去接触他。”

“要去接触他,就是厚着脸皮也要和他接触,这在你今后的人生道路上是关键的一着棋……,”王主任像哄孩子一样继续着他的哄骗,“至于如何再接触周冠才的方法嘛你是个聪明人不用我再教你了吧。”

林妮娜咬着嘴唇狠了狠心说:“好吧,我先听着你的,如果不行的话我还要请你出马开化开化他。”

王主任此时嘴上像抹了蜜高兴地说道:“妮娜,这就对了嘛,到时一切都好说。”

林妮娜带着无限的惆怅离开了王主任的家。王主任站在窗口目送着林妮娜渐渐远去的背影,如释重负地叹了一口气,他重重地倒在了床上,身体佝偻着,形成了一个大问号。

赵豫民在经过连队领导班子专题民主生活会的洗礼后,为了稳住连队迷乱的局面和人心,别出心裁地搞起一场三公里定向寻找目标的竞赛活动,旨在团结一致,磨炼意志,鼓舞士气,确定新坐标。三公里定向寻找目标的竞赛活动以班为单位,从E连连部为起始点,一直寻找到海滩边,沿途还布满了各单位要寻找拔掉的标志性旗帜,在规定的时间里哪个单位寻找拔掉的旗帜越多并最后寻找到海滩边的旗帜,那个单位就是获胜者。竞赛活动的范围、条件、规则等一经公布轰动了整个E连,干部职工们都带着猎奇的心情踊跃报名参赛。竞赛活动开展到第三天，连部直属班的一群人按捺不住了，纷纷向做着裁判的赵豫民提出要他作领队也参加竞赛活动，赵豫民被他们缠得没办法答应了，只得把做裁判的任务交给了周冠才和其他连队领导。陈丹闻听怯怯地向吴美玲、孙智文等提出是否也能加入参赛队伍，没得到允许，理由只有一个，你陈丹病殃殃的，我们组带着你只会是一个累赘得不到好名次。陈丹用恳切的眼光望着赵豫民，希望能得到他的批准。赵豫民毫不犹豫答应了陈丹参加竞赛活动的要求。赵豫民对大家说道："这次竞赛活动是以班为单位，一个都不能拉下。陈丹的请战要求说明了她是有强烈的组织观念和集体观念的，别忘了我们组织这次竞赛活动的宗旨，集体是我们获胜的基础，团结是我们战胜困难的力量，大家说对不对？"

大伙对陈丹的参与是心存不满的，但也无法阻止赵豫民作出的决定，只能附和着说："对，对。"

赵豫民一看大伙明显是带着情绪作出的回答，有点愠怒，他要作些因势利导工作说服这帮求胜心切的部下，他说道："我知道大家目前的心情，要么不参加，参加了就要夺个前三名，还有就是要提高我的威望以免名落孙山无法交代。同志们，我们要抱着重在参与的心情参加这次竞赛活动，不要事先背上思想包袱，我们在战略上要蔑视困难，在战术上要重视困难。吴美玲、孙智文，这次竞赛活动的整体方案不是你们两个做好后提交给我的嘛，这其中设置的奥秘都在你俩的记忆里，你们两个机灵鬼就带着我们勇往直前夺取胜利吧。"吴美玲、孙智文的心事被赵豫民当众点穿了，不好意思地笑了笑。陈丹从心底里感激赵豫民帮她解围，没把她当外人看，还是一切依旧，一股暖流不觉涌上心头。

赵豫民下着命令道："大家现在先去准备换好行装，特别要穿上外套，以免在穿过芦苇丛时被大脚蚊叮咬……"他抬腕看了一下手表说："过十五分钟在这里集合。"

吴美玲、孙智文果然不负众望，他俩在前面领路，带着一干人按照既定方位一路搜寻着，要拔掉属于自己单位的小旗帜，不一会功夫手上就攒着几面小旗帜，并且满怀信心地带领着大伙朝海滩目的地走去。陈丹紧随赵豫民其后，一步也没拉下，她要争一口气，不给赵豫民丢脸。出于兴奋激动的缘故，压抑了陈丹发病的神经，她一点不感到累，前面赵豫民迈着的矫健步伐不断前进的身影，极大地感染着陈丹亢奋的情绪。陈丹不愧是学过医的，当她听到赵豫民说到的“穿过芦苇丛当心被大脚蚊叮咬”的嘱咐后，在整装时特意将一条丝巾压在了头顶戴的小草帽帽沿下，将整张脸遮住并将围巾下沿塞进了竖起领子的衣服里，活脱像个“惠安女”，手上戴着一副细纱手套，衣兜里揣了一罐“万金油”。果不其然，大伙行走在芦苇丛中寻找定位目标小旗帜时被不时“嗡嗡”飞来的大脚蚊叮得哭爹喊娘的，裸露的手臂上、脸上都被叮咬得又红又肿，有一位职工被叮咬得轻微中毒，脸部都肿胀了，眼睛成了一条眯缝的线。陈丹虽然安然无恙，可她挺奇怪赵豫民没有采取任何防范措施大脚蚊就是不叮咬他。她走上前去对赵豫民说：“赵指导员你赶快组织大伙抄别的路撤退吧，不能这样损兵折将了。”

赵豫民一面搜寻着一边朝前赶着路，他回过头来斩钉截铁地说：“不行，竞赛行程规则已经确定就坚决不能改，E 连的干部、职工在任何场合遇到困难是绝不会退缩躲避的，只有迎着困难上坚持就是胜利。唉，你怎么样了，还行吧？”

“还行，有你在我身边就有一股力量推动着我不断前进。”陈丹满怀信心的说。

“那好，我们就是要有不到长城非好汉的勇气克服困难决不气馁，穿过这片芦苇丛胜利曙光就在前头。”赵豫民抹了一把汗用手指着前方说道。

陈丹来了劲高声呼喊着：“同志们，加油啊，跟着赵指导员向前进！”陈丹光顾着叫喊，且走得急促，超越了赵豫民的步伐，却没有留意脚底下芦苇泥滩的湿滑，当她的脚步向前一滑差点摔倒在地时，赵豫民眼疾手快拉住了陈丹的手，惊呼一下：“小心。”

当两人的手彼此紧紧拉住时，陈丹的心猛然触电般的剧烈颤动。她眼前又飘浮起六年前自己刚进E连走在路上的那一幕，正是当年赵豫民的这一拉一扶使陈丹认识了赵豫民，并在以后的青春岁月里逐渐的了解了赵豫民的为人并暗暗地恋上了他，陪伴着她度过了充满无数遐想的时光。可如今在他俩情感之中夹杂了一匹黑马——甘霖霏，打破了利益间的平衡。为了能使赵豫民这座偶像能牢牢地留在自己的心中，为此自己还付出了沉重的代价。如今自己和赵豫民之间的情感恍如隔世，只能在冥冥之中缠绵着若即若离苦涩的恋情。陈丹此时含情脉脉地看着赵豫民，内心发出了一声感叹："老天对我太不公平了。"

"没扭伤脚吧？"

"没有，一切正常。"

"你要跟着我踩过的地方走不会滑倒了。"

赵豫民继续行走在前，陈丹紧跟其后。当赵豫民拨开一簇低矮芦苇时发现了一面插在当中的小红旗，他顺势把它拔起，说了一声："糟了，大伙光顾着冲出大脚蚊出没的芦苇丛而忘了拔定位拔旗，"他把那面拔出来的小红旗交给了陈丹，双手围拢着嘴巴向周围高呼道："同志们，下定决心，不怕困难，夺取胜利。找出定位红旗就是胜利。"他的呼唤声在芦苇丛中回荡着。过一会，只听见前方"呼啦、呼啦"拨动芦苇声，冲在前面的同志们又回来了，按照赵豫民的指令仔细搜寻着定位红旗。

"啊哟我的妈。"陈丹发出了一声尖叫。

"又怎么啦？"

"蛇！"陈丹后退几步，惊魂未定地用手指着她和赵豫民之间相隔三米远的地方说。

赵豫民顺着陈丹的指向定睛望去，一条三尺来长的青蛇近在咫尺，嘴里吐着信子，小小的眼睛盯着他俩。他镇定自若的走上前去捏住了蛇头，陈丹惊恐万状地说："当心它咬你，在这荒野里我可救不了你。"

赵豫民呵呵一笑，拿起那条青蛇走到陈丹面前说："不用怕，这青蛇是无毒蛇，而且它吃苍蝇蚊子呢。你见识过了就长了知识，我要把它放生了。"赵豫民俯下身子，松开了捏着蛇头的手，那蛇乖巧的滑向了地面行游在芦苇丛中。

在赵豫民的率领下，连部直属班的一群人走出了芦苇丛而且收获颇丰，每个人的手里都拿着一面定向搜索出来的小红旗，摇旗呐喊地冲向海滩防护堤。一群人三三两两地散坐在海堤上，眺望着潮起潮落的大海心潮澎湃。赵豫民敞开外衣，任凭阵阵带着咸腥味的海风吹打在身上，激发起豪情万丈。他沿着海堤来回踱着步，突然诗兴大发，吟诵出了一首诗，抒发出心中豪迈的信心："天际轮廓波浪涌，世间纷繁起婆娑。若问魑魅何处有，我自横刀斩阎罗。"

站在赵豫民身旁的陈丹击掌称赞说："赵指导员，你真了不起，走了七步就吟诵出一首诗来，我就是愚笨理解不了这首诗的含意。"

赵豫民笑吟吟地告诉陈丹："马克思告诉我们，生产关系是人与人之间在劳动生产、工作、生活中所结成相互关系的总和。我运用这个原理在这首诗里道出了世上人间复杂的人际关系，既暗喻着像大海一样潮起潮落，也暗喻着一些别有用心的人明争暗斗的伎俩。而我呢则是襟怀坦诚，不畏艰难，不为迷惑，不怒自威。总的一句话就是做人坦荡荡，不怕任何艰难险阻去攻克一个个堡垒，正如《孙子兵法》上所说的不战而怯兵。一切让事实说话，让历史去评判。"

陈丹原先以为赵豫民不明一切事理，替他捏把汗。现在这担心忧愁荡然无存了，赵豫民是大智若愚的作派，明的看他不露声色，其实他对连队所发生的一切事看得非常清楚，了解得更深，他才是真正掌握着连队的一切。怪不得场部"三整顿办"王主任费尽心机地要整他，到头来还是"竹篮打水一场空"，撼不动他。赵豫民是用特殊材料做成的铮铮铁骨的男子汉。但是，陈丹还是觉得有必要告诉赵豫民，王主任和林妮娜为连队召开专题民主生活会幕后设下的阴谋诡计。

陈丹把话匣子打开了，说："怪不得自从王主任他们'三整顿办'工作组来了以后我们连队人际关系搞得挺紧张的，人人自危，有些事还颠倒黑白呢。瞧，林妮娜那天在主席台上不自量力地攻击你，我到现在还有气。"

"是啊，我也觉得林妮娜那天的揭批有些反常。"赵豫民说出了自己的看法，"对了，那天你带着生病的身体上主席台来掺和这趟浑水究竟为了哪般啊。"

"因为我知道王主任和林妮娜事先设计好了阴谋诡计。"

"他们事先设计好的阴谋诡计，你怎么知道？"

陈丹把在张巧喜家"听壁角"的情况如实地告诉了赵豫民。"就是苦于不能作为证据。"陈丹无比懊恼地说道。

"所以你为了维护我的威望大胆地上台去揭穿林妮娜？"

"不，像你这首诗的含义一样，我隐晦暗喻地狠狠地刺激了一下林妮娜，警示她不要妄自尊大，当心没有好下场。"陈丹自豪地说道。

"你这样做又何苦呢？"

"因为我心中始终有你。你呢，爱我吗？"

赵豫民沉默了一阵，然后平缓地说："陈丹啊，我的答复已经告诉过你，我爱过你但爱得苦涩，我想让我们俩的爱永远存在，值得永久的怀念好吗？"

陈丹有些发怒，她对赵豫民痴情痴迷地爱着，他却对我那么的冷淡。按照他答复的意思是我和他彼此之间的幸福把握不住，只能轻轻触碰。一种哀莫大于心死的心情阵阵袭来，她不平静地说："赵指导员，爱情不是这样的，你应该珍惜别人对你的爱，而不是只顾自己忘却了一切。我想，我俩的爱情的命运是逃脱不了的。"

赵豫民和陈丹长久地在海堤一隅窃窃私语，让休息在海堤上的吴美玲看得真真切切，陈丹也真是的不顾场合纠缠着赵豫民干什么，让人看了心烦。她喊着嘴大声呼唤着："赵指导员，这么长久被海风吹着小心着凉。时间不早了,我们也完成了既定目标任务,回连队去吧。”

“好的”赵豫民大声的回答道。他对陈丹说:“我们也该归队了。”

陈丹回转身朝吴美玲投去鄙视的一瞥,我和赵豫民为爱情的事正谈的投机呢,被你这一叫唤给搅黄了。她很不乐意的怏怏的跟着赵豫民离开了海堤,心里装着无限的惆怅。

三十三

金秋十月，阳光普照在E连的大地上。金黄色的稻穗迎着阳光吐露出醉香，长绒棉花朵朵白云似的点缀着广袤的田野，黄白绿相间的大地景色煞是好看，E连又迎来了一个丰收季节。

场党委梁书记带着党办张主任、张巧喜的老公场部工业科周辉，乘一辆嘎斯吉普车来到化工合成胶水厂庆祝开工典礼。梁书记在赵豫民的陪同下与着装一新的市区工人师傅们一一握手，嘘寒问暖。然后他站在简易的主席台上宣布："同志们，化工合成胶水厂经过市区工人师傅们的日夜奋战安装调试，今天正式开工生产了，我代表场党委表示最热烈的祝贺！化工合成胶水厂开工生产是一项典型的工农结合的标志性工程，是我们农场迈向工业化发展的又一个里程碑，其意义深远，必将载入农场发展的史册！"梁书记慷慨激昂的讲话不时被阵阵热烈的掌声打断。

赵豫民、甘总指挥、甘霖霏陪着梁书记视察开工生产的工厂，只听甘总指挥一声令下："合闸，开工！"化工合成胶水厂各个车间顿时灯火齐明，机器隆隆，全是机械化流水作业。只见制铁车间印制好小铁罐，机械输送带就传送到灌装车间，输压油泵机自动伸出奶头一样的灌装器械，将已合成的胶水灌装进小铁罐里，又传送到封装车间封盖，最后被输送到成品车间打包封箱。梁书记脸上含着微笑，迈着稳健的步伐，一台机器一台机器看过去，一个车间一个车间走过去，满意地点着头。当他走进成品车间拿起一罐产品，看到上面印制的商标是“工农牌合成胶水”时，嘴里不停地说着：“好，好，有意义，有品位。”他回过头来问甘总指挥，合成胶水的化工原料从哪里运来。

“每天十辆五吨槽罐车去高桥化工厂拉原料。”

“哦，那在路上千万要注意生产安全。”

“是的，我们都有严格的运输操作规则。”

“那就好，有你们市区工人师傅严格把关，我放心喽。”

梁书记在化工合成胶水厂会议室里与市区工人们开起了座谈会。梁书记说道：“甘总指挥，各位师傅们，我们农场真的要好好感谢你们。从洽谈联系，到签订协议，搬迁设备，今天的开工生产，这一路走来你们付出了艰辛和智慧，付出了技术和贡献，为农场的发展，并走上工业化道路打下了扎实的基础，几个月来我们与你们结下了深厚感情。甘总指挥，我想问你一个问题，这个厂子是建起来了，生产也投入了，按照协议你们工人师傅已完成任务了要走了，可我们是难舍难分吧……？”

甘总指挥打断了梁书记的话说：“梁书记啊，我完全理解你的意思，不瞒你说，前几天我们工人师傅们就在商议着这件事，大伙们觉得您梁书记，还有E连的赵豫民够意思，够朋友，在农场够带劲的，一致同意让我向上级汇报情况，再留下待个一年半载的，为农场化工合成胶水厂作出我们应有的努力。”

梁书记满脸堆笑不住地点着头，他满怀激情地说道：“那敢情，敢情那。哎，小赵这里面有你一份功劳。噢，对了，还有甘霖霏同志的功劳也不可抹杀啊。是啊甘总指挥，不瞒你说，我天天看着化工合成胶水厂日长夜大，但心里也在琢磨大批经过培训学了技能的职工还没正式进厂，在这节骨眼上你们要是这么一走谁能接上这个班，还有谁来指导他们把好生产质量关？这些都是我的心病。现在听你这么一说，搁在我心里的这块石头可算落地了。我们农场方面也不会闲着，配合你们一起向上级反映，把你们这批宝贵人才留在农场，"梁书记转过脸去又对赵豫民吩咐道："小赵，工人师傅们的饮食起居你要格外小心安排好，不能怠慢。"

"明白，保证完成任务。"赵豫民站起来响亮的答应道。

甘总指挥的师弟胖师傅笑眯眯地走到赵豫民身旁，搭着他的肩膀，翘起大拇指对梁书记说："赵豫民小子不赖，把我们这些工人师傅们服侍得舒舒服服的，没的话说了。"

甘总指挥耐不住呵斥道："师弟，在梁书记面前不要这么没规矩，还勾肩搭背的不怕讨人嫌。"

胖师傅俏皮地说道："师哥，我在梁书记面前夸着咱大侄子你吃醋了？"

甘总指挥气恼地说："还要在梁书记面前说三道四的，看我撕你的嘴。梁书记，你不要见笑，你就放心吧，我这帮师兄弟们肯定会留下的。"

梁书记乐吱吱地说："我完全相信，相信你们会支持农场建设和发展的。"

甘总指挥顿了顿向梁书记开了口："梁书记，化工合成胶水厂开工生产了，下一步要进一百来号人，光我们十几位工人师傅怕管不过来指导不好。我有一个请求，让赵豫民帮我们挑十几位品质优秀的职工担当骨干，一来他对农场职工情况熟，二来我对赵豫民熟，他挑选的人我放心。"

梁书记当着甘总指挥的面果断地答复道："这个要求我赞成，同意了。甘总指挥，你真是好眼力，赵豫民同志是我们农场的好干部、好榜样。”

甘总指挥双手抱拳向梁书记打着招呼：“就这么说定了。这机器正转着我们去干活了。”说完领着工人师傅们走了。

梁书记默默地点着头说：“这工人师傅们就脾气耿直，说干就干。好，现在就我们农场的人了也说说内部的话。”

赵豫民、场部党办张主任、场部工业科周辉三人围坐在梁书记的身旁。梁书记宣布了命令：“赵豫民同志，经场党委研究决定，鉴于你的一贯表现，现正式任命你为E连的指导员兼连长，提任的命令马上下达。”

赵豫民起立一个立正答复道：“感谢场党委对我的培养、考察、使用，我会不辱使命把E连的工作做好。”

梁书记摆摆手让赵豫民坐下，继续说道：“同时决定撤销赵豫民同志化工合成胶水厂筹备组副组长的职务，由周辉同志担任化工合成胶水厂厂长职务，赵豫民同志兼任化工合成胶水厂联合党支部书记。场党委作这样的决定是基于‘三整顿办’王主任所犯的错误，降级使用，接替周辉的位置任场部工业科副科长，‘三整顿办’工作组同时从E连撤回。”

赵豫民满怀喜悦又“霍”地一下站了起来，坚定地回答道：“坚决服从场党委的决定，我赵豫民从入党那天起就把自己的一切交给了党组织，服从组织的任何决定不打折扣，在哪里工作都一个样。”

梁书记听着赵豫民的回答，站起来拍着他的肩膀说：“小伙子好样的，烈火见真金，磨砺出真心，你在思想政治上成熟多了。不过你今后还要多帮衬着周辉，他长期在场部机关工作，缺的就是在实践中、在基层里磨砺的经验。虽然前一阵子场党委派他辅佐你筹建化工合成胶水厂的联络搬迁工作，那也是感性认识，现在让他担任厂长，重担压肩，是马是骡的拉出来溜溜，你不会嫌弃他吧。”

赵豫民乐呵呵地说：“周辉，我的确是最近才认识，而他老婆张巧喜大姐是场部总机接线员，一来一去的光听声音脆得像大姑娘，这全场闻其声就知其名了。”

周辉比赵豫民大了几岁，书生气十足，戴一副深度近视眼镜，他听了赵豫民在场党委梁书记面前这么夸耀自己老婆不免有些害臊，他握着赵豫民的手，斯斯文文地说：“豫民，今后在你地盘工作请多多海涵。”

梁书记见他俩亲密无间的样子很是满意，说：“你们俩要按照场党委的既定方略勤奋努力扎实工作，有什么大的难题和困难尽快向党办张主任汇报。要抓住机遇，要有时不我待的紧迫感，建设好发展好我们的事业，使我们农场欣欣向荣蓬勃发展。”

赵豫民、周辉俩人顿感身上的担子沉甸甸的，异口同声的回答道：“不辱场党委交给我们的光荣使命，竭尽全力做好工作，报答场党委的信任和农场职工的期盼。”

梁书记瞅着眼前两位朝气蓬勃的青年干部打心眼里喜欢，他喜悦地说：“小赵，我全场六分之一的家当都交给你办厂子了，现在剩余多少?”

“还有三十多万。”

梁书记称赞道：“勤俭办一切事业的作风好。你把这本账，还有三十多万元的钱全部移交给周辉，然后上到场部账上。”

“坚决按照您的指示办。”

“当然喽，我要奖励 E 连和你为农场作出的贡献，经场党委研究决定特批给你连队每年五千元特殊贡献奖励费。”梁书记宣布道。

赵豫民咂了咂舌头说：“谢谢场党委给予我连的重大荣誉。”

党办张主任幽默地调侃道：“你小子时来运转发大财了。不过要提醒你这笔特殊贡献奖励费不能花在职工福利上，要用在刀刃上。”

赵豫民也调皮地说：“玄者转也，转者变也。我这也是按照场党委的号召穷则思变努力的结果。至于把特殊贡献奖励费用在刀刃上，我已经想好了要派大用场了。”

党办张主任紧盯不放地说道：“贫嘴，我就知道你赵豫民眼睛一眨巴就有一个新主意，身子一动弹就是一个新行动。快告诉我你想好的决策。”

“现在暂时还不能告诉你，这是事关E连的军事秘密。”赵豫民故意卖关子地说道。

梁书记出来打圆场了，他劝道：“好了老张，这笔钱既然已经批给E连了，使用权就由赵豫民掌握决定吧，我们信任他。”

梁书记的话说得赵豫民心头热乎乎的，连队年预备经费通常只有万把块，场党委一下奖励我们连五千元，况且是每年都有，这怎么不让人激动呢？这笔账我一定要和班子成员好好谋划谋划怎么用。

梁书记又对赵豫民和周辉发出了指令：“还有一件事，你们俩合计谋划一下，就是落实刚才甘总指挥说的抽调骨干的事，定个名单报给老张。小赵啊，从你们连抽调的五十名职工你准备什么时候交给周辉送他们去市区工厂培训？”

赵豫民被梁书记突如其来的问话说懵了，他心里毫无准备。眼下“三秋”大忙在即，一下抽调出五十名职工，剩余的人应付农忙确实不易。他想起了孙智文说的缓兵之计，一批一批地给。于是他回复道：“梁书记，抽调五十名职工进厂的名单我已拟定好，可眼下农忙在即，能否在一个月内分三批让他们报到，既不耽误农忙，又不影响他们培训……”

梁书记听了赵豫民的回答不悦地打断了他的话：“胡涂观念，尽打着自己连队的小九九，你的账要朝大里算。化工合成胶水厂开工生产每月光纯利润就有十万，这话谁说的？小赵同志，你可不要学缠着裹脚布的婆娘固步自封。五十名职工一个不能少，三天后到周辉处报到，少一个人我拿你是问。”

赵豫民羞愧地红着脸说：“梁书记，我明白了坚决执行。”

等梁书记一行走了以后，赵豫民找到了甘叔和甘霖霏，把梁书记代表场党委所说的任命之事告诉了爷俩。甘叔兴奋地说：“豫民，甘叔绝对没看错人，你有这样成长进步的好消息，甘叔就是累死累活的干也值得，今晚上我们爷俩好好喝几盅庆贺庆贺。”

甘霖霏不满意了，噘着嘴埋怨道：“爸，你又来了，你们俩当前最主要的任务是好好休息别把自己身子骨当儿戏。”

赵豫民在一旁帮衬道：“甘叔，霖霏说得在理。这么多天来你没日没夜的扑在生产车间的第一线，人也瘦了，眼睛也熬红了，我是看在眼里疼在心里，想帮忙也插不上手，只能干着急。今后我们爷俩有的是时间，我陪着你喝。”

甘叔听了赵豫民的话，心里暖洋洋的，手舞足蹈起来：“好哇，你俩一唱一和说我呢，今晚不喝就不喝，听你俩的。不过，豫民这一次你是欠我的可要补偿的。”

“好哩。”赵豫民信心满满地答应道。“甘叔，梁书记在座谈会上特意点了霖霏的名，我估摸着今年要是有商调回市区工作的政策下来，霖霏是八九不离十的被选定，这是先兆。梁书记还代表场党委特批给我连每年五千元的特殊贡献奖励费，这还不是您和霖霏作出的贡献我们享用了，所以我说霖霏在农场的日子熬到头了。”赵豫民兴高采烈地说道。

甘霖霏低着头扳弄着手指一言未发，甘叔感慨地说：“豫民，那敢情好。这梁书记看长相是位慈祥的长者，长着一颗菩萨心，断起是非来明察秋毫，功过奖罚明明白白，落实工作干脆利落，能为这样的领导卖命地干值得，士为知己者死这句老话管用。”

赵豫民挺高兴地说：“甘叔，梁书记他是南下干部，老革命，跟着他干事没错。”

赵豫民召集了周冠才等连队领导班子成员开会，同时把孙智文也召来了。他在会上没有提起有关任命的事项，那是组织上的事，在正式文件还没有下达之前是绝不能透露半点消息的，这就是组织原则和纪律。周冠才现在在E连干部、职工眼里虽然没有大红大紫，但也是一位炙手可热值得信赖的连队主要领导，他经受了王主任组织人员对他进行的揭批风波，两边都沾了光，至少干部、职工不怀疑他是王主任阵线里的人，因为现在E连的大多数干部、职工对王主任是恨之入骨，巴不得他早一点滚蛋。半个月没见王主任来连队了，E连的干部、职工或许从中看出了某种端倪，他不来更好，因为现在的E连太平无事一切依旧，没有鸡鸡狗狗龌龊之事发生，只有人人思齐心情舒畅。

赵豫民克制住内心的激动说："同志们，我向大家宣布一项特大喜讯，场党委鉴于E连创办化工合成胶水厂有功，决定特批五千元特殊贡献奖励费给我连，而且年年都有。"

孙智文闻讯第一个按耐不住了，他抛掉了平日里的斯文，高兴地跳了起来，嚷着："乌拉，面包会有的，粮食会有的，一切都会好起来的。"他是会计，最能体会到钱的重要性，连队平时的备用金少得可怜，算盘珠拨拉几下，就捉襟见肘了。现在钱堆放在你面前，孙智文能不高兴吗。

周冠才此时做起好人了，他咧着嘴说："该是改善连队职工生活的时候了，职工们太苦了，这笔奖励的钱不用白不用。让其他连队羡慕羡慕，也抓它几个工业项目向我连看齐。"连队领导班子成员也在低声酝酿着如何使用这笔钱。

赵豫民在开会之前就预料到会有这么个结果，他用目光扫视了一下在座的连队领导班子成员，然后稳重地说："同志们我也何尝不是这样想啊，但我们的眼光要放的远一点，思路再宽阔一点，把这笔钱用在我们最需要解决的生产劳动困难问题上。"

一位领导班子成员有所不解地说："我们连队在你的领导指挥下，干部、职工都干劲十足，在生产劳动问题上没有克服不了的困难。当前最大的问题是解决干部、职工们的生活问题，花上这笔钱让干部、职工们享受享受你带给我们的果实岂不更好。"

赵豫民没有正面回答这位领导班子成员提出的建议，他面对孙智文问道："前一阵子我和周连长会同你一起商议过下半年度生产计划，曾经说起过，一旦化工合成胶水厂建成后场部要从我连集中抽调五十名职工进厂的事，你孙智文不是提了个缓兵之计一批一批调进去嘛？”

孙智文点着头回答道：“没错是有这么回事。一批一批进人没那么着急。”

赵豫民懊恼地告诉他：“做梦去吧。我在向梁书记自信的汇报了你的计策后挨了他一顿批，限我三天把进厂职工的名单交给场党委，否则拿我是问。”

赵豫民的话一说完，在座的连队领导班子引起了不小震动，又纷纷议论着第四季度“三秋”农忙，围堤开河两场硬仗该怎么做。孙智文挠着头皮说：“梁书记真厉害，经历过身经百战的人知道你一撅屁股就要放什么屁，什么事都瞒不住他。”

赵豫民默不作声地在一旁听着他们议论，过了好一阵子他看时机成熟了，先咳嗽了两声，示意大家安静听他说话：“各位领导同志对此事都议论过了，现在大家应该明白我刚才为什么说要把这笔特殊贡献奖励费用在生产上的用意了吧，没办法可使，这叫逼上梁山，五十名职工都是顶呱呱的壮劳力，生产劳动能手，我舍得放吗？梁书记批评得对，再难我们也要顾全大局坚决服从场党委的决定。”赵豫民看着低头不作声的连队领导班子成员继续说道：“同志们，大家振作起精神来，再共同合计合计下一步我们究竟该怎么办？”

会议室里又像炸开了锅，连队领导班子成员你一言我一语地议论开了。

“集中抽调五十名职工进厂这劳动力补都补不上。”

“要不动员一下，一个人顶二个人干的活。”

“这行不通，第四季度两场硬仗任务繁重，耗费时间长，连轴转，这干部、职工身体要垮的。”

“三抢农忙还可勉强凑合顶一下，围堤开河是真活计，到时大堤合不了拢可要出大事的。”

议来商去都没个准头，该怎么办？连队领导班子成员的眼睛都齐刷刷地看着赵豫民，盼着他拿个主意出来解决眼下这道难题。

赵豫民不慌不忙的拿出了早已想好的主意告诉大家："刚才周连长说得好，抽调了五十名壮劳力进厂，三抢农忙还可凑合一下，也就是说我们可以顶得住。关键确实是围堤开河任务怕是完不成的，我在想场党委既然把这笔特殊贡献奖励费给了我们，使用支配权就在我们自己手里，我们就把它花在刀刃上，花钱雇工替我们干。"

赵豫民的话音没落就遭到反对，一位班子成员说："这太冒险了，农场没人干过小心犯错误。"

又有一位领导班子成员反驳道："花钱雇工还不如奖励职工来得实惠。"

赵豫民正色道："国家职工不存在第二次分配问题，这是体制决定的不开这个口子。"

周冠才想好了开口说话了："豫民，花钱雇工这确实是第一次听见的新名称，风险过于太大，你再考虑考虑下这个决定。如果要找人替我们干活，三秋农忙一结束农村有的是劳力，一到冬天就没事干猫冬。到时凭我的老脸在附近农村招一帮劳动力来干活，一天管三顿饭，大鱼大肉的喂他个饱，保准卖力干活。"

"周连长你真是宝刀未老，姜还是老的辣。你的主意确实为赵指导员和干部、职工们着想，有眼力。"一位班子成员夸奖道。

"赵指导员，我看周连长这个主意是一举两得，既解决了农民吃饭问题，又替连队解了燃眉之急，你就采用吧。"另一位班子成员对赵豫民劝说道。

赵豫民心里寻思着，这周冠才在关键的时候为他出了把力，解了他的围。原先想的花钱雇工的主意也是被逼得没办法才下此策略，要真行使起来在整个国营农场是第一回，很有可能挨批挨骂，超越了时代的局限，风险度确实很大。他朝周冠才投去满意的一瞥，说："老周，这附近的农村人头你熟悉，到十一月份场部将围堤开河的任务下达之前，你召集好人马裹夹在我们的队伍里上阵去，这一战役的人马一切全仰仗你了。”

周冠才爽快地说：“没问题，包在我身上了。”

赵豫民信心满满地说：“同志们，下一步就是要从各班排抽五十名职工进化工合成胶水厂了，这也是个难题，朝夕相处几载，都依依不舍的，定谁去好？我想发扬一下民主，我们定好符合进厂职工的范围、标准、要求，让职工们自我报名，然后再汇总确定，这不会出岔了吧。”

连队领导班子成员都一致同意赵豫民提出的方案，各自行动去了。

赵豫民自己也没想到，当招工进厂的布告贴出去以后在连队会引起一阵波澜，职工多数不愿报名。当赵豫民了解了其中的原因后叫苦不迭，在连队职工中传着这样的话：“快熬到年底了，马上要开始商调回市区工作了，现在报名进自己农场办的厂不是自寻死路吗？”赵豫民只能再布置连队领导班子成员挨个的做思想工作，好说歹劝五十名进厂名额中有三十多名是女职工，七八个老弱病残的男职工，离五十个进厂名额还差十名。赵豫民绞尽脑汁想出一计来，只能向场部打报告将外连队的职工先调进E连，然后作为E连的职工再进入化工合成胶水厂。赵豫民在写报告时夹杂着私心把“黑里俏”队长姐妹俩、党办张主任的小舅子的名字都写进了报告里。

三天以后场部复函批准了。赵豫民这才如释重负地叹了口气，任务完成了，各方的要求也满足了。

三十四

凛冽的西北风铺天盖地的已刮过三场，天气逐渐冷下来了。

“三秋”农忙季节转眼接近尾声，E连的晚季稻亩产量达到了史无前例的800斤，棉花亩产量达到140斤，冬小麦又播洒进了褐黄色的田里。全连干部、职工忙得不亦乐乎，欢庆着丰收。

场部此时下达了围堤开河的任务。

今天，赵豫民、周冠才怀揣着围堤开河的现场施工图纸，带领着E连领导班子成员以及各排排长分乘两辆手扶拖拉机，一路风尘仆仆地来到距连队四十分钟路程的海滩施工现场。他们跳下车后眼望野茫茫的一片长着稀疏低矮芦苇的盐碱滩地，用不了多久农场各连队将在这里摆开战场，旌旗招展，人声鼎沸。硬生生要在此地开挖出一条长十公里，宽四十米，深十五米的河来。开挖出来的泥土在离河床二十米的地方堆积成一条同样长的御海大堤，每个连队任务三百米，限定完成时间为二十五天。

赵豫民、周冠才领着大家翻着施工图纸，踩在自己“领地”察看地形，商量着如何完成任务，四辆手扶拖拉机“突、突、突”的响声从南北两个方向朝他们身边夹击急驶而来，把他们围在了当中，从四辆手扶拖拉机上跳下来二十多条汉子。赵豫民、周冠才看到这个阵势不禁倒吸了一口冷气，把他们围在中央的两拨人分明是场部分封的“硬骨头二连”和“硬骨头六连”的领导嘛。难道说这次围堤开河场部有意考验E连，让这两个骁勇善战专攻难关的连队在围堤开河战役中南北夹击E连，比个高低。

两个连队的领导走上前去与赵豫民、周冠才握着手，傲慢地说道：“怎么样，赵指导员、周连长，想不到我们三个连队会在此地首先相见，看地形哪？没用，靠的是壮劳力。”

另一位领导捋着袖子说：“我们两个围堤开河强队把E连夹在当中督促着你们干，到时有什么难处提早告诉一声我们也可早作准备拉兄弟一把的，免得说我们不够朋友，不仗义。是吧，赵指导员、周连长。”

赵豫民笑脸迎上去，不甘示弱地说：“是没想到这围堤开河我的左邻右舍都是农场赫赫有名的连队。好哇，有你们两个连队陪伴，这场竞赛有戏唱了。周连长，你听清楚两位领导刚才说的话了吗？”

周冠才诙谐地说：“胜负难定啊，不是西风刮倒东风，就是东风压倒西风，谁怕谁啊。”他凑近赵豫民身旁低声地说：“到围堤开河施工关键的时候，搞点苦头让他们吃吃，在战术上先赢他们一着。”赵豫民明白周冠才话里的意图，含笑的不作声。

“你们俩轻声嘀咕什么啦，是不是怕了？”

“哎，真的是怕了，现在就把难处说出来嘛，没什么害臊的。”

赵豫民可不想与他们争辩顶嘴，还没正式施工呢闹得大家不欢，有伤和气，他挥了挥手说：“不说了，不说了，大家好不容易打个前站摸摸底都去看看自家的‘领地’吧。咱们事先都不争论，到时再决个胜负，看看谁是第一。”

“嘿嘿，听他的口气挺大的，第一是我连的，你们连最多是这个。”

“硬骨头二连”的连长无比自豪的说，他的右手伸出了小拇指嘲笑着赵豫民。

“胡说，这第一肯定是我连的，怎么会轮到你们连呢。”“硬骨头六连”的指导员不买账地争着。

两个连队为争谁是第一像炸开了锅打起了口水仗，他们都想在精神上压倒对方，决不能先输第一招。赵豫民摇着头带领着自己连队的同志在自己的“领地”上继续勘查地形，布置着工作。

赵豫民问：“周连长，眼看大战在即，我们‘领地’的两边紧挨着两个顶头货，上次开会时你说的雇佣附近农民工来顶替干活，这人招得怎么样了。”

周冠才兴高采烈地回答道：“豫民，你放心，都招好了。自告奋勇报名一百多位我从中挑了七十位，都是精干汉子包你满意。”

“怎么多了二十个人？”

“听说每天三顿有大鱼大肉吃我拦都拦不住，也只好放弃了你嫂子亲戚朋友的报名名额，为了此事你嫂子还跟我过不去呢。”周冠才满是委屈地说道。

赵豫民擂了周冠才一拳，说：“真有你的老周，这多了就多了呗。你的委屈我回去跟嫂子说，你周连长大公无私嘛，是个连队的好领导。”周冠才嘿嘿地笑了。

赵豫民把后勤排长叫过来，当着周冠才的面嘱咐道：“围堤开河是力气活，这次周连长费心思招来七十位农民工，我们连队再出一百三十人，这样二百人的队伍就够整齐的。你的任务就是要保证把伙食搞好，一天三顿……噢，不，一天四顿……”

后勤排长不理解地反问道：“怎么成了四顿了？”

赵豫民拍拍后勤排长的肩膀说：“说你不开窍吧，一天三顿饭，下午再加一顿点心，要保证顿顿有大鱼大肉，这样干起活来才有力气，有劲嘛。有问题吗？”

后勤排长拍了拍自己的脑袋惭愧地说:“真没想到赵指导员考虑得这么细。没问题,保证完成任务。”

周冠才在旁边听着他俩的话,不住地点着头,他非常佩服赵豫民的为人作派,他对赵豫民翘起大拇指说:“豫民,我真服你了。”

赵豫民回过头来对着还在争吵的两个连队领导哈哈大笑道:“这叫兵马未动粮草先行。我们这一招赢定了。”

两个连队的领导顿时停止了争吵,摸不清楚赵豫民这葫芦里卖的什么药,眼巴巴地看着赵豫民在大笑。

赵豫民转过头来继续说道:“让他们继续寻味去吧。老周,这图也看了,地形也看了,你又招来了七十条精悍汉子,回去我们和各位排长再商议一下参加围堤开河战役的人工安排,以及留在连队的同志如何把‘三秋’农忙善后工作做好。”

周冠才无比高兴地说:“这样甚好。豫民,我手痒痒了,要不我俩各驾一辆手扶拖拉机载同志们回去?”

“好哇,我俩坐车头带着同志们满载而归,让另外两个连队的领导见识见识。”赵豫民跺着脚招呼着同志们上车。

赵豫民、周冠才各自上了一辆手扶拖拉机车头,随着手扶拖拉机“突突突”冒着灰蓝色的烟发动后,他俩熟练地上档踩油门一下蹦出去好远。坐在手扶拖拉机上的同志们挥舞着手,嘴里高喊着“嗬咳、嗬咳”引得两个连队的领导注目相看。赵豫民、周冠才驾驶的手扶拖拉机有意从他们身旁疾驶而过,扬起阵阵灰土抛洒在他们身上、顿时灰头土脸,两个连队领导气得直跺脚挥舞着双拳高声大喊道:“有种围堤开河工地上见。”

等他们回到连队已是晌午时分,匆匆忙忙吃过饭就研究起工作来了。

甘总指挥和甘霖霏父女俩来到连部,把正在开会的赵豫民叫出来,告诉他明天上午第一批“工农牌”胶水产品正式运往北郊站出货了,周厂长传达梁书记的指示，由赵豫民和甘总指挥父女俩押车前往送货。

赵豫民有些为难，他对甘总指挥父女俩说："我正为围堤开河战役伤透脑筋，你们看我们正为此事忙着呢。拜托你们了，你们去就可以了。"

甘总指挥正色道："豫民，这梁书记的话你竟敢不听，工作份量上孰重孰轻你应该分清，围堤开河战役你带着他们已经捣鼓好几天了，由周连长布置安排就可以了，又不是马上就上阵，据我所知还有一个星期吧。梁书记还说了，乘你和我们一起押货放你三天假回市区轻松轻松。你回头准备准备，明天和我们一起走。"

赵豫民无可奈何地摇着头答应了，他冲甘总指挥父女俩扮了鬼脸又进去开会了。

赵豫民回到市区三天挺忙活的。他和甘总指挥父女俩将货运往北郊站验货进仓后已到了晚上了。甘父早就与甘霖霏商量好了，等运货的车辆一到市区，甘霖霏就先回家里去告诉母亲一声准备酒菜，将赵豫民父母和姐姐也一起请到家来喝顿酒。当赵豫民和甘总指挥饥肠辘辘拖着疲惫的身子到家时屋里已在喧哗。赵豫民的父母和姐姐见他俩进屋忙从椅子上站了起来招呼道："哎呦，老甘，你都这么大岁数了，又刚从农场一路风尘仆仆回来，还没歇脚就把我们请来了，你这是唱的哪一出戏啊。"

甘叔乐呵呵地说道："老哥，老嫂子你们坐下说话。我今天摆的是喜庆酒，一来为了你们的儿子豫民，二来为了我的女儿霖霏，他俩都为农场立功了，我们两家不一齐庆贺庆贺。"甘叔的话说得赵豫民和甘霖霏都不好意思地低着头站在那里。

赵豫民的父亲说："豫民这小子能为农场建设立下功还不全靠你老甘和霖霏鼎力相助嘛。"

"老哥、老嫂子，我这次借去农场安装调试设备，耳闻目睹豫民在连队、在农场的威望和名声了，农场的梁书记可把他当作俊才使用啊，嘉奖有余，嘉奖有余，连我和霖霏也沾上光了。来，来，来，我们边吃边说。”甘叔连连夸奖道。

赵豫民的母亲责怪儿子说：“他可从来不向我们透露半丁点农场的事，尽把我们当外人了，还不如你甘叔同他亲。”

甘叔满满的灌下一杯酒，抹着嘴说：“老嫂子，你这话算是说对了，孩子大了由不得爹娘喽。你看啊，豫民现在掌管着E连四百多号人，现在又兼管着刚建起来的化工合成胶水厂百把号人，责任大担子重。这几百号人的吃、喝、拉、撒、睡的生活琐事他要管，农业、工业生产他都要管，还有心思顾我们？不瞒你们说，我在新建的化工合成胶水厂近三个月，离豫民的连队那么近也只见过几回面。这次，我和霖霏两个是借着场党委梁书记的指示才好不容易地把他给拉回来与家人见面。说句心里话，他是与农场亲、与工作亲。但是我为他自豪骄傲，老哥、老嫂子你们也是同样的心情吧。”

赵豫民的父亲举着酒杯站起来说：“老甘，你的话说到我心坎里去了。儿女大了，我们做父母的都希望他们像天上飞的鹰自由飞翔搏击长空。想当年啊，我和豫民他妈都是十七八岁离开自己的家投身革命的，一晃几十年过去了，忠孝不能两全。老太婆啊，我俩闹革命的基因都传承到豫民身上去了，你说他能有今天的成长进步我们能不高兴吗？来，我们全家举杯共同敬敬老甘一家。”

等大家坐定喝了酒吃了菜后，甘叔醉意朦胧地说：“老哥、老嫂子，不是我多话，豫民我是看他长大的，现在他和霖霏两个都在农场，长久下去啊终究不是个事，我们都要老去的。我家里就霖霏一个女儿，所以我在工厂搬迁的时候力挺放到豫民他们农场，并将霖霏调过去，他们俩好有个照应。”

“是呵，是呵，也真难为你老甘了。当年不分青红皂白一刀切的分配政策，把霖霏硬安置到农场去的做法是不对的，人为造成你们俩老身边没人照顾。现在你把市区的这家厂搬到豫民所在的农场搬得好，我支持你。"赵豫民的父亲安慰道。

甘叔继续说道:"老哥、老嫂子,所以今天我刚从农场回来再累也一定要把你们请来商量大事喝顿定亲酒。"

赵豫民的父亲有些惊诧,问道:"老甘,这谁和谁定呵。我们两家已有十多年的交往,不是亲戚胜似亲戚,这还不牢固要喝定亲酒,你这不是在说笑话吧?"

甘霖霏的父母亲相对一笑,甘父把眼睛眯成了一条线,他端着酒杯说:"老婆子啊,咱俩先敬敬老哥、老嫂子,然后再慢慢说。"甘父敬完酒后挟起烤鸭往赵豫民父母碗里装,嘴里嘟囔道:"老哥、老嫂子吃着,快吃着,香嫩得很。"

甘父抹了一把油渍渍的嘴讲起了事由。"老哥、老嫂子,豫民这小子我是看着他长大的,为人诚实本分,吃苦耐劳,现在在农场干得又那么有出息,这都是你们教育得好哇。我和霖霏她妈是看在眼里喜欢在心里。这现在呵豫民和霖霏都长大了,我就和霖霏她妈经常唠叨他俩的事,有个想法和你们商议商议,你们若瞧得起我老甘家的闺女就让她嫁给豫民,你们说中不中?"

赵豫民的母亲一听这话愣神了一会儿,然后醒悟过来连声说道:"中、中、中,霖霏,快坐到我这儿来。没想到当年一直被我家豫民说三道四的霖霏会做我家媳妇,你从小就乖巧,我早就喜欢上你了,豫民这小子也真有这个福分。中、中、中。"赵豫民的母亲一边说着,一边捋着甘霖霏的头发笑得合不拢嘴。

赵豫民的父亲插话道:"老太婆啊,你这话里可是有包办婚姻的味道,中不中要看孩子们的意见。"他转过身子问赵豫民:"儿子,你是怎么想,怎么看的?"

赵豫民心里是既激动又兴奋,但也有点突兀。他的激动与兴奋是由于和甘霖霏从小青梅竹马,至今二十多年有了彼此了解和相当深厚的感情基础,通过创办化工合成胶水厂又进一步增进了相互了解和感情，让他俩走得更近更亲密。“甘叔此前对我说的没错，给霖霏介绍对象她一概不看，心里八成有我。”赵豫民感觉有点突兀就是甘叔、甘婶乘我回市区的功夫把自己的父母和姐一起请来，在这个场合将他和霖霏之间的爱情关系最后一层纸给捅破了，没有一点思想准备。赵豫民此时听着父亲的问话，扑闪着一双大眼睛站了起来走到母亲身旁，他一把拉起甘霖霏走到旁边嘀咕起来征求甘霖霏的意见。只见甘霖霏起先俯首贴耳地对着赵豫民说着话，赵豫民不住地点着头。突然之间甘霖霏投在赵豫民的怀里，赵豫民把她紧紧地搂住。

赵豫民和甘霖霏的炽热举动引得在座的双方父母都颌首点赞，赵豫民的父亲连声称道：“中、中、中，这才是真正的中。”

赵豫民和甘霖霏俩人转过身来，毕恭毕敬地向双方的父母鞠躬道谢。

这回赵豫民的父亲和母亲又主动端起酒杯说：“老甘啊，她甘婶，看来这杯定亲酒我们一定要喝的，来，来它三杯，今晚是人逢喜事精神爽。”

甘叔痛快地饮了三杯酒后说：“那咱们就一言为定。老哥、老嫂子，豫民这小子干得不赖，有理想、有抱负，今后前程无量啊。我那霖霏闺女也不弱，将化工合成胶水厂这么大的嫁妆给陪过去了，真是珠联璧合幸福美满的一对，哈、哈、哈……”

“老头子，你醉了吧？……”甘婶在一旁提醒道。

“醉了才好呢。今晚是我人生中最痛快的时候，喝他个一醉方休。”甘叔豪气十足地说道。

赵豫民和甘霖霏此时趁着机会说着悄悄话呢。赵豫民说：“霖霏，明天我要去见一下邵军医，也不知道她现在咋样了？”

甘霖霏是个既聪明又通情达理的姑娘，她也深深地了解赵豫民的处事为人，说不定赵豫民见了邵军医后会将今晚我俩的定亲之事告诉邵军医向她摊牌。于是她轻松地回答道：“去吧，那么长时间没见上她，回市区后是要看看她的，省得人家会说你薄情寡义的没个人情味。”

赵豫民紧紧攥着甘霖霏的手，说：“霖霏，你真是我的知心人。”

第二天傍晚时分赵豫民去了邵军医所在的部队医院，他问清楚了邵军医的治疗小组所在的方位径直走了过去，站在门外轻声敲着门，“邵副主任在吗？”

此时邵军医、方军医和淮海以及老首长的儿子延河都在X光片荧屏前商议着下一步为老首长治疗的事宜呢。

“小玲子，刚才我和延河两个去重症监护室看望老人家，他气色好多了，腹部鼓起的肚子也瘪下去不少。延河，你说是吧？”

延河点着头“嗯”了一声，但脸色凝重着。

邵军医眉飞色舞道：“看不出我淮海哥外行也看出点门道。淮海哥、延河哥，不瞒你们说，经过上一次手术，老人家的病情好多了。我们先将老人家的腹部积水清理掉，然后采用西药强压，中药调理的医疗手法稳固一个阶段，视情况再作换肝手术……”

“换肝手术？你们医疗水平能行吗？再说老爷子年纪大了，动这么大的手术他身体能行吗？”延河带着疑惑一连问了几个棘手问题。

邵军医满脸悦色道：“延河哥，你先别着急嘛，凭我和方军医两个的医疗水平确实一点没有把握做这么大这么高精尖的手术。只有我们组长，他是国内顶尖的内科专家能做。再说了，要给老人家做换肝手术还要经军区首长同意。”

淮海也在一边劝着：“延河，你别着急哦，小玲子说得一点没错。咱老爷子的级别在，动这么大的手术军区首长肯定会十分重视的，绝不会有半丁点差错。”

延河还是“嗯”了一声，脸色依然凝重。一对剑眉下炯炯有神的眼睛紧盯着邵军医，像是要凝固了。

方军医站出来打圆场了，他对着淮海、延河说：“来、来、来，我们从

X光片上看就足已显现出老首长的病情在逐渐好转。呶，这是老首长刚进院时拍的X光片，他的肝腹部影像是那么的模糊。呶，再看下面三张，老首长的肝腹部影像就一张比一张清晰了。就目前对肝病的治疗国内医学界存在着两大派，一派主张保守疗法，另一派主张换肝手术。经过长时间的临床医疗比较，病人换肝以后的存活几率要比保守疗法高出35％，也就是达到85％。我这样陈述你俩心中明白了吗?”

邵军医内心中又一次感谢方军医替她解了围，确实在这之前尽管自己和颜悦色地对淮海、延河说着治疗老首长的方案，为什么就没有像方军医那样深入浅出地分析出病理道道来，反而造成延河哥对我产生误会和不理解呢？看来我这个半路出家的医生肚子里只有半瓶子醋，比不上方军医这个“学院派”出来的高材生肚子里有那么多的货。邵军医又增加了一层对方军医的情感。

延河满意地点着头说道：“你这个分析有些道理。淮海，你还记得吧，小冯家老爷子也得这个病，医院叫他开刀他不听，家里药瓶罐子一大堆，说喝药管用，这不上个月却去世了。好，我回去后还得和我姐一起商议商议。真的要做换肝手术最后还得听组织的。”

邵军医听见了有人敲门和呼喊声便去开门了，她打开门见是赵豫民，惊喜地说：“是什么风把你给吹来了，似神兵天降。来，快进来，我给你介绍一下。”她拉着赵豫民的手走到方军医、淮海、延河面前一一介绍着。

淮海来劲了，高兴地擂了赵豫民一拳，说道：“小玲子，你真行，又拉来一个和我同级的战上海部队的后代。得，今晚上我已在家里摆了一桌筵席是专门请延河的，你们一个也不能走统统到我家去作客，咱们好好唠唠。”

方军医见是赵豫民来拜访邵军医，已是一脸的不高兴，又见淮海对他一见面的亲热劲醋意顿生。邵军医、淮海、延河，还有那个赵豫民都是解放上海部队的后代，说起话来，喝起酒来都论感情的，我夹在他们中间算什么？他悄悄地对邵军医说："我有些头痛，今晚我就免了不去了吧？"

方军医的话虽然说得轻，但全让淮海听进去了。他不悦地说："方军医，你酸不酸，军人就要有军人的气派，何必这样扭扭捏捏的败我们军威。你看人家赵豫民刚进屋还不知道咋回事呢，我让他去就爽快地答应了，是我们战上海部队的种。"

"好了，好了，淮海哥，我们答应你都去了不就成了嘛。"这回轮到邵军医替方军医打圆场了。

"这才像话。小玲子，那我和延河、赵豫民先走，你俩随后就到哦。"

赵豫民双眼对着邵军医凝视了一下，原先见着邵军医想说的话只能憋在肚子里留在晚宴后再说了，就这么稀里胡涂被拉夫似的跟着淮海、延河走了。

三十五

淮海的家座落在延平路上一幢西式大楼内三层。大楼外墙体表面是用黑色花岗岩薄片材质垒筑起来的，整幢大楼显得庄严气势恢宏。室内地板、墙面全部采用柚木材料西式装潢，十分考究。不相对称的是淮海家里的家具简陋朴素。一张杉木做的圆台面上铺着一张白塑料纸，桌面上已摆放好八盘凉菜和三瓶汾酒及饮料，看这场面就料定淮海的老婆是一位上得了厅堂下得了厨房的能干女人。

赵豫民一路跟随着淮海、延河来到了淮海家的小客厅内坐定，淮海的老婆给他们每人沏了杯龙井茶。由于走得急，淮海到了家把军帽往衣架上随意一挂解开军衣纽扣直呼热。他拿起茶杯呷了口水，然后问赵豫民是怎么认识邵军医的。赵豫民也不迴避将认识邵军医的过程讲给了淮海、延河听。

"哈、哈、哈……，"淮海爽朗地大笑起来，赵豫民怔怔地看着他问："淮海哥，你笑什么？我哪儿讲得不对？"

淮海抹了一把笑出来的眼泪，说道："没，没，豫民你说得很对。我是笑小玲子一时感情冲动惊着了你，连她老爷子也陪上了。这疯丫头，以前我们住一个大院时她就是个敢想、敢为的人，直着性子来不顾别人的感受，这个疯脾气到现在也没改过来。延河，刚才在医院时她就不顾你的理解感受，偏执地就是让老爷子做换肝手术。”

延河是个很稳健的人，听了淮海的话也就是“嗯”了一声，不作声。

赵豫民非常喜欢淮海的性格，说话直来直去。不过现在邵军医还没来，淮海把她损得够呛也太过了吧。他对淮海说：“我也考虑不周全对邵军医冲动了点，不能全怪她。”

淮海心直口快毫无遮拦地说：“豫民，听哥哥我一句话，我看你和小玲子挺般配的，我做个月下老给你俩撮合撮合。”

“不行，不行，淮海哥千万使不得。”赵豫民把头摇得像拨浪鼓似的。

淮海语气坚定地说：“豫民，在爱情这个问题上你千万不能木讷，哥哥我今天看出来了，你找小玲子是向她进一步表白来的，男人求爱就是要大胆点，总不见得让人家姑娘三不罢、四不休地追你。姑娘已经给你甩铃子了，这解铃还是要靠你自己了。”

“淮海哥，你误解我的意思了，把我顶在了杠头上，我不是那个意思……”赵豫民急得语无伦次跺着脚。

淮海见赵豫民真的发急了还以为他是装的，这赵豫民追着小玲子很辛苦嘛，欠着火候呢，我得给他添把柴烧得旺旺的让他露出原型。于是他对赵豫民说：“哥哥的眼光犀利得很，你若是今晚不向小玲子表白你对她衷心的爱，过了这村就没那个店了。哥哥我看出来了，那个方军医紧盯着小玲子，也很有可能他俩已恋上了。那方军医在哥哥我的眼里算什么玩意，我就看中你这种性格的人，战上海部队的后代嘛。”

赵豫民把淮海的话听完，如释重负地说：“那就好，那就好。”

淮海无可奈何地说：“豫民，好什么啊？”

房间的门被打开了，邵军医迈着军人的步伐走了进来，她问道：“淮海哥，你和赵指导员在谈论什么？”她的身后跟着方军医。

淮海大大咧咧地对邵军医说:“海阔天空闲聊呗。唉,你俩可迟到了,过会喝酒时该罚一杯。”

邵军医爽快地说:“罚就罚。淮海哥,都怪我临上你家时,拉了方军医去理发店吹头发了。”

赵豫民定睛朝邵军医头上望去,邵军医的头发被吹成了时尚的卷发,额头上还留着被烫过的小卷卷刘海,衬托着五官端正的瓜子脸,显得美丽俊俏。看来邵军医已适应了大都市姑娘时尚的生活,自己与她相比已经自惭形秽配不上了。方军医上身着一件深蓝色哔叽呢中山装,下着一条深灰色的薄呢裤子,头发三七开抹得油光,一副知识分子模样秀气得很。赵豫民心里寻思着,邵军医和方军医的装扮才配得上一对呢,淮海真不应该横插一杠破坏她们俩人的幸福。

淮海招呼着大家上桌,说:“延河,你就坐在主位上不要推托,今晚我主要是请你。”听着淮海的吩咐,延河在主位上坐定后,淮海、赵豫民、邵军医、方军医依次坐下。

淮海的老婆腰间围了一块布围兜,拉着孩子进了屋,她招呼着说:“你们边吃边喝着,过会我去炒热菜去。”

邵军医叫喊着:“嫂子一起来吧,大家热闹热闹。”

淮海的老婆摇了摇手说:“不了,不了,你们聊。”说着欲把孩子也带出去。

邵军医说:“那就把国基给留下吧。国基,坐姑姑旁边来。”小孩子向妈妈做了个鬼脸,乖巧地走到邵军医旁边一张椅子上坐下,一对圆圆的大眼睛瞪着桌面上的菜肴,右手的食指放在嘴里吮着。邵军医见状夹起一筷菜往国基面前的碗里放,嘴里嘟哝着说:“姑姑知道国基饿了,快吃吧。”

国基调皮地朝父亲看了一眼,又看看邵军医,很有礼貌地说了声:“谢谢姑姑。”然后拿起筷子夹着菜津津有味地吃了起来。

酒过三巡后,淮海的话也就多了起来,他对着邵军医说:“小玲子,你年纪也老大不小了该处朋友了吧？要不哥帮你推荐推荐。”他说话时眼神对着赵豫民示意着我帮你先来个开场白，接下的戏要看你自己了。他见赵豫民无动于衷，便长吁短叹道：“眼前有这么好的一对子却要楞装屎壳郎——又臭又硬，冥顽不化啊。”

邵军医不买账地对淮海说：“你这是在说我和谁处对象了，我可以告诉你确实是远在天边近在眼前，可我还没完全考虑好呢，不用你操心拉郎配。”

淮海紧追着说：“不对吧，我看你心里八成是有了心仪的对象，要不你也不会这么急催问我要买家具和三转一响购货券。哥哥我成全你之美，明天全套的购货券给你拿来。”

“谢谢淮海哥，我知道你一定有办法的。赶明啊，我确准了对象也尽快告诉你，不辜负淮海哥对我的一片厚爱。”邵军医顽皮地说。

“贫嘴。”

赵豫民悬着的一颗心现在终于可以放下来了，邵军医说的近在眼前的恋人绝对不会是自己。那今晚上在淮海家吃完饭我约邵军医去咖啡馆坐坐，敞开心扉地交谈应该不会有什么障碍了。

赵豫民豪气地站了起来，他端着酒杯拿着一瓶汾酒先敬了延河三杯，然后走到淮海面前同他共饮了三杯，喝得淮海直呼爽。他又向邵军医、方军医各敬了一杯。当他坐下要吃点菜时，没想到国基叫了起来：“还有我呢。”

赵豫民又在酒杯里倒满了酒，走到国基面前与他的饮料杯碰了一下，说：“我怎么把祖国建设的未来，花骨朵给忘了呢。来，我俩一大一小干一个。”国基把杯中的饮料一喝而尽，冲着赵豫民哈哈哈傻笑。

淮海翘着大拇指对赵豫民说：“好酒量，打了个通关。是我们战上海部队的种。但我从另外一个角度去判断分析，你畏首畏尾放弃了追求可不能怪哥哥我呦。你这种喝法可是借酒消愁愁更愁，是在麻痹你自己。”

赵豫民一屁股坐在椅子上，摇着手说："淮海哥，你的一番好意我领了，各人自有各人的梦，各人自有各人的福。我还是这句老话，每个人的基因不同，每个人的活法不同。有很多事是强求不来的，只能顺其自然。这样，人才活得自由潇洒，活得其所。"

当赵豫民端着酒杯拿着酒瓶向方军医敬酒时，方军医的两条腿在打颤。如果也像赵豫民向延河、淮海连敬三杯酒的话自己可要烂醉如泥了，他对酒有天生的过敏。还好，赵豫民用鄙视的目光看着他，只敬了一杯，他浑身才放松了下来。方军医坐在椅子上听着淮海和赵豫民说话，他心里明白淮海是根本瞧不起他的，说的话里明显是在挑衅着自己。还好，经过前一阵子的"抢、逼、围"的攻势把邵军医的芳心掳过来了，她今晚说的话明显是向着我的，她还向淮海催讨着要"买家具三转一响"的购货券，明摆着在做结婚前的准备，那我可得"快马加鞭"紧紧跟上不能落伍。今后能做上师级干部的女婿自己将前程无量啊。想到这里，方军医心中狂喜。

他有了底气，嗖地端起满满一杯酒站起来说："虽然我的酒量不如赵豫民，为了聊表我的心意，也凑合着敬大家一杯。"碰了杯后，方军医一仰脖子将酒灌进了嘴里，呛得满脸通红，不停地咳嗽。邵军医心痛地帮他敲着背，连连说："不能喝就装个熊样，别人不会对你说三道四的。"

"小玲子，我说了嘛你已经处朋友了还装蒜，方军医喝上这么点小样的酒就咳嗽，心痛了吧，你这样子已经做给我们看了，赖不了吧。"淮海搭准了邵军医的脉搏故意找茬子说道，还时不时朝赵豫民张望着看他有何表情，可他失望之极——赵豫民稳稳地端坐在那里，脸上堆满了笑。

"淮海哥还是部队里出来的哩，这叫同志有难相互帮助一下，总可以吧。"方军医反唇相讥地说道。

延河被他们明里一枪暗里一刀的肆虐下去有点坐不住了，他问淮海："我这次到上海来探望父亲病情后还要去拜访你家老爷子呢，他老人家身体可好?”

淮海回答道:“老爷子身子骨结实着哪,一天三顿饭,晚餐还喝点酒。”

“我们吃完后你陪我去看望他老人家。”

“延河,不巧了,老爷子不在上海,去北京开一个重要的会议去了,离家已有十多天了。”淮海回应道。

“北京在开重要的会议?”

淮海神神秘秘地对大家说道:“我家老爷子去北京开会,临走前对我透了丁点消息,北京这次召开的重要的会议,将会使中国的前途命运有一个非常大的转折,让我们等着吧。唉,各位听了以后可不要传出去,现在还处于保密阶段。”

在淮海家吃的这顿饭将近三个小时了。赵豫民、邵军医、方军医告别了淮海和延河,走在昏暗的马路上,被西北风一吹,赵豫民觉得有点冷嗖嗖的,他低声地问着邵军医,是否能到淮海路上的燕记咖啡馆去坐坐聊聊,邵军医欣然同意,她让方军医一个人先回去,自己很长时间没见上赵豫民了,同他聊完以后自己会回家的。方军医闷闷不乐地走开了。

赵豫民和邵军医坐上26路无轨电车,下车后走进了霓虹灯闪耀的燕记咖啡馆,找了一个俩人座位面对面地坐下了。赵豫民招呼着服务生点了两杯咖啡加糖。俩人都沉默无语地注视着对方,四目相对似乎要透视出对方的内心装着什么。还是赵豫民打破了僵局,他平缓地问道:“你过得还好吗?”

邵军医淡淡地说:“我挺好的。你呢?”

赵豫民内疚地说:“我八月底来看望你的时候,你已提升了,并到军区总医院进修去了,我真为你的成长进步而高兴。我嘛,现在除了在E连被正式任命为指导员和连长后,场党委又任命我为化工合成胶水厂联合党支部书记,不瞒你说工作不堪重负。邵军医我没能做到答应你的话经常回市区来看望你。”

邵军医嗔怪地说：“我知道你所担负的工作责任之重，这我不怪你，反而理解支持你。可是你不能常来市区看望我，写信给我总可以的吧？我回市区后就没见上你写信给我，我非常惆怅惘然。你根本不懂我煎熬着的心。

赵豫民更加愧疚地说：“邵军医，请理解我，这就是我情感方面短板所在。我的工作确实很忙，不可能静下来就去构思写那些情意绵绵的信，博得恋人的欢欣，这我确实做不到。”

邵军医将两块方糖放进咖啡杯里用调羹搅和着，然后端起来呷了一口。她用疑惑的眼神看着眼前这位英姿勃发的赵豫民，反省着自己，这种缺乏感情的话竟是出自具有诗人气质的赵豫民的嘴里，真是不敢想象。看来当时我仅凭着一时的初恋冲动，盲目地爱上一个人是幼稚可笑的，而随着时间和空间的转移，俩人感情上的差距也越来越大无法弥补。她淡淡一笑，说：“也许我对你理解错了。是呵，各人所好不能勉强。”

赵豫民苦笑着说：“谢谢你能对我这样的理解。邵军医，我有一个发现想问你，你不回答也可以。”

“问吧。”

“今晚在淮海家喝酒吃饭时，我觉得方军医对你挺有意思的，我冒昧地问一下，你俩处朋友了？”赵豫民小心翼翼地问道。

赵豫民这一问不要紧，却触动了邵军医那五味杂陈的心情，她掏出手绢擦拭着眼泪满溢的眼睑，说道：“你还好意思问呢，这一切的一切都是你这个榆木疙瘩造成的。我是爱着你的，可你却无动于衷，把爱情当作空洞乏味的游戏，哪个姑娘受得了，你这种人只配出家当和尚。”邵军医把对赵豫民的不满一股脑儿地全发泄出来了。

赵豫民低着头慢慢地喝着咖啡，这咖啡的味道是那么苦涩带有酸味。他低声地对邵军医赔罪道：“是我不好，一切都归罪于我不好。我现在只能默默地为你们俩的幸福美满祝福。”

“赵豫民呵，赵豫民，你太轻飘了。自从我爱上你以后一直天真地存在一个幻想，等哪一天我们结婚后，等上个五年、八年的，你可以作为军人家属夫妻分居而商调到市区工作，可你却让我失望至极。经过反复激烈的思想斗争我不得不舍弃你而接受了方军医对我挚诚的爱……”邵军医在滔滔不绝地数落着赵豫民，她要把埋藏在心里的真心话坦坦白白地告诉赵豫民，不留一丝遗憾。“你知道不，爱情是要经过一对恋人慢慢地精心培育发展起来的，不是像你随心所欲丢丢放放的玩意。人啊，生活在现实世界里就不能虚无飘渺地只顾着自己想着一切，做着一切。我猜疑着你，就凭你现在对爱情两个字的理解程度，八九不离十没有一个姑娘会爱上你。”

赵豫民的心猛然一个冲动，他真想正儿八经地详详细细地告诉邵军医，自己和甘霖霏恋爱上了，而且得到双方父母的认同。但他又镇定一想，不行，还是留下隐情不告诉邵军医为好，自己毕竟已伤害了邵军医对自己深深的情感，现在不能在俩人无法弥补的裂口处再去撒把盐，到时候连朋友也交不上了。他心平气和地对邵军医说：“我对你意味深长的教诲铭记在心，也许在不远的将来我赵豫民碰上桃花运一定要抓住不放，加倍努力培育，让爱情之花结出果实来。”

“但愿如此，我也祝你好运。顺便问一句，你连队的那个陈丹现在怎么样了，我看得出她也在深深地爱着你。”邵军医关心地问道。

赵豫民心里猛然一震，姑娘的心计果然细致入微，她们善于观察，感性地理解心中恋人周边的人和事，不会放过任何蛛丝马迹。他把陈丹的近况告诉了邵军医。

邵军医轻描淡写地说：“那太可惜了。你回连队后代我向她问好，我惦记着她。”

“好，我一定转告给她。”

邵军医抬腕看了手表，不知不觉之中她和赵豫民俩人交谈到子夜时分了。她站起来握着赵豫民的手说道："今后我俩还是以好朋友相待，可以吗？"

赵豫民高兴至极地说："好哩！这么晚了，我送你回家吧？"

邵军医阻止道："不用了，这条路我熟，离家就二十分钟，你放心吧。"

赵豫民拗不过她，说了一声："那你路上小心。"

当邵军医走出燕记咖啡馆时，马路上的灯光已经稀疏。一条黑影从道路上栽种的法国梧桐树下走出，邵军医眼睛一亮，竟然是方军医顶着冷嗖嗖的西北风在咖啡馆外面等候着她，一股暖流顿时传遍了邵军医的全身。她快步地走了上去将方军医冻僵的双手捧在自己的脸颊上，娇嗔地说道："傻瓜，你为什么等着我？"

"因为我深深地爱着你，一个爱着你的男人就要担当起责任，否则就不配永远和你在一起。"方军医郑重地说。

邵军医不顾一切地拥抱着方军医，然后勾着方军医的胳膊走了。这一切都被伫立在玻璃窗前的赵豫民看得真切，他一直目视着俩人的身影消失在马路上暗淡的灯光下。

赵豫民回到了连队，周冠才就急忙地告诉他场部给E连、"硬骨头二连"、"硬骨头六连"各下达了增加三十米的围堤开河任务。赵豫民眉头也没皱一下对周冠才说："增加就增加了，我们再合计合计，把这场艰巨繁重的任务给一口吃了。"

周冠才老谋深算地对赵豫民说："记得那一天，我在围堤开河工地现场跟你说的话吗？"

"记得，你真的要故伎重演？"

周冠才愤愤不平地说："去年使的那个招也是他们先使阴给逼出来的，不然的话我们才是全场第一名。不过话要说回来了，去年挨着我们连队围堤开河的是两个弱连队，他们把应该由他们开挖的土方要赖留给了我连，我们帮衬了他们一把，落后了一点也是可以说得过去的。今年可不同了，夹着我们连的是两个‘硬骨头连队’，他们是不会要赖留土方给我连的，可是与他们硬拼也不是一回事，用脑子与他们斗。”

“你是说前面七天任他们使性往下挖，等水裹着流沙往他们低处流时，耗去了他们开挖的时间和体力，到时我们一鼓作气地开挖，保证赢?”赵豫民明知故问道。

“是的，让我再想想每天开挖的细节，在招数上赢他们。让他们吃了哑巴亏也只能把气往肚里咽。”周冠才得意地说。

农场每年围堤开河工程的艰辛近乎惨烈。在刚开挖时穿着跑鞋、套鞋挑着装满泥土的担子走在平地上，被满是硬茬的低矮芦苇戳破鞋，芦苇刺插进脚底生疼。当河床开挖至十米深的时候，碰上层层流沙水泥土变黏稠了，挑担子的人一下脚被黏得走不开路了，只有脱掉鞋子，光着脚挑担才行。可这是寒冬腊月光着两只脚板挑担，没几天功夫就生满冻疮，皮肤裂开也生疼。唯一的办法就是与周边连队商量好，同时开挖，每天落差不超过 0.5 米，这样水位就均衡了，不至于碰上猛干几天就停上一天不能开挖的尴尬局面。与两个“硬骨头连”商量吧，他们早就看扁了我们，撂下话要与我们比高低。看来只能使用这一招斗过他们。

“豫民，我想好办法了。你想啊，这两支‘硬骨头连队’一上来就会猛干，那咱也不是孬种也和他们一样猛干，一直拼到最后三米时我们歇上一天，先让他们挖下去，然后等大量的流沙泥土朝两边洼地流淌下去，他们两个连队开不了工的时候，我们就组织所有的人力拼它个二十四小时，拿下最后胜利。”周冠才满怀信心地说。

“也就这么招了，谁让他们要和我们拼个你死我活的，咱 E 连也不好惹。我再补充一下，我们一鼓作气开河完工时，先在我们地盘的两边各留一条一米五宽的土墩子，以防其他两个连队的流沙流淌到我们地盘上来不好对付，到时候再一起破了它。”赵豫民为了 E 连的荣誉同意了周冠才的建议。

“老周啊，我们把各排排长找来，再议一下留守人员的工作。不要到时前方吃紧，后方稀松。”赵豫民说道。

“你说得对，特别是留着明年下早稻秧的那七十亩地上的棉花要抓紧摘，并要把棉花杆子拔了，好让机耕站的拖拉机来耕地。”周冠才深思熟虑地回着话。

三十六

赵豫民、周冠才带着两百号人浩浩荡荡开到围堤开河工地上，马上摆开了架势。俗话说："兵马未行，粮草先到。"先前一天负责抓后勤的陈副连长和后勤排长带了一干人马在围堤开河的工地上用大油布盖起了七顶大帐篷和一顶小帐篷。每顶大帐篷通铺睡三十人，一顶小帐篷睡着赵豫民、周冠才和另外俩个连队领导，这样一来基本做到官兵日夜奋战在一起。开挖建造了简易的男女厕所，带来了围堤开河的铁锹、扁担、簸箕、抽水泵、铁铬、锄头等工具。围堤开河工地上是不允许搭灶烧火的，因此，每天两百号人的吃饭、喝水问题就由黄金敏与另外一位手扶拖拉机手运送，他们驾驶着两辆手扶拖拉机来来回回地行驶在连队和围堤开河工地之间，忙得不亦乐乎。

几十面旌旗一字排开，迎风招展。赵豫民站在自己连队的"领地"中央，手拿铁锹开了第一锹，权当E连围堤开河仪式正式开始了。紧接着连队两百号人分成六人一小组，两人开挖泥土，四人挑担运土。但见开挖泥土的职工如蛟龙翻滚，挑担子的职工步履矫健来回穿梭。整个工地呈现出各路人马你追我赶的竞争局面。

吴明也参加了连队围堤开河的工程。自从梅香倔犟地为他殉情自杀身亡之后，他整天铁青着脸，时不时把牙咬得咯嘣咯嘣响，眼睛里布满着血丝。他满脑子固定的一个身影就是仇人林妮娜。由于心情一直郁闷着，引起气血不畅，浑身乏力，到医院里一检查，得了肝病中少见的“戊肝”。吴明也不去看病吃药，默默地忍受着隐隐作痛的病痛折磨着自己。在这次围堤开河出征前，赵豫民曾劝他不必前往，留在连队干些轻活。哪知吴明把圆眼一瞪，说什么也不肯留在连队与女职工们和老弱病残者结伴干杂活。

他对赵豫民吼叫道：“你别把我当娘们似地看待，我这一身百把多斤的骠子肉就在围堤开河工程上豁出去了，就是累倒在围堤开河工地上也值了。”赵豫民无法平息吴明的倔犟脾气，也就同意了他的请求。

此时，吴明挑着担子像健康人一样快步如飞地行走在围堤开河的工地上，赵豫民见到他关心地说：“要省点力，今天只是刚刚开始，千万不要逞能。”

吴明一边挑着担子，一边有点喘，他回答道：“没事，我有的是力气。”

E连围堤开河以每天往下挖一米的速度进展着，那两个“硬骨头连”的头儿们都傻眼着急了，他们时不时走到E连的领地，察看着进度，回去再商量对策鼓舞士气。工地上的架线喇叭每天定时响起场部女播音员那清晰悦耳的声音，时时发布着各个连队的战绩。

这天中午快到吃午饭时分，场部宣传科赵豫民的同学小李拿着照相机来到E连要为赵豫民拍些劳动工作照，说这是要上场部宣传版面巡展工作的需要，各个连队都已拍摄过领导干部劳动工作照，现在就轮到赵豫民了，却被他阻止了。赵豫民指点小李多拍摄些E连职工们劳动场面。小李对着赵豫民好说歹说，赵豫民就是不同意，这让小李有点闷闷不乐，但也没什么办法，只能按照赵豫民的指点，拿着照相机先在职工劳动场面拍几张。小李是个机灵鬼，任务完不成拿什么去交差啊，他乘赵豫民挑着装得满满的泥土担子开步时，紧追上去对着赵豫民挑担子的正面连续按下了快门，进行了抓拍，总算拍摄到了他的得意之作，背着照相机哼着小曲离开了E连。赵豫民挑着重担，冲着他直瞪眼，嘴里说："你这个家伙讨人嫌。"

E连围堤开河进展到第十九天，中午时分，天公突然不作美，淅淅沥沥下起雨来，造成整个开河工地变成了泥浆地。职工们艰难地开挖着泥土，但此时泥土已混合成流沙，费力地开挖也只是一小块。挑担的职工穿着跑鞋、套鞋走起路来时不时被流沙土黏住了，迈不开步，纷纷脱掉鞋子赤着双脚挑着担子一步一滑地走着。"下雨偏逢屋漏雨"，连队带来的五个泥浆泵不停地排着雨水，偏偏有两个泥浆泵泵头被烧坏停止了运转。赵豫民、周冠才和连队几位领导一商量，决定收兵整修，干部、职工们拖着湿淋淋的衣服覆盖的躯体，冒着雨纷纷躲进了油布帐篷。赵豫民、周冠才和连队几位领导在小帐篷里再次商议着下一步怎么办？

周冠才叭哒叭哒抽着烟，他对赵豫民说："这场雨对我连来说是个灾难，其他连队的日子也不见得好过。这两个'硬骨头连'的领导傻乎乎地还在指挥着部下蛮干，透支啊。豫民，掐指算来今天正好是第十九天，河床见底也就二米了，这个进度正符合我俩预先商量好的计划，今天我们美美地睡它一觉，等养足了精神我们一鼓作气地把活干完，而且会干得很圆满。"周冠才把话说完，得意地连吐了三个烟圈，让它慢悠悠在空中游荡。

赵豫民对着还在愣着神的连队其他几位领导说："噢，各位领导，出发上阵前，我和周连长合计了如何胜过两个'硬骨头'连队，周连长布下了连环套计划死叮着这两个连队。而且谋划好最后河床见底二米，我连如何操作的计划，可谓是招招致命，以柔克刚。这个胜算一定是我连赢得第一。"赵豫民又将细节告诉大家，另外几位连队领导听了兴奋无比，摩拳擦掌地说：“是要给点颜色让另外两个连队看看，他们也太目中无人了。E连是经过大风大浪锻炼出来的。”

赵豫民对着还在抽着烟的周冠才说：“泥浆泵泵头坏了这可是要命的事，老周，你带上一位职工辛苦一趟，乘现在黄金敏的手扶拖拉机还在，你们搭他的车去汽车站，乘上公交车回市区把泥浆泵泵头采购回来，这里有我和连队其他领导顶着。快去快回，等着你一起庆贺胜利呐。”

周冠才这时显得责任意识很强，他对赵豫民说：“我回一次连队看看留守的职工活干得怎样，然后再去汽车站。”

“好，老周好样的。我们几乎倾巢出动出来十九天了，还不知道连队现在咋样了，我怪想念留在连队的职工们了。你先回连队看看也好，顺便带去我对她们的问候。”赵豫民无限思念地殷切地说道。

吴明在进了大帐篷后调换了被雨淋湿的衣、裤，身子打着颤，饭也没吃，一头钻进了潮湿的被窝，他用被子将发烫的身体裹得严严实实。他着凉严重感冒了。吴明昏昏沉沉地做着恶梦：一会儿是林妮娜妖里妖气向他走过来，他站马桩似的摆开了架势欲将拳头打过去，林妮娜化身成为狐狸精突然一个急转身飞也似地逃窜了，留给吴明的是一串银铃般的笑声以及呼唤声：“来啊，你来追我啊。你是永远追不到我的，咯、咯、咯……”不一会儿梅香披头散发地出现在他的面前，对他哭泣道：“吴明哥，吴明哥，我冷，我好冷啊，你快来抱紧我，温暖我，我在这阴冷的世界里好怕哦。”吴明急不可待地一跃而起一把抱住了梅香，嘴里大呼道：“梅香，你别走，我来了。”吴明被恶梦惊醒坐在床铺上浑身直打哆嗦，他那大声叫唤的声音把大伙引来了，赵豫民闻讯也赶了过来，他把吴明推进了被窝里，一摸他的额头滚烫滚烫，最令他疑惑的是吴明的一双眼睛内瞳里发黄。不好，吴明的这种病情症状明显的是得了急性黄疸肝炎，得赶快送医院急救，可眼下E连的两辆手扶拖拉机都不在围堤开河工地上。他急中生智，看看其他两个连队有没有手扶拖拉机在工地上。他走出大帐篷冒着雨飞奔到“硬骨头二连”的工棚处，只见一辆手扶拖拉机停在工棚门口，“突、突、突……”冒着黑烟要开拔了。他不管道路泞滑三步并作两步一头撞进了工棚内。“硬骨头二连”的几位连领导正在吃着饭呢，连长正对着手扶拖拉机手布置着工作，见是赵豫民突然间闯进了他们的连部，没好气地说：“呦，什么风把赵指导员给刮进我们连来了，这没规矩，刺探军情也要讲究个礼数吧。”

赵豫民气喘嘘嘘地回答道：“我是来求你帮忙的，我们连一位职工突然发急病，有生命危险，眼下没有车辆可送，就请求你们连这位拖拉机手帮个忙赶快送到场部医院急救。”

农场连队与连队之间平时工作都争个高低，但遇上兄弟连队有什么难处还是肯讲道义帮助的。“硬骨头二连”的那位连长一听E连有个重病号要送医院急救，二话没说，嘱咐那位拖拉机手赶快跟随赵指导员将病号送场部医院。

赵豫民拱着拳忙不迭地说：“谢谢啦，谢谢啦，这个情改日再作回报。”

赵豫民派上两个人将吴明裹着被褥抬上了手扶拖拉机，并给他盖了一件大号雨衣以便在路上遮雨。没想到吴明这一去再也没有回来，他被场部医院急送到县人民医院医疗了一个时期，被诊断出患上了肝癌。后又被转送到市区大医院治疗，三个月后就过世了，追随着梅香到极乐世界去了。赵豫民闻听到吴明去世后专程到医院帮吴明穿戴好一直送到太平间，并参加了他的追悼会，心里一直怀念着这位昔日憨厚耿直的校友加场友。

周冠才跟随着手扶拖拉机一路来到了连队，雨也停了。他家也没顾上回就直奔田头，特地去看了七十亩留作明年播撒谷种的秧苗地，他舒心地叹了口气。棉花杆子已全部被拔下，横七竖八地躺在地里。留在连队的女职工们穿着雨衣肩扛手提地朝连队烧水间运过去。他情不自禁地和那同去市区购买泥浆泵头的职工一起将棉花杆束好，肩上扛着一捆，手上提着一捆，随运送棉花杆的女职工队伍一起走向连队烧水间旁的棉花杆堆场上，他将棉花杆朝堆积如山的垛架上一提一送，棉花杆垛上的俩位姑娘顺势一接，将周连长递送上来的棉花杆整齐地堆放好，并用双脚踩平整。周冠才敞开外衣，两手叉腰目视着棉花杆垛，好家伙堆积如山的棉花杆垛整整有十五垛，够烧水间用上大半年了。

周冠才又转悠到烧水间门口，只见七八位女职工提着热水瓶拿着脸盆和毛巾在和连队烧水工张守科理论着。

"你这个小四眼，我们劳累了一天还不给我们放热水洗洗，真是岂有此理。"

"连队领导都不在了，你就特横欺压我们?"

"再不给我们供应热水，我发急了就打你。"

戴着一副黑边眼镜，人的模样细瘦高长的张守科满脸堆着笑，连连解释道："各位、各位，再等一等，这水没烧开我怎么能供应给你们呢?万一你们喝下去闹肚子什么的我可担当不起，你们说对不对啊。"

"那还要等多长时间？我今天干活可是被雨淋得上上下下、里里外外都湿透，身子捂得快成酒酿饼发酸臭了，不信你闻闻。"那个说话的女职工不买账地向张守科身上靠去，并上前推了张守科一把。

张守科一个趔趄退到了烧水间的门口，将身子把门堵上。他发急地对那位女职工说："你不要推我，姑奶奶，快了，快了，还有十分钟。我刚才出来的时候添了一大把柴禾，估计十分钟燃尽后水也快开了。"

周冠才听不下去了，这平时张守科向职工们供水都是来者不拒，今天怎么这么蛮横左挡右推的，他走到了张守科和争吵的女职工中间，隐约地听见了烧水间里面有水声响，他怒不可遏地一把抓住了张守科的衣领，呵斥道："你给我躲一边去，谁在里面？说!"

张守科一见是周冠才连长突然之间来了，吓得魂都没有了，他一下趴在地上连连作揖："周连长，是我的错没有给她们及时放水闹出了乱子……"

周冠才横眉冷眼相对着张守科说："我问你谁在里面？再不说我踹门了。"

张守科像条哈巴狗趴在地上，挡着周冠才不让他进去。此时，从烧水间里传来了"哗、哗、哗"的倒水声，立即引起了女职工们的喧哗。周冠才一脚把张守科踢开，将身体猛地撞开了烧水间的门。只听见张守科颤抖着身体惨叫着："周连长，你不能进去啊。"

烧水间的门被周冠才撞开了，大伙见到了陈丹、小佘还有一位女职工光着白嫩嫩的身子在里面尽情地洗着澡。当门被撞开后她们都不由自主地尖叫着，慌乱地躲进了烧水灶的大灶壁后面索索发抖，低泣着。

门外的女职工一看这副光景，对着陈丹她们骂开了："真不要脸，洗澡洗到供水的烧水间来了。"

"把她们拖出来示众，让大家好好瞧瞧她们这副德性。"

"太不像话了，没人性，真恶心。"

"周连长，你可不能饶恕她们要好好地整治。"

周冠才将门撞开后见到陈丹她们三人光着的身子，贪婪的眼睛直勾勾地看着，然后猛地一回头冲着嚷嚷的女职工们说："请大家放心，连部会处置她们和张守科几个的，我只是现在公务在身，马上要回市区购买泥浆泵头，你们当中派两个人随手扶拖拉机送晚饭的时候去告诉在围堤开河工地上的赵指导员这些人的恶劣行径，会重重发落他们的。"周冠才说完招呼着那位与他同行的职工又搭上黄金敏的手扶拖拉机往公交车站赶路，一路上还喋喋不休地骂着陈丹她们三人，发誓回连队后一定会惩罚她们。

"嗖、嗖"的西北风通过烧水间那破败敞开的门肆虐着刮了进来，冻得陈丹她们三个人光着身子，双手交叉地抱着胸脯跺脚取暖，她们不敢冒然出来拿衣服，羞于见人。直到那些骂骂咧咧的女职工都走完没动静了，陈丹高喊着："张守科，张守科！你在吗？帮我们把门关上，我们要出来穿衣服了。"

被周冠才和女职工们踢打得脸青鼻肿的张守科从地上爬起来，跌跌撞撞地来到了门口，哭丧着脸回应道："唉，我还在，你们还好吗？先别出来等我把门关好你们再出来穿衣服。"

陈丹不耐烦了，她说："啰嗦什么，快帮我们关上门，我们都快冻死了。"

张守科把门一关，但门又被西北风吹开了，他低头一看，是门上的"司别灵"锁被周冠才用力撞开门后飞出去掉在地上了，所以门关不死。那边陈丹她们三个冻得瑟瑟发抖，这边张守科却急出了一身热汗。他对陈丹她们说："别急，是门锁坏了。我现在想出一个办法，手拉住门环脸背着你们，绝对不会偷看一眼。"他说到做到，正人君子样的将两只手反攥住门环，背靠在门上两眼目视着前方，像个保护神在为陈丹她们站岗放哨。

陈丹她们三个猫着腰从大灶壁后面蹿了出来，手脚麻利地穿好衣裤，拉开门向张守科道了谢，狼狈地往自己住所走去，一路上被见到的女职工们用手指指点点，骂着山门。

陈丹羞愧至极，精神恍惚地回到了寝室，垂头丧气地一屁股坐在了写字桌前的凳子上，一张泪流满面的脸对着梳妆镜看着发呆。她在扪心自责："陈丹啊，陈丹，你这一身命怎么会那么苦，那么惨，这让我怎么向暗恋着的白马王子——赵豫民交待。回想当初来E连第一天，是赵豫民手牵着手把我连拖带拽地走进了E连。经过风风雨雨六年一路走来还算平静太平。我一直感激着赵豫民，用报恩的心情爱着他。虽然前一阵子横插进来一个甘霖霏破坏了我与赵豫民之间的爱情关系，可事在人为，只要我横下一条心，专心致志地追着赵豫民还是会有峰转路回的机遇。唉，我本将要用我对他的一片冰心，洁白如玉的身子交给我心爱的赵豫民。可刚才发生的那不堪入目、处境尴尬的一幕叫我今后怎么在E连做人。那最隐蔽宝贵的躯体在众目睽睽之下让人看得去了，丢脸，丢人，真触霉头。不能做人了，不能活下去了，惟一只求一死，一了百了。”

想到此，陈丹一把拉开写字桌的抽屉，从里面拿出一瓶“安眠酮”朝手掌心里倒了二十五粒，嘴里大叫一声：“别了，我心爱的赵豫民。”然后把二十五粒“安眠酮”全塞进了嘴，顺势倒在了床上。

快到吃晚饭时，住在陈丹隔壁的出纳员小佘无精打采地来叫陈丹吃饭去。下午去烧水间洗澡的主意是她出的。已有三天没洗上澡了，再说今天上午她和陈丹一起下田搬运棉花杆时虽然穿了雨衣，但也挡不住脏水朝脖子里灌，闻着身上一股怪味，拉上陈丹说什么也要去烧水间洗个澡。她俩又拉上了与张守科暗中谈恋爱的女朋友一起去，在说服了张守科以后，她们三人进入了烧水间，毫无顾忌地洗起澡来，反正门外有张守科把守着。谁知这一洗澡却闯出天大的祸来，自己的馊主意牵连了陈丹，害得三个人现在是里外不是人，还要等着受处罚。小佘想想生气管生气晚饭还是要吃的，叫上陈丹一同去吃饭，见到人的时候还可壮壮胆。

小佘轻轻推开陈丹寝室虚掩着的门，屋里一片漆黑，心里感觉有些不对劲。她一边拉着陈丹房间里的电灯开关绳，一边呼叫着：“陈丹，陈丹，我们一起吃饭去吧。不要尽躺在床上唉声叹气的，当心伤了自己的身体。”当屋内灯亮后，小佘大惊失色地惊叫起来，她见陈丹斜躺在床上，口中吐着厚厚的白沫，一瓶开过封的“安眠酮”搁置在写字桌台面上。她急忙奔出门外大声呼救：“快来人，陈丹自杀了！快来人，救命啊，陈丹自杀了！”尖厉的呼救声震惊了E连空旷的上空。

正在吃着晚饭的手扶拖拉机手黄金敏听到小佘的呼叫声，把饭碗一丢飞奔而来，连队其他同志也急忙赶来了。小佘扶着陈丹的头哭诉着说：“陈丹，陈丹你醒醒，你怎么做得出轻生的傻事啊。都怪我不好，是我害了你。”

等连队职工七手八脚地把陈丹抬上手扶拖拉机后，黄金敏飞速地开着手扶拖拉机向县人民医院急驶而去。经过医生一番洗胃急救，陈丹的一条命算是捡回来了，但是由于大剂量的“安眠酮”容量，对脑部已受过伤的陈丹来说又是一次沉重的脑神经摧残，陈丹最终成了永不能醒来的“植物人”。

赵豫民当晚得到这个不幸的噩耗，连夜从围堤开河的工地赶到了县人民医院。他站在陈丹的病床前默默看着还陷于深度昏迷的陈丹，为她的轻举妄动，年纪轻轻就想不开要结束自己的生命而感到深深惋惜。他突然想到了《红楼梦》里的一句话：“自古红颜多薄命。”陈丹太自负了，太要强了，不懂得“退一步海阔天空”这句名言，她要是懂的话，那就是不能和我赵豫民在一起过上幸福生活，也可以在日后找上一个如意郎君，为人妻，为人母，自由自在地工作、生活着那该多好。

三十七

周冠才与那位职工回到市区已是傍晚时分，俩人心急火燎地来到北京东路生产资料一条街的商店里购买了两只泥浆泵头，与商店负责人商议好第二天早晨来提货今晚先寄放在商店里。俩人相互交换了地址以及传呼电话号码后分手各自回家去了。

周冠才在家里舒舒服服洗了澡，换上一套深藏青色的哔叽呢中山装，人模人样地对着镜子横看竖看，表弟的老婆在旁边看着他故意逗笑地说："表哥人倒是像模像样，就是皮肤黑了点，穿着这套衣服出去人家以为是哪家戆大女婿来了，咯、咯、咯……。"

周冠才被表弟的老婆说到了痒处，心猿意马扑向了这个女人，双手捧着她的脸嘴唇雨点一样亲吻着她，表弟的老婆被他亲吻得差一点背过气来。她推开周冠才，不冷不热地说："侬又吃我豆腐了，上次说好的拿钱来。"

周冠才死皮赖脸地说："还没亲够呢就要钱，你这钱赚得太容易点了吧。"

表弟的老婆两手叉着腰，瞪圆了眼逼迫周冠才就范，她说道："你给不给？不给的话我拿鸡毛掸子抽你。"

周冠才说："呦，生气了，给、给，让我再亲三个我就给。"他从裤子口袋里掏出钱包拿出六张五元的人民币在表弟老婆面前晃动着诱惑她。

真是有钱能使鬼推磨，在金钱的驱使下，表弟的老婆乖乖地把脸凑到周冠才嘴前让他又"叭、叭、叭"亲了三口，周冠才把三十元人民币顺手插进了表弟老婆的衣襟里，她的胸脯一阵痒痒，娇嗔地说道："你这个男人真坏。"

正在俩人热火地打情骂俏时，门外传来了传呼电话间阿姨清脆响亮的叫喊声："八号周冠才在家吗？有传呼电话。"

"谁打来的？"周冠才问了一句。

"一个女的，她说姓林。快去接听哦，电话还搁在那儿占着线呢。"

"你叫她先把电话挂了让她等着，我过会打电话给她。"

"噢，你这要双重付话费的。"传呼电话间阿姨提醒着周冠才，然后快步离去了。

"真他妈的奇了怪了，姓林的怎么知道我今天回市区了。"周冠才莫名地说道。

"这个女人是谁啊？最近一段时间隔三差五地打传呼电话来，你说烦不烦，我关照过传呼电话间阿姨了，但凡这个女人来的电话一律不接听，怎么今天又打来了呢……"表弟的老婆心中不平衡地埋怨道。"咳，冠才，莫不是你金屋藏娇外面养着一个相好的女人吧。等春节放假时，嫂子带着孩子来家住时我把这个秘密告诉她，看你怎么活？"表弟的老婆突然捉摸出这其中的道道，戏谑地问着周冠才。

周冠才不在乎地说："我才不怕呢，这个姓林的是我们连队的一位女职工，你嫂子也认识她。"

表弟的老婆不依不饶地说："那你们在市区偷偷约会难道嫂子也知道，你不要骗我了，你要是不信的话，看我不把这件事告诉嫂子。"

周冠才急了，这个女人说不定真会把自己和林妮娜的关系说给自己老婆听，没办法再掏出二十元人民币作封口费吧。他慌忙地对表弟老婆说："别、别，我再给你钱就是了，求你千万别告诉你嫂子。"

表弟老婆拿过钱，沾着唾沫数起钱来了，嘴里说道："这还差不多。快去打电话吧，时间长了人家又要打电话过来了。"

周冠才如释重负地溜出了家门，来到了传呼电话间，给林妮娜拨通了电话。那头林妮娜焦虑地说："周连长，我得感谢你的大恩大德，批准我回市区躲蔽吴明对我的纠缠。这一个月我孤苦伶仃一个人在市区，不知怎么地特想你，所以经常性会神经质地打电话到你家询问你回来没有。今天碰巧了你在家呵，那晚上我在老地方德大西餐馆请你吃饭，你可要赏光的呦。"

周冠才今天一路忙乎过来已是饥肠辘辘了，他本来是想晚上约上表弟和他老婆一起出去吃个晚饭的，哪曾想到刚才与表弟老婆你情我意的一番打情骂俏，活生生地让那个女人"敲竹杠"敲去了伍拾元人民币，这些钱约上四个人够吃两顿酒菜了，到现在他还在肉痛。正在想着晚饭一个人怎么吃的时候，林妮娜来了电话并约他去吃馋人的西餐，为何不去啊，这叫有吃白不吃。于是他痛快地答应了林妮娜。挂断电话后，周冠才步履轻盈地吹着口哨往德大西菜馆赶去。

林妮娜已经在靠窗的座位处订了桌位，俩人坐在那里可以边吃、边笑并一览无余地观望着南京路霓虹灯闪烁的街景。林妮娜点了两份七分熟的牛排，奶油蘑菇起司令汤、沙拉拌蔬菜和甜面包圈，又要了两份高脚杯装的红酒。她熟练地拿着刀叉将自己盘子里的那份牛排切割成一半，将另一半放到了周冠才的盘子里，说："你多吃一点。"

周冠才此时饿得已前胸贴后背了，顾不得吃西餐的文明举止和礼仪，拿起刀叉将一块半牛排分割成几小块，不到刻把钟就风卷残云般地吃得一干二净。林妮娜看着他那副猴急相的吃法，"啧啧"地笑，她说道："慢点吃嘛，没人与你抢。"

周冠才打着噎，刚才由于吃得太猛把喉咙管堵住了，他用餐布抹了嘴，然后将一双手反复在餐布上擦拭着，拿着调羹慢慢喝着奶油起司令汤，他叹一口气，舒畅地说：“舒服，这么好的美味就是打我耳光也不肯放下的。”

林妮娜举起酒杯与周冠才的酒杯碰撞一下喝了一口酒，说道：“周连长，小女子这厢有礼啦，上次连队的民主生活会上，我按照王主任的意思狠批了你多有得罪，请周连长大人不记小人过，看在我俩的情份上多多包涵。”

周冠才恍然大悟，林妮娜今晚特意请他吃西餐的目的，主要是为年底商调回市区工作的时机已成熟，再来与他套近乎，叙叙旧。现在她故意先兜着圈子说话，试探着我周冠才对她的态度，以确定我对她的支持力度。望着眼前楚楚动人的林妮娜，周冠才不觉神气起来，他对林妮娜说：“此话从何说起？我可受不起这么大的礼。你当时是王主任旗下的红人，爱咋批我就咋批我。这次民主生活会你揭批了我，非但没有损害我一根毫毛，反而更加抬高了我在连队的地位。来，是我应该谢谢你才对。”周冠才说完举起酒杯与林妮娜又一次碰了杯，俩人将杯中红酒一口喝完。

站在不远处的服务生很老道地走了过来，彬彬有礼地问道：“女士、先生还要上酒吗？”周冠才点点头“嗯”了一声。

“周连长能够宽容我，理解我，不生气了，我就放心了。不过我年底商调回市区工作的终身大事还指望着你周连长全力以赴地支持呢。”林妮娜果然道出了主题，两眼巴巴地瞅着周冠才脸上的表情。

周冠才用一只手端着酒杯，反复转动着酒杯里的红酒，一双眼睛看也没有看林妮娜一眼，只是默默地注视着转动的红酒。他心里在盘算着，林妮娜为了能商调回市区工作，我从她身上该盘剥的东西已盘剥过来了，一对最时尚闪着锃亮蓝光的男女对表，还有她送给自己老婆的四钱重的金戒子，这都是值钱的货。自己对林妮娜那白皙的胴体也不知道占过多少回便宜了，作为等价交换，现在给她一张空头支票搪塞搪塞也无妨。林妮娜这次真的占了名额商调回市区工作会感激我一辈子的，反之即使没有成功我也落得做了个顺手人情。想到此，他嘴角露出了一丝不易察觉的奸笑。

周冠才面堆笑容地说："我周冠才不鼎力相助你还有谁会帮助你。妮娜，你就放一百个心，别人你可以不信，难道还不相信我吗？别忘了，我写的那张奴隶解放证书你一定还保存着吧，可别丢了，这可是铮铮的铁券呢。"

林妮娜兴奋了，若无旁人地搂住周冠才的脖子在他脸上亲吻着，她一语双关地说道："周连长，你的记性真好，还想得到有那张铁券。"

周冠才问林妮娜什么时候回连队？他劝说着林妮娜："你已在市区躲了一个月了，现在是回连队最佳时机，还可乘围堤开河之机向连部报个申请去参加的名，管他批准与否，作个姿态表表决心，越高调越好，给连队干部、职工留下最后一个好的印象。"林妮娜满口答应了，还说回去以后要与王主任了一笔账。

周冠才诧异地问林妮娜："你还指望找他替你出头露面？省省吧，他可为了这次我们 E 连民主生活会颠倒黑白、捏造事实的事被场部党委处理了。"

林妮娜头脑一阵晕眩，她最靠得住的后台真的落到这么惨的下场，这是她做梦也没想到的。那么那天最后一次在他家里对我说的甜言蜜语都是假的、空的、骗人的，一种被人大大戏弄的感觉涌上了心头，她暗暗发誓要找王主任复仇。她问周冠才："你们什么时候回农场？"

"明天早晨走。"

"那我和你一起回去也有个依靠。"

"好，明天早晨我们公交汽车站见。"

周冠才满脸红光吹着口哨回到了家里。夜已经很深了，表弟夫妻俩"蓬嚓嚓"跳舞还没回家，各间租赁房沉寂着。周冠才百般无聊之下两手垫在头下，和衣躺在床上。酒精力的作用力催化着他与林妮娜共进晚餐后那份纷繁的思绪，是继续对林妮娜怜香惜玉保护下去，还是她对自己来说利用价值已尽可以丢弃……。思来想去之中，周冠才迷迷糊糊地睡沉了。

等周冠才一觉醒来，抬腕看了一下表已是凌晨四点钟了，胸中还积压着一股没有排泄而尽的浊气，他轻手轻脚地朝三楼平台走去，想呼吸呼吸户外的清晰空气。他推开腰门，眼帘前又是晾晒着的女人内衣内裤，本能的冲动又驱使他收不住邪念的膨胀故伎重演，他手脚麻利地将晾晒着的女人内衣内裤一一收进了怀里准备下楼了。

租住在二楼亭子间的阿嫂此时正好醒来上马桶，她刚把马桶盖打开，听见三楼平台的腰门发出"咯吱、咯吱"的声响，顺手推醒了睡着的男人："咳，死鬼，快醒醒，三楼平台有开门声音，莫非小偷进来了，快去看看。"

那被女人叫醒的男人一骨碌从热烘烘的被窝里钻了出来，穿着汗衫背心，大腰头短裤冲出门去，正好与怀里揣着女人内衣内裤的周冠才碰了正着，叫唤了一声："是你？"

周冠才也是一惊顾不得那么多了，快步如飞转身往三楼平台急奔而去，他沿着三楼平台的墙沿朝下面张望着，离地大约有六米多高跳不下去。就在走投无路时，他急中生智记起三楼平台的西边与一家工厂为邻，三楼平台离工厂的屋檐只有二米高。于是周冠才跃上三楼平台的墙沿纵身跳向工厂的屋檐，没想到工厂屋檐上的瓦片年久失修长满了青苔，经过一场雨淋更滑了。当周冠才脚底刚踩到瓦片上就"轱辘、轱辘"滚了下去栽在水泥地上，把小腿骨摔断了。

那追赶着的男人趴在三楼平台的墙沿上看着摔在地上的周冠才，大声呼叫着："小偷摔在地上了，快来人啊，抓住他。"

粗犷的叫喊声惊醒了睡梦中的人们，他们蜂拥而出，有的手上拿着拖把，有的拿着扫帚将摔倒在地上动弹不得，直哼哼的周冠才团团围住。表弟媳妇上前仔细一看惊叫着埋怨道："这不是冠才吗？你怎么能做出这么不要脸面的龌龊的事来。大家都是邻里街坊的，今后怎么做人。"

那追赶着周冠才的男人阻止了愤怒的人群欲围打周冠才的举动，他大声道："我们还是快报警吧，让公安部门来处理他。"

周冠才被闻讯而来的民警带走了，事后在派出所被关押了五天。

那位与周冠才事先约好的职工第二天早晨如期来到了商店，他左等右等不见周连长的到来，按照通讯地址和号码给周连长打了三次传呼电话，接电话的阿姨总说周连长不在家。他看看商店里挂在墙上的时钟一分一秒地过去，快到晌午时分了，不能再这样空等下去了，说不定此时周连长另有急事来不了，自己得把货先送回围堤开河工地上解燃眉之急。于是这位职工和商店负责人打了招呼，左手一个泥浆泵头，右手一个泥浆泵头挟在腰间走出了商店，他在马路上拦了一辆脚踏黄鱼车将货运到去农场的汽车站，上了车刚坐定，碰上林妮娜提着旅行袋也上车了。

"呦，妮娜姐，好久不见，你也回农场啊？"那位职工招呼着问。

林妮娜见在车上遇到了连队的职工也不掩饰地回答道："是呵、是呵，去参加围堤开河工程，作点贡献。"她见那位职工坐着的椅子下面放着两只泥浆泵头，疑惑地问道："你一个人回市区来采购的？"

那位职工如实地回答说："是与周连长一起来的。"

"那周连长他人呢，在哪儿啊？"

"他有点急事来不了，我就一个人把货送回去，连里急着用。"

"噢。"林妮娜木讷地答应着。她在想，我的命运前途怎么总到关键时刻被人所忽视。离开连队一个月了，是想回去了。再过一个月就是隔年了，这个月是今年冲刺的最后一个月，能否商调回市区工作，这一个月是决定自己生死存亡的最后关头，决不能放弃，我要回去站着说话。昨晚约周冠才吃晚餐时，周冠才说到王主任被场部党委处理了，已经使得她七上八下忐忑不安，失去一个主要的依靠？我这次回农场还要与他论论理了，把问题坦率地谈清楚，这王主任究竟是个正人君子还是披着羊皮的狼。周冠才昨晚对自己的表态话说得还宽心，原本约好他一起回农场的，一路上有一个支持者陪伴心里踏实，可现在他人在哪里呢？

一路颠簸总算到了农场场部，林妮娜下了车与那位连队职工道别后径直去了王主任家。

"你怎么突然之间回来了？"

林妮娜没好气地反问他："那要问你了王副科长。当初我回市区的时候与你有君子协定，每隔十天来看望我一次，可你来了没有？你食言了。"

"我的事你都知道了？"

林妮娜气愤地指着王主任说："你在骗我，自从你进了E连后就在彻头彻尾地骗我，花言巧语利用我。信誓旦旦做着坑人的伪君子，抓住我年龄已大急于想商调回市区工作的软肋，替你做马前卒，为你做替死鬼。你居心叵测的实质是想永久地霸占我，你说是不是！"

王主任被林妮娜批得体无完肤，心里发虚发慌，但还要作最后的挣扎。他小声地说："妮娜，你觉得不痛快就说出来哭出来吧。我承认，在E连初次与你见面，我的确对你有好感，你是老职工资历深、见识广，遇事肯动脑筋，比周冠才不知道强多少倍。要是扳倒赵豫民，我在E连当了权后大家都有好日子过，你的最终目的也完完全全可以实现，所以我很自私地将你绑在了我的战车上。没想到在与赵豫民作最后一搏时，马失前蹄功亏一篑。我真恨自己，一招棋走错，满盘皆输。不但损害了自己，连你也牵涉进来。妮娜，你骂我、打我随你。"

听着王主任这一番软弱无力的表白，林妮娜心里一阵绞痛，商调回市区工作的希望别指望他能为我解决了。可是我已经怀上了他的骨肉了应该告诉他，看看王主任如何反应。她怀着遭双重打击的心情说：

"我这次回来还要告诉你一件重大的事情,我怀上了。"

林妮娜的这句话不啻于一个炸雷,震得王主任晕头转向。他振了振神疑惑地问道:"不会吧,我和老婆那么长时间没有怀上,与你一夜交欢就有了?不可能,不可能。"王主任把头摇得像拨浪鼓似的。

林妮娜顿时血液凝固手脚冰凉,她用哆嗦的手从旅行袋里拿出一个小包,从里面掏出一张薄纸递给了王主任,"你自己看。"

王主任接过那张薄纸仔细地看着,是某区妇婴保健医院的化验单,白纸黑字,林妮娜作妇科检查后化验的结果呈阳性,并加盖了医院的蓝印图章,这下他傻眼了,"屋漏偏逢连夜雨"防不胜防。自己已是泥菩萨过江自身难保焦头烂额,又在这节骨眼上横插出来一个孽种让我今后怎么有勇气工作、生活下去,他要做个无赖,否定这件棘手的事以绝后患。

王主任软瘫在座椅上,颤抖着嘴唇说:"妮娜,我没办法了,你自己看着办吧。"

林妮娜脑子一片空白,发疯似的扑向王主任,一把揪住了他的衣领狠狠地给了他俩巴掌,呵斥道:"你这个忘恩负义的东西,敢做不敢当的软蛋,还不如周冠才对我好呢。我林妮娜算是瞎了眼,我这一辈子全毁在你手上。你赔我,你必须赔我……"她用双拳不停地打击着王主任的头和脸。

王主任突然歇斯底里地奸笑起来,他推开林妮娜说:"你骂我打我,我都忍了,可你提起周冠才名字来我就厌恶,他算什么东西?简直是整一堆垃圾。你到现在还在想他,想依靠他帮助你实现商调回市区工作?别梦想了,实话告诉你,我下班时场部派出所所长亲口告诉我,周冠才这个赤佬在市区家里犯了生活作风错误,现正被派出所关押着呢。"

林妮娜一怔,怪不得周冠才没如约与她一起回农场,她觉得天旋地转彻底绝望了,一切努力与希望都成泡影了,她真的疯了。林妮娜又抡起她那对小拳头对着王主任没头没脑地打去,嘴里在不停地说道:"你又在骗我,骗我,骗我……,我要去告发你,告发你!"

王主任残忍地冷冷一笑,他当着已经发疯的林妮娜面将那张妇产科化验单撕得粉碎,说:"我让你告无证据。"

林妮娜气疯得五官错了位,她大叫一声:"你,你好歹毒!"便晕厥了过去。

尾声

E连那位与周冠才一起回市区购买泥浆泵头的职工手提肩扛吃力地把货运回到围堤开河工地上时，将周冠才没如约一同回来的情况向赵豫民作了汇报。赵豫民紧绷着脸嘱咐那位职工不要声张。

他在帐篷里来回踱着沉重的步子，琢磨着这究竟是怎么回事？眼看着要与周边两个“硬骨头”连队比拼高低决定胜负的关键时刻到了，他周冠才居然没踪影了。他又想起一个月前林妮娜借着吴明要追打她寻仇，要躲蔽的借口，竟然直接向周冠才请假得到批准后回市区休息去了，这也是周冠才事后告诉自己的，心中确实很郁闷。这会儿又不见周冠才踪影，该不是他俩在市区偷偷幽会上了，忘记了正在围堤开河工地上那些在泥淖地里拼死拼活干活的干部、职工了？不大可能，周冠才临走时还踌躇满志地对我说：“并肩战斗到最后胜利的时刻。”赵豫民在设想着种种可能，又排除了种种可能最后作出了一个判断：“周冠才一定碰上大事了。”

经过五台泥浆泵抽水机器一天一夜的不停地抽水，E连围堤开河工地上的泥土终于干涸了。这一天一夜，赵豫民让职工们好好调养休息，他和连队领导们分工对每顶大帐篷进行不间断地巡视，督促一些手脚痒痒欲出去溜达溜达的职工乖乖地进帐篷休身养息，集聚锐气，打胜围堤开河最后一役。

第二天，晴空碧洗，干涸的泥土在阳光的照射下闪耀着点点金光。

赵豫民带领着E连全体围堤开河的干部、职工在工地上召开了誓师大会。经过两天的休息调整，干部、职工们精神抖擞憋着一股子劲。他们围着赵豫民，举着拳头连续呼喊着口号:“奋力拼搏24小时，不达目的誓不罢休！奋力拼搏24小时，不达目的誓不罢休！”周边两个“硬骨头连队”的干部、职工眼瞅着E连雄壮的誓师大会场面，耳听着E连震天响的誓言都目瞪口呆愣神在那里。誓师大会开完后，E连的干部、职工个个像猛虎下山，一鼓作气地干了整整一天一夜，胜利地完成了围堤开河任务，取得了全农场围堤开河工程第一名的好成绩。这胜利的捷报，通过围堤开河工程的架线扩音喇叭传遍了围堤开河工地的上空，久久回荡。

赵豫民匆匆吃过早饭，疲惫地和衣睡在连队领导住的小帐篷里，不一会功夫，隆隆作响的打鼾声覆盖了整个帐篷。正在他酣睡的时候，场部党办张主任带着场部派出所所长和一位民警来到了他睡觉的小帐篷里，他们看见赵豫民沉睡的模样不忍心上去打扰他，便从帐篷里退出，在外面抽烟聊着天。约莫半个小时光景，小帐篷里有了躁动，原来是一窝老鼠在大老鼠的引路下从小帐篷底边的洞里钻出，蹿进帐篷里碰翻了农用工具和桌面上摆放着的热水瓶。嘈杂的响声惊醒了赵豫民，他无奈地从床上坐起，揉了揉惺忪的眼睛，又大大地伸了一个懒腰，无神地坐在床沿边上。场部党办张主任一行三人此时又进了帐篷。

赵豫民见是场部党办张主任和派出所所长及民警来了，马上站起来，趿着鞋迎上前去与他们握着手，问道:“是什么风吧你们几位吹进来了？坐，快坐下说话。我去叫人倒些水来喝。”

"不用了。刚才我们已经进来过，看见你累得睡着像头死猪样，不忍心推醒你。我们只是来向你们通报一件大事，过会就走。"党办张主任神色沉重地向赵豫民解释道。

"我们连队里有人出事了？竟然还惊动你们两位大领导亲自来通报。"赵豫民的睡意还没完全醒随意地问道。

"是你们连大人物，周冠才在市区犯事了。"

"什么问题?"

"还是生活作风问题。"

"是和林妮娜在一起犯的事?"

"你扯哪儿去了，真是哪壶不开提哪壶，想象力很丰富嘛。"党办张主任揶揄地说道。

"因为林妮娜一个月前经周冠才批准回到市区去了，周冠才又是在市区犯的事，所以我把他俩扯一起了。我说的不对哦，向你检讨。"赵豫民辩解道。

党办张主任用眼神示意着派出所所长，让他将周冠才犯事的情况向赵豫民进行通报。派出所所长清了清嗓门向赵豫民通报了情况。

赵豫民听了真是又好气又好笑，他气恼地说："周冠才这个混蛋，阳光大道你不走，偏要在阴沟洞里翻船，咎由自取，咎由自取了，拉也拉不回来。"

党办张主任把赵豫民又拉到了一边，低声稳重地告诉他说："豫民啊，我们是老同事了，有一件重大的事我不得不提前告诉你，昨天刚接农场局通知，今年取消商调回市区工作的政策，你要作好充分的思想准备，做好全连队治安防范稳定工作。这不，我正带着派出所所长和民警巡查围堤开河工地上各连队的治安情况防止闹事。好在你的连队今天已完成了任务，但其他连队还要三到五天才能完成，围堤开河工程可不能乱啊。"

党办张主任的话虽然轻，对赵豫民来说无疑是晴空一个霹雳，他思忖着，怎么说没了就没了，几年来唯一能吊住农场职工胃口的就是这条纲，现在这条纲张不起来了，举目还有什么用？农场干部、职工的思想肯定混乱透了，我一个连队的指导员、连长可没有擎天之力，只能依据场党委的意图，尽最大可能做好自己的本职工作。

赵豫民握紧了党办张主任的手，说："谢谢你事先的提醒，我会遵照场党委的工作要求做好稳定工作的。"

党办张主任将另一只手覆加在俩人握着手的手背上，中肯地说："豫民，现在看来你办成化工合成胶水厂是农场前景很宽广的一条路子。我更要谢谢你把我的小舅子调进厂里来工作，他正在市区工厂实习呢。"

"我这个人的脾气你是知道的，帮人解决问题不必言谢。"

"那你自己也要保重。"张主任说完话后与派出所所长离去了。

吃过中午饭，赵豫民把各班排长叫到小帐篷内开了一个短会，吩咐大家收拾收拾，带着连队职工和工具回连队去吧。由他自己带着七十个农民工暂留围堤开河工地，三天里收收尾。人困神疲的班排长们顿时欢呼雀跃，把赵豫民高高抬起朝帐篷顶上抛。

看着四散而去的班排长们飞也似地奔向各顶大帐篷去宣布这个激动人心的消息，赵豫民悄悄地把农民工的领队叫进了小帐篷。

赵豫民望着那位淳朴憨厚、铁塔似的农民工领队，充满了对他们的感谢之情。这些农民工都是农场四周的庄稼汉，是周冠才把他们招募进连队上围堤开河的，他们开挖土方挑着重担的绝活是连队干部、职工学不会的。也正是有了这支顶天立地的农民汉子的队伍，才使E连赢得胜利，完成了任务，夺取了全农场围堤开河第一的荣耀。现在周冠才身陷囹圄，而他们却陪伴着自己走向了辉煌。这种反差是天壤之别，不可同日而语。

"我刚才和连队骨干开了一个会，决定大部队撤离围堤开河工地，回连队休整去。你们七十位农民工继续留在工地进行收尾工作，由我带队。此事事先也没有与你商量，你说说有什么意见?”赵豫民开门见山地说道。

那领队倔着头，眼睛朝上翻了翻，从厚厚的嘴唇里说出了心里话：“赵连长，我以为你找我是为了工程结束后要撵我们走哩，现在听你这么一说，我放宽心了，你这是看得起我们农民兄弟。让知青们撤离，把我们留下，这样的好事大伙都求之不得哩。嘿、嘿、嘿。赵连长，不是我当面恭维你，你这个决定说到我们心坎里去了。你是知道的，农村现在是农闲季节，我们在家里闲着也是闲着，可大老爷们整天在家没事干也不是个事，心里堵得慌。还不如上围堤开河工地充当你连的劳动力不很好吗。还好吃、好喝的一天四餐管饱，又可多挣点过年的钱哩。今后再有这样的好事，你可别错过我们哩。”那领队的说完，又咧开大嘴巴笑了。

“那我们就这样说定了。”

“敢情。要是能留在农场当职工更好哩。”

赵豫民与农民工领队肩并肩地走出了帐篷，眺望着围堤开河的工地，一条崭新的河道，一条坚固的御海堤坝绵延数公里展现在他俩的眼帘，这是农场知青用血汗凝聚起来的，是鬼斧神工般雕塑出来的，它必将载入滨海农场发展的史册。

火红的太阳将光芒照耀在他俩身上，照耀在农场广袤的土地上。

后记

那些人和事，即使你不用心去记，它们也仿佛镶嵌在你的脑海里，留下永久的印痕。并且，随着时间的推移，这种印痕会越来越清晰。

40年前，在“广阔天地大有作为”的年代，我中学毕业后被分配到东海农场。当时，我们农场一共有33个连和几家工业企业。我在农场这么一待——整整十四年，七年在农业连队，七年在农场工业企业，正好各一半。我在连队曾经当过副连长、副指导员、指导员。在农场工业企业当过副厂长、党支部书记。十四年的农场岁月锻炼了我、成长了我。农场广袤的土地，一草一木，风貌人情像电影一样闪耀在我的脑海中，历历在目，挥之不去。也正是千千万万像赵豫民式的人物，他(她)们为农场的建设贡献了青春，贡献了绵薄之力，发挥了正能量的作用，使上海农场有序、稳步发展的传奇式经历，鼓舞着我，鞭策着我，从而使我不断萌发了用小说的形式，将这过去的人和事用我拙笨的笔记录下来的念头，反映一个时代，记录一段历史。以献给曾经致力于上海农场建设的四十多万干部、职工。

小说《东滩》来源于生活、高于生活。是集众生之大智慧，是集众生之经历，把一个个故事用艺术的手段连缀而成，呼唤那过去的人和事，值得永久地怀念，并引起共鸣。

每个人的活法不同。浏览当代中国人的生命历程，特别是中年以上的人，每个人的身上，几乎不可避免都带有明显的社会时代的烙印，尽管每个人的遭遇有所差别，群体记忆却成为这个社会时代这群人的共同图腾，我就是其中一员。岁月无痕，东滩长存，记忆的刻痕更加难以泯灭。我在创作《东滩》这本小说时，尽量将上海农场的地形风貌，一年四季的农忙加围垦开河，知青吃什么，穿什么，住什么，环境如何，用什么生产工具等等反映得清清楚楚，清晰还原了当年上海知青在农场的全景图；一个特定物质生活环境中的知青工作、生活。也可让生活在当代社会——现代化大城市的年青人对“特殊”年代的年青人有一种轮廓清晰的了解和理解，他们活着并被爱着是多么的艰难和不容易。

我在写后记时突发奇想，似乎还缺点什么。于是《农场知青岁月之歌》油然而生：

一瞬间，数十年已过去，
一晃间，往事成为记忆。
那广袤无垠农场田野上，我们这一代年轻有为人，
将青春根基深扎在那里，将青春血脉流淌在那里。
农场故事令人难以忘怀，农场往事令人弥足珍贵，
知青旭日征途岁月，往事并不那么如烟。
历史不会封尘，只能刻骨铭心，
永远，永远……会留驻在我们这一代人不老的心扉。

我在创作小说《东滩》时得到了我学生时代的老师、有着语文高级职称的蔡幽凤先生的悉心点拨和指导，也得到了我的发小连环画大家，

连环画《小八腊子开会喽》的作者张新国先生的精神启发和鼓舞，所以我请我的老师和发小为我小说《东滩》作序。本书的写作还得到了我在农场时的启蒙指导老师郭聪聪同志、李金萍同志以及上海农场知青网站施正范老师的鼓励支持，一并感谢。

谢谢读者用宝贵的时间阅读我的小说《东滩》，如有遗憾，还诚请广大读者拨冗指教。

杜勤明

2015 年 4 月 27 日

图书在版编目(CIP)数据

东滩/杜勤明著.—上海:上海三联书店,2015.11
ISBN 978-7-5426-5363-5

Ⅰ.①东… Ⅱ.①杜… Ⅲ.①长篇小说-中国-当代
Ⅳ.①I247.5

中国版本图书馆CIP数据核字(2015)第242761号

东滩

著　　者 / 杜勤明

责任编辑 / 姚望星
装帧设计 / 方　舟
监　　制 / 李　敏
责任校对 / 张大伟

出版发行 / 上海三联书店
(201199)中国上海市都市路4855号2座10楼
网　　址 / www.sjpc1932.com
邮购电话 / 021-24175971
印　　刷 / 上海叶大印务发展有限公司

版　　次 / 2015年11月第1版
印　　次 / 2015年11月第1次印刷
开　　本 / 890×1240　1/32
字　　数 / 380千字
印　　张 / 12.5
书　　号 / ISBN 978-7-5426-5363-5/I·1081
定　　价 / 48.00元